U0542421

大魚讀品
BIG FISH BOOKS

让日常阅读成为砍向我们内心冰封大海的斧头。

混沌行走 I
永不放下的猎刀

[英] 帕特里克·内斯 —— 著

万洁 —— 译

**THE KNIFE
OF
NEVER LETTING GO
CHAOS WALKING**

要是我们的视觉和知觉，对人生的一切寻常现象都那么敏感，就好比我们能听到青草生长的声音和松鼠心脏的跳动，在我们本以为沉寂无声的地方，突然出现了震耳欲聋的音响，这岂不会把我们吓死。

——乔治·艾略特，《米德尔马契》

目录

第一部分

声流中的洞　　002
普伦提斯镇　　015
本与基里安　　027
什么都别想　　037
你知道的事　　046
身前的猎刀　　054

第二部分

如果这里曾有女孩　　064
猎刀的选择　　074
好运不在的时候　　082
食物与火　　090
没有答案的日记本　　101
桥　　111

第三部分

薇奥拉	126
面对枪口	136
痛苦的兄弟	147
没有道歉的夜晚	157
果园相遇	169
法布兰奇	179
猎刀的再一次选择	195

第四部分

男人的军队	210
世界上的其他地方	219
威尔夫和东西之海	234
刀如其人	248
卑微儒夫之死	258
杀人	269

目录

第五部分

万物的终结	280
继续赶路	292
树根的气味	304
无处不在的阿隆	314
叫陶德的男孩	328
恶人有恶报	338

第六部分

河流下游	352
卡波尔丘陵	360
哦,永远不要离开我	368
规矩	378
问与答	387
这有什么意义	402
我听到了少女轻吟	414

瀑布	422
祭品	431
一人沉沦	447
前往港湾市的最后路程	466

第一部分

声流中的洞

若是你的狗突然会说话了,你首先发现的就是,跟狗压根儿没什么话好说。真的没有。

"陶德,我要拉屎屎。"

"闭嘴,麦奇。"

"陶德,拉屎屎,拉屎屎。"

"我说了,闭嘴。"

我们正步行穿过镇东南角的一片荒地。从这里顺坡而下便是一条小河,小河的下游则是沼泽。本让我来给他摘几个沼泽苹果回去,也是他让我带上麦奇的。尽管我们都知道,基里安只是为了讨好普伦提斯镇长才买下了它。于是,去年我生日的时候,虽然我从没说过想养狗,基里安还是突然将这条小奶狗当作礼物送给了我。其实我说过,我真正想要的是基里安把裂变自行车修好,这样我就不用步行前往这座无聊小城里的一个个荒凉破败的地方了。可哪能事事如意?随着一声"陶德,生日快乐",一条小奶狗塞到了我手里。虽然我并不想要狗,也从来没向谁讨要过狗,但是你们猜,现在是谁不得不给狗喂食、训练、洗澡,带它遛弯儿的?接着它长大了,感染了能让它开口说话的病毒,现在又是谁不得不听它没完没了地嘟囔?猜猜是谁?

"拉屄屄,"麦奇自言自语似的轻吠,"拉屄屄,拉屄屄,拉屄屄。"

"想拉就赶快拉,然后闭嘴,别再嘟囔了。"

我从路边拔了一绺草,朝着走在前面的它抽过去,但并没有抽到,我也不想真的打它。它发出一串狗吠,大笑着继续沿小路走下去。我跟在它身后,扬起手中的那绺草拍打道路两侧的野草,眯起眼睛看太阳,努力清空思绪。

说实话,我们不需要去沼泽地摘苹果。要是本真想吃苹果,他完全可以从菲尔普斯先生的商店里买。还有句实话:去沼泽地摘苹果不是男人干的事,男人可从来都不能这么悠闲。现在,还有30天我才能正式成人。这里一年有漫长的13个月,而我已经度过了12年又12个月,也就是说,还有一个月就是我的重大生日了。大家正在紧锣密鼓地计划和筹备,我猜,到时候会有一场热闹的派对,而且我现在脑海里已经有一幕幕的派对画面了,要么是一片朦胧,要么是一片璀璨。总之,生日过后,我就是男子汉了。话又说回来,在沼泽地里摘苹果可不是男子汉该干的事,就连即将成为男子汉的男孩也不该这么干。

但是本知道他可以要求我去摘,也知道我会同意他的要求,因为沼泽是普伦提斯镇附近唯一可去的地方,只有在那里,你才能逃离人们喷涌而出的声流,偷得半刻清静。他们的想法喧闹且嘈杂,永不止歇,就连在梦中也是如此。有时候,尽管每个人都听得清清楚楚,人们却不清楚自己在想什么。男人和他们的声流。我真不知道他们是怎么相互忍耐的。

男人真是声流奇物。

"松鼠!"麦奇大叫一声,弹跳起来,蹿离小路。不管我在它后面喊得多大声,最后都得穿过(我四下望望,确信这里只有自己一个人)这该死的田野跟过去,要是麦奇掉进什么该死的蛇洞,基里安肯定会大发脾气;尽管我从来不想要这条讨厌的狗,但到头来肯定还要把错算在我头上。

"麦奇!你给我回来!"

"松鼠!"

我蹚过草坪,许多大胃虫粘在我的鞋子上。踢开它们的时候,其中一只碎裂开来,在运动鞋上留下了一道绿痕,以我的经验,这痕迹是除不去了。"麦奇!"我生气地喊道。

"松鼠!松鼠!松鼠!"

它围着树一边打转,一边狂吠。松鼠则在树干上跳来跳去,引逗麦奇。**来啊,绕圈的傻狗**,松鼠的声流说,**来啊,来抓我,来啊,来抓我。绕圈啊,绕圈啊,绕圈啊。**

"松鼠,陶德!松鼠!"

妈的,畜生就是蠢。

我一把抓住麦奇的项圈,狠狠打了一下它的后腿。"哎哟,陶德?好疼!"我又打了它一下,又听见它说:"哎哟,陶德?"

"快走。"我说。我的声流大声咆哮,甚至让我听不到自己的想法。你们看着吧,我马上会因此后悔。

绕圈的傻小子，绕圈的傻小子。松鼠注意到我了，**来抓我啊，傻小子**。

"你也赶紧滚开吧。"我说。不过，其实我说的话比"滚开"更难听。

另外，我真应该再仔细查看一下。

因为阿隆突然从草中冒了出来。他站起身，抬手甩了我一巴掌，手指上的大戒指划破了我的嘴唇，这巴掌又变成拳头，捶了我颧骨一下，不过还好没打中我的鼻子。为了避过他的攻击，那一刻我往草地上扑去。我松开麦奇的项圈，它马上狂吠着冲向松鼠，这个叛徒。我双手撑地，跪在草上，身上到处是大胃虫的绿痕。

我趴在地上一动不动，气喘吁吁。

阿隆跨立在我的上方，他的声流像碎纸片般袭向我，充斥着他将在布道中说的话：**嘴里干净些，小陶德；寻找祭品；圣人选择自己的道路；上帝必垂听**。画面从声流中喷涌而出，那是人人都有的。有些画面看起来很熟悉，还有一些吉光片羽……

什么？怎么回事？

这时，上方掠过他洪亮的布道声，将那画面赶走了。我向上看着他的眼睛，突然不想知道那是怎么回事了。我尝到了嘴唇被划破后流血的味道。我不想知道。他从来不来这儿，人们从来不来，他们这样做是有原因的。这里从来都只有我和我的狗。可现在他出现了，我真的真的真的不想知道为什么。

他微笑着低头看我，穿过他的络腮胡，微笑压得我无法动弹。

笑面虎。

"小陶德，"他说，"语言像锁链一样将你我绑在一起。你就没从教堂里学到点什么吗,小子?"然后他说出了那句最常使用的布道词,"一人沉沦,万人俱灭。"

是,阿隆。我想。

"说话,陶德。"

"是,阿隆。"我说。

"那句脏话呢?"他说,"下流坯子呢?别以为我没听见。你的声流暴露了你,暴露了我们所有人。"

并非所有人,我想,但当时我还是回答道:"我错了,阿隆。"

他俯身靠近我,嘴唇贴着我的脸,我甚至能闻到他嘴里呼出的气,气息带来的压迫感就像十指向我抓来。"上帝必垂听。"他轻声说,"上帝必垂听。"

他再次举起一只手,我往后缩了一下。他大笑起来,转身往上走去,和他的声流一起消失了。

因为被打,我血气上涌,又气愤,又惊惧,心里恨透了这座小城和城里的人,浑身颤抖不已。过了好一会儿,我才站起身,去找我的狗。他妈的他到底来这儿干什么呢?我恼怒地想,胸中依然愤懑不平(当然,还有恐惧,快别想了),怎么会没仔细查看周围是否有阿隆在偷听我,我竟然没有仔细查看。我竟然没有仔细查看!

然后我环顾四周,开始找狗。

"阿隆,陶德?阿隆?"

"别再提那个名字了,麦奇。"

"流血了,陶德。陶德?陶德?陶德?流血了?"

"我知道。你给我闭嘴。"

"绕圈儿。"它说,就好像这个词儿没有任何意思一样,它的脑袋里和天上一样空。

我照着它的屁股拍了一巴掌:"也别说那个词儿。"

"哎哟,陶德?"

我们继续沿着左侧的河流前进。这条河穿过小城东边的几座峡谷,流经北边我们的农场,再沿着小城的外缘流淌,河床逐渐变得平坦、泥泞,最后化为一潭沼泽。在看到沼泽果树前,你必须绕着河水走,尤其是要绕开泥泞的那一段,因为那里有鳄鱼,体形大到足以吞下人与狗。它们背上的鳍片好似一排灌木。若是你和它们离得太近,"哗啦"一声,它们就会跃出水面,朝你扑去,用爪子抓牢你,张开大口猛地咬下去,到时候你可别妄想死里逃生了。

我们沿着泥泞的河床行走,离沼泽越来越近,我努力让自己接受这里的宁静。这里已经没什么风景可看了,真的,所以才人迹罕至。还有难闻的气味,我不会假装没闻到,但它并没有人们说的那么难闻。他们说的是自己记忆中的气味,就是这样,而不是这里真正的气味——他们以为这里的气味和过去一样。死物积聚的气味。斯帕克人和人们对葬礼的理解不同。斯帕克人选择利用沼泽,将死者扔进水中,让尸体沉底。这没什么问题,因为我觉得沼泽葬就是适合他们的葬礼形式。本就是这么说的,斯帕克人的骨血就该归于水和淤泥,反正不会产生任何有毒物质,只会让沼泽地更肥沃,就像人的尸体可以滋养大地一样。

当然了,后来需要埋葬的斯帕克人突然暴增,就算这么大的沼泽也很难消化,要知道这可是一片巨大的沼泽。后来就再也没有活着的斯帕克人了,不是吗?只有成堆的斯帕克人尸体在沼泽地中摞成山,腐烂发臭,招来了成群的苍蝇,也不知道恶臭之余还会给活着的人留下什么其他病毒。后来过了好长时间,沼泽才恢复原样。

　　我就出生在这样的情形下,一切乱了套,拥挤的沼泽、拥挤的墓地,不怎么拥挤的小镇。之前的事我都没有记忆,对那个没有声流的世界也毫无印象。我出生之前,爸爸已经病逝了;我出生之后不久,妈妈也去世了。当然,这并不意外。本和基里安收养了我,他们将我养大。本说我妈妈是最后一个女人,可人人都这么说自己的妈妈。本可能没有说谎,他相信那是真的,可真相如何谁知道呢?

　　不过,我确实是城中年纪最小的孩子。我曾经与瑞格·奥利弗(比我年长7个月零8天)、利亚姆·史密斯(比我年长4个月29天)还有赛博·芒迪一起在田野上用石头扔乌鸦。赛博是城里年纪第二小的,只比我大3个月零1天,可他成年之后便不跟我说话了。

　　男孩们一旦年满13岁就跟以前不一样了。

　　普伦提斯镇的规矩就是如此。男孩成年后,就去参加成年男人才能参加的会议,不知道讨论些什么事情,反正男孩儿是绝不允许参与的;如果你是城里唯一未成年的男孩,那你就得耐心等待,独自等待。

　　于是,我和我不想要的那条狗一起等待。

　　算了,不想了,我们现在来到了沼泽,沿着小路绕过最危险的水域,蜿蜒穿过一棵棵从泥塘中冒出来的节节生长的大树,树冠宛如密针。这里雾气浓重,光线朦胧,但又不至于黏滞得令人心生恐惧。这里的活物可不少,生机勃勃,会让你开心得忘掉城里的一切,只顾着欣赏眼前的鸟儿、绿蛇、青蛙、灵猫、两个品种的松鼠,还能瞧见(我向你保证)一两头城堡鸵。当然了,这里也有需要警惕的红毒蛇。虽然光线略暗，但树冠的空隙之中总会漏下几束光线。如果你问我（欢迎你问我）沼泽之于我为何，我会告诉你：沼泽对我来说是一处宽敞舒适、免受嘈杂声流影响的空间。这儿几乎暗无天日，但生趣盎然；不但生趣盎然，而且亲切友好；全然亲切友好，绝无压迫与控制。

麦奇不管看见什么都抬起腿撒尿，最后尿无可尿了才罢休。但紧接着它就朝一片灌木丛跑去，嘴里嘟嘟囔囔，我想他应该是去找地方上大号吧。

沼泽地才不在乎狗干了什么。它怎么会介意呢？这不过是生命的轮转罢了，吃喝拉撒，成长衰老，周而复始。我不会说这里一点声流都没有，肯定有，在哪儿都别想彻底避开声流，世界上压根儿没有那种地方，但这里总归比城里清静。这里的热闹与众不同。沼泽的热闹完全出于好奇，奇物纷纷猜测着外来者的身份，观察你是否会威胁到它们的安全。反之，城里的人已经知道了有关你的一切，却还想知道更多，想用他们掌握的信息打击你，直到你完全失去隐私，丧失自我。

沼泽的声流无非是些鸟儿们担心的小问题——**去哪儿找食吃？回家的路怎么走？安全的地方在哪里？**还有那些光毛松鼠，它们都是些小浑蛋，一见人就调皮捣蛋，外人不在时就捉弄自己的同伴。至于糙毛松鼠，它们就像呆头呆脑的小孩儿，有时候沼泽狐狸会躲在树丛中模仿松鼠的声流，吸引它们靠近，再将其吃掉。偶尔人们会听见乌鸦唱起古怪的乌鸦歌。还有一次，我发誓我看到了一头城堡鸵迈着两条长腿跑开，但是本说我一定是看走眼了，沼泽地里早就没有城堡鸵了。

我不知道。但我相信我的眼睛。

麦奇从灌木中跑出来,坐在我旁边,因为我在路中央停下了脚步。它左右张望了一下,看看我在瞧什么,然后开口说:"拉屁屁好爽,陶德。"

"我知道了,麦奇。"

这次过生日可别再有人送我小狗了。今年我想要的是一把猎刀,就像本别在后腰里的那把一样。那才是送给男子汉的像样礼物呢。

"拉屁屁。"麦奇轻声说。

我们继续前行,比较密集的那片苹果树林位于沼泽地内部,穿过几条小路,跨过一截倒下的树桩才行。每次遇到树桩,麦奇都得在别人的帮助下才能通行。这回到那儿之后,我将它拦腰抱起,举到头顶。虽然它知道这是怎么回事,但还是忍不住踢着四条小腿,活像一只下坠的蜘蛛,大惊小怪。

"别动了,你这个小毛球!"

"放下,放下,放下!"它尖叫着,在空中拼命蹬腿。

"蠢狗。"

我扑通一下将它放在树桩上,然后自己也爬上去。我俩一齐跳到树桩的另一侧,麦奇高声吠道"跳!"同时落了地;接着它一边狂吠"跳!"一边跑远了。

越过树桩,你才真正进入了沼泽的黑暗领域。最先映入眼帘的是一座座古老的斯帕克建筑,自阴影处向你倾斜过来,看起来像正在融化的焦糖色冰激凌,只不过个头大得多。没人知道,也没人记得这些建筑一开始是干什么用的,不过本猜想(他是个特别擅长推测的人）这些房子应该和埋葬他们族里的亡者有关。没准儿是教堂呢，虽然据普伦提斯镇居民所知，斯帕克人根本没什么宗教信仰。

我离这些建筑远远的，走入一小片野苹果树林。苹果熟透了，几乎变成黑褐色，不出基里安所料，差不多能吃了。我从树上摘下一颗，咬了一口，汁水顺着下巴流淌。

"陶德？"

"怎么了，麦奇？"我从后兜里拿出折好的塑料袋，开始往里面装苹果。

"陶德？"它又叫了一声，我这次注意到它的叫声有异，于是回头察看。它面向斯帕克人的建筑，狗毛倒竖，背部和耳朵不停耸动。

我站直了问："什么情况？"

它发出低沉的怒吼，龇着牙。我又有种热血上涌的感觉。

"是鳄鱼吗？"我问。

"别说话，陶德。"麦奇低吼道。

"到底怎么了？"

"安静点，陶德。"说完麦奇发出一声狗吠，真正的狗吠，我是指一声"汪！"

我全身过电般地抖了一下，就像血液要涌出皮肤一样。"听。"它叫道。

于是，我开始听。

仔细聆听。

我微微侧头，更加仔细地谛听。

声流中有个洞。

这不可能。

真是怪事，的确是怪事。那里——树林中或者其他视野之外的地方——出现了一个洞，耳朵和心灵都在告诉你，那里没有声流。虽然那洞没法亲眼看见，但周围的事物围绕着它，中间留空。就好像一团杯子形状的水，水外却没有杯子支撑。那是一个洞，所有落入洞中的生命的声流都会消失，齐刷刷地消失，化为乌有。这和沼泽的安静还不一样，后者并非全然寂静，多少还残留一些声流。可是这个，这是一片成形的虚空，所有声流断绝于此。

这不可能。

在这个世界上，到处都是声流，到处都是男人们永不停歇的思维洪流，它们扑面而来，连绵不绝。自从战时斯帕克人释放出了声流病毒，半数男人和所有女人因此丧了命，我的妈妈也不例外；病毒还让其余男人失去了理智。疯狂让男人们举起了手枪，就这样，病毒宣告了斯帕克人的末日。

"陶德？"麦奇的声音里透露出惶恐不安，我听得出来，"怎么回事，陶德？到底是怎么了，陶德？"

"你闻到什么了吗？"

"只闻到了安静，陶德。"它先小心翼翼地叫了一声，然后叫声越来越响亮，"安静！安静！"

接着，就在斯帕克建筑群附近，那片安静移动了一下。

我吓得跳了起来，落地时差点摔倒。麦奇一边狂吠，一边围着我转圈，叫个没完，让我越发惊恐，所以我又打了它屁股一下（"哎哟，陶德？"），只为让自己冷静下来。

"根本就没有断绝声流的洞，"我说，"没有完全安静的空间。

那肯定是什么别的东西,对吧?"

"别的东西,陶德。"麦奇吼道。

"你能听出它到哪儿去了吗?"

"是安静,陶德。"

"你知道我什么意思。"

麦奇嗅了嗅,迈了一步、两步,又朝着斯帕克人的建筑走了几步。我想,当时我们希望找到那个洞。我缓步前行,仿佛行走于一颗正在融化的巨大冰激凌球之上。我尽量靠着路边走,不想正对着那处窄小曲折的三角门道。麦奇轻嗅门框,但是没叫,于是我深吸了一口气,探头往里面张望。

空空如也。天花板距离我的头顶尚有一人之高;地板上满是泥土,上面爬着藤蔓一类的沼泽植物,除此之外,再无其他。也就是说,这里并没有真实存在的虚空,没有洞;我也无法得知,这里存在过什么。

我知道这么说很傻,但是我还是要说。

不知道斯帕克人是不是回来了。

可是这不可能。

声流中出现一个洞,这不可能。

这么说,不可能的事情一定是真的。

我听到麦奇还在外面嗅个不停,于是蹑手蹑脚地溜出来,准备进入第二栋建筑。这间屋子外面有字,大家只见过斯帕克语中的这几个书面词。我想,这是他们族看着唯一适合写下来的字句。字母都是斯帕克字母,但是本说这念"艾斯帕奇力"或者类似的发音。"艾斯帕奇力",意为斯帕克人。你要是带着嫌恶的语气,那就是

"斯帕克佬"；鉴于之前发生的事，如今人人都这么称呼他们，意思是"那些人"。

第二栋里同样也什么都没有。我退回沼泽，再次聆听，垂下头，努力用大脑中掌管听力的部分捕捉任何动静，努力地听啊，听啊。

我聆听着。

"安静！安静！"麦奇快速地叫了两声，又撒腿跑了，朝着最后一座建筑跑去。我跟在它后头，血直往脑袋上涌，因为就在那儿，声流中的洞就在那儿。

我能听到。

好吧，其实我听不到，这才对，但是当我向它奔去的时候，虚无与我的胸膛交叠，静止的力量吸引着我。前方一片安静，不，不是安静，是寂静，一片不可思议的寂静，我甚至感到自己快被撕碎了，仿佛马上就会失去自己最宝贵的一部分，就好像我真有这么个东西一样。我感觉自己要死了，于是赶快跑起来，眼泪汪汪，胸口疼得厉害。虽然没人看见，但我还是很介意自己竟然哭了出来——我竟然哭了出来。我停住脚步，弯腰心想：老天爷啊，快别哭了。就这样，我愚蠢地停在原地，浪费了一分钟，臭烘烘、蠢兮兮的一分钟——我弯腰平复情绪。然而就在此时，那个洞离开了。它自行离开了，不见了。

麦奇跟着追了一阵，又兜了回来，终于回到了我身边。

"哭了，陶德？"

"闭嘴。"我抬脚朝它踢了过去，但失了准头。

普伦提斯镇

我们走出沼泽,返回城里。虽然头顶艳阳高照,我仍感觉世界一片黑暗。我们再次穿过田野,一路上就连麦奇也少言寡语。我的声流翻腾着,冒着泡泡,活像炉火上的一锅炖菜。直到我停下脚步,努力平复心情,声流才安静一些。

寂静这东西,世上绝无仅有。不仅这里没有,哪里都没有。甚至在你睡觉、独处的时候,寂静都不会存在,永远不可能存在。

我是陶德·休伊特,我闭上双眼,心中默想,我12岁零12个月大,我住在新世界的普伦提斯镇。再过整一个月,我就成年了。

这是本教给我的一个小诀窍,可以平息我的声流:只需闭上眼睛,尽可能保持清醒、保持平静,告诉自己"我是谁"。因为声流会使人迷茫,忘却自己的身份。

我是陶德·休伊特。

"陶德·休伊特。"麦奇在我旁边小声地自言自语。

我深吸一口气,睁开双眼。

这就是我的身份，我是陶德·休伊特。

我们继续前进，与沼泽和河流相背而行，爬上一片荒凉的山坡，走到城镇南侧一段不高的山脊处。这里是学校的旧址。学校的存在不仅短暂，而且没有起到什么作用。我出生前，妈妈们在家教育自己的儿子；后来，世界上只剩下了男孩和男人。于是，我们只好利用录像带和资料自学知识。再后来，普伦提斯镇长说它们"对学生的思想纪律有害"，禁用了这些教具。

普伦提斯镇长有他自己的一套理论。

因此，差不多每半年，哭丧着脸的罗亚尔先生就会召集全镇男孩，把他们带到这里，远离声流密集的镇中心。此举其实并没有多大效果，在一间装满了男孩声流的教室里，正常教学几乎是不可能的；要想进行任何类型的考试，也完全不可能，哪怕没有人作弊，更何况大家都想作弊。

然后，有一天，普伦提斯镇长决定烧掉所有书籍，每一本都烧掉，连家庭私人藏书也不放过，因为他认为书籍有害。罗亚尔先生本是个和蔼的老师，为了在学生面前保持严厉，他总是灌自己威士忌；后来他放弃了，找了把枪，结束了自己的生命。我的学校生涯也就此结束。

本在家教授我其余课程，比如机械、备餐、缝纫和务农的常识等等。我还学了许多生存知识——如何打猎，如何识别可食用的水果，如何通过月亮方位判断方向，如何使用猎刀及猎枪，被蛇咬了之后如何救治，如何尽力平息自己的声流。

他还想教我读书写字。但是一天早晨，普伦提斯镇长从我的声流中发觉了此事，便把本关了一个星期。就这样，我没法继续学习书本知识和其他知识了，更何况每天还要去农场干活儿。从此，我的生活只剩下维持生存，读书能力则再也没有提高。

没关系，反正普伦提斯镇的人谁也没想着写书。

路过学校旧址之后，麦奇和我继续沿着不高的山脊上行，眺望北方，望到了我们所在的全镇。现在全镇规模已经不大了：一家商店（曾经有两家）、一家酒吧（过去是两家）、一间诊所、一座监狱、一座歇业的加油站、一栋镇长住的大房子、一个警察局，还有一座教堂。一条短小的马路贯穿镇中心，那是过去铺建的，日后并未得到妥善维护，很快就变成了碎石路。所有房子都荒凉破败，郊区坐落着几座农场，有的已经废弃，有的依然投入使用；有些农场已经空无一物，还有一些景况更为凄凉。

这就是普伦提斯镇的全貌。全镇只有147人，人口数量还在持续减少。总之，全镇共有146个成年男人和一个即将成年的男孩。

本说，以前新世界还有其他定居者。大约在我出生的十年之前，所有船只都在同一时间登陆。和斯帕克佬开战后，斯帕克佬放出病毒，其他定居者被灭族；普伦提斯镇也差点遭到清洗，多亏了普伦提斯镇长的军事能力，人们才幸免于难。虽然普伦提斯镇长本人就是一场噩梦，但至少在这一点上，我们得感谢他：因为他，我们才成了这个没有女人的空空荡荡的大世界里唯一幸存的族群。可这个世界并不怎么样——在这个仅剩146个男人的小城里，每过一天，人就少一点。

因为有些人无法接受现实，不是吗？他们像罗亚尔先生一样结束了自己的生命。还有些家伙人间蒸发了，比如我们的老邻居高尔特先生，他之前经营着一座绵羊牧场；又如镇上第二好的木匠迈克尔先生；还有范维克先生，他儿子成年的当天，他就失踪了。这并不是什么怪事。如果你的世界里只有一个失去未来、声流肆虐的小城，你也会想逃，即便无处可逃。

作为城里唯一的未成年男孩，我仰望小城，可以听到剩下那146个男人的动静。我能听到他们每一个人的声音。他们的声流如同泛滥的洪水，如同燎原之火或苍穹一般庞大的怪兽，无情地向我扑来，而我无路可退。

此情此景如斯，每一天每一秒，我都在这个臭烘烘、蠢兮兮的城里过着我那臭烘烘、蠢兮兮的日子。别想堵上你的耳朵，没用的：

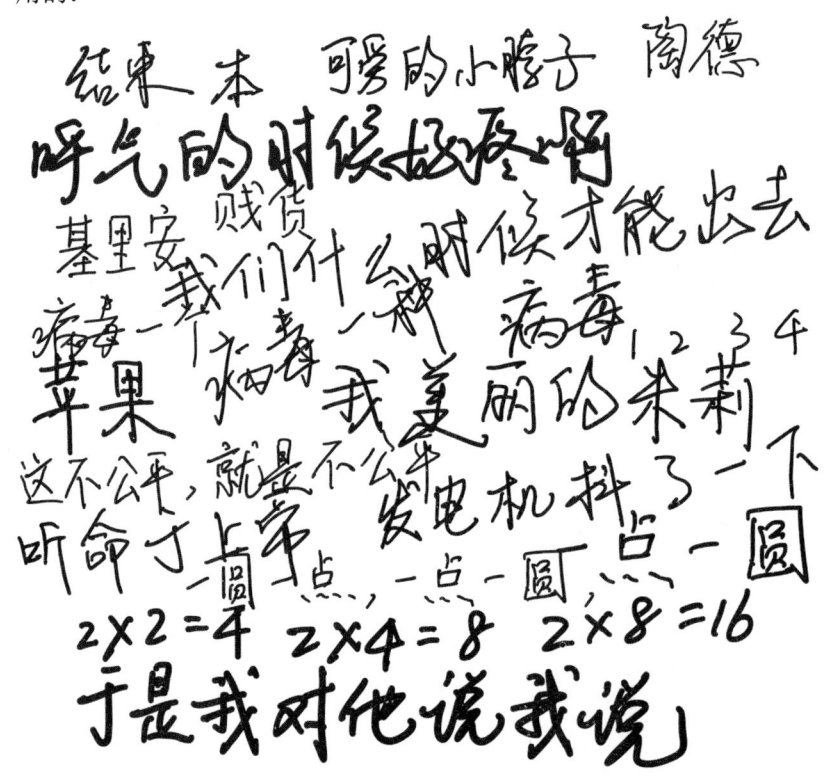

结束本　可爱的小膀子　陶德

呼气的时候放松啊

基里安　贼货　我们什么时候才能出去

病毒　病毒　病毒　病毒　1 2 3 4

苹果　我美丽的米莉

这不公平，就是不公平　发电机抖了一下

听命于上帝　一圆一点、一点一圆、点一圆

2×2=4　2×4=8　2×8=16

于是我对他说我说

真该看看这一对 结束斯蒂克伯的病毒
请帮助托马斯，上帝 嘿，男孩，你在吗？
我曾经认识一个人 一个月的时间 苹果
一种疾病 结束 贼货 苹果 苹果
捶你的后脖子来一下 安静 陶德
哦，我的天 哦，我的朱莉
你在上面吗？ 哦，我的朱莉
这些只够我家里人用的 没有一丁点多余的
那个小小的、小小的、珍贵又美味的...一点多余的
没剩多少断帆夫人而来了
以为他们能成为男人
给枪管上油 呢孩子露出枪管上油
有什么是一个真正的牛肉汉堡解决不了的？
露露他露露手怎么着 听命于上帝
用绳子绑得你的双手
请不要让谷烧带走我的贾斯汀
苹果 哦埃斯特 我的埃斯特 我美丽的姑娘
一个月 普妮提斯姆是第一个尝试的

> *我们怎么才能从这出去 我们怎么才能从这出去*
> *上帝啊，我们都做了些什么？陶德？*
> *一场瘟疫，斯帕克佬带来的病毒*
> *到头来了他我一定会结束*
> *再呛一定我就走 一百一十八天没下雨*
> *我已经忘了她的脸*
> *看看这改小事完全是噩梦*
> *安静的键至那个休伊特家的男孩*
> *止疼药没了我们得跑了*
> *再脖子 你的脖子*
> *疼的你 掐住*
> *闭嘴*

　　这不过是胡言乱语，人们聊天、抱怨、歌唱和哭泣的声音。此外还有画面，突然冲进你脑海的画面，不管你多么排斥，它们还是会涌进你的脑子——回忆、幻想、秘密、计划、谎言。即便大家都知道你在想什么，你还是可以在声流中撒谎，将一个想法藏到另一个想法底下，用平常的景象掩饰，只要别想得太清楚，或者努力往真实想法的反面想。然后谁都无法从声音的洪流中分辨出哪一股是真正的水，哪一股是骗人的。

　　人会撒谎，尤其是自欺欺人。

　　举例来说，我从未亲眼见过活生生的女人或斯帕克人。但是，我在录像带里见过他们——当然那时的录像带还不是违禁品，而且我总是在人们的声流中看见他们，因为男人们的脑子里除了女人就是敌人，还能有什么呢？可是声流中的斯帕克佬越来越大、越来越凶，比录像带里的要厉害得多，不是吗？声流中的女人头发颜色越来越浅，胸越来越大，穿的也越来越少，比录像带里的更随便，也更热情。所以，有一件事要牢记，我要告诉你们这件顶顶重要的事，那就是声流并非真相，声流是人们渴望成真的想法，二者之间差别巨大，大到如果你不小心就会被它害死的程度。

"回家，陶德？"我腿边的麦奇大声叫了起来，因为它在声流中只能这样说话。

"是啊，我们回家。"我说。我们住在城中另一头，东北角，所以得穿过整个镇子才能到家。于是，我们快步前行。

我们首先路过的是菲尔普斯先生的商店。这小店快要倒闭了，就像整座小镇一样。菲尔普斯先生总是沉浸在绝望中。就连人们去他店里买东西，他尽可能礼貌地接待顾客时，那份绝望也会涌出来，将人包围，就像伤口溢出的脓水。**结束了**，他的声流说，**一切都结束了。贱货、贱货、贱货，我的朱莉，我亲爱的，亲爱的朱莉**。朱莉是他曾经的妻子，在菲尔普斯先生的声流中，她总是一丝不挂。

"你好，陶德。"我和麦奇匆匆走过时，他打了声招呼。

"你好，菲尔普斯先生。"

"今天天气不错，是吧？"

"确实如此，菲尔普斯先生。"

"不错！"麦奇叫道。菲尔普斯先生大笑，可他的声流一直在说"结束"，呈现出朱莉脱光的场景，还有他记忆中妻子的日常，就好像那有多特殊、多了不得似的。

　　我觉得，对菲尔普斯先生而言，我的声流没什么特别的，不过是些忍不住想的小事罢了。不过，我必须承认，我发现自己在不自觉地强化那些日常想法，以便掩饰在沼泽发现的那个洞，将它藏在更大的声流中。

　　我不知道自己为什么这样做，不知道为什么自己要隐瞒此事。

　　可我就是隐瞒了。

　　麦奇和我继续快步前行，因为下一站就是加油站和哈马尔先生家。加油站已经歇业了，去年面世的裂变发电机淘汰了汽油。如今的加油站活像一截受伤的脚指头，又笨又丑。没人愿意住在加油站附近，除了哈马尔先生。哈马尔先生比菲尔普斯先生还过分，他会用声流向你咆哮。

　　他的声流丑陋而愤怒，还夹杂着包含你本人的画面，而且十分暴力血腥，你绝不会想看到。因此，你只能努力增强自己的声流，甚至将菲尔普斯先生的声流也裹挟进来，然后一股脑地全抛给哈马尔先生。**苹果，结束，第一次高手击球，本，朱莉，真好，陶德？发电机抖了一下，脱光，闭嘴，给我闭嘴。**突然我接收到一句：**看着我，孩子。**

　　尽管不想，但我还是不小心扭过头，向他望去。我看到哈马尔先生站在他家窗口，他正看着我。**一个月**，他想。他的声流中出现了一个画面，画面里是孤零零站着的我，显得比以往更孤独。我不知道这是什么意思，也不知道这是真实发生的还是他精心设计的谎言。于是，我想象一把锤子不断砸向哈马尔先生的头，可他无动于衷，只是在窗口向我微笑。

前面的路绕过加油站，又到了鲍德温医生的诊所。那里聚集着许多无病呻吟的人，他们其实没什么毛病，但非要在医生面前又哭又闹。今天去看病的是福克斯先生，他说自己喘不上气。若他不是个老烟枪，倒还值得同情。途经诊所之后，全能的上帝啊，你又会看见那家蠢透了的酒吧：就算到了这个点儿，那里依然人声鼎沸。他们爱把音乐的音量开到最大，想借此掩盖声流。可总是适得其反，让人同时听到吵闹的音乐和同样吵闹的声流。更糟糕的是一群醉汉的声流，其冲击力堪比横空挥来的球棍。在这里鬼哭狼嚎的总是那几个人，他们絮叨着令人汗毛倒竖的陈年往事和世上已经绝迹的女人。他们谈的最多的还是女人，不过说的话都没什么逻辑。因为醉汉的声流和酒后胡话是一样的：含糊、无聊又危险。

经过镇中心时就更是寸步难行了，因为这里的声流太密集，你会感到肩上有千斤重量，压得你不知下一步该迈向何方。坦白说，我不知道人们该怎么做，我对接下来的日子一无所知，不知道成年之后该做些什么才能改变现状。

绕过酒吧，向右一转，就来到了警察局和监狱，二者建在一起，你根本想不到，这个小镇的居民会多么频繁地出入这两个地方。警长是小普伦提斯先生，他只比我大两岁，成年还没多久，但是工作上手很快，做得不错。他的号子里关着那些普伦提斯镇长每周吩咐他拘押的犯人，目的是杀鸡儆猴。现在里面关的是特纳先生，因为他没有"为了全城的利益"提供足够的玉米，其实就是没有向普伦提斯先生和他的手下上交免费的玉米。

现在我已经带着我的狗穿过了小城，将声流抛在身后，菲尔普斯先生、哈马尔先生、鲍德温医生、福克斯先生，酒吧里震耳欲聋的声流，小普伦提斯先生的声流，特纳先生呻吟的声流，这些都过去了，但还没完，接下来是教堂。

当然了，教堂是我们来新世界的最初缘由。差不多每个星期都能听到阿隆布道，他会讲我们为什么要离开充满腐败和罪恶的旧世界，我们又是怎样发奋，在全新的伊甸园中开始了纯洁友爱的新生活。

这一套挺管用，是吧？

人们依然去教堂，因为他们不得不去，尽管镇长本人并不怎么去，只留下我们其余的人听阿隆讲：我们在这里唯一可以指望的就是彼此，就是大家伙儿，所有人都要在这个集体中团结。

他还会讲，一人沉沦，万人俱灭。

他老是说这句话。

麦奇和我尽可能安静地从教堂门前走过。祈祷的声流从里面传出来，带来一种特殊的感觉——疯狂而病态，就像人们争相将自己耗尽。尽管他们的祈祷都是老一套，但还是不断有泣血的感觉。**上帝，求求您，帮助我们，拯救我们，原谅我们，帮助我们，拯救我们，原谅我们，把我们救出去吧。上帝，求求您了。上帝，求求您了。**不过，据我所知，还没人听到上帝这位老兄的回应声流。

阿隆也在教堂里，他刚刚散步回来，正在面向信众布道。除了其他的声流，我能听到他讲话的声音。他说的都是**牺牲、《圣经》、赐福、圣徒**之类的内容。他喋喋不休，声流像灰色的火焰，一片混沌，你无法从中清晰地辨别出什么。他很可能有什么阴谋，不是吗？他布道可能是为了掩饰，我已经开始琢磨他到底在掩饰什么了。

然后,我听到他的声流中出现了"小陶德"。于是我赶紧说:"麦奇,快走。"我们一路小跑,离开了教堂。

我们爬上普伦提斯镇的山,经过最后一栋建筑——镇长的宅邸,这里有全镇最古怪、最令人难以忍受的声流,因为普伦提斯镇长……

这么说吧,普伦提斯镇长与众不同。

他的声流清楚得吓人,我说"吓人"是真吓人。他坚信可以让声流遵守规矩。他坚信人可以让声流变得整齐有序,如果你可以管理声流,你就能好好利用它。当你经过镇长的宅邸,你就能听到他的声音,听到他和他的亲信的想法。他们一直在做思考练习——数数,想象完美的形状,整齐划一地念念有词,比如**我即方圆,方圆即我**,也不知这句话到底什么意思。他好像在组织一支小小的军队,为某些事情做着准备,又像是在打造一件声流武器。

这像是威胁,像是变化的世界要将你甩在身后。

12344321。我即方圆,方圆即我。12344321。一人沉沦,万人俱灭。

我即将成年,而成年男人是不会落荒而逃的。但我还是催促麦奇加快步伐,尽可能远远地绕开镇长宅邸,踏上通往我们家的碎石路。

过了一会儿,我们回头已经看不到小城了,声流的动静渐渐弱了(尽管永远不可能消失),我俩终于能顺畅地呼吸了。

麦奇吠道:"声流,陶德。"

"是啊。"我说。

"沼泽安静,陶德。"麦奇说,"安静,安静,安静。"

"是的。"说完我略加思索,赶紧说,"闭嘴,麦奇。"然后我拍了一下它的屁股。它说:"哎哟,陶德。"我回头望着城镇的方向,声流一旦传出去,就没办法半路截住。如果这股声流是带画面的,随风飘动,不知道你是否会看到一个洞正飘离我的身体,飘离想守护这个秘密的我。这只是一小股声流,夹在其他喧嚣的声流中很容易被忽略,但是它产生了,传播了,飘走了。它正朝着有人的世界飘去。

本与基里安

"你去哪儿了？"我和麦奇刚走下碎石路，进入他的视野，基里安就发话了。他在房子前面，仰躺在地，正探头修理我们的小裂变发电机，也不知道这个月它又出什么毛病。他的双臂油迹斑斑，一脸愠怒，声流嗡嗡作响，好似炸窝的蜜蜂，我还没进家门就已经闻到了火药味儿。

"我去沼泽地给本摘苹果了。"我说。

"家里的活儿还没干完，你却自己跑出去玩。"他重新埋头研究发电机，里面不知什么东西发出了当啷声。他冒出一句："妈的！"

"我都说了，我才没跑出去玩，你什么时候能认真听我说话？！"虽然我是在说话，但几乎是在喊叫，"本需要苹果，所以我去给他摘些苹果！"

"啊哈，"基里安转头看着我说，"那苹果在哪里啊？"

当然了，我一个苹果也没拿。我甚至都不记得装苹果的袋子落在哪儿了,但是那时候我肯定还拿着袋子……

"'那时候'是什么时候?"基里安问。

"没必要这么认真听吧。"我说。

他叹了口气,典型的基里安式叹气,然后就开始唠叨:"我们又没要求你干多少活儿,陶德。"——这是假话——"可是单靠我俩确实无法经营好这座农场。"——这倒是真的——"且不说你没做完你应该做的事,就算你做完了……"——这也是假话,他们成天把我当奴隶一样使唤——"现在忙活半天到头来也是一场空,不是吗?"——这也是真的。这座小城无法再扩大了,今后只会缩小,也不会有什么帮手。

"我说话你要注意听。"基里安说。

"注意听!"麦奇吠道。

"你给我闭嘴。"我说。

"别那么跟你的狗说话。"基里安说。

我那句话才不是说给狗听的,我想。想得很用力,足以让他听到。

基里安瞪了我一眼,我也回瞪他一眼。我们平日里就是这样。我们的声流颤动着转为红色,同时掺杂着激动与恼怒。基里安从来都是个难相处的人,从未变过。本比较好说话,基里安正好和他相反。也许是因为我成人的日子越来越近,想到我以后再也不用听他唠叨,基里安的脾气就更暴了。

基里安闭上眼,用鼻子大声地吸了口气。"陶德……"他的声音有些低沉。

"本在哪儿?"我说。

他怔了一下:"陶德,还有不到一周,绵羊就要产羔了。"

我只好又问了一遍:"本在哪儿?"

"陶德·休伊特,你先去把羊喂了,然后进围场,把朝向东边草场的门修好。到现在,这些话我已经至少跟你说过两遍了。"

我转过身,故意用讽刺的口吻说:"'陶德,你去沼泽这一趟还顺利吗?''一切都很好,谢谢关心,基里安。''你在沼泽地遇到什么有趣儿的事儿了吗?''你还真该这么问我,基里安,因为我确实遇到了有趣的事,那也是我嘴唇受伤的原因,可你并不关心我嘴唇上的伤,不过我可能得先把绵羊喂饱,修好那扇该死的栅栏门再说!'"

"没大没小,"基里安说,"我可没空跟你玩游戏,快去把羊喂了。"

我攥紧拳头,发出类似"哦"的声音,意在告诉基里安,我对他的蛮不讲理一刻也忍不了。

"走,麦奇。"我说。

"绵羊,陶德,"走开时,基里安在我身后喊道,"先喂绵羊。"

"知道了,我会喂那些该死的绵羊。"我嘟囔道,现在我走得更快了,热血沸腾,就连麦奇听到我声流中的咆哮都兴奋起来。"绵羊!"它高吠,"绵羊,绵羊,陶德!绵羊,绵羊,安静,陶德!安静,沼泽安静,陶德!"

"闭嘴,麦奇。"我说。

"怎么回事?"基里安问,他声音有异,我们忍不住转过身。他已经从发电机旁站起来,全部注意力都在我们身上,他的声流仿佛激光一样,向我们奔涌而来。

"安静，基里安。"麦奇叫道。

"它说'安静'是什么意思？"基里安上上下下地打量我，他的声流也包裹着我。

"你关心这个干吗？"我背过身去，"我现在要去喂羊了。"

"陶德，你等等。"他在我们身后叫道，紧接着发电机里有东西"嘀嘀"地叫起来，他骂了一句"妈的！"只好又探头去修。我感觉到他充斥着问号的声流正在追赶我的脚步，但是我越走进农场，声流也越来越微弱。

*去他的，爱谁谁吧。*我跺着脚穿过我们的农场，心里念叨着这些话。我们住在城区东北方向一英里左右的地方，农场一半用来养羊，另一半用来种小麦。小麦的活儿更累些，所以本和基里安承担了关于小麦的大部分活计。自从我长大，个头比羊高了，我就一直照顾我自己。没错，是我自己，而不是我和麦奇。他们说把麦奇给我是为了让我把他训练成牧羊犬，这不过是另一个谎话和借口；原因显而易见——我是说麦奇是条彻头彻尾的傻狗——它到最后也没能成为牧羊犬。

喂食、喂水、修剪羊毛、给羊羔接生，甚至阉羊和宰羊，这些我都要做。给城里提供肉和羊毛的有三家农场，我们是其中一家。过去本来有五家的，但很快就会只剩两家了，因为马奇班克斯先生酗酒，随时可能挂掉，到时候我们就会兼顾他养的家畜——应该说是"不得不兼顾"，就像两年前高尔特先生失踪后我所做的一样。然后我就有新的羊要屠宰、阉割、剪毛，还要择日将公羊和母羊合关在一个圈里。可我做了这么多，能得到一句谢谢吗？不，我不能。

我是陶德·休伊特，我想，日子还要继续，声流也不会减弱。我马上就是成年男人了。

"羊！"经过草场时，羊群说。我并没有停下脚步。"羊！"它们目送我经过时说，"羊！羊！"

"羊！"麦奇也跟着叫。

"羊！"绵羊回应。

羊能说的话比狗还少。

我一直专注地在农场中寻找本的声流，然后循着线索在一小块麦田的角落找到了他。刚刚播种完毕，距离收获还有好几个月，所以目前麦田里没什么活儿可干，只要保证所有的发电机、裂变拖拉机和电动打谷机随时能用就好。要是你以为这意味着有人能帮我喂羊，那可就错了。

本的声流嗡嗡作响，从一处灌溉喷嘴附近传来。于是我拐了个弯，穿过田地，向他走去。他的声流与基里安的完全不同，更平静、更清楚。尽管看不到画面，但基里安的声流是红色的，而本的声流常常是蓝色的，偶尔是绿色的。本和基里安是截然不同的人，一个像水，另一个像火，他俩宛如我的父母。

事情是这样的。在我妈妈和本出发前往新世界之前，他俩就是朋友；登陆之后，人们建起了定居点，他俩又都成为了教堂的信众。我的妈妈和爸爸在农场养羊，本和基里安在附近种小麦。那时，邻里之间友好愉快，太阳永不落山，男男女女一起歌唱、生活，相亲相爱，人们永远不会生病，也永远永远不会死亡。

这就是我从声流中了解到的故事，所以，谁知道过去到底什么样儿呢？后来我出生了，一切都变了模样。斯帕克佬放出了令女人丧命的病毒，害死了我妈妈，然后战争爆发，战争结束。这差不多就是他们到达新世界之后的故事了。再说到我，我当时还是个婴儿，什么都不懂。当然，剩下的不止我一个婴儿，还有好多呢。突然，城里只剩下一半的人，都是男人，他们负责照顾男婴和男孩。很多婴幼儿都夭折了，我算是幸运的，因为本和基里安收养了我，他们供我吃喝，对我悉心养育、教导，我这才活到今天。

所以说，我差不多算是他们的儿子。其实可以去掉"差不多"，除了没有血缘关系，我们之间与父子无异。本说基里安老是找我的碴儿，那是因为他太关心我了；如果这是真的，那他关心人的方式也太搞笑了，反正如果你问我，我肯定告诉你，他看上去对我毫不在乎。

本和基里安是截然不同的两种男人，本是善良的那种人，就因为这一点，他在普伦提斯镇是个异类。城中的145个男人，包括刚过了成年生日的那几个，还有基里安，都没有他那么善良。最好的情况是，他们对我视而不见；最糟的则是他们拿我当可以随意打骂的出气筒。所以，之前我花了大量时间研究，怎么才能让他们无视我的存在——只有那样我才能少挨点打。

除了本。我一开始讲他，整个人就变得温柔起来，像个傻瓜，像个小男孩，所以我还是不讲了吧。只能说，我从未见过我爸爸，如果有一天我醒来，有人说我可以在这儿选一个人做我爸爸，随我心意，那本肯定不是那天早上我能做出的最坏选择。

我们向他走过去，他正在吹口哨。尽管我还没看见他，他也没看见我，但他感觉到我走近，便吹起了我熟悉的一首歌，"每当早晨，太阳升起"，他说过，那是我妈最喜欢的歌，但我觉得其实是他喜欢，因为从我记事起，他就开始吹这首歌了。我依然因为基里安而心烦意乱，不过现在逐渐平静下来。

尽管这是一首唱给小婴儿听的歌，我知道，别想了。

"本！"麦奇一边叫一边围着灌溉装置撒欢儿。

"哈喽，麦奇。"我绕过拐角，听见本说。只见他挠着麦奇的耳朵，麦奇眯起眼睛，踮着脚享受爱抚。本肯定能从我的声流中知道刚刚我又和基里安吵了一架，但他什么都没说，只是打了个招呼："哈喽，陶德。"

"嗨，本。"我低头看着地面，踢出去一颗石子。

本的声流在说**苹果**、**基里安**、**你都长这么大了**，然后又是**基里安**，还有**胳肢窝痒痒**、**苹果**、**晚餐**，还有一句，**天哪，这天儿真暖和**，缓和而平淡，给人在炎炎夏日躺在清凉小溪中的感觉。

"你平静下来了吗，陶德？"他终于开口说道，"按我教你的，提醒自己是谁了吗？"

"是的，"我说，"刚好点，为什么他非要找我的碴儿呢？他就不能看见我之后说声'哈喽'吗？连句问候都没有，总是一上来就说'我知道你哪里又出岔子了，我要盯着你，直到我发现你到底做错了什么'。"

"陶德，你又不是不知道，他就是这样的人。"

"你老是这么为他说话。"我摘了一片嫩嫩的小麦叶，拿起一头叼在嘴里，不怎么看他。

"你把苹果放家里了吗？"

我嚼着叶子抬眼看他。他知道我没有。他看得出来。

"没有的话，肯定是有原因的。"他一边说一边给麦奇挠痒痒，"至于什么原因，还不清楚。"他努力辨识着我的声流，从里面筛出他要的答案。他这样做足以招来一场打斗，但我不介意本这样做。他仰起头，不再给麦奇挠痒了，"阿隆？"

"是的，我碰见阿隆了。"

"你嘴唇上的伤是他干的？"

"是。"

"这个浑球。"他皱皱眉头，上前几步，"我可得找他好好谈谈了。"

"不要，"我说，"你别，不然麻烦更多，更何况也不怎么疼。"

他用手指抬起我的下巴，使我仰起头，以便看清伤口。"这个浑球。"他又说了一句，用手指碰碰伤口，我疼得缩了缩脖子。

"没什么。"我说。

"你以后离那个人远点儿，陶德·休伊特。"

"切，谁还想专程跑到沼泽地，在那儿遇见他呀？"

"他这人不大对劲。"

"行吧，本，尽管没啥用，但是谢谢你这么说。"我说着，同时捕捉到他的声流在说**一个月**，这倒是头一回听他说，可他很快就用其他声流把这条盖过了。

"怎么了，本？"我说，"我的生日怎么了？"

他一扯脸，皮笑肉不笑，紧接着担忧起来，旋即又绽放出大大的笑容。"那是个大惊喜，"他说，"别瞎打听了。"

尽管我差不多快成人了，都快和他一般儿高了，他还是略略弯下身子，平视我的脸，但也没近到让人不适，而是让人安心。但我还是回避着他的目光。虽然这样看我的是本，虽然我对本的信任比对这个垃圾小城里的任何人都多，虽然本救过我的性命，而且我确信再来一次的话他还是会这样做，但我还是发现自己不愿向他报告沼泽中发生的事情。这主要是因为，我开始觉得，每当我想起那件事，胸口就会发闷。

"陶德？"本看着我说，他离我很近。

"安静。"麦奇轻吠一声，"沼泽里安静。"

本看看麦奇，然后又看看我，眼中尽是温柔，满怀关心地问我："陶德，它在说什么？"

我叹了口气："我们看见了一样东西，就在沼泽地里。嗯，其实我们没有看见，它藏起来了，但是就好像声流中的一道缝，撕开的一道裂口。"

我住了口，他已经不听我说话了。我只好为他敞开我的声流，尽可能如实地回忆那段经历，他认真地看着。身后传来基里安走来的动静，他在呼唤"本？""陶德？"声音和声流中充满了关切。本的声流也发出些许嗡嗡声，我还是继续尽可能如实地回想我们在声流中发现的那个洞，同时也尽可能让自己的声流保持低调，低调，再低调，以免城里的其他人听到。基里安就快来了。本望着我，始终望着我，直到最后我终于忍不住开口发问。

"是斯帕克佬干的吗？"我说，"是斯帕克人吗？他们回来了？"

"本？"基里安的呼唤变成了怒吼，声音从田野那头传来。

"我们有危险吗？"我问本，"会不会再来一场战争？"

但本只是非常小声地叹道:"哦,我的上帝啊!"说完紧接着又重复了一遍,"哦,我的上帝啊!"

然后他一动不动地盯着我说:"我们得把你送走,现在就得送你离开这儿。"

什么都别想

基里安匆匆赶过来，还没来得及说什么，本就抢先说："什么都别想！"

然后本转身对我说："你也别想。用声流盖住那件事。掩藏好，尽可能地瞒住。"说话的时候，他紧紧抓着我的双肩，这让我比刚才还激动。

"怎么了？"我问。

"你回来时穿过城区了？"基里安问。

"当然得穿过城区了。"我恼了，"不然我他妈的怎么回家啊？"

基里安的表情顿时僵住了。但他并不是因为我说脏话而生气，那是恐惧，我能从他的声流中清清楚楚地听到恐惧。他的声流并没有为"他妈的"这个词向我咆哮，这说明现在的情况更糟。麦奇狂吠不已，大有把自己脑袋吼下来的趋势："基里安！安静！他妈的！陶德！"可谁也顾不得要它别叫了。

基里安看着本:"事不宜迟。"

"我知道。"本说。

"到底怎么了?"我又大声问了一遍,"什么事不宜迟?"我从本的手中挣脱,站起身看着他俩。

本和基里安对视了一眼,然后目光重新落到我身上。"你必须离开普伦提斯镇。"本说。

我来回扫视他们二人,但是他们的声流没有透露任何有用的内容,只有强烈的担心。"我必须离开普伦提斯镇,这是什么意思?"我说,"可是新世界除了普伦提斯镇也没别的地方了啊。"

他们再次对视。

"你俩真是够了!"我说。

"行了,"基里安说,"我们已经把你要带的行李准备好了。"

"这怎么可能?"

基里安对本说:"留给我们的时间可能不多了。"

本回答:"他可以沿着河往下游去。"

基里安又说:"你清楚这意味着什么。"

本回应:"这不会改变计划。"

"该死的,这到底是什么情况?"我吼道,其实我没说"该死的",我怎么会那么说呢?面对眼下的情形,我得用稍微激烈点儿的字眼,"你们说的是他妈的什么计划?"

可他们还是对我的放肆无动于衷。

本压低声音,我看得出来,他在努力让声流保持一定的秩序。然后他对我说:"你要尽量避免自己的声流泄露沼泽地里发生的事情,这一点非常非常重要。"

"为什么？斯帕克佬回来了，要弄死我们？"

"别想了！"基里安发火了，"把声流掩饰好，藏得深一些，直到你远离城镇，没人能听到你的想法再说。现在开始，听话！"

然后他转身朝房子跑去，跑得飞快。

"快点，陶德。"本说。

"我才不，除非有人解释给我听，到底是怎么回事。"

"以后会跟你解释的。"本说着，抓住我的一条胳膊，拉着我和他一起走，"你得到的会比你想要的还多。"他说这话的时候一脸悲伤，我无法再多说什么，只能跟着他往家里跑，麦奇一边狂吠一边跟在我们身后。

跑回房子的路上，我一直在想——

我不知道接下来要发生什么。一支斯帕克人军队从林中冲出来？普伦提斯镇长的手下举着枪准备开战？还是我住的房子在战火中化为灰烬？我不知道。从本和基里安的声流中理不出什么头绪，我的想法像火山熔浆一样在脑海中翻腾，麦奇也一直狂吠。谁能在这一团糟中向我说明究竟发生了什么？

房子里没有人。那座房子，我们的房子，还是老样子，安安静静，和普通农场的房子没什么两样。基里安冲进后门，进入我们从来没用过的祈祷室，将地板一块块地掀起来。本进了食物储藏室，把干货和水果扔进一个布口袋，然后他又进入厕所，取出一个小药箱，也扔进了布口袋。

我则像个傻瓜一样站在原地，不明白这他妈的到底是怎么回事。

我知道你在想：如果每日每夜、从早到晚我都能听到家中这两个男人的任何想法,那我怎么可能不知道现在是什么状况?问题在于,虽然事实如此,但声流是一团噪声,混乱不堪,常常掺杂各种动静和画面,多数时候你根本不能从中理出头绪。人心是个乱糟糟的地方,若把它比作人,声流就是那张鲜活的人脸,它能呈现出真相,也能呈现人们相信的、想象的和幻想的那一套,它会同时展示出截然相反的两方面,尽管真相肯定就在其中,但当你获得一切信息时,你又如何分辨真假虚实呢?

声流显示着一个人未加过滤的样子。如果没有这一层过滤,人就是一片行走的混沌。

"我不走。"我说。他们还在忙活手中的事,完全不理会我。"我不走。"我又说了一遍,本正好从我面前经过,进了祈祷室,开始帮助基里安掀地板。他们终于找到了要找的东西,基里安从地板下方拎出一个帆布背包,正是我以为自己弄丢了的那个旧背包。本掀开背包上盖,往里瞥了一眼。里面装的是我的几件衣服,另外还有一样东西,看起来好像是……

"那是书吗?"我说,"很多年前你们就该把书烧掉的。"

但是他们没理我,本将"书"从帆布背包中拿了出来,他和基里安都定定地看着那东西。我发现那并非真是书,更像是一本装帧考究的皮面日志。本打开日志,翻动写满了字的奶油色纸页。

接着,本又将它合上,用塑料袋包好,放进布口袋里,就好像这是一件十分要紧的宝贝。

然后,他俩都转身面向我。

"我哪儿都不去。"我说。

这时,前门传来敲门声。

有那么一会儿，大家都僵在原地，谁都没说话。麦奇一时间想说的话太多，竟然憋了足足一分钟，一个字都没叫出来，最后终于吠道："门！"但是基里安一只手抓住它的脖圈，另一只手捂住它的口鼻，不让它出声。我们面面相觑，不知道接下来该干什么。

又一串敲门声响起，墙另一面传来一个声音："我知道你们在里面。"

"真他妈的见鬼了。"本说。

"是他妈的戴维·普伦提斯。"基里安说。

门外的是小城执法者小普伦提斯先生。

"你们以为我听不见你们的声流吗？"小普伦提斯先生隔着门板说，"本尼森·摩尔，基里安·博伊德。"声音略微停顿，"陶德·休伊特。"

"好吧，看来咱们是躲不过去了。"我抱着胳膊，多少有些恼怒。

基里安和本又对视了一眼，然后基里安放开麦奇，对我俩说："待在这儿。"然后向门口走去。本把装着食物的袋子塞进背包里，把包口扎紧，递给我。"把包背上。"他轻声说。

一开始我没接，但他表情严肃地做了个手势，我只好接过来背在身上，重得要命。

我们听见基里安打开前门："有何贵干，戴维？"

"我可是普伦提斯的治安官，基里安。"

"戴维，我们正吃午餐呢，"基里安说，"你过会儿再来吧。"

"我看不必了。我要跟小陶德说句话。"

本看看我，声流中传递出忧虑。

"陶德还要干农活儿呢。"基里安说,"他刚刚从后门出去,我能听见他的脚步声。"

这应该是在暗示我和本快走,对吧?可我就是想知道到底怎么回事,所以没理会抓着我的肩膀往后门方向拉扯的本。

"你把我当傻子吗,基里安?"小普伦提斯先生说。

"你是真想知道这个问题的答案吗,戴维?"

"我听得见,他的声流就在你身后不到20米的地方,还有本的。"我们听到他的情绪有所转变,"我只是想和他谈谈,并没有找麻烦的意思。"

"那你为什么带着一支来复枪,戴维?"基里安问道。本听见之后,似乎没克制住,紧张地攥了一把我的肩膀。

小普伦提斯先生的声音和声流再次双双变化:"把他交出来,基里安,你知道我为什么来这儿。你那小子的声流中似乎飘出了一个有趣的词儿,我们想知道具体是怎么回事,仅此而已。"

"我们?"基里安重复道。

"镇长大人想和小陶德说句话。"小普伦提斯先生提高了声音,"你们现在都给我出来,听见了吗?我不是来找麻烦的,只想友好地谈一谈。"

本冲着后门肯定地点点头,这次我没有反对,和他一起缓缓向门口走去,但是麦奇没忍住,叫出声来:"陶德?"

"陶德该不是想偷偷从后面溜走吧?"小普伦提斯先生叫道,"滚一边儿去,基里安。"

"滚出我家,戴维。"基里安回敬道。

"我可不想跟你说第二遍。"

"你都跟我说三遍了，戴维，所以说你的威胁对我根本没用。"

二人僵持了片刻，声流霎时嘈杂起来，本和我知道接下来会发生什么——突然，一切都飞快地移动起来，我们听到了"砰"的一声巨响，紧接着又是两声。我和本，还有麦奇，一齐向厨房跑去。等我们到了那儿，一切都结束了。小普伦提斯先生躺在地板上，捂着嘴，血从里面汩汩地流出来；基里安则手握小普伦提斯先生的来复枪，瞄准地上的他。

"我说了，戴维，滚出我家。"他说。

小普伦提斯先生看看他，又看看我们，手依然捂在血糊糊的嘴上。我说过，他只比我大两岁，说句整话你就能听出来他还没过变声期。可是他毕竟过了成年生日，是个男人了，所以当上了我们的治安官。

他嘴唇上方稀疏的褐色小胡子沾了些许鲜血。不过只有他管那撮东西叫"小胡子"，其他人可不这么认为。

"你知道我想要什么，对吧？"他吐了口血，一颗牙掉在我们的地板上，"你知道这还没完。"他直直地盯着我的眼睛，"你有个新发现，对吧，小子？"

基里安用来复枪瞄准他的头。"出去。"他说。

"我们对你有安排，小子。"小普伦提斯先生对我露出血腥的微笑，又吐了口血，站起身，"他是最后一个男孩，还有一个月成年，对吧？"

我看看基里安，他只是举起来复枪，将手指尖放在扳机上。

小普伦提斯先生也盯着我们，又啐了一口，说："回头见。"他想让自己的语气听上去强硬，但奈何声音尖细，一点也不硬气。

最后，他麻利地往城里的方向跑了。

基里安猛地将门关上："陶德必须现在就走，回到沼泽地去。"

"我知道，"本说，"我还盼着……"

"我也是。"基里安说。

"嗨！嗨！"我说，"我才不回沼泽，那里有斯帕克人！"

"让你的思维保持静默。"基里安说，"你还不知道这有多重要。"

"既然我什么都不知道，那就简单了。"我说，"如果没人告诉我到底是怎么回事，我就哪儿都不去！"

"陶德……"本欲言又止。

"他们会回来的，陶德。"基里安说，"戴维·普伦提斯会回来，到时候就不是他一个人了。面对那么多人，我们没法子保护你。"

"可是……"

"别争了！"基里安说。

"听话，陶德。"本说，"麦奇和你一起走。"

"哦，天哪，还不如我一个人走呢。"我说。

"陶德……"基里安说，我察觉到他的声流起了变化，其中有了新的情绪，一丝悲伤，近似悲恸。"陶德。"他又叫了我一声，然后突然把我搂进怀里，死死抱着。他的动作异常粗暴，我嘴唇的伤口碰到了他的衣领。"哎哟！"我一把推开他。

"你也许会为此恨我们，陶德，"他说，"但是你一定要相信，这么做是因为我们爱你，好吗？"

"不，"我说，"不好。一点都不好。"

可是基里安和往常一样，完全不听我的意见。他站起来，对本说："走，快跑，我会尽可能地拖住他们。"

"我回来的时候会走另一条路，"本说，"看是否能甩开他们。"

他们相互击掌，双手紧握了好一会儿，然后本看着我说："走吧。"接着他不由分说把我拖出屋外，向后门走去。我看见基里安再次拾起来复枪，抬头看了我一眼，我们四目相对。我发现他脸上浮现出一种表情，或者说全身都被那种表情所代表的情绪笼罩着，声流也不例外。那表情在说：这不是一次简单的分别，很可能是他最后一次见到我。我张了张嘴，想说些什么，但是门紧接着关上了，他消失了。

你知道的事

"我和你去河边。"本说。我俩快步穿过农田,这是我今天上午的第二趟了,"你可以沿着河岸走到小河与沼泽交汇的地方。"

"可是那么走没有路,本。"我说,"而且到处都是鳄鱼。你是想让我死吗?"

他回头看了我一眼,神情冷峻,脚下步速不减:"没有别的路了,陶德。"

"鳄鱼!沼泽!安静!便便!"麦奇狂吠。

反正看来也没人愿意告诉我到底怎么回事,我干脆不再问了,只管埋头走路。我们经过羊群,发现它们还在围栏外面游荡,现在我更顾不上把它们关进去了。"羊!"羊群望着路过的我们说。我们继续走,经过大谷仓,沿着喷灌大道走到尽头,向右拐上了一条小路,朝着荒野的边际——这颗空荡荡的星球其余部分的入口——继续前行。

直到我们到了树林边缘,本才再次开口:"布口袋里有吃的,够你撑一段时间。不过,你要尽可能省着点吃。能找到水果或打到猎物,就先别动口袋里的。"

"我要在外撑多长时间?"我问,"我多久才能回来?"

本不说话了。我们已经进了树林,距离小河还有30米远,但是已经能听见水声了,因为前方是河流急冲下山、汇入沼泽地的地方。

突然,我感觉这儿是整个荒蛮世界中最最孤独的地方。

"你不要回来,陶德。"本轻声说,"你不能回来。"

"为什么不能?"我说。我不想如此,但发出的声音微弱得像猫叫,"本,我做错了什么?"

本靠近我:"你没做错,陶德,你什么都没做错。"他紧紧地抱了我一下,我感觉胸口被挤得直往里塌,心中又困惑又害怕,还有些生气。今天早上起床的时候,这个世界与以往没什么两样;现在,他们却要把我送走。基里安和本表现得好像我要死了似的。这不公平。我不知道自己为什么会这样觉得,但不公平就是不公平。

"我知道不公平。"本说着松开我,凝视着我,"但是我们这样做是有原因的。"他扳着我的肩膀,让我转过去,然后打开背后的布口袋。我感觉他从里面取出了一样东西。

那个本子。

我看了他一眼,然后移开目光。"你知道我不太认字,本。"我尴尬地说,显得有点蠢。

他稍稍蹲下身,以便和我面对面地交谈。他的声流让我感觉不太舒服。

"我知道,"他柔声说,"我一直想努力教你,把更多时间花在……"他没有再说下去,而是把本子向我递了递,"这是你妈妈的,"他说,"陶德,这是她的日记,从你出生那天开始记的,"他低头看着本子,"一直记录到她死前。"

我的声流顿时乱了。

妈妈。我妈妈的日记。

本抚摸着日记本的封皮。"我们答应她护你周全,"他说,"还答应她不去想这东西,这样其他人就没法从我们的声流中得知它的存在,任何人都无法知道我们要做的事。"

"也不让我知道。"我说。

"必须不能让你知道。如果这消息出现在你的声流中,然后在城里不胫而走……"

他只说到一半就打住了。

"就会像我今天在沼泽发现那片安静之后,"我说,"消息传到城里,然后现在全乱了套。"

"不,那是个意外。"他抬头望向天空,就好像在用身体告诉我那完全是意外,"谁都没想到会出这种事。"

"有危险,本,我能感觉得到。"

可他听了没有别的反应,只是又把本子递到我面前。

我开始摇头:"本……"

"我知道,陶德。"他说,"你就努力试试吧。"

"不,本……"

他再次对上了我的目光,认真地看着我说:"陶德·休伊特,你信任我吗?"

我抓了抓身上,不知道该怎么回答。"当然信任了,"我说,

"至少在你开始收拾行囊之前我是信任你的。没想到那是给我准备的。"

他的表情更严肃了,声流变得特别集中,宛若一道阳光。"你信任我吗?"他又问了一遍。

我看着他。信任啊,到现在还信任:"我信任你,本。"

"那么,陶德,我要是说你知道的事都不是真的,一定要相信我。"

"哪些事?"我问,声音大了一些,"为什么不能直接告诉我?"

"因为知识就是危险。"他说。我从未见过他这么认真。我看向他的声流,想搞清楚他有什么事瞒着我,但是他的声流突然咆哮着向我逼近,逼得我连连后退,"如果我现在告诉你,那消息就会让你的声流比采蜜时节的蜂巢还热闹。到时候,普伦提斯镇长很快就能找到你,快得跟啐口唾沫一样。你必须离开这儿,必须,越远越好。"

"可你让我去哪儿?"我说,"这世界没有别的地方可去啊!"

本深吸了一口气,"有,"他说,"还有别的地方。"

听见这个答案,我不知该说什么。

"这个本子封皮下面有张折叠的地图,"本说,"是我亲手做的。不过,你先别看,等离开这座城镇,走远一点再看,记住了吗?去沼泽地里。到了那儿,你就知道该怎么做了。"

可是,通过他的声流,我看得出,他并不确定我到那儿之后是否能知道该怎么做。"你是想说等在那儿找到那东西之后吗?"

他没有回答我。

我陷入了思考。

"你怎么会想到预先准备好行囊？"我往后退了退说，"如果沼泽里的那东西真的出乎你的意料，今天又为什么能如此迅速地打发我离家流浪？"

"这是我们早就计划好的，从你很小的时候就做了这样的安排。"我见他咽了口口水，悲伤的声流将我们包围，"只要等你长大独立了……"

"你们就会把我赶出来，让鳄鱼吃了我？"我又往后退了几步。

"不是的，陶德……"他走向前，手里还拿着本子。我接着后退。最后他打了个手势，似乎在说好吧，他投降。

然后，他闭起眼睛，向我完全敞开他的声流。

声流中首先出现的信息是，**还有一个月的时间**……

然后是我的生日……

我正式成人的那天……

然后……

然后……

原来……

发生了……

其他已经成年的男孩儿都做了……

他们全部……

他们自己……

将体内男孩的部分赶尽杀绝……

然后……

然后……

实际上那些人都遭遇了……

天哪……

关于这件事我不想多说了。

看到这些,我完全无法表达我的感受。

我看看本,发现他变得和以前完全不同。他不再是我认识的那个他了。

知识就是危险。

"这就是没人告诉你的原因,"他说,"免得你知道了会逃跑。"

"你们不会保护我吗?"我说,声音又变得跟猫一样微弱(闭嘴)。

"陶德,我们送你走,"他说,"就是在保护你。我们得保证你能自己活下去,所以我们才教了你那么多本事。陶德,现在你必须得走了……"

"如果这就是一个月后发生的事,为什么要拖那么长时间?为什么不早点送我走?"

"我们不能和你一起走,这就是关键。我们不忍心把你送走,让你自生自灭,不忍眼睁睁看你离开。你还小呢。"他又开始用手指头揉搓笔记本的封皮,"而且我们希望能出现奇迹,让我们不用……"

失去你。他的声流说。

"可是这世上没有奇迹。"我愣了一下,说道。

他摇摇头,把本子递给我。"抱歉,"他说,"抱歉事情发展成了现在这样。"

他的声流里满是深沉而真诚的懊悔,还有担心和焦虑。我知道他说的是真心话。我知道,发生现在这样的事,他也很无奈。我讨厌眼下的状况,但还是接过日记本,然后把它放回塑料袋,再装回布口袋里。我们没有再多说什么。还有什么好说的呢?千言万语在嘴边,既然无法全部说出来,那就一个字都不说了吧。

他就像基里安一样,又把我揽进怀中,他的领子碰到了我的嘴唇。不过,这一次我没有把他推开。"永远记住,"他说,"你妈妈死了之后,你就成了我们的儿子。我爱你,基里安也爱你,一向如此,以后也是如此。"

我想开口说"我不想走",但终究还是没说出来。

因为"砰"!我听到了一声巨响,普伦提斯镇有史以来最大的声响,就好像什么东西被炸上了天。

这动静只可能是从我们的农场传来的。

本当即把我推开。虽然他什么都没说,但他的声流尖叫着**基里安**,充塞着这里的每一处空间。

"我和你一起回去,"我说,"打架我帮得上你。"

"不!"本大叫,"你必须得走。答应我,穿过沼泽地,逃跑吧。"

一时间,我什么都说不出来。

"答应我。"本又说了一遍,这次是命令的口吻。

"答应!"麦奇吠起来,声音中透着恐惧。

"我答应你。"我说。

本伸手在背后摸索着,花了一两秒的时间将一样东西解下来,然后把它交给我。那是一把猎刀,锯齿刃的骨柄大猎刀,能轻松砍断任何东西,正是我想要的成年生日礼物。猎刀还连着腰带,我可以很方便地佩带。

"拿着,"他说,"拿着它去沼泽地。你会需要它。"

"本,我从来没和斯帕克人交过手。"

他拿着猎刀的手依然伸向我,我只好接过刀来。

农场又传来了一声"砰"。本看看身后,又看看我。"快走。沿着小河往沼泽方向走,然后穿过沼泽,逃跑吧。陶德·休伊特,你跑得越快越好,最好别他妈的回来了。"他抓住我的一条胳膊,紧紧攥了一下,"只要我能,我一定会去找你,我发誓。"他说,"但是陶德,你要跑得越远越好,答应了就要做到。"

就这样。这就是道别了。尽管我从未想要道别。

"本……"

"快走!"他大喊一声,转身向农场方向跑去,向不知发生了什么的世界尽头跑去,只回头看了我一眼。

身前的猎刀

"我们走，麦奇。"说完我也转身跑起来，尽管我全身上下每一寸都想跟着本穿过农田，往相反的方向跑，如他所说，去把任何想要从我们的声流中打探消息的人搞糊涂。

我脚下迟疑了片刻，因为农场房子的方向传来了一串比刚才稍弱的砰砰声。我想到了基里安从小普伦提斯先生手里夺过去的来复枪，还有普伦提斯镇长和他的手下原本锁在城内的来复枪。应该是基里安拿抢来的枪和房子里不多的其他枪支与那些人对抗，实力悬殊，所以战斗肯定持续不了多久。我不禁想，刚才那几声巨响是怎么回事，最后觉得说不定是基里安为了迷惑那些人把发电机引爆了。如此一来，大家的声流变得嘈杂，他们就听不到我在这儿发出的声流了。

这么做都是为了让我顺利逃脱。

"我们走，麦奇。"我又说了一遍，朝仅在几米外的河流跑去。然后我们右转沿河下山，始终与河水边缘的灯芯草保持一定距离。

鳄鱼就在灯芯草丛里。

我从刀鞘中抽出猎刀,拿在手里,飞快地赶路。

"什么,陶德?"麦奇不断叫着,"发生了什么?"

"我不知道,麦奇。闭嘴,让我好好想想。"

我们疾速奔跑,踏着河畔的灌木,跃过倒下的树干,布口袋不断撞击着我的后背。

我会回来的。这就是我的打算。我会回来。他们说我会知道该怎么做,我现在知道了。我会去沼泽地,如果可以的话我还要杀死斯帕克人,然后回来帮助基里安和本。再然后,我们一起逃到本说的其他地方去。

对,就这么做。

"你答应过,陶德。"麦奇说,听上去很焦虑。脚下那条凸起的小径越来越靠近灯芯草丛。

"闭嘴,"我说,"我答应逃跑,不代表我不会回来。"

"陶德?"麦奇说。我说这话的时候也觉得有点心虚。

我们已经跑出了农场所能接收到声流的范围,河流开始向东偏,渐渐延伸至沼泽地区的最高点。这说明,只要沿着河流走,我们就会越来越远离城镇。我们又跑了一分钟,身后始终没有出现什么追兵。我和麦奇的声流以及河水的流淌声刚巧盖过正在捕猎的鳄鱼的声流。本说这叫"进化",不过他还嘱咐不要在阿隆面前暴露太多这类想法。

我喘着粗气,麦奇也气喘吁吁的,好像下一秒它就会跪倒在地,但是我们谁都没有停下来。太阳开始往下落了,但是光线依然充足,感觉还不能让人轻易隐藏自己。地势越来越平,路面逐渐和低处的河流平齐,河水开始大量流进沼泽。脚下越来越泥泞,我们奔跑的速度慢了下来。身边的灯芯草也越来越茂盛,看来进入草丛是免不了的了。

"留神鳄鱼的动静,"我对麦奇说,"竖起耳朵来。"

河水的流速逐渐放缓,如果把自己的声流控制得够低,你能听见鳄鱼就在不远处。脚下的地越来越湿。现在我们已经很难保持一定步速了,只能深一脚浅一脚地蹚过泥地。我把猎刀横在身前,攥得越发紧了。

"陶德?"麦奇叫我。

"你听见鳄鱼的声流了吗?"我轻声问,同时小心翼翼地注意脚下,注意灯芯草丛,也注意麦奇的安全。

"鳄鱼,陶德。"麦奇说,它已经把声音压到最低了。

我停下脚步,极认真地听着。

我听见鳄鱼的声流了,它们就在灯芯草丛中,不止一处。**肉**,它们说,**肉**,**吃**,还有**牙**。

"糟糕。"我说。

"鳄鱼。"麦奇重复道。

"快走。"我边说边带着麦奇走,溅起一路水花,因为脚下都是淤泥。每迈出一步,我的鞋都会陷入泥中,然后水漫上来,盖过鞋面。眼看已经无路可走了,我们只能进入灯芯草丛。我开始边走边挥舞猎刀,尽可能地砍断挡在身前的草秆。

我向前张望,看到了前头的路,接下来是一个上坡,然后是右转弯。我们已经出城,踏入了毗邻沼泽区、学校旧址所在的那片野地了。要是我们能成功蹚过这片泥泞,就能踏上安全且坚实的土地，顺着小径，扎进沼泽的黑暗腹地。

我上次来这儿真的是今天早上吗？

"快点儿，麦奇。"我催促它，"就快到了。"

肉，**吃**，**牙**。我敢说，我们和鳄鱼越来越近了。

"快点！"

肉。

"陶德？"

我在灯芯草丛中劈砍出一条路，努力从泥泞里拔出脚来，周围到处是**肉**、**吃**、**牙**的呢喃声。

然后我听到了**绕圈的傻狗**。

我知道我们已经疲倦不堪了。

"跑！"我大叫。

我们再次跑起来。麦奇突然发出惊恐的大吼，蹿起来，跑到了我前面。我看见它前方的灯芯草丛中突然跳出一条鳄鱼，扑向它。但是麦奇太害怕了，它跳得比鳄鱼还高，它自己都不知道怎么会跳得这么高。鳄鱼咬了个空，落下去，在我身边溅起一朵大水花，看上去气急了。我听见它的声流咝咝地说**绕圈的傻小子**。我赶紧跑开，可它很快又跳起来袭击我。我没来得及多想，就猛地转身，向上伸手推挡。结果鳄鱼砸下来，压在我头上，张着大嘴，四爪伸展。我一边心想这回可死定了，一边扑腾着爬出泥潭，往旱地里走。鳄鱼竟然从灯芯草丛中站立起来，用后肢撑着身子撵我。我放声尖叫，麦奇也狂吠不止，过了一分钟之久，我才发现其实鳄鱼并没有追赶我，因为它已经死了。我的新猎刀恰好劈开了它的脑袋，而且依然卡在那儿。鳄鱼还在动弹，只是因为我在扑腾。我握着刀把抖了一下，甩开了鳄鱼的尸体。鳄鱼跌落在地，我也差点跟着扑倒。我庆幸自己还活着。

我过于激动，大口喘息着，麦奇则在一旁不停狂吠，我俩都放松地大笑起来。但是我很快意识到，因为笑声太大，有一个重要的声音被我们忽略了。

"小陶德，你去哪儿啊？"

阿隆。他就站在我身边。

还没等我反应过来，他就朝我脸上打了一拳。

我仰面跌倒在地，身后的口袋顶着我的后背，让我看起来像个四脚朝天的乌龟。一侧的眼睛和面颊都火辣辣地疼，我甚至都不知道该怎么动了。阿隆抓住我的衣服和衣服下面的皮肉，将我提溜起来。我疼得要命，大叫起来。

麦奇愤怒地吠道："阿隆！"然后照着阿隆的双腿扑过去，但是阿隆看都没看，将它狠狠地踹到了一边。

阿隆抓着我的前襟，让我站好，看着他的脸。我只能睁着那只没受伤的眼睛与他对视。

"慷慨的上帝，荣光闪耀的伊甸园啊，你跑到沼泽里来干什么，陶德·休伊特？"他说，呼出的气带着肉味儿，他的声流疯狂恐怖至极，任谁也不愿听到这样的动静，"孩子，你现在应该在你的农场里啊。"

说着他又用闲着的那只手往我肚子上招呼了一拳。我疼得蜷起身子，可他还揪着我的前襟和衣服下面的皮肉，我根本弯不下腰。

"你得回去。"他说，"有些事情你得去看看。"

我张大嘴拼命呼吸，但是他说话的口气引起了我的注意。另外,通过他的声流,我捕捉到了一些片段,得知了某些真相。

"是你把他们引去的。"我说,"他们去找我不是因为听见了我的声流,而是你搞的鬼。"

"小孩儿机灵,倒显得大人没用了。"他边说边使劲拧我。

我疼得大叫,但还是继续说:"他们不是从我的声流中发现了那片安静,而是从你的声流中得知的。为了自己能够脱身,你干脆让他们来找我了。"

"哦,不,陶德。"他说,"他们是从你的声流里听见的,我只是帮了他们一把,确保他们能听见而已。我让他们知道,是谁为我们的小城带来了危险,"他咧嘴笑了,露出络腮胡后的一口牙来,"又是谁该受到嘉奖。"

"你这个疯子。"我说。天哪,原来是这样。天哪,真希望不是这样。

他收起笑容,咬牙切齿地说:"它是我的,陶德。我的。"

我不知道他这话是什么意思,但也没有细想,因为我突然意识到,阿隆和我都忘了一件重要的事。

我手里一直握着那把猎刀。

接下来的一刻里,同时发生了许多事。

阿隆从我的声流中听到了猎刀,发现了自己的疏忽。他攥紧拳头,再次向我打来。

我举起猎刀,心想也不知道能不能捅到他。

这时,灯芯草丛中传来动静,麦奇叫道:"鳄鱼!"

与此同时,我听到了**绕圈的傻男人**。

没等阿隆转身,鳄鱼就扑到了他身上,狠狠咬住他的肩膀,用爪子牢牢抓住他,将他往灯芯草丛里拖。阿隆松开我,我再次跌倒在地,胸口都是他留下的瘀青。我抬起头,看见阿隆在泥塘里扑腾着,正在和那条鳄鱼搏斗;我还看到了好几道背鳍,另外几条鳄鱼正在向他围拢。

"快来,这儿呢!"麦奇狂吠,近乎尖叫。

"太他妈对了。"我边说边踉跄着站起来。身后的布口袋晃晃悠悠地落在背上,让我有点站不稳,受伤的那只眼怎么都睁不开。但我们都没停下,而是不停地跑啊,跑啊。

就这样,我们跑出了泥塘,穿过洼地,跑到沼泽小路的路口,然后沿路跑进沼泽地区。等跑到麦奇每次都需要有人抱起才能越过的树桩时,它竟然自己跳了过去,没有半分停顿。我跟在它后头跨了过去。我们一直跑到斯帕克人的建筑前,就像今天早上一样。

猎刀还在我手中,我的声流砰砰作响,我害怕极了,又受了伤,情绪格外激动。现在我最想找到躲在声流中空里的斯帕克人,然后把他弄死,让他死得透透的。都是因为他,今天才会发生这么多糟心事。

"在哪儿呢?"我问麦奇,"那片安静去哪儿了?"

麦奇疯狂地到处嗅闻,从一栋房子跑到另一栋。我努力让自己的声流平静下来,但是无论怎么努力都不起作用。

"快去找!"我说,"趁它还没跑远……"

我还没说完就听到了——声流中的空洞,像生命本身一样宏大而可怕。我能听见,它与我距离不远,就在斯帕克楼群的后面,灌木丛的后面。

这回它可跑不了了。

"安静！"麦奇兴奋地大叫，从楼群中冲过去，一头扎进了灌木丛。

那片安静也动了起来，我再次感觉到胸口的压力以及眼中越积越多的可怕而悲恸之物。这一次我没有停下脚步，而是跟着我的狗跑起来。我不停步，我大口呼吸，吞下压力，抹去眼角的泪水。我攥紧猎刀，听见麦奇的狂吠，也听见了那片安静。它就在这棵树旁边，就在这棵树旁边，就在这棵树旁边，我高喊，我围着树转圈，我朝着那片安静冲过去，我龇牙咧嘴，我尖叫，麦奇狂吠，然后——

然后我停下了脚步。

我在绕圈中停了下来。

不，我没有，我绝对没有放下猎刀。

就在那里，"它"看着我们，喘着粗气，蜷缩在一棵树下，在麦奇的狂吠下直打哆嗦，眼神几乎已经失去了斗志，但还是想方设法抬起胳膊，想给我们造成一点可怜兮兮的威胁。

于是，我停下了脚步。

我稳稳地拿着猎刀。

"斯帕克！"麦奇叫道。不过"它"看我没上前，胆小到根本不敢发起攻击，"斯帕克！斯帕克！斯帕克！"

"闭嘴，麦奇。"我说。

"斯帕克！"

"我让你闭嘴！"我大喊一声，它终于不再狂吠了。

"斯帕克？"麦奇说，这回声音里透着疑惑。

我咽了一口口水，想把喉咙里的压力咽下去。可是，当我看着

"它","它"也看着我时,总有一股股不可思议的悲伤涌上心头。

知识就是危险,人会说谎,世界不断改变,不管我愿不愿意。

因为"它"根本不是斯帕克人。

"是个女孩。"我说。

那是一个女孩。

第二部分

如果这里曾有女孩

"是个女孩。"我又说了一遍。我气还没喘匀,胸闷得很,手里肯定还握着猎刀。

一个女孩。

"它"盯着我们,就好像我们要杀了"它"似的。"它"弓身缩成一个小球,尽全力把身体缩到最小,只是一双眼睛时不时离开麦奇,往我这边快速地瞟一下。

"它"瞟的是我,也是我手中的猎刀。

麦奇喷着鼻息,后背上的毛全都奓起来,上蹿下跳,就好像脚下的地面是火烫的。麦奇似乎和我一样满心疑惑,无论如何也无法保持镇定,完全不能。

"什么女孩?"麦奇狂吠,"什么女孩?"

它的意思是:女孩是什么?

"什么女孩?"麦奇继续狂吠。那女孩儿看起来蠢蠢欲动,似乎要起身往倚靠的那块大树根后头跳。麦奇的狂吠变成了凶猛的咆哮,"别动,别动,别动,别动,别动……"

"真乖。"我说。虽然我也不知道它要做的事有什么乖的,但是我还能对一条狗说什么呢?一切都莫名其妙,简直毫无道理。我感觉一切都在向我无法理解的方向发展。整个世界就像一张开始倾斜的桌子,桌子上的一切都要翻倒。

我是陶德·休伊特。我默想,但是谁知道呢,没准儿就连这个都不是真的。

"你是谁?"最后我说,也不知道"它"能不能在我咆哮的声流和麦奇紧张的乱吼乱叫中听见这句话。"你是谁?"我说,这次的声音更响亮,也更清楚,"你在这儿做什么?你从哪儿来?"

终于,"它"的目光从麦奇身上缓缓移开,落到了我身上。"它"先是看了看我的猎刀,然后开始打量猎刀上方我的脸。

她看我了。

她确实看我了。

她。

我知道女孩是什么。我当然知道。我在城里她们父亲的声流中见过她们。那些男人就像哀悼他们的妻子一样,也会思念女孩,只不过没那么频繁。我还在录像带中见过她们。女孩们瘦小、安静,脸上挂着笑容。她们都穿裙子,都是长发,要么在脑后扎成一束马尾,要么就分在两边。所有房子里的工作都由她们来做,男孩则在外面劳动。她们到了13岁就是成年女子了,就像男孩会变为成年男子一样。之后,成年女子会变成妻子。

新世界就是这样运行的,或者说至少在普伦提斯镇是这样。以前是这样。不管怎么说,曾经这样努力过。但是,后来这里没有女孩了。女孩都死了。她们和她们的母亲、祖母、外祖母、姐妹和姑姨一起死了。我出生后没几个月,她们就都死了。所有女孩,每一个女孩都死了。

但这里竟然冒出来一个。

但"它"的头发不长。她的头发。她的头发不长。她也没有穿裙子。她穿的是衣服和裤子,简直就像是我会穿的新衣服,尽管有些地方被撕破了,沾上了泥巴,但还是新得像制服。乍看之下,她并不瘦小,反倒和我的身材差不多,而且,她脸上毫无笑意。

一点笑意都没有。

"斯帕克人?"麦奇的叫声低了一些。

"你他妈的能不能闭嘴?"我说。

那我是怎么知道的?我怎么知道她是个女孩?

好吧,首先,她可不是斯帕克人。斯帕克人看起来和男人一样,只不过身体各个部位都有些凸出,比例比人类更修长,也更奇怪。嘴的位置比人的高,耳朵和眼睛也非常不一样。斯帕克人的衣服就是他们的皮肤,就好像地衣一样,想有什么花样变什么花样。按照本的另一个精彩推断,这种特征是为了顺应他们所居住的沼泽环境。可她完全不是那样,她身上穿的是正常的衣服,所以不可能是斯帕克人。

其次,我就是知道。我断定她不是。我也不知道该怎么解释,但我看了一眼就知道她不是。她和我在录像带或声流中看到的女孩不像。我从未见过活生生的女孩,但现在见到了,她就是个女孩,就在我面前。别问我怎么知道的,也许是她的身材,也许是她散发的气味,也许是我不知道的什么东西。反正就是这样,我知道她是个女孩。

如果世界上有女孩，那就该是她的样子。

她也不会是男孩。她就不是。她不是我。她和我没有半点儿相同之处。她身上的特质与我完全不同。我不知道自己是怎么知道这一点的，可我知道我自己是谁，我是陶德·休伊特；我也知道我不是谁，我不是她。

她看着我，看着我的脸，直视我的眼。看啊，看啊。

而我从她那儿听不到一点动静。

哦，天哪，我的胸口，有种下坠的感觉。

"你是谁？"我再次问，但是我的声音似乎被绊在了胸口，仿佛是因为我太伤心，声音碎了（闭嘴）。我咬紧牙关，让自己更硬气些，又说了一遍，"你是谁？"同时，我把猎刀往她那边伸了伸，抬起另一条胳膊快速地抹了一把眼睛。

有些事注定要发生。有人必须得行动。有人必须得做点什么。

不管这个世界如何运转，眼下没有别人，只有我。

"你能说话吗？"我说。

她没答话，只是定定地看着我。

"安静。"麦奇叫道。

"闭嘴，麦奇，"我说，"我需要思考。"

她还在看我，还是毫无动静。

我该做什么？不公平。本告诉我得来沼泽地，然后就知道做什么了，可我到现在也不知道。他们没跟我说关于女孩的任何事，他们也没说为什么安静会让我疼得如此厉害，我都很难忍住不哭，就好像我特别想念什么东西似的。我甚至不能好好思考，就像那份虚空并非来自她,而是在我这儿,而且没什么能改变这情况。

我该做什么?

我该做什么?

她好像冷静下来了,不再像刚才一样发抖,也不再高举着双臂,看起来不像是要伺机逃跑了。可是,她连声流都没有,我怎么敢肯定呢?没有声流的人怎么算是人呢?

她能听见我的声流吗?她能吗?没有声流的人能听得到吗?

我看着她,满脑子想法,我尽力让思路变得清晰有力:**你能听见我吗?能吗?**

可她的脸色没变化,一点没有。

"好吧,"我边说边退后一步,"你就待在那儿,好吗?你就待在原地吧。"

我又往后退了几步,但是目光始终没离开她,她也一直盯着我。我放下拿刀的胳膊,从布口袋的肩带里抽出来,然后俯身将口袋放到地上。不过,我始终用一只手握着那把猎刀,然后用另一只手打开布袋,取出日记本。

那本子比我以为用来记录词句的东西要沉,而且散发着一股皮革的味道,里面一页页的全是我妈妈的……

我得等等再看了。

"你看着她,麦奇。"我说。

"看着!"它叫道。

我翻开封皮。就像本说的那样,里面夹着一张折起来的纸。我把纸展开,这是一张手绘地图,背面写着密密麻麻的文字。那些文字对我来说就是一大团纠缠起结的字母,我的声流无法平静下来,所以我没法硬着头皮阅读上面所写的东西,只好先看地图。

我们的房子就在地图的最上方,下面就是小城,还有我与麦奇刚刚沿着走进沼泽的河流,那就是我们现在所在的地方。但地图上不只这些,不是吗?沼泽的另一端再次逐渐形成一条小河,河岸上画着几道箭头,那就是本希望我和麦奇去的地方。我伸出手指,跟着箭头画过去,出了沼泽,一直指向……

"砰!"世界突然变成一团白色,什么东西由下至上打中了我的头,正好和阿隆之前打我的是一个地方。我仰面倒下去,同时向上挥出猎刀,有人疼得低声叫了起来。为了不滚下去,我赶紧撑住身体,一转身,重重地坐到地上。我一边用拿刀的那只手的手背捂在痛处,一边抬头看到底是谁攻击我的。这次我算是得了一个教训:没有声流的东西可以搞偷袭,偷袭的时候他们就好像不存在一样。

那个女孩也摔倒了,她坐在离我稍远的地上,一只手捂住上臂,指缝间有血流出。她扔掉了用来打我的那截棍子,因为刀伤,五官都皱到了一处,一定很疼。

"你到底为什么这么干?"我大喊,尽力避免碰到自己的脸。天哪,我今天真是受够被打了。

女孩看着我,她依然皱着眉头,捂着伤口。

伤口似乎流了不少血。

"棍子,陶德!"麦奇叫道。

"你他妈的跑到哪里去了?"我对它说。

"便便,陶德。"

我喊了一声"嗨",朝它踢起泥土。它忙往后退,在灌木丛里东嗅西嗅，就好像什么都没发生一样。狗的注意力也就火柴棍那么长。蠢东西。

天色转暗，太阳就要落下了，光线曚昽的沼泽地变得更加阴暗了，我依然没有得到答案。时间一分一秒地过去，我不该在这儿干等，也不该回去，这儿也不该有个女孩！

天哪，她胳膊上的伤口真的流了很多血。

"嗨。"我说。我的声音发抖，好像过电一样。我是陶德·休伊特，我想，我差不多是个男子汉了。"嗨。"我又说了一遍，努力表现得平静一些。

女孩儿看着我。

"我不会伤害你的。"我说，和她一样气喘吁吁的，"你能听见吗？我说我不会伤害你的，只要你不再拿棍子打我，怎么样？"

她先是盯着我的眼睛，然后又看向我的猎刀。

她听得懂吗？

我放低猎刀，将它从脸前移开，但我没有放下它。我又用空着的手在布口袋里摸索了一会儿，终于找到了本扔进去的医药包。我抓住它举起来。

"医药包。"我说。她无动于衷。"医——药——包。"我放慢速度又说了一遍。我指了指自己的大臂上她受伤的位置，"你流血了。"

她没有回答。

我叹了口气，从地上站起来。她畏缩了一下，在地上蹭着往后挪。我又叹了口气，这次有点恼火。"我不会伤害你的。"我举起医药包，"这是药，可以止血。"

依然没有回答。也许她就是什么都不会说。

"你看着。"我说着打开医药包,用一只手摸索着掏出一张杀菌棉片,用牙撕去护纸。阿隆和那个女孩先后打我的地方可能出血了,于是我用棉片轻轻拂过眼睛和眉弓,拿下来一看,果然有血。我拿着棉片伸出去给女孩看。"瞧见了吗?"我指指我的那只眼,"瞧见了吗?能止血。"

我向前走了一步,只一步。她又畏缩了一下,但没有上次厉害。我再往前一步,又一步,来到了她身旁。她目不转睛地盯着那把猎刀。

"我不会放下刀的,你别想了。"说着,我把棉片敷到她的胳膊上,"就算伤口很深,这个也能让它闭合,明白吗?我是在帮你。"

"陶德?"麦奇满头问号地叫我。

"等会儿。"我说,"看,你现在血流得到处都是,对吧?我能让它好起来,明白吗?只要你别想着拿该死的棍子打我就行。"

她看着我,眼珠一动不动,一直盯着我。尽管我完全做不到,但还是努力保持平静。她狠狠敲了我的头,我不知道为什么自己还要帮她。该做什么,该怎么做,我什么都不知道。本说沼泽里有答案,但这里没有。这里只有一个女孩儿,她流血了,因为我砍了她,不过这是她自找的。要是我能帮她止住血,或许也算做了点好事。

我不知道,不知道该做什么,所以就做了这件事。

女孩还在盯着我看,还是气喘吁吁的。但是她没跑,也没躲,也没有为了方便我够到她的伤口把大臂朝我转过来一点点。

"陶德？"麦奇再次叫起来。

"嘘。"我说，不想再吓到女孩。这样靠近她的那片安静，我感觉心碎了一地，就像被拽进了无底洞，洞底在召唤我：下来吧，下来吧，下来吧。

但我强作镇定，我做得到。我保持镇定，将杀菌棉片按在她的胳膊上，在那道挺深的伤口上来回擦拭，直到血止住了。

"你得小心点。"我说，"这可没法让伤口痊愈。你得一直小心，等伤口自己全部愈合，明白吗？"

她只是看着我。

"好吧。"我说。这是对她说的，也是对我自己说的，因为现在这事儿干完了，接下来呢？

"陶德？"麦奇吠道，"陶德？"

"别再用棍子了，知道吧？"我对女孩说，"别再打我了。"

"陶德？"又是麦奇。

"行了，我知道自己叫陶德。"

就在这时，我话音刚落，在越来越昏暗的光线下，我是不是看到一丝尚未完全展露的笑意？我没看错吧？

"你能……？"我都快喘不过气了，我努力看着她的双眼，"你能听懂我的话？"

"陶德。"麦奇叫得比刚才更大声了。

我转身问它："怎么了？"

"陶德！陶德！！！"

这下我们都听见了。灌木丛那边传来树枝折断声和奔跑声，还有声流，哎呀，糟了，声流。

"起来,"我对女孩说,"站起来!快点!"

我抓起布口袋,往身上一甩。女孩像是吓瘫了,身体僵直,这可不行。我对她大喊"快起来",同时抓住她的一只胳膊,也顾不上她的伤口,只想把她拉起来。可是已经太迟了,耳畔传来一声大叫,接着是一声咆哮,有如整片树林倒下的呐喊。我和女孩儿一起回头,是阿隆。他疯了,浑身上下狼狈不堪,直直朝我们冲了过来。

猎刀的选择

他三步之内必定能追上我们。还没等我跑起来,他伸出的双手就碰到了我,抓住我的脖子,狠狠地将我向一棵树推去。

"你这个小臭虫!"他尖叫着,大拇指死命按住我的喉咙。我一边胡乱地抓他的手臂,一边奋力挥刀,但是我的背包掉下去了,背带将我的那条胳膊束缚在树干上;只要他下定决心掐死我,我就没救了。

他的脸狰狞得如同噩梦。就算我这回能逃走,以后一闭上眼也会想起这可怕的景象。他的左耳被鳄鱼咬断了,连着一长条皮肉,耷拉在左颊下方。从撕裂的创口里,你甚至能看见他的牙。左眼也因此暴突,好像他的整个脑袋都经历过爆炸一样。下巴和脖子上都有极深的伤口,衣服破破烂烂,血迹斑斑。我甚至看到一颗鳄鱼牙齿插在他血肉模糊的肩膀上。

我几乎窒息,拼命地吸气,却无济于事,你都想象不到我有多痛苦。天旋地转,无法思考,脑子里只盘桓着一个蠢念头:阿隆根本没有逃过鳄鱼的攻击,他已经死了,但是因为被我惹毛了,他死了也要赶来弄死我。

"你笑什么?"他尖叫,血点儿和肉沫儿喷在我脸上。他掐的力度又大了些,我想吐,但没法吐出来。我不能呼吸,光线与各种颜色汇聚在一起,起伏流动。我快死了,马上就要死了。

"啊!"阿隆突然松开我,抽身向后一跳。我倒在地上,吐得哪儿都是,深吸了一口气,然后不住地咳嗽。我抬头看,看到麦奇死死咬住阿隆的小腿,要多使劲有多使劲。

真是条好狗。

阿隆一胳膊将麦奇抡到了一边,麦奇飞进了灌木丛。我听见一声重响、痛苦的狗吠,还有一声"陶德"。

阿隆转过身,又冲我来了。我实在忍不住去看他的脸,上面到处都是深深的伤口。没人能挺过来,绝对没人。那是不可能的事。

也许他真的已经死了。

"启示在哪儿?"他说,扭曲的表情急速变化,突然惊慌地四处寻找起来。

启示?

那——

那个女孩?

我也看了看。她不见了。

阿隆又转动身子,左转转,右转转。我知道,他和我同时听到了她逃跑的窸窸窣窣声、草梗折断声,听到了离我们远去的那片安静。他没有再看我一眼,而是跟在她后面离开了。

就这样,只剩我一个人了。

就这样,我像是没用的东西,被人丢在一边。

真是蠢透了的一天。

"陶德?"麦奇一瘸一拐地从灌木中走出来。

"我没事,哥们儿。"尽管咳嗽得厉害,我还是费力吐出几个字。不过,这并不是真话,"我没事。"

我额头贴地,努力在咳嗽的间隙呼吸,地上到处是我咳出来的唾沫和呕吐物。

我喘着气,开始冒出来一些想法。他们都是不请自来的,是吗?

因为也许就是这么回事,不是吗?也许事情就这样结束了,就这么简单。阿隆想要的显然是那个女孩,不管他说的"启示"是什么,对吧?小城要的显然也是女孩,城里的骚乱和我的声流透露的那片安静有关。那么,只要阿隆得到了她,小城得到了她,这一切就能结束了,对吧?他们得到了想得到的,就能放过我了,我就可以回去,一切都会和从前一样。是啊,这可能对女孩不太好,但是这样就救了本和基里安。

也能救了我。

我只是想想,好吗?这些念头自己冒了出来,仅此而已。

我想,这一切发生得很快,也能很快结束。

"结束。"麦奇嘟囔。

然后我听见一声极恐怖的尖叫,肯定是女孩被抓到了。这就是我的选择,不是吗?

一秒之后,另一声尖叫传来。我都没意识到自己已经站起来了。我把背包卸下,靠着树歇了一下,虽然还在不断咳嗽,也没找回平稳的呼吸，但我始终没有放下手中的猎刀，之后我向声音的方向跑去。

他们的踪迹很容易找到。阿隆身后的灌木丛凌乱不堪，像是刚刚跑过去一头左冲右突的公牛，他的声流发出咆哮；另外就是那个女孩，就算她的尖叫声遮蔽了那片安静，我还是察觉到了。我尽全力追赶他们，麦奇则跟在我后面。不到半分钟，我们就找到了他们，然而这时候我又不知道该干什么了。他抓着她的手腕，她则奋力抗争、踢打，使出了吃奶的力气，但她脸上恐惧的表情让我几乎说不出话来。

"放开她。"我哑声说道，但是没人听见。阿隆的声流格外响亮、夺目，就算是高喊他都不一定能听到。**圣体，上帝的启示，成为圣徒之路**，还有几幅画面：女孩身处一座教堂中；女孩喝葡萄酒、吃圣饼；女孩打扮成天使。

女孩是祭品。

阿隆单手攥住她的两个手腕，另一只手摸索着解下身上袍子的腰绳，开始绑她的手。女孩狠狠地踢他，麦奇也上去咬他。阿隆则用手背狠狠给了她一耳光。

"放开她。"我又说了一遍，努力让这次的声音更大些。

"放开！"麦奇吼道，虽然依然一瘸一拐的，但它还是很凶猛的。真是一条好狗。

我上前一步，阿隆背向我，就像根本不在乎我似的。他根本就不把我视为威胁。

"放开她。"我想大喊，但只是咳嗽得更厉害了。还是没有反应。无论是阿隆还是别人，都对我的喊叫没有反应。

我就要做了,我不得不这么做了!哦天哪天哪天哪,我真的要这么做了!

我要杀了他。

我举起猎刀。

我竟然举起了猎刀。

阿隆转过身,不紧不慢,和听到有人叫他名字时一样。他看见我站在身后,举着猎刀,像个他妈的懦弱的白痴一样呆若木鸡。他竟然露出一丝微笑,天哪,你不知道,那张被毁掉的烂脸微笑起来有多恶心。

"你的声流暴露了你,小陶德。"他说着放开那个女孩。她的手腕被绑上了,又挨了打,连跑都没法跑了。阿隆向我走近了一步。

我往后退了一步(闭嘴,赶快闭嘴吧)。

"要是听说你这么早就离开人间平原,镇长一定会失望的。"阿隆说着又往前走了一步。我也随之退后一步,举起的猎刀似乎毫无用处。

"但是上帝要懦夫可没用,"阿隆说,"对不对啊,孩子?"

他像条蛇一样迅速地抬起左臂,从右边给了我一下子,猎刀顿时脱手而出,飞了出去。然后,他用右手扇了我一巴掌,我被打得连连后退,仰面摔进水里。我感觉他用膝盖顶住我的胸口,双手按住我的喉头,想要完成上次没做完的事情。但是这次我的脸在水下,他肯定很快就会得逞。

我挣扎了两下,很快败下阵来。我输了。我有过机会,但是我错过了,我活该落到这步田地。我还在挣扎,但体力已经大不如前了，我能感觉到死亡的降临，感觉到自己就要彻底放弃抵抗了。

我输了。

输了。

可是，我在水中摸到一块石头。

砰！我想都没想就抓起石头砸在他脑袋上。

砰！我又砸了一下。

砰！又一下。

他逐渐从我身上滑到一边，呛到了水。我坐起身，再次举起石头砸他，但是他已经倒在水中了，脸一半在水里，一半露在外面，牙齿从脸颊的那道口子里露出来，像是在龇牙咧嘴地笑。我手忙脚乱地往离他远的地方爬，一边咳嗽，一边扑腾，但是他没有追我，身子又往下沉了几寸，没有挪动。

我感觉喉咙被他压断了，但是吐了几口水之后，呼吸反倒顺畅了一些。

"陶德？陶德？陶德？"麦奇边叫边向我冲过来。它吐着舌头汪汪地叫，像只小奶狗似的。我给它挠挠痒，又扭了扭它的耳朵，因为我现在什么都说不出来。

然后我们都感觉到了那片安静，这才抬起头，看到女孩就站在我们面前，她的双手还被捆着。

但是她用手指捏着猎刀。

我愣在原地，等麦奇开始咆哮我才意识到是怎么回事。我又喘了几口气，然后伸手把刀拿过来，开始割阿隆绑在她手腕上的袍带。带子落到地上，她揉了揉手腕，和以前一样默不作声地盯着我看。

她知道。她知道我下不了手。

真他妈的,我在心中骂自己,真他妈的孬。

她看看猎刀,又看看躺在水中的阿隆。

他还有呼吸,虽然每次呼吸都咯咯地往外冒水泡,但终究是还有呼吸的。

我握着猎刀,女孩看一眼我,又看一眼猎刀,看一眼阿隆,再把目光投向我。

她是在对我说什么吗?她想让我去杀了他?

他躺在那儿,毫无防备,可能最后会溺水而亡。

而我手里握着刀。

我站起身,因为眩晕跌倒,然后又站起来,这才迈步朝他走过去。我再次举起猎刀。

女孩深吸一口气,我能感觉到她正在屏息凝神地望着我。

麦奇说:"陶德?"

我向阿隆举起猎刀。这是我的又一次机会。我又一次向他举起猎刀。

我能下得去手。新世界里没人会因此指责我。这是我的权利。

我完全可以一刀结果了他。

可猎刀不只是一件物事儿,对吧?它代表一个选择,代表你要做的事。一把猎刀可以代表是或不是、砍还是不砍、死还是不死。一把猎刀会把决定权从你手中拿走,将它交给世界,于是决定权再也不会回到你的手上了。

阿隆要死了。他的脸被撕烂了,脑袋被打得不轻,身体逐渐沉入浅滩,却依然没有醒来的迹象。他想杀我,想杀那女孩,城里的骚乱也是因他而起,一定是他把镇长引到我们农场的,所以他也该对发生在本和基里安身上的事负责。他活该,他死有余辜。

可我就是不能砍下去,结果他。

我是谁?

我是陶德·休伊特。

我是他妈的世上最大的废物。

我下不去手。

真他妈的孬。我又暗骂了自己一句。

"走吧,"我对女孩说,"我们得离开这儿。"

好运不在的时候

起初,我以为她不会跟我走。因为她没理由那么做,我也没理由要求她那么做。可当我第二次更急迫地对她说"走吧",并挥手做了个"走"的手势时,她竟然跟着我和麦奇走了。事情就是这样,我们同行了。谁也不知道这是对是错,但是我们就这样做了。

漆黑的夜幕真的降临了。沼泽地似乎比别处都要黑暗,哪里都是一团漆黑。我们快步取回我的背包,为了远离阿隆的尸体(真希望那真是尸体啊),在黑暗中绕了一些路。我们跨过倒塌的树干和盘根错节的树根,走入沼泽的腹地。终于,我们来到一片小小的空地,这里地势平坦,没有树木,我让大家都停下。

我依然握着猎刀。它就在我手中,一闪一闪,好像正在自责,闪烁着"懦夫"这个词。猎刀反射着两个月亮的光,天哪,真是一件强大的武器。这件武器强大到让我觉得它不属于我,相反,我才是它的一部分。

我把它插到背包和后背之间的刀鞘里,这样起码不用再看见它了。

然后我把背包取下来，伸手捞出一个手电筒。

"你知道怎么用这玩意儿吗？"我问女孩，然后把手电筒开开关关地摆弄了好几回。

她和之前一样，还是一言不发地看着我。

"算了。"我说。

我的喉咙依旧疼痛，脸依旧疼痛，胸口也依旧疼痛。我的声流冲击着我，其中尽是糟糕的想法，比如本和基里安在农场被卷入了多么激烈的打斗；小普伦提斯先生不知还有多久就会发现我的行踪；他将花费多少时间来找我，找我们（就算他还不在来的路上，那也不会太久）。所以，谁他妈的还关心她会不会用手电筒呢？再说了，她肯定不会。

我又把本子从背包里掏出来，使用手电筒照明。我再次打开地图，目光跟随着本画的箭头，从农场出发，沿河而下，穿过沼泽，来到沼泽尽头——它又变成了河流。

找到离开沼泽的路并不难。在沼泽远处的地平线上，人们总能看到三座大山，一座离得近，另外两座比较远，但是彼此之间靠得很近。在本的地图上，河流先是绕过近处的山，再绕过远处的两座。所以，我们要做的就是朝着中间那片空间进发，也就是说我们必须先找到小河，再沿着它走，跟着河流去箭头指示的地方。

去找另一个居民点。

找到了。就在那页的底部，地图边上。

完全是另外一个地方。

就好像我脑子很闲，没有别的新事可想似的。

我抬头看向女孩儿,她还在看我,或许连眼睛都没眨。我用手电筒照了照她的脸。她眨巴了几下眼,扭过身去。

"你从哪儿来?"我问,"是这儿吗?"

我拿手电筒照着地图,把手指放在另一座城市的位置。女孩儿没动,于是我向她挥挥手,可她还是没动。我叹了口气,拿起本子递给她,用手电筒照着纸页。

"我,"我指指我自己,"来自这里。"我又指指地图上位于普伦提斯镇北边的农场,"地图上的这里,"我边说边挥舞双臂,让她知道我说的是这片沼泽,"就是这儿。我们得去那儿。"说着我指向另一个城市。本在下面写了那个城市的名字,不过,写了跟没写也没区别,"你是不是就从那儿来的?"我指指她,再指指那个城市,最后又指向她,"你是那儿来的吗?"

她看看地图,除此之外仍是一言不发。

我无可奈何地叹了口气,退了一步,离她稍远一些。离她太近实在令人不舒服。"好吧,反正我希望你是那儿的人。"我边说边仔细研究地图,"因为我们现在要去那儿。"

"陶德。"麦奇叫道。我抬起头,看到那女孩开始在空地上绕圈子,还盯着什么东西看,就像想表达什么。

"你在干吗?"我问。

她看着我,看着我手里的手电筒,然后指指树林。

"什么?"我说,"我们没时间……"

她又指指树林,然后向林中走去。

"嘿!"我说,"嘿!"

看来我得跟上去。

"咱们得按照地图走!"我弯腰从树枝下钻过去,跟在她后面。我的背包时不时就会被左右两边的树杈绊住,"嘿!等等我!"

我跟跟跄跄地继续跟着她,麦奇则跟在我身后。面对这么多烦人的小树枝以及沼泽里盘根错节的树根和泥坑,手电筒根本派不上什么用场。我忙不迭地低头躲避树枝,屡次将背包从树杈上扯下,基本没空看前面的路,几乎要跟不上她了。就在这时,我看见她在路中央站住了,面前是一棵貌似烧焦而倒下的树。她在那儿等着我,注视缓缓走近的我。

"你在干什么?"我终于赶到她身边,"你要去哪儿?"

这时,我看到她在看什么了。

这确实是棵被烧焦的树,刚刚烧焦、刚刚倒下,没被烧到的断茬儿干干净净,呈现出新木头一样的白色。旁边还有好些类似的树,沿着沼泽中间的一条大沟,它们排成两条直线。这条沟里堆满了泥土,周围又都是被灼烧过的植物,说明它们是新出现的,似乎有什么东西从这儿火急火燎地冲过去了。

"发生了什么?"我举着手电筒,顺着那道沟晃了晃,"怎么回事?"

她望向土沟左边没入黑暗的地方。我用手电筒往那个方向照去,光线不够明亮,看不见什么情况,但肯定存在着某样东西。

女孩迈开腿,向黑暗中的未知事物走去。

"你去哪儿?"虽然我开口问了,但并不指望得到答案,确实也没有收到任何回应。麦奇走在我和那女孩之间,好像它不是跟着我,而是跟着她。就这样,他们步入了黑暗。我虽然也跟在后面,但还是与他们保持了一段距离。那片安静随着她走远了,但仍让我产生不适感,好像它随时准备吞下包括我在内的整个世界。

我尽可能让手电筒光扫过每一寸水面。鳄鱼通常不会深入沼泽腹地,但那只是一般情况;更何况这里还有剧毒的红蛇和爱咬人的水鼬。今天我们一行人都在走背运,所以但凡存在发生意外的可能,这个"可能"就一定会成为现实。

我们挨得越来越近。我用手电筒照亮大家前进的方向,发现有种东西在反光,那不是树或灌木丛,不是动物,也不是水。

那是一种金属质地的东西。体积巨大,真是金属。

"那是什么?"我问。

我们又靠近了一些。起初,我想那可能是一辆大型裂变自行车,我还纳闷,哪个蠢货会在沼泽地里骑裂变自行车呢?在这里,就算有块平整的泥地,没那么多水,没那么多树根,骑自行车也难得要命。

那并不是裂变自行车。

"停下。"

女孩停住了脚步。

怎么回事?女孩竟然停下了。

"这么说,你能听懂我的话?"

和往常一样,没有回答。

"嗯,你等会儿。"我突然产生了一个想法。尽管我们距离那金属物件还有点距离,但我一直用手电筒光照着它的四周,还时不时晃着手电筒去照那条笔直的沟,之后再接着照那个金属体、伏在沟两侧的烧焦树木。一个想法越来越清晰。

女孩不再等待,而是往金属体的方向走去,我跟在她身后。路上我们得绕过一段巨大的树桩，树桩也烧焦了，上面还有一两处冒着悠悠的青烟。到了近处，我们才发现，那金属物件比我见过的最大的裂变自行车还大；非但如此，它还只是某种更大的东西的一部分。金属体上有多处折损烧灼的痕迹。尽管我不知道它完好无损时是什么样子，但看得出来，它显然是残骸。

而且显然是一艘失事船只的残骸。

一艘飞船。甚至可能是宇宙飞船。

"这是你的？"我用手电筒照着女孩问她。她依然什么都没说，但这次的沉默像是表达默认的意思。"你在这儿迫降了？"

我用手电筒光照明，从头到脚地打量她的身体和衣服。当然了，她的穿着和我习惯的打扮有些不同，但是也没有那么大差别，可能很久之前人们就是这么穿的。

"你从哪儿来？"我问。

当然了，她什么都不会说，只是凝望着黑暗中某个遥远的地方。看着看着，她忽然抱起胳膊，往那里走去。这次我没有跟上去，而是继续观察这艘飞船。这真是个厉害的大家伙，我是说，看看它啊，虽然很多部位损毁得几乎难以辨认，但你还是能看出，哪处可能是船体，哪处可能是引擎，甚至能看出有的地方原本是一扇窗。

知道吗，普伦提斯镇的第一批房子都是由早期降落此地的移民所乘的飞船改造而成的。当然了，后来这里又盖了一批木头房子。但是，本说了，人们降落之后，第一件事就是建立临时居所，而临时居所的建筑材料都来自人们获取的第一批物资。现在城里的教堂、加油站仍是改建自飞船的金属船体、货舱和房间。尽管这堆残骸损毁得实在厉害,但换个角度想,它其实就是天上掉下来的旧普伦提斯镇的房子,燃烧着从天而降的房子。

"陶德!"麦奇在我视野之外叫道,"陶德!"

我跑到那女孩消失的地方,绕过残骸,损毁程度较轻的那部分出现在眼前。我跑过那里的时候,甚至看到一侧金属墙的上方开着一扇小门,里面竟然还有一盏灯。

"陶德!"麦奇继续叫,我举着手电筒朝它的方位一看,原来它就站在那女孩旁边,女孩正低头注视什么东西。于是,我用手电筒照了照,发现她身边有两堆衣服。

其实是两具尸体,对吧?

我走过去,拿起手电筒向下一照。那是一个男人,胸口以下的衣服和身体差不多都被烧化了,脸上也尽是烧伤,但足以让人认出他是个男人。他额头上有个伤口,就算烧伤没把他怎么样,这个伤口也能要了他的命。可这一切都无所谓了,不是吗?反正他已经死了。死了,躺在沼泽地里死了。

我又晃着手电筒往他身边照了照。那儿还有个女人,没错吧?

我屏住了呼吸。

这是我第一次真正亲眼见到女人。她和女孩儿一个模样。我从未在现实生活中见过女人,但如果真有这么一个女人的话,应该就是她的样子。

当然,她也死了。但是她身上没有明显的烧伤或割伤,衣服上都没有血迹,所以,也许她身体里的内脏爆裂了。

这是个女人,一个真正的女人。

我举起手电筒,照在女孩身上。她没有往后缩。

"这是你妈妈和爸爸,是吗?"我压低了声音问。

女孩什么都没说,那就应该算是承认了。

我用手电筒照照那飞船的残骸,想到了后面那道被烧过的土沟。这只能说明一件事情——她和她爸爸妈妈在这儿坠落。他们死了。她活了下来。至于她是否来自新世界的其他地方,或者干脆来自新世界以外的其他地方,这都不重要。重要的是,他们死了,她活下来了,她现在孤身一人留在了这儿。

而且她被阿隆发现了。

当好运不在的时候,人会走背运。

我看到地上有拖拽的痕迹。一定是这女孩把他们从飞船残骸中拖到了这儿。可这里是沼泽,除了斯帕克人没法埋别的,因为两英寸深的泥土之下基本就都是水了。于是,他们只能躺在这儿。我不想这么说,可他们确实发臭了。不过这里是沼泽,本来味道就不好闻,所以其实尸体的味儿并没有你想象的那么难以忍受。这样的话,谁知道她在这儿待了多久呢?

女孩又把目光投向我,她没有哭,也没有笑,只是和之前一样面无表情。然后她从我身边走过,沿着拖拽的痕迹往回走,走到之前我在残骸一侧看到的那扇门下。她爬了上去,消失在门里。

食物与火

"嘿!"我说,我跟着她来到残骸旁,"我们不能在这儿瞎晃悠。"

我站起来,想进门去。就在这时,她突然从门口探出身子,把我吓得往后跳了一步。她等我让到一边,才从门里爬出来,从我身边走过。她的一只手拎着一个包,另一只手拎着几个小袋子。我回去打量那扇门,踮起脚想看个究竟。如我所料,里面应该只有残骸,东西乱七八糟、遍地零落,很多都破碎了。

"你是怎么活下来的?"我转身问道。

可她正忙着呢。她先是放下了包和袋子,拿出一个绿色的东西,看起来是个扁平的小盒子。她将那盒子放在稍微干燥一些的地上,然后在上面堆起几根木柴。

我难以置信地看着她:"没有时间生……"

她按下盒子侧面的一个按钮,然后呼的一声,我们面前立刻出现了一堆像模像样的篝火。

我像个傻瓜一样站在原地，大张着嘴。

我也想要一个篝火盒子。

她看着我，揉了揉胳膊。这时，我才意识到自己浑身都湿透了，又疼又冷，而那丛篝火是我能想到的最接近幸福的东西。

我回头望向黑漆漆的沼泽，仿佛这样能看见来者。当然了，我什么都没看到，也什么都没听到。没人靠近。暂时没有。

我又回头看着篝火。"就一会儿。"我说。

我走到火边开始暖手，但始终背着背包。她把手边的一个小袋子撕开，抛给我。我盯着袋子看，最后她伸出手指从自己手上的小袋子里拿出一样东西吃，那想必是水果干之类的食物。

她给了我食物，还有篝火。

她依然面无表情，就像石头一样，不动声色地站在篝火旁进食。我也开始吃东西。那水果还是什么东西像个干瘪的小点点，但是甜滋滋的，有嚼劲。只半分钟我就吃完了一整袋，这时我才发现麦奇在向我讨食。

"陶德？"它说着舔舔嘴唇。

"哦，"我说，"抱歉。"

女孩看看我，又看看麦奇，然后从她自己那袋里抓出一小把，喂给麦奇。它正要凑上去，她的手不小心抖了一下，水果干掉到了地上。麦奇并不介意。它立即把东西吞进肚里。

我冲她点点头，但她没有回应。

现在已是深夜，我们这圈小小的火光之外只有黑暗。头顶交织的枝叶被坠落的飞船砸出一个大洞，透过那里甚至能看到星光。我努力回忆上周是否听到沼泽这边传来遥远的巨响，我转念一想，沼泽这么远，不管什么动静都会被普伦提斯镇的声流淹没，所以谁都不知道这里有飞船坠毁。

但我想到了牧师。

并非谁都不知道。

"我们不能留在这儿。"我说，"你失去了亲人，还碰上了其他倒霉事，我非常遗憾。但是，就算阿隆死了，还有其他人会追赶我们。"

听到阿隆的名字，她往后缩了一下，但动作很轻。他肯定告诉了她他的名字了，又或者是因为别的。

"对不起。"我说，虽然不知道自己为什么道歉。我把背包重新背到背上，感觉比以前更重了，"谢谢你给的吃的，但是我们得走了。"我看着她，"你要一起走吗？"

女孩看了我一下，很快就用靴子尖把燃烧着的树枝从绿色小盒子上踢了下去。她弯腰又按了那个按钮一次，毫发无伤地从地上拾起盒子。

天哪，我真想拥有那玩意儿。

她把它放进从废墟中扒拉出来的包里，然后将包的提带挎到脖子上，好像把它当成了背包。她做出这样的举动，仿佛早就打算跟我同行。

"好吧。"我说，她只盯着我看，没有其他表示，"看来我们都准备好了。"

但我们谁也没动。

我回头看看她的爸爸妈妈。她也回头看了一眼，只一眼。我想对她说点什么，多说几句，但是能说什么呢？我刚张开嘴巴，就看见她开始在包里翻找什么东西。我以为她在找——我不知道——也许是纪念亲人的东西,或者是能用来比画、跟我交流的东西,结果最后她找出了一个手电筒。她把手电筒打开——原来她知道这东西怎么用——然后挪动脚步,先是朝我走过来,然后从我身边经过,就好像我们已经上路了似的。

就这样,好像她爸爸妈妈并没有死在这儿一样。

我看着她愣了一下,喊道:"嘿!"

她转身望着我。

"不是那边,"我指指左边,"是这边。"

我向正确的方向走去,麦奇跟在后面。我回头一看,女孩也向我们的方向跟来。我又向她身后匆匆瞟了一眼。我很想留下来,再从残骸中找些宝贝。天哪,我真想啊。可是,就算现在是晚上,就算我们连个盹都没打过,我们也得走了,我们一定得走。

于是,我们上路了。不多时,就能透过树林的缝隙瞥到远方的地平线,它就挤在那座稍近的山和另外两座较远的山之间。两个月亮都露出大半,天上无云;就算在沼泽地的林冠遮挡下,夜色墨黑,我们也能借着一点月光赶路。

"竖起耳朵,仔细听。"我对麦奇说。

"听什么?"麦奇叫。

"听有没有人跟踪我们,白痴。"

夜里,又在黑漆漆的沼泽地里,人不可能跑得飞快,我们只能尽可能走得快些——我用手电筒照着前方的道路,绕过树根,也避免多次踩进泥塘里。麦奇往前面跑了几步,又兜回来,四下嗅着,时不时叫两声,但没什么大事发生。女孩跟着我们,始终没落后,但也不肯靠得太近。这反倒是件好事,因为尽管我的声流一整天都很平静,但她一旦走近,我就能感觉到她那份安静带来的压迫感。

我们走的时候,她没为她的爸爸妈妈做点事,很奇怪,不是吗?她没哭,也没最后再多看几眼。是我错了吗?要是有机会,我无论如何也要再见本甚至基里安一面,哪怕他们已经——好吧,或许还活着呢。

"本。"麦奇在我脚边说。

"我没事。"我弯腰抓抓它的耳朵。

我们继续走。

如果真到那个地步,我想埋葬他们。我肯定想为他们做些事情,尽管不知道要做什么。我停下脚步,回头观察那女孩,但她还是毫无表情,一如往常。是因为她驾驶飞船时出了意外,她的爸妈才送了命吗?或是因为阿隆找到了她?还是因为她来自别的地方,风俗习惯不同?

难道她什么都感觉不到吗?她没有心吗?

她看着我,等我继续前进。

于是,我很快就继续上路了。

我们在寂静的夜里疾步前行了数个小时。又是几个小时。我们不确定到底走了多远,方向是否正确无误,但实实在在地走了好几个小时。隔三岔五,我会听到夜行动物沼泽猫头鹰在捕食路上发出的咕咕声,它们会呼啸俯冲,抓住短尾田鼠之类的小东西,那些小东西的声流格外安静,听起来连语言都算不上。但是大多数时候,我听到的都是飞快隐去的声流,来自被我们踏过沼泽产生的声音所惊扰、快速逃开的夜行奇物。

奇怪的是，我们身后还是毫无动静，没人追赶我们。没有声流，没有树枝断裂的声音，什么都没有。也许本和基里安把追兵引开了。也许让我逃跑的那个原因根本不重要。也许……

女孩停下来，将一只鞋从泥巴里拔出来。

女孩。

不，他们会追来的。唯一的可能就是他们在等待天亮，这样就能更快地撵上来。

于是我们走啊走啊，越来越累，途中只停下了一次，还是为了大家能躲进灌木丛里撒泡尿。我从背包里拿出一些本准备的吃食，给大家都分了一点，因为这次该轮到我了。

然后我们就又上路了。走啊，走啊。

距离破晓只差一个小时的时候，我走不动了。

"停一下，"说着我把背包放在一棵树底下，"我们得休息。"

女孩把她的包放在另一棵树下，根本不需要我再多解释。然后我们瘫倒在地，把各自的背包当成枕头，半倚着歇息。

"五分钟。"我说。麦奇在我腿边蜷成一团，几乎立刻闭上了眼睛。"就歇五分钟。"我朝那女孩说，她从包里拽出一个小毯子盖在身上，"别让自己睡得太舒服。"

我们得继续走才行，这一点毫无疑问。我只闭上眼待一两分钟，稍事休息，然后就得起身赶路，速度得比之前还快。

休息一下，就一下。

我睁开眼的时候，太阳已经正当空了。说是休息一下，结果他妈的睡过了头。

糟糕。我们失去了至少一个小时，甚至两个。

然后我突然意识到,某个声音吵醒了我。

一个声流。

我慌了,以为有人找到了我们。于是我连滚带爬地站起来……结果发现那不是人。

那是一头城堡鸵,正低头看着我、麦奇和女孩。

食物? 它的声流说。

我就知道它们没有离开沼泽。

我听到女孩睡觉的地方传来微弱的喘息声。没法睡了。城堡鸵扭头去看她,然后麦奇蹲起来狂吠:"咬你!咬你!咬你!"城堡鸵的脖子又向我们摆过来。

想象一下你见过的最大的鸟,大到根本没法起飞。我们说的这东西有2.5到3米高,它有一个可以向各个方向弯曲的超长脖子,远远高过你的脑袋。那东西身上长着羽毛,但看起来更像皮毛;对于它想捕食的"食物"来说,那对翅膀极不友好。你最需要当心的还是它的脚。那东西长着两条大长腿,甚至和你的胸膛一般高。你要是大意,它只需踢上一脚,那尖利的爪子就能取你性命。

"别担心,"我朝那女孩喊,"它没有恶意。"

它们确实性情温驯,正常情况下应该如此。它们的食物本来是啮齿动物,只有被攻击,它们才会踢人;要是你不攻击它们,本说它们动作迟缓,相当友好,甚至会接受你喂它们吃的。城堡鸵曾是普伦提斯镇新移民的猎物,因为它们的肉十分美味;因此,我出生时,方圆几英里已经见不到一头城堡鸵了。这又是另一样我只在录像带或声流中看见过的事物。

世界在不断变大。

"咬你！咬你！"麦奇一边叫一边围着城堡鸵跑。

"别咬它！"我朝它喊道。

城堡鸵的脖子像树藤一样荡来荡去，随着兜圈儿的麦奇而活动，像抓虫子的猫一样。**食物?** 它的声流不断重复这个问题。

"它不是食物。"我说。于是，城堡鸵的长脖子摆到了我面前。

食物?

"它不是食物。"我又说了一遍，"只是一条狗。"

狗? 它思考了一下，开始跟着兜圈儿的麦奇跑，想啄它。它的喙并不吓人，啄人的姿态和大鹅钳人的感觉差不多。但是麦奇一跃，成功躲开了，继续狂吠，狂吠，再狂吠。

我大笑。这场面太好笑了。

然后我听到一声轻笑，不是我。

我回头看，女孩站在树旁，注视着那大鸟来来回回追逐我的傻狗。是她在笑。

她在微笑。

她看见我在看她，便收敛了笑容。

食物? 我听见了，扭头发现城堡鸵开始用它的喙翻我的背包。

"嘿！"我大叫一声，开始轰它。

食物?

"这儿呢。"我拿出一小块儿用布包着的奶酪。是本给我带的。

城堡鸵闻了闻，啄了一口就急匆匆地要将它整个吞下。只见它的脖子上出现了几条长长的波浪线。但是，紧接着它脖子上的波浪线就开始向反方向涌去，随着响亮的呕吐声，一小块儿裹着唾液、都没怎么变形的奶酪不偏不倚地砸到了我的脸上，留下了一条细细的痕迹。

食物？ 城堡鸵一边说，一边缓缓地向沼泽深处走去，似乎在它眼里，我们已经和一片树叶一样无聊了。

"咬你！咬你！"麦奇在它身后大叫，但是没有追上去。我用袖子抹去脸上的痕迹，发现那女孩正笑盈盈地看着我。

"好笑，是吗？"我说。她赶忙板起脸，装作压根儿没笑。可她就是笑了。她转过去，捡起她的包。

"是啊，"重新掌握局势的我说，"我们睡了太长时间，得赶紧走。"

我们继续赶路，大家不言不语，也没有笑容。很快，地面开始变得崎岖不平，渐渐干燥起来。林木越来越稀，时不时就有阳光从我们头顶直直地照射下来。过了一会儿，前方出现了一处小小的空地，有点像一截短峭壁之上的高地，站在上面恰好可以看到树顶。我们爬到顶上便停下了脚步。女孩又拿出一包之前那种水果干似的东西。我们当作早餐吃了，然后继续站在空地上。

眺望树林，我们要走的路非常清楚。地平线上是一座大山，另外，隔着些许雾气，我能看到远处的那两座小山。

"我们要去的就是那儿。"我指着远方说，"或者说，我觉得我们应该去的地方是那儿。"

她把装水果干的袋子放下，又开始翻她的包。然后，她从里面拽出了我迄今见过的最可爱的一架小型双筒望远镜。相比之下，我家里那架坏了好多年的望远镜就像个面包盒。她把望远镜举到眼前，远眺了一会儿，然后把它递给我。

我接过望远镜，用它看我们之后要走的路。一切都清清楚楚。

面前是一片郁郁葱葱的绿色森林，树木铺满了整个下坡，覆盖了山谷。再往后，树木逐渐稀疏，露出了实实在在的地面。我们不仅能看到泥塘似的沼泽，还能看到沼泽逐渐变为一条真正的河流；河流离山峦越近，被河流切开的峡谷就越陡峭。如果认真听，甚至能听到水流奔涌向前的声音。我仔细地看了又看，可是没发现有什么定居点。不过，谁知道河湾附近是什么情况呢？谁知道我们会碰上什么？

我回头望向来时的路，但是时候还早，大片沼泽地上依然薄雾缭绕，一切都妥善地隐藏其中，不露一丝痕迹。

"看起来不错。"我把望远镜还给她。她将它装进包里。我们站在那儿吃了会儿东西。

我们始终隔着一臂距离，她的安静还是让我不适。我咽下一片水果干，心想，没有声流到底是什么感觉？没有声流的地方是什么样的？这意味着什么？美好，还是可怕？

假设说一个没有声流的人站在山顶，会不会感觉自己就像孤身站在那儿？怎么和身边的人分享所思所想？你会想与他分享吗？我的意思是，那女孩和我一样，我俩从危险中逃了出来，向未知之地出发，那里没有声流包围我们，别人想什么我们也不会知道。到时候不就是那样吗？

我吃完水果干，把包装袋揉作一团。她伸出一只手，将吃剩的垃圾都揽进包里。没有言语，没有交流，天地间只有我的声流和她巨大的沉默。

我的爸妈第一次在这个世界着陆时是不是就是这样啊？过去的新世界是不是一个安静的地方……

我突然抬头看向女孩。

过去。

哦，不。

我真是个蠢蛋。

我真是蠢到家的蠢蛋。

她没有声流，而且是乘飞船来的。这说明她来自一个没有声流的世界，显而易见的事儿啊，白痴。

这说明她降落之后还没有被传染上声流病毒。

这意味着等她被传染了，就会遭遇其他所有女人遭遇的不幸。

病毒会杀死她。

杀死她。

我看着她，阳光洒在我们身上。就在我思考的时候，她的双眼越睁越大。我突然意识到自己又犯蠢了，之前竟然没意识到一件显而易见的事。

那就是，我听不见她的声流，但这不代表她听不见我的声流啊。

没有答案的日记本

"不！"我赶紧说，"别听！我搞错了！我搞错了！不是那样的！是我搞错了！"

但是她一步步向后退去，失手将刚才装水果干的空包装袋掉在地上，瞪圆了双眼。

"不，你别……"

我向她走去，她却以更快的速度直往后退，背包都掉了。

"我……"我欲言又止，不知能说什么，"我搞错了，我搞错了。我想的是其他人。"

这些话真是蠢透了，因为她能听见我的声流，不是吗？她知道我在拼命想该说些什么补救。即便我的声流一团乱，她也能看到，其中都是她的身影。另外，我现在彻彻底底认识到了，不管什么事情，只要想过或者说过，就再也无法撤销了。

妈的。真他妈的糟糕透了。

"妈的！"麦奇也叫道。

"你为什么不说你能听见?"我大吼大叫,完全不顾相识至今她从未说过一个字的事实。

她又退远了些,抬起一只手捂住嘴巴,眼神里充满了疑问。

我努力让自己想点别的,什么都行,只要能让事情好转。可我什么有用的都没想出来,发出的声流里只有死亡和绝望。

她转身跑下山坡,能有多快就跑多快,只求把我甩掉。

糟糕。

"等等!"我大喊一声,追了上去。

她走的是我们来时的路,穿过刚才休息的小片空地,马上就要消失在树林深处。我紧随其后,麦奇也紧跟在我身后。"别跑了!"我在她后面大喊,"等等!"

可是她为什么不跑呢?她有什么理由等我?

只要她想,跑起来的速度真是快得惊人。

"麦奇!"它明白我的意思,立即箭一般地向她飞奔而去。我不能把她弄丢了,就像她也不能离开我一样。我的声流咆哮着追赶她,她那片安静也风暴般地掠过前方,哪怕现在她已经知道自己将会死去,她依然安静得犹如坟墓。

"等等!"我大叫着,被树根绊了一个跟头,赶忙用胳膊肘撑住身体。关节重重着地,牵动了我身上和脸上的伤。但我不得不站起来,不得不站起来追她,"妈的!"

"陶德!"虽然看不见麦奇,但我能听见它在前边儿叫。我跟跄了一下,疾步绕过一大丛灌木,然后就看见了她。她坐在一块半埋在地下的、巨大且平坦的岩石上,上至胸口下至膝盖,身体前后摇晃着,眼睛睁得大大的,但眼神空洞。

"陶德！"麦奇看见我之后又叫了一声，然后跳上岩石，开始围着她闻。

"别烦她，麦奇。"我说，可它就不听，反而凑到她脸跟前去闻，还舔了她几下，然后才原地坐下，靠在她身上，就像她倚在岩石上那样。

"听着……"我气喘吁吁地对她说，但并不知道接下来该说什么。"听着。"我重复了一遍，还是没有下一句。

我一言不发地站在那儿，呼哧呼哧地喘气，她坐着前后摇晃。到了最后，我实在不知该做什么，也坐到了岩石上。不过，我还是和她保持了一定距离，这么做是出于尊重，也是为了安全。她继续摇晃，我则静静坐着思考对策。

就这样，我们相安无事地度过了几分钟。天越来越亮，四周的沼泽风景也越来越清晰。我们早该起程，却在这儿耽搁了好几分钟。

终于，我想出了一个主意。

"我的想法可能不对。"我刚有头绪就立刻说道，"我也可能犯错，你知道吗？"我转身对她说，语速很快，"有好多事我了解到的都是谎言，如果你不相信我说的话，大可以研究我的声流。"我站起来，语速更快了，"这世上本不该有另外一个聚居区。普伦提斯镇本来是整个该死的行星上唯一一个聚居区。可是地图上分明有另一个地方！所以，也许……"

我想啊，想啊，绞尽脑汁地想着怎么才能向她解释明白。

"也许那种病毒只存在于普伦提斯镇。如果你不进城，就能保证生命安全。也许你会没事。因为我没听到你发出任何声音，一点声流都没有，你似乎没有任何染病的迹象。所以，或许你不会死掉。"

她看着我，仍在摇晃。我不知道她在想什么。"或许你不会死掉"这种话可能并不能起到安慰效果。

我还想撤退，任由她清清楚楚地看见我的声流。"也许我们都染上了那种病毒，然后，然后，然后……对了！"我又冒出来一个想法，这是个好主意，"也许正是为了不把病毒传染给另一个聚居区，普伦提斯镇才切断了自己与外界的联系！肯定是这样！所以只要你一直留在沼泽地里，你就是安全的！"

她不再摇晃了，但还在看我，她相信我吗？

但是，紧接着，我就像不知见好就收的笨蛋一样，继续胡思乱想。如果普伦提斯镇确实与外界隔离了，那另一个聚居区的居民肯定不欢迎我们的到来，不是吗？也许是另一个聚居区主动与我们切断了联系，隔离普伦提斯镇，防止病毒传染。

如果"能听到他人的声流"代表此人已被感染，那么女孩已经能听见我的声流了，对吧？

"哦，天哪。"我说着，微微向前倾身，双手撑住膝盖。尽管我站着，却感到整个身体在下坠，"哦，天哪。"

坐在石头上的女孩再次抱紧自己。我们现在的情况更糟糕了。

这不公平，我告诉你，这一点都不公平。等你到了沼泽地就知道怎么做了，陶德，你会知道该怎么做的。是啊，我真要谢谢你，本，谢谢你的所有帮助和关心，现在我到沼泽地了，接下来该怎么做，我依然毫无头绪。这不公平。我先是从自己的家里被踢出来，被人揍了一顿，后来又发现那些声称关心我的人其实多年来一直在撒谎。现在,我捧着一幅傻兮兮的地图,去寻找一个从未听闻的聚居区,我还得翻阅那本傻兮兮的日记——

对了,日记本。

我打开背包,拿出日记本。他说过,一切答案都能从中找到,那么也许真的可以。可是——

我叹口气打开本子。都是手写的,所有字,都是我妈妈一个字一个字、一页纸一页纸地写下来的,而我——

好吧,不管怎样,我重新研究起地图来,研究本写在地图背面的那些话。这可是我第一次有机会不借助手电筒来看它,而手电筒原就不是为了阅读准备的。本的字写在背面顶部。先是"去"这个字,这绝对是第一个字;然后是我辨认不出的几个难词儿;再接着是现在绝对没时间看的好几大段文字;但是最后,本在一堆字儿下面画了横线。

我看看女孩,她还在摇晃。我便接着转过身背对她。我将手指放在第一个画线的字下面。

我来好好看看。尔?你,应该是你。你。好的,我什么?心?心页?必页?你必页。你必页?这他妈的什么意思?苟,敬,敬吉,敬告?也。也门?也们。你必页敬告也们?不对,等等,是他们。原来如此,是他们,蠢货。

可是,你必页敬告他们?

啥意思啊?

记得我说本教过我认字吗?记得我说过我学得不太好吗?反正……

唉,不说了。

你必页敬告他们。

蠢货。

我继续看日记本，翻来翻去。好多页，好多好多页，每个边边角角都写满了字，可在我看来什么都不是，根本找不到什么答案。

狗屁本子。

我把地图重新插到日记本里，砰的一声将本子重重合上，将它扔到地上。

你这个蠢货。

"狗屁本子！"这次我大声喊了出来，一脚把它踢到蕨草丛里。我转身看那女孩，她还在前前后后地摇晃。我明白，好吧，我明白，可眼下的情形让我有点想发火。因为这是一条死胡同，我这边毫无进展，她也什么忙都帮不了。

我的声流嘈杂起来。

"我又不欠你的，你怎么这样？"我说，她看都不看我一眼，"嘿！我跟你说话呢！"

可她还是毫无反应。毫无反应，毫无反应，毫无反应。

"我不知道该做什么！"我大喊一声，站起来跺着脚走来走去，继续大喊大叫，直到嗓子沙哑，"我不知道该做什么！我不知道该做什么！"然后我回头对着女孩喊，"对不起，行了吧！你碰上这样的事，我很抱歉，但是我不知道该做什么，能不能别他妈摇晃了！"

"大喊大叫，陶德。"麦奇叫道。

"啊啊啊啊啊啊！"我捂着脸大喊，然后把手放下，什么变化都没有。我被赶出来之后算是弄明白了一件事，没有人会为你做任何事,一切都得靠自己。如果你什么都不做,事情就毫无转机。

"我们得继续走。"我说着,怒冲冲地捡起背包,"你还没传染上那个病,所以或许离我远点对你比较好。我不知道该做什么,现在看来,我们唯一该做的就是继续上路。"

摇晃,摇晃,摇晃。

"我们不能回头,所以必须向前,就这样。"

她还在摇晃。

"我知道你能听见我说话!"

她毫无反应。

我突然觉得受够了。"行吧。"我叹气道,"行吧,随你。你就待在这儿继续摇晃吧。我可不管了。这年头谁他妈的还关心什么事儿啊。"

我看看地上的笔记本。狗屁东西。可它是我的东西,我只好弯腰又把它拾起来,放进了塑料袋,又把塑料袋放回背包,把背包背回自己肩上。

"过来,麦奇。"

"陶德?!"它大叫,看看我,又看看女孩,"不能走,陶德!"

"她愿意跟着的话我不拦。"我说,"但是……"

我甚至不知道这个"但是"后面有什么。如果她想留在这儿一个人等死呢?如果她冒着被小普伦提斯抓住的风险也要回去呢?如果她不在乎被我传染声流病毒而身亡的危险呢?

真是个糟糕的世界。

"嘿,"我说,尽量把声音放轻柔一些,但我的声流咆哮如初,所以这么做并没有什么用,"你知道我们要去哪儿,对吧?我们要去穿过群山的那条河,沿着河走,你就能找到一个聚居区,懂吗?"

也许她在听我说话,也许没有。

"我会在路上留心你的。"我说,"你要是不想离我们太近,我也明白,但我会在路上留心你。"

我多待了一会儿,想看看这话对她会不会起作用。

"好吧。"我终于说,"认识你很高兴,再会。"

我离开她,向远处走去,走到前方茂盛的灌木丛时,我又折返,想再给她一个机会。可她还是无动于衷,只顾坐在原地摇晃,不停地摇晃。

那就这样吧,我决心一走了之,麦奇不情愿地跟在后头,频频回头张望,同时不住地劝我:"陶德!陶德!离开,陶德?陶德!别走,陶德!"我终于爆发了,在它屁股上打了一巴掌,"哎呀,陶德?"

"我不知道,麦奇,别问了,行吗?"

我们沿着来时的路穿过树林,回到干燥的地区,回到峭壁上的小片高地。刚刚我就是在那儿吃早餐、看风景,还自作聪明地做出了她命不久矣的推理。

峭壁之上,她的包还扔在那里。

"妈的,真是麻烦!"

我看见那包愣了一下,麻烦事儿真是一件接着一件。我该把包给她送过去吗?还是等她自己发现遗失了包?如果我把包送过去,会不会给她带来危险?要是不送,她是否也会有危险?

太阳当空，天空像鲜肉一样蓝。我双手抵在屁股后面，像沉思的大人一样眺望远方。我先是望着地平线，再回头看我们来时的路。现在，雾气基本消散，整个沼泽森林都沐浴在阳光下。若在峭壁顶上俯瞰，可以将这片地区尽收眼底。之前我们在下方疾行，走得脚都快失去了知觉。如果天气够好，且手里有一架强大的望远镜，说不定能一直望见普伦提斯镇呢。

强大的望远镜。

我低头看她放在地上的包。

我刚想伸手去探，就听到了一个声音，好像是低语声。我的声流急变，急忙确认是不是那女孩跟在我后面回来了。尽管不愿意承认，但要是那样，我可松了口气。

并不是。我又仔细听了听，是低语声，不止一个人在说话。这窃窃私语声随风传进了我的耳朵。

"陶德？"麦奇说着嗅了嗅空气。

我在阳光下眯着眼眺望身后的沼泽。

那儿有人吗？

我抓起女孩的包翻找望远镜。包里装着各种各样的小玩意儿，但是我只拿了望远镜。

我只看到了沼泽地、沼泽森林的林冠、泥沼间的小片空地、沼泽尽头再次汇聚而成的河流。我将望远镜从眼前移开，仔细观察了一下，发现上面布满小按钮。我按了几个按钮，发现可以看得更清楚了。于是，我又多按了几遍。这时，我清楚地听到了低语声。我确定。

透过望远镜，我看到了沼泽地中的那道沟，她所乘飞船的残骸，除此之外并无他物。然后我沿着望远镜的上沿眺望，好像看到了什么东西正在活动。于是，我用望远镜对准那个方向，就在距离稍近的地方，几棵树的树叶沙沙作响。

只是风吹罢了，不是吗？

我来回扫视，继续按下按钮，将视野中的事物拉近，再推远，时不时就对准刚才有动静的那几棵树看。

最后，我将望远镜对准了我和那几棵树之间一道类似水沟的东西。

我紧盯着那里。

我看哪，看哪，心里反复想：我是不是真的听到了低语声呢？想得肠胃都拧作一团。

我继续看。

最后，那树后窸窸窣窣的动静来到了空地上。我看到镇长本人骑着马从树后冒了出来，他身后还跟着其他人，都是骑马的。

他们不偏不倚地向我这里进发。

桥

镇长。这回来的不是他的儿子,而是镇长本人。他头戴干干净净的帽子,脸上刮得干干净净,身上穿得干干净净,脚上的靴子闪闪发光,骑在马上,腰杆笔挺。普伦提斯镇镇民并不常见到他,只有进入他那个小圈子之后,才能常常与他碰面。只要你看到他,他都是现在这副样子,就连通过望远镜看都是这样,就好像他特别懂得怎么捯饬自己,而你完全不会似的。

我又按了几次按钮,终于把距离拉到最近。他们一行五人,不,六人。他们之前都曾聚在镇长的宅邸中,发出疯狂而诡异的声流——**我即方圆,方圆即我**。柯林斯先生、麦克纳尼先生、奥黑尔先生和摩根先生,他们都骑着马。这场景实在少见,因为在新世界,马很难养活,镇长向来将他的马群交给若干带枪的男人照管。

还有那个该死的小普伦提斯,他和他父亲并肩骑在马上,脸上挂着基里安给他的那个黑眼圈。棒极了。

我随即意识到,这说明他们已经处理完了农场。不管本和基里安发生了什么,事情都已经尘埃落定了。我放下望远镜,努力让自己保持镇定。

然后,我又举起望远镜,继续观察。这队人停下来,围着一大张纸讨论了一会儿,这地图一定比我的那张好得多,然后我看到了——

哦,天哪。

哦,天哪,老天爷不是在开玩笑吧!

我竟然看到了阿隆。

阿隆跟在他们后面走出了树林。

臭烘烘、傻乎乎、恶心欠揍的阿隆。

虽然大半个脑袋都裹着绷带,但是他依然稳稳当当地跟在镇长身后,挥舞着手臂,仿佛又在布道,只不过没有听众。

怎么回事?他怎么可能还活着?他不是死了吗?

我的错,这他妈的都是我的错。因为我是个懦夫。因为我弱小、愚蠢,是个不折不扣的懦夫,所以阿隆才活了下来,他才能带着镇长穿过这该死的沼泽地来追捕我们。因为我没杀了他,他才来追杀我。

我感到一阵恶心,弯腰捂着肚子呻吟了几声。我的脸涨得通红,麦奇吓得跑开了。

"这都是我的错,麦奇。"我说,"是我造成的。"

"你的错。"它疑惑地重复了一遍我的话,但是这话完全正确,不是吗?

我又拿起望远镜看了一眼。我看到镇长将阿隆叫到身边。人能听到动物的想法,可阿隆觉得它们不洁,不肯走近马匹。所以镇长招呼了他好几回,阿隆才不情愿地上前查看地图。镇长似乎在给他下达命令,阿隆则站在旁边听着。

然后他抬头向上看去。

他的目光穿过沼泽的森林与天空。

直达这处山顶。

向我投来。

当然,他看不见我,毕竟那是不可能的。没有像女孩的望远镜一样的工具,他别想看见我。我看他们这些人并没带着这类东西,而且我从未在普伦提斯镇见过任何类似的东西。所以,他肯定看不见我。

但他无情地举起手臂,指了过来,直直地指向我,就好像我就坐在他桌对面一样。

我没有多想,拔腿就跑,飞快奔下了山坡,往那女孩的方向跑去,同时从身后拔出猎刀。麦奇狂吠着跟在我脚边。我冲入树林,下坡绕过那丛茂盛的灌木。她还坐在那儿摇晃,但是看到我向她冲去时至少抬起了头。

"快跑!"我抓住她的胳膊说,"我们得赶快跑了!"

她想挣脱,但我紧抓着不放。

"不行!"我大喊,"我们必须得跑!赶快跑!"

她开始挥拳抵抗,甚至有几拳打到了我的脸。

但我怎么也不放手。

"听着!"我说,同时向她敞开我的声流。她又打了我一下,紧接着看到了我声流中的画面,看到了沼泽地里等待着我们的命运。好好看看吧,看看什么人在对付我们,什么人不遗余力要抓住我们。阿隆，他没死，他正想方设法地寻找我们，带着一群骑马的人来追我们。他们的速度可比我们快多了。

女孩的脸皱了起来，好像她在经历世上最难以忍受的痛苦。她张开嘴，仿佛要大喊，但一个字也没喊出来。她还是没说出话，也没有声流，从她那儿听不到一点动静。

我真是不明白。

"我不知道前面有什么，"我说，"不管什么我都一无所知，但是凡事都比被身后的追兵撵上好。这是一定的。"

她听到了我的话，脸上起了变化，但很快就恢复到了几乎面无表情的样子，只不过这回她抿紧了嘴唇。

"跑！跑！跑！"麦奇狂吠。

她伸手去抓她的包，我赶紧递给她。女孩站起来，将望远镜塞进去，把包挎在肩膀上，直视我的双眼。

"可算准备好了。"我说。

就这样，一天之内，我第二次全力冲向河边，脚边依然跟着麦奇，这次还多了个女孩。

好吧，其实大多数时候她都超过了我，她的速度可真他妈快，真的。

我们跑回山上，又从另一侧跑下山，这回我们真的到达了沼泽地边缘，身边的泥地越来越少，泥泞逐渐被普通的树林所取代。脚下的土地越来越坚实，也越来越方便跑步，途中大多是下坡路，这或许是我们第一次遇上好事。跑了一会儿，我们终于看到左侧出现了一条像样的小河。就这样，我奔跑着，背包不断撞击我的后背，我几乎喘不过气来。

但我始终把猎刀攥在手里。

我发誓,我现在就向上帝或者不管什么神明发誓:如果阿隆再出现在我面前,我一定会杀了他,绝不再犹豫,绝对不,无论如何都不犹豫。我发誓。

我一定会杀了他。

我会让他死得透透的。

等着瞧吧。

路两侧的高低差越来越大,周围的树越发繁茂。这条路先是靠近河流,接着又折向远离河流的方向。奔跑跳跃的麦奇气喘吁吁地吐着舌头。我的心仿佛狂跳了百万次,腿都要跑折了。

此时,路又往河畔拐去。我大喊:"等等!"前方的女孩应声停下脚步。我跑到河边,快速看了眼周围,没发现鳄鱼,这才俯身舀起几捧水送进嘴里。水只是平常的河水,现在尝起来却分外甘甜。河水发源于沼泽地,天知道里面都有些什么,可是没办法,人总得喝水。女孩也来到河边喝水,我感觉到她的那份安静,便稍稍往远处走了走。麦奇也凑过来。我们都在喝水间隙发出粗重的喘息声。

喝完了水,我擦擦嘴,抬头眺望前方的路。河流旁边的路上,石头越来越多,地势也更加陡峭,不适合奔跑。但河畔还有一条小径,它穿越我们来时走过的那条路,逐渐攀升到峡谷顶端。

我愣了一下,眨眨眼睛。

我竟然发现了一条小径。有人开辟了一条小径。

女孩也转过头来看。那小径一路向上,被它抛在下方的河流越来越深,也越来越急,形成了一道湍流。

"这应该是通往另一个聚居区的路。"我说,"一定是。"

接着我们听到了远方的马蹄声。虽然微弱,但他们肯定正朝着这个方向过来。

我没有再说一个字,因为我们早已沿着那条小径飞奔起来。底下的河流离我们越来越远,对岸那座较高的山在视野中逐渐变得完整。小径另一侧是一片茂密的森林,与峭壁上的树木相连。这条小径显然是人为开辟而成的,目的是方便居民下山到河边饮水。

小径并不窄,足够马匹通过,五六匹马并排通过都没问题。

我这才意识到,这哪里是小径,明明就是大路。

我们排成一溜,沿着曲折的道路狂奔,女孩跑在最前面,然后是我,麦奇殿后。

女孩突然站住了,跟在后面的我差点把她撞到路外面去。

"你怎么回事?!"我大喊,同时抓住她的双臂,免得我们一起摔下悬崖,同时小心翼翼地不让猎刀伤到她。

随后我看到了她停下脚步的原因。

一座桥出现在我们面前。桥悬在两面峭壁之间,悬崖足有一百多米深,崖底便是那条河。这条路,或者说小径,不管是什么吧,总之它被桥截断了,而路边尽是石头和密林。除了这座桥,我们没有别的路可走。

一个念头逐渐成形了。

马蹄声更清楚了。我回头望去,只见在镇长一行人的来处腾起了乌云般的尘团。

"快!"说着,我从她身边跑过,向那座桥全力冲去。我们大步流星地离开峭壁小径,扬起一道尘土。麦奇跑得飞快,一对耳朵紧紧贴在脑袋顶上。到了跟前，我们才发现，这不是一座简单的桥。它至少有两米宽，似乎是由绳子捆绑木桩，将其固定于两端的岩石之中，再用牢固密实的木板铺起来的。

我伸出一只脚，试探性地踩了踩，很结实，桥面没有一丝晃动，足够承受我、女孩和麦奇了。

事实上，这座桥也足以让那队人马通过。

不管是谁造的，他都会希望桥长长久久地使用下去。

我回头俯瞰身后远处的河流。那儿的灰尘更大了，马蹄声更近了，随之飘来的还有人们的低语。我好像听见了"小陶德"这几个字，可阿隆明明是步行的，他应该离我们更远才对，这一定是我的幻觉。

但我确实看见了我想看到的情形：这座桥是过河的唯一途径，而且我们领先追兵许多。

也许这是我们途中遇上的第二件幸运事。

"我们走。"我说。跑过桥的时候，我们发现这座桥实在精致，木板之间的缝隙几不可见，在桥上奔跑和在小径上跑并无二致。我们来到桥的另一端，女孩就停下脚步，转身看我。无疑，她刚才从我的声流中发现了我在打什么主意，正等着我实施呢。

猎刀依然握在我手中，我感觉胳膊充满了力量。

也许终于到它派上用场的时候了。

我回头看看桥的这头——绳子牢牢地系在几截木桩上，木桩固定在岩石中。猎刀的部分刀刃上有令人胆寒的锯齿。于是，我选了一处看上去最容易得手的绳结，开始锯它。

我锯啊，锯啊。

马蹄声回荡在山谷中,他们更近了。

如果这里突然没了桥……

我又抓紧锯了几下。

再几下。

又是几下。

毫无进展。

"怎么回事?"我看着自己下锯的地方说。那里几乎看不出任何锯痕。我摸了摸猎刀上的锯齿,那玩意儿几乎立刻就刺破了我的皮肤,我流血了。我又凑近了看看绳子,那东西上似乎涂了一层薄薄的树脂。

这层该死的树脂仿佛一层钢铁防护罩,让绳子无惧切割。

"简直不敢相信。"我抬头看着女孩说。她正拿着望远镜往河边我们来时的路上看。

"你看见他们了吗?"

我往小河的方向望去,现在不用望远镜都能看见他们的身影,他们正往这边赶来。虽然此时身影只有小小一点,但是显然正在扩大,而且速度分毫不慢。马蹄声隆隆作响,逐渐逼近,好似分分钟就能杀到我们面前。

我们只有三分钟了。顶多四分钟吧。

糟糕。

我接着埋头锯绳子,尽全力快速地锯着,强迫自己使出吃奶的力气,用猎刀在绳子上面来回划拉,就好像我坚信自己一定能行似的。我浑身上下都在冒汗,新伤旧伤一并发作,疼极了。我锯啊,锯啊,汗水顺着我的鼻子滴到了猎刀上。

"快啊！快点啊！"我咬牙切齿地说。

我抬起猎刀。面对这个可恶的大桥上的一个小小的绳结，我才只锯断了上面的一点点树脂层。

"妈的！"我恶狠狠地说。

我继续锯，一下又一下，一下又一下，不停地锯，汗水刺痛了我的双眼。

"陶德！"麦奇大叫。它的声流包围了我，四周全是它的警告。

我继续锯，一下又一下，一下又一下。

这样的努力只带来一个结果，我的猎刀卡在绳子里动不了了。我气得在木桩上打了一拳，现在上面都是我的血。

"妈的！"我大叫着把猎刀拔出来扔到地上。刀翻滚几下，停在了女孩脚下，"气死我了！"

到此为止了，不是吗？

今天一切都完了。

这个该死的逃生机会根本就算不上什么机会。

我们跑不过马，也砍不断这座宽大如路的桥，最后肯定会被他们抓住。本和基里安死了，我们也会被杀掉，世界就此终结，就这样了。

我爆发出一片红色的声流，这种感觉我从未有过，它发生得如此突然，就好像一个灼热的红烙铁从天而降，按压在我的身上。这种新鲜灼人的痛感强烈持续，不公和谎言让我怒火万丈。

对一切的愤怒都可以归结到一个人身上。

我抬眼盯着那女孩。她被我的眼神吓到了，连忙退了几步。

"你。"我说，没有什么能阻止我说出下面的话，"都是因为你！要是你不出现在那片该死的沼泽地里，这些就都不会发生！我现在还好好待在家里！要不是你，我还在照顾我那群该死的羊，住在我那该死的房子里，睡在我那该死的床上！"

其实我没说"该死的"。

"偏偏不行！"我大喊，声音越来越大，"你出现了！你带着你的安静出现了！然后整个世界就都乱了套！"

直到看见她后退，我才意识到自己一边喊叫一边逼近她。可她并不看我。

我也没听到她还嘴解释。

"你什么都不是！"我继续大喊着逼近她，"什么都不是！就是一片虚空！你什么也没有！你是空的，什么都不是！我们就要死了，毫无意义地死去！"

我握紧拳头，指甲扎进了手掌心。我实在是太生气了，声流格外嘈杂，呈现出一片红色。我想我一定要举起拳头狠狠揍她，一定要揍得她无法再保持安静，不然她的安静就会吞掉我，吞掉整个该死的世界！

我扬起拳头，重重地打在自己脸上。

我又打了一拳，就打在被阿隆打肿的那只眼上。

第三拳下去，昨天白天阿隆在我嘴唇上留下的口子崩开了。

你这个蠢货，你这个一文不值的该死的蠢货。

又一拳，这一下足以让我失去平衡。我摔倒在地，然后用双手撑起身子，在小径上吐了口带血的唾沫。

然后，我抬头看那女孩，气喘吁吁。

一句话都没有。她只是看着我，一句话都不说。

我俩都扭头朝河对岸望去。他们已经到了可以清楚看到这座桥的地方,可以从那一头清清楚楚地看到我们,我们也可以看清马背之上他们的脸,听到河畔飘来的嘈杂声流。队伍打头的是麦克纳尼先生——镇长麾下最好的骑手,而他身后就是镇长。镇长看起来十分平静,仿佛这只是一次平常的周末骑行。

我们可能只剩一分钟的时间了,也许还不到一分钟。

我扭头看了眼女孩,想站起来。可我太累了,实在太累了。"要不我们还是继续跑吧,"说着我又吐了几口血唾沫,"不要放弃。"

我看到她的表情起了变化。

她张大嘴巴,瞪大双眼,突然把身后的包拽到胸前,伸手进去翻找着什么。

"你在干什么?"我说。

她掏出生火的盒子,四下看了看,找到一块大小合适的石头。她把盒子放到地上,然后举起石头。

"别,你等等,我们可以用……"

她将石头砸下去,盒子咔嚓裂了。然后,她把盒子捡起来使劲扭了扭,裂缝更大了。从里面慢慢漏出一些液体来。她走到桥边儿上,把液体统统洒到最近的木桩的绳结上,直到把盒子摇晃得一滴液体都不剩为止。此时,地上已经积起了一小摊。

那些骑马的人向桥走过来,越来越近,越来越近,越来越近……

"快啊!"我说。

女孩向我转过来,打手势告诉我退后。我跟跄着退了几步,抓着麦奇的脖颈,让它和我一起。她尽可能地退到远处,将盒子的残骸放在手里,伸直了胳膊,按下一个按钮。我听到咔嗒一声响。她把盒子扔到空中,然后纵身一跃,向我扑过来。

那队人马已经到了桥对面……

女孩几乎落到了我身上。我们眼看着那火盒落下去——

落下去——

落下去——

朝着那摊液体,下落的同时还不断发出嘀嗒声——

麦克纳尼先生的马的一只蹄子刚好落到桥上,正要过桥——

火盒落到了液体中——

最后一声嘀嗒——

然后——

轰!!!

一团火球腾起。你都想象不到,那么一小摊液体竟然能造出这么大的火球。我胸口的空气立时被抽干了。整个世界安静了一秒,然后——

砰!!!

绳子和木桩都被炸飞了,燃烧的木头碎片撒了我们一身,清空了一切想法、声流和话音。

等我们再度抬头看的时候,桥已经基本被大火吞没了,开始倾斜。麦克纳尼先生的马受惊暴跳,跟跟跄跄地往后退,拼命想回到身后的马队之中。

熊熊燃烧的火焰呈现出诡异的翠绿色,一时间,我们周围的空气热得不可思议,我有种被晒伤的感觉。桥终于被烧垮了,桥面连同麦克纳尼先生和他的坐骑一起都掉了下去。我们看着他们坠入下方的河流。从如此高的地方掉下去,恐怕是活不成了。他们那边的桥面还没有彻底断掉,接连拍打着对面的崖壁。但烧得这么厉害,估计要不了多久,对面的半截桥面就会只剩下一坨灰了。镇长、小普伦提斯先生和其他人都只能坐在马上干瞪眼。

女孩从我身上爬开。我们在原地躺了一会儿,拼命喘气、咳嗽,只感到头晕眼花。

真是够刺激的。

"还好吧?"我对仍被我抓着脖颈的麦奇说。

"火!陶德!"它大叫。

"是啊,"我咳嗽着说,"大火。你还好吧?"我又问女孩,她还在咳嗽,咳得上气不接下气,"天哪,盒子里到底是什么玩意儿,怎么那么厉害?"

当然了,她什么都说不出来。

"陶德·休伊特!"我听见峡谷对面传来一声叫喊。

我抬头眺望。是镇长,这是他亲自对我说的第一句话。隔着重重黑烟和热浪,他的身影起伏不定。

"这事儿没完,小陶德,"他喊道,声音盖过了大桥燃烧的噼啪声和桥下湍流的咆哮,"离结束还早着呢。"

他还是不慌不忙,身上依然一尘不染,一副不达目的誓不罢休的样子。

我站起来,伸出手臂,朝他比了个倒V的手势,但此时他已经消失在了烟雾中。

我咳嗽了一声,又吐了口血唾沫。"我们得继续走了,"说着我继续咳嗽了几下,"也许他们会卷土重来。就算他们没有别的路可走,我们也不该在这儿浪费时间。"

我看见猎刀躺在尘土中,非常羞愧,就像刚刚多了个伤口。想到我说过的话,我赶紧弯腰把它捡起来,插回刀鞘。

女孩还是低着头兀自咳嗽。我想将她的包递给她。

"走吧,"我说,"我们至少先躲开这呛人的浓烟。"

她抬头看我。

我也看着她。

我顿时觉得脸上发烫,并非因为这场大火。

"对不起。"我把目光移开,不再直视她的双眼,也不再看她那平静如常的脸。

我转身回到小径上。

"薇奥拉。"我听到她说。

我转过身看着她。

"什么?"我说。

她半张着嘴与我对视。

她说话了。

"我的名字。"她说,"我叫薇奥拉。"

第三部分

薇奥拉

面对此情此景,我一句话都说不出,她也沉默了好一会儿。火光熊熊,浓烟滚滚,麦奇晕头转向,气喘吁吁,舌头耷拉在外面。最后,我终于开口了:"薇奥拉。"

她点点头。

"薇奥拉。"我重复了一遍。

这次她没点头。

"我叫陶德。"我说。

"我知道。"她说。

她目光闪躲,不愿直视我,把目光移开了。我转身去看燃烧中的桥,透过厚重的黑烟,我眺望烟雾缭绕的河岸,眺望对面。我没有看到镇长一行人,但不知道这样是不是就比看到他们更好,更能让我感觉安全。"其实……"我刚开口,就看到她站起身,要去拿包。

我这才意识到,她的包还在我手上。于是我把包递给她,她接了过去。

"我们应该继续，"她说，"远离这里。"

她的口音有点奇怪，和我不一样，和普伦提斯镇的任何人都不一样。她吐字时双唇都会呈现出不同的轮廓，就好像是字词俯冲下来，把她的嘴唇压成各种形状，使她说出话来。而在普伦提斯镇，人人说话时都像躲在字句背后搞偷袭，似乎是将一个个音从嘴里敲出来一样。

麦奇有些敬畏地看着她。"远离。"它缓缓说，像盯着食物一样抬头盯着她。

我感觉是时候对她提些问题了。既然她开始讲话了，我可以把脑海中的每个问题都拿出来，比如她从哪儿来，之前经历了什么。这些问题充斥着我的声流，宛如射向她的一颗颗子弹。我想说的话太多，反倒什么都没说出来。我的嘴唇纹丝不动，她则把包搭在一边肩膀上，看着地面，然后走过我身边，走过麦奇身边，径自沿着小径往上走。

"嘿！"我说。

她停下脚步，转过身。

"等等我。"我说。

我拾起我的背包，耸耸肩膀，将包背得更舒服些。接着我说："走吧，麦奇。"说完，我们就跟在女孩身后，踏上了那条小径。

在河流的这一侧，小径缓缓地往远离悬崖边的方向拐去，向一片看上去长满了灌木的地带延伸，之后迂回地攀上了我们左前方的山地，将那座更高些的大山抛在了身后。

在小径转弯的地方，我们不约而同地停下来回头张望。那座桥还在以让人难以置信的势头燃烧，活像挂在悬崖那头的一道火瀑布。愤怒的黄绿色火焰席卷了整座桥，浓烟滚滚，根本看不清镇长和他的手下的动态，也判断不出他们是否已经离开。原本我可以通过些微的声流来辨别，但是眼下烈火熊熊，木桥烧得噼啪作响，下面湍急的河水翻着白浪，即便声流存在，也很难传到这边。在我们的注视下，河对面的木桩子被火烧断了，发出巨大的断裂声，随后燃烧的桥就落了下去，它落啊落啊，在崖壁上磕碰了数次，然后"扑通"一声掉进河中，底下腾起更多烟尘和蒸汽，本就不甚清楚的视野变得更加模糊。

"那盒子里是什么？"我问女孩。

她看着我，张开嘴，但是又马上闭上嘴巴，转过身去。

"没关系的，"我说，"我又不会伤害你。"

她又看了我一眼，就在几分钟之前，我的声流中还充斥着伤害她的意图，那时我正想……

算了，不想了。

我们没有再说话。她转过身，继续沿小径往上爬，我和麦奇跟在她身后走进灌木丛。

她能说话，但是没有声流。她脑子里在想事情，如果只有张嘴说话才能表达想法，那我还是无法得知她真正的想法。她走在前面，我看着她的后脑勺，感觉自己的心脏都要被她的安静给拽过去了，还有种遗失了重要东西的感觉，悲伤的感觉。我想哭。

"哭。"麦奇叫道。

她的后脑勺继续在我眼前晃悠。

说是小径，其实很宽，足够几匹马并排奔跑，但是我们身边的地形越来越坎坷，尽是乱糟糟的石块，而且前方的路七拐八弯。我们能听见右下方河流的水声，但是感觉那声音越来越远了，就好像我们在往一个盒子的深处走去。每个石头缝中都有长着小刺的冷杉冒出来，冷杉的树干上密密匝匝地缠绕着带尖刺的黄色藤蔓，经过的时候，偶尔能看到黄色的剃刀蜥蜴向我们发出咝咝声。**咬你!** 它们像是在威胁我，**咬你! 咬你!**

这地方，不管是谁都免不了受伤。

过了二三十分钟，小径变得更宽敞了，两侧逐渐出现真正高大的树木，似乎马上就要进入一片茂密的森林。地上的草长得很低，石头也矮，坐上去很方便。于是我们真的坐了上去。

我从背包里取出一些羊肉干，用猎刀把它切成条，和麦奇分着吃，同时也给了女孩一些。女孩什么都没说就把羊肉干接了过去。我们静静地分坐在石头上，吃了一会儿东西。

我是陶德·休伊特。我闭上眼睛，一边嚼一边想。同时为我的声流感到尴尬，因为我知道她能听见声流，也知道她能思考。

而且，她的想法对别人来说都是秘密。

我是陶德·休伊特。

还有29天我就成年了。

我发现这是真的，然后睁开了眼睛。就算你不盼着，时间也还是照样往前走。

我又咬了一口肉干。"我以前从来没听过薇奥拉这个名字。"过了一会儿我这样说，但是眼睛始终盯着地面，盯着手里的肉干。她什么也没说，我终于忍不住抬起头看了她一眼。

结果我发现她也在看我。

"怎么了？"我说。

"你的脸。"她说。

我皱起眉头："我的脸怎么了？"

她攥紧双拳，装模作样地往自己脸上招呼了几下。

我脸红了："是啊，鼻青脸肿。"

"是之前那个人干的。"她说，"那个人叫……"她停住了。

"阿隆。"我说。

"阿隆。"麦奇叫道。女孩儿脸上抽了一下。

"他叫这个，"她说，"是吗？"

我点点头，继续嚼我的羊肉干。"是，"我说，"这就是他的名字。"

"他从来没大声说出自己的名字，但我知道，他就是叫这个。"

"欢迎来到新世界。"我又咬了一口肉干，这回不得不用牙使劲撕下特别有嚼劲的一条肉，结果肉干划过我嘴里正疼的一处伤口。"哎哟。"我吐出那一小块羊肉，还吐出了一大口带血的唾沫。

女孩看着我往外吐，倒是把她自己嘴里的那块肉咽下去了。她拿起她的包，从里面取出一个小小的蓝盒子，这只比那个生火的绿盒子稍大一些。她按下盒子前方的一个按钮，将它打开，取出一块如同白塑料布的东西，还有一把金属制小手术刀。她从石头上站起身，拿着那些东西向我走来。

我还坐在原地。但是当她的手伸向我的脸时，我忍不住往后躲闪。

"创可贴。"她说。

"我自己有。"

"我的比你的高级。"

我更往后缩了。"你……"我呼出一口粗气,"你真善良……"我轻轻摇摇头。

"有点害怕?"

"嗯。"

"我知道。"她说,"别动。"

她仔细看了看我肿起的那边眼睛,然后用手术刀切下一小片创可贴。就在她要把那东西盖到我眼睛上的时候,我没忍住,躲开了她的手。她什么都没说,依然抬着手,似乎在等待。我深深吸了口气,闭上眼睛,将脸凑上去。

创可贴碰触到了我肿胀的眼周,那里的皮肤立刻清凉起来,疼痛也有所缓解,就好像被轻轻拂过的羽毛带走了一样。她在我发际线处的伤口上贴了一块,然后又在下嘴唇上贴了一块,同时她的手指滑过我的脸。真舒服,于是我连眼都没睁开。

"可我没有东西能治你的牙。"她说。

"没关系。"我说,声音几不可闻,"天哪,你的创可贴确实比我的高级。"

"创可贴也算是有生命的,"她说,"是合成人类组织做的。等你痊愈了,这些组织也就死了。"

"嗯哼。"我装作明白她的意思。

我们又沉默了一段时间,这次比上次还长,长得我忍不住睁开了眼睛。她退到一旁的石头上,坐下望着我,望着我的脸。

我们等待着,好像没有其他事可做。

我们确实应该等待,过了一会儿,她终于开口了。

"我们失事了。"她把目光投向别处,说话声很低。然后清清嗓子,重复了一遍,"我们失事了。当时船上起火了,我们飞得很低。一开始我们以为会没事,结果安全槽出了故障,然后……"她张开手,借着手势解释后来的情况,"我们就失事了。"

说到这儿,她就不说了。

"那是你的妈妈和爸爸吗?"稍后我问。

她抬头望向天空,空旷的蓝天上只有几朵骨头形状的云。"太阳升起来的时候,"她说,"那个男人来了。"

"阿隆。"

"特别奇怪,他来了之后先是一通大喊大叫,然后就离开了。后来我想逃开,"她双臂交叉抱在胸前,"不让他找到我,可我却一直在兜圈儿。不管我藏到哪儿,他都能找到我,也不知道他是怎么办到的。直到后来,我找到了那茅草房一样的建筑,才躲过他。"

"斯帕克人的房子。"我说。但是她似乎没听到。

她看着我。"然后你就来了。"她又看看麦奇,"你和你那能说话的狗就来了。"

"麦奇!"麦奇大叫。

她脸色苍白,和我再次四目相对。我发现她的眼眶变得湿润了。"这是什么地方?"她问,声音有点哑,"为什么动物都会说话?为什么你嘴都没动我就能听见你的声音?为什么我听到好多你的声音,一层压一层,就好像有900万个你同时说话一样?为什么我望着你的时候总能看见其他画面?为什么我能看见那个男人……"

她的声音消失了。她蜷起腿,将双膝抱在胸前。我感觉我得赶快说点什么，不然她又要开始前后摇晃了。

"我们是定居者。"我说。她抬头看我，但是依然抱着双膝，不过至少没有摇晃。"我们是定居者。"我继续说，"为了寻找新世界，大约20年前，我们在这里降落。但是这里有原住民，斯帕克人。他们……不喜欢我们。"我把普伦提斯镇的每个男孩都知道的事——就连最蠢的农场男孩都一清二楚的这段历史给她讲了一遍，"人们努力和斯帕克人和平相处，但是他们不愿意。于是战争开始了。"

听到"战争"这个词，她再次低下头。我继续讲。

"斯帕克人用病毒打仗，致人生病——这就是他们的武器。他们释放出病毒，造成巨大危害。我们觉得其中一种病毒本来是用来杀死所有牲畜的，结果却让所有动物都开口讲话了。"我看了麦奇一眼，"这听起来有趣，其实不然。"我又扭头继续看着女孩，"后来又有了声流。"

我等待她的回应，但她什么都没说。不过我们都知道后来的故事了，因为我们都经历过，不是吗？

我深吸一口气。"那种病毒杀死了一半男人和所有女人，包括我妈妈，它还让人们再也无法隐藏自己的想法。"

现在她把下巴缩到蜷起的膝盖后面。"有时候我能清楚地听到。"她说，"有时候我能完全知道你的想法。只是有时候。大多数时候我听到的还是……"

"噪声。"我说。

她点点头："后来那些原住民怎么样了？"

"后来再也没有原住民了。"

她再次点点头。我们静静坐了一分钟，直到我们再也无法忽视接下来要面对的问题。

"我会死吗？"她轻声问，"病毒会把我也杀死吗？"

虽然她说话的口音和我不同，但这些字句的意思是共通的。我的声流只能用**可能吧**来回答她，但是我嘴上却说："我不知道。"

她又看了我一会儿。

"我真的不知道。"我说，这次更认真，"如果你上周问我，我会给你肯定的答案。但是今天……"我低头看看我的背包，看看里面装着的日志，"我不知道。"我再次看向她，"我希望不会。"

但是也许会的，我的声流说，**也许你会死**。尽管我努力用其他声流掩盖，还是失败了，这声音非要冲在前边，实在是不公平。

"对不起。"我说。

她没说话。

"如果我们去下一个定居点……"我说到一半顿住了，因为我不知道自己要说什么，"你现在还没生病，这就能说明问题。"

"你必须警告他们。"她说，重新把头埋在膝盖后头。我突然抬起头："什么？"

"之前你费劲地读那个本子上写的东西……"

"我识字不费劲。"我突然提高了嗓门。

"我能看见你脑子里想的那些词儿。"她说，"你必须警告他们。"

"我知道！我知道里面写了什么。"

里面写的当然是他妈的你必须警告他们。当然是这句话了。我真是个笨蛋。

女孩说："看来你的确是个笨蛋。"

"我认识字。"

她举起双手："你说认识就认识吧。"

"我真的识字！"

"我只是说……"

"好了，你别说了。"我皱着眉头，声流咆哮着漫过麦奇的爪子。我站起来，从地上捡起我的背包，背在背上，"我们应该继续走了。"

"警告谁？"女孩问，她还坐在石头上，"警告他们什么？"

我没来得及回答（尽管我并不知道答案），因为我听见上方传来了响亮的咔嗒声。在普伦提斯镇，响亮的金属咔嗒声只意味着一件事情。

有人扣动了来复枪的扳机。

就在我们上方的一块岩石上，一个人双手端着来复枪，刚刚扣动了扳机。他俯瞰着我们，枪口也对着我们。

"这节骨眼儿上，我最想知道的就是……"枪后面一个声音传来，"你们两个小屁孩为什么烧毁我的桥？"

面对枪口

"枪!枪!枪!"麦奇高声叫着,跳来跳去,灰尘随之腾起。

"你们几个给我安静点。""来复枪"说,他俯视着我们,面目模糊不清,"如果不想出什么事儿的话,就给我安静点。"

"闭嘴,麦奇!"我说。

它转向我。"枪,陶德?"它叫道,"砰砰!"

"我知道。闭嘴。"

它不狂吠了。一片安静。

除了我的声流之外,一切都很安静。

"我刚才问你们两个小毛孩问题呢。"那个声音说,"我在等着答案呢。"

我回头看了眼女孩,她耸耸肩,我发现我们都举起了手。"什么?"我抬头看着那个拿枪的人。

"来复枪"愤怒地低吼一声。"我在问,"那个声音说,"你们到底有什么权力烧毁别人建的桥?"

我不知该怎么回答，女孩也一样。

"你们以为指着你们的这家伙是根棍子吗？""来复枪"突然站了起来，之后很快又低了下去。

"有人追赶我们。"我只说了这么一句。

"有人追赶你们？""来复枪"说，"谁？"

我不知道该怎么回答这个问题。说实话会比撒谎更危险吗？这个拿来复枪的人和镇长是一伙儿的吗？我们会被他拿去交给镇长换赏金吗？这个人有没有听说过普伦提斯镇？

如果你对世界了解尚浅，那世界就是个危险的地方。

为什么如此安静呢？

"哦，明白了，我听说过普伦提斯镇。""来复枪"说，他清清楚楚地读到了我的声流，又扣动了扳机，准备射击，"如果你们是来自那儿的话……"

接着那女孩开口了，她说的话让我立刻将她当作"薇奥拉"，再也不是"那女孩"了。

"他救了我的命。"

我救了她的命。

薇奥拉说的。

有趣的是，这句话真管用了。

"他刚才是在救你的命？""来复枪"说，"你怎么知道他不是在救他自己？"

那女孩，薇奥拉，她皱着眉头看着我。这回该我耸肩了。

"没有。""来复枪"的声音变了，"不，哼，就是没有，我没在你身上看出一点救人的意思，怎么样，小子？你就是个不成器的臭小子，我说得对不对？"

我往下咽了口唾沫："还有29天我就成年了。"

"小毛孩，这可不是什么值得骄傲的事儿，在你来的那个地方可不是。"

然后他把枪口放低，露出脸来。

怪不得这么安静。

"他"是个女人。

"他"是个成年女人。

"他"是个上了年纪的女人。

"你要是能把'她'字用在我身上，我会非常感谢你。"女人说，她的来复枪依然端在胸口，"我可还没老到开不了枪的程度。"

她更加仔细地打量我们，把我从头看到脚，将我的声流从里到外看了个透，这种审视声流的技巧我只在本身上见过。她的表情变幻莫测，似乎是在思考该怎么处置我，跟基里安琢磨我是否在撒谎时一样。这个女人完全没有声流，所以就算她在心里唱歌，我都无法知道。

她扭头面向薇奥拉，再次仔细端详了片刻。

"作为一个小毛孩，"她的目光再次回到我身上，"你比刚出生的婴儿还好懂，小子。"她又朝薇奥拉转过脸去，"但是你，小丫头片子，你的故事可不一般，是吧？"

"如果你能不拿枪指着我们，我会很乐意把我的故事告诉你。"薇奥拉说。

我们太吃惊了，就连麦奇都抬起头来。我张着嘴，扭头看向薇奥拉。

我们听见岩石上传来一阵咯咯的笑声。那个老女人自顾自地大笑起来。她穿的似乎是皮衣,但是脏兮兮、皱巴巴的,磨损得厉害;她还戴着一顶大檐帽,穿了一双可以蹚过泥地的靴子。总而言之,从整个穿着打扮来看,她不过是个普通的农妇。

可是,她依然用枪指着我们。

"你们是从普伦提斯镇逃出来的,是吧?"她问,再次审视我的声流。现在再掩饰也于事无补,所以我干脆放弃,就任由她看我们为什么逃,我们为什么要烧那座桥,追我们的又是什么人。她全都看了一遍,我知道,但她只是翘起嘴唇,眯起了眼睛,没有再多表示。

"那么,现在,"她边说边把来复枪抱在怀里,走下了岩石,往我们站着的地方走来,"你们炸掉了我的桥,我可不能说我不恼火。我还在农场上干活儿,远远就听见了爆炸声。没错。"她从最后一块岩石上走下来,站到了和我们稍微有点距离的地方。她迫近的那份安静有种无形的压力,我不由自主地向后退了几步,"结果爆炸声将我引到了这个十多年来都不值得一来的地方。我是出于希望才留下这座桥的。"她又朝我们瞟了一眼,"谁能说我做得不对呢?"

我们依然举着手做投降状,因为她的话颠三倒四,我们听不明白。

"接下来这个问题我只问一次。"女人说着再次举起来复枪,"我有没有必要用这个对付你们?"

我和薇奥拉交换了一个眼色。

"没必要。"我说。

"没必要,女士。"薇奥拉说。

什么是女士？我想。

"相当于叫男的'先生'，瘦小子。"女人将来复枪挎在肩上。"你要是和一位小姐说话就得称呼她这个。"她蹲下身问麦奇："小狗，你叫什么？"

"麦奇！"它大叫。

"哦，好的，你就叫这个名字，是吧？"女人说着用力揉了揉麦奇的头。"你俩小屁孩呢？"她问，"你们的老娘都给你们起了什么名字？"

我和薇奥拉又交换了一个眼色。这似乎就是让她把枪放下的代价——我们要说出自己的名字，不过这个交易挺公平。

"我叫陶德。她叫薇奥拉。"

"是实话，跟太阳打东边升起一样真真的。"女人说，她已经成功地让麦奇躺在地上、露出肚皮，接受她的抚摩。

"过河还有别的路吗？"我问，"或者有别的桥吗？因为那些男人……"

"我叫马蒂尔德。"老女人打断我的话，"但是这么叫我的人都和我不熟，你们不如叫我希尔迪吧。也许有一天你们能有资格和我握手。"

我又看了薇奥拉一眼。要是一个人没有声流，你怎么能确认他不是个疯子呢？

老女人爆发出一串干笑："小子，你这个想法挺有趣。"她从麦奇身边站起来，麦奇打了个滚，盯着她瞧，俨然已经被她收服了。"现在我回答你的问题，往上游方向走上几天，你们就能看到有段河道水比较浅，可以横渡。不过，无论朝哪个方向走上多少天,你都不会再碰上第二座桥了。"

她的目光重新落到我身上,笃定而清澈,嘴边漾起一丝浅笑。她应该又在读我的声流,但是我没有任何反感,可我们那儿的人这么做的时候我就有不适感。

就在她那样看我的时候,我突然明白了一些事情,将线索串联起来。普伦提斯镇的人一定是因为声流病毒被隔离了。因为眼前就有一个没有被那种病毒杀死的成年女人,她正友善地看着我,但是始终与我保持一定距离,随时准备用一支来复枪欢迎从我那个方向来的陌生人。

如果我携带传染性病毒,那薇奥拉现在可能已经被我传染了,就在我们说话的当口儿,她随时可能死去,然后我很可能不会受到这里居民的欢迎,很可能会被警告离远点儿,这就是最后的结局,对吗?可能我还没找到该去哪儿,我的旅程就结束了。

"哦,聚居区不会欢迎你,"女人说,"不是'可能'不欢迎。"说完她冲我眨眨眼,还很俏皮,"但是,你不知道的事物是不会取你性命的。"

"打赌吗?"我说。

她转身踏上石头,沿着来路往回爬行。我们注视着她的背影,直到她爬到顶上,又转过身。

"你们来不来?"她说,好像在邀请我们同行,我们却迟迟不肯迈步。

我看看薇奥拉。她向那女人大喊:"我们原本就是要去聚居区。"然后薇奥拉又看看我,"不管你们欢不欢迎。"

"好啊,你们会到达聚居区的。"女人说,"但是你们两个小毛孩首先需要好好睡一觉,好好吃一顿。这一点瞎子都能看出来。"

好好睡一觉和吃顿热乎饭的诱惑太大了,有那么一秒,我都忘了她曾经用枪指着我们。但仅仅一秒,因为我还有别的事情要操心。最后我替我们做了决定。"我们应该继续沿着路走。"我对薇奥拉悄声说。

"我甚至不知道我们要去哪儿。"她也悄声回答,"实话实说,你知道吗?"

"本说过……"

"你们两个小毛孩来我的农场,先吃点儿好吃的,再躺床上睡一觉,虽然我的床不软和,这点我敢保证。到了早晨,我们再一起去聚居区。"她一边说,一边瞪大了眼睛,就像是在打趣我们。

我们还是没动。

"你们要这样想,"老女人说,"我有一支枪,"说着她挥动枪杆,"但是我在邀请你们跟我同行。"

"我们为什么不跟她走呢?"薇奥拉低语,"就去看看。"

因为惊讶,我的声流起伏了一下:"为什么?"

"我想洗个澡啊,"她说,"还想睡一觉。"

"我也想,"我说,"可是有人在我们身后追赶,恐怕一座断掉的桥还不足以阻挡他们。我们对她一无所知,她甚至可能是个杀手。"

"她看起来不像。"薇奥拉抬头看了一眼那女人,"她有点神经质,但是并不危险。"

"不要轻易相信你眼睛看到的。"坦白地说,我现在感到有点恼火,"她没有声流,无论表面看上去怎样,也不能相信。"

薇奥拉看着我,突然皱起眉毛,下巴紧绷。

"显然我说的不是你啊。"我说。

"每次……"她刚开口就摇了摇头,作罢了。

"每次什么?"我轻声问,但是薇奥拉只是揉了揉眼睛,向那女人转过去。

"等等,"听起来她是生气了,"等我拿上我的东西。"

"嘿!"我说,她难道不记得我救过她性命了吗?"等一下!我们得沿着这条路走下去。我们得去聚居区。"

"大路可不意味着捷径。"女人说,"你连这个道理都不懂?"

薇奥拉什么都没说,只是拿起她的包,皱着眉头看了看周围。她准备出发了,准备跟着她见到的第一个没有声流的人走,准备刚接到别人的邀请就把我抛下。

现在她应该在等我说出我不想说的话。

"薇奥拉,我不能去。"我咬紧牙关,声音低沉,边说边恨着自己。我整个脸都涨红了,一块创可贴竟然掉了下来,"我身上有病毒,危险。"

她扭头有些讽刺地对我说:"那可能你确实不该去。"

我惊得嘴巴都合不拢:"你真要这么做?你要抛下我自己走?"

薇奥拉躲开我的视线,但还没等她开口回答,那个老女人就先说话了。"小子,"她说,"如果你担心自己会传染别人,那就让跟你一块儿的丫头片子和老希尔迪走在前面,你在稍远的地方跟着,让那个小狗崽保护你。"

"麦奇!"麦奇大叫。

"都别吵了。"薇奥拉说着转过身,开始向着老女人所在的岩石爬去。

"我告诉过你了,"女人说,"我叫希尔迪,不是什么老女人。"

薇奥拉来到她身边,她们没有再发一言,一起消失在我的视野中。

"希尔迪。"麦奇对我说。

"闭嘴。"我说。

除了跟在她们身后爬上岩石,我没有其他选择了,是吗?

于是,我们就这样沿着那条比刚才窄得多的小径穿过乱石和灌木丛。薇奥拉和老希尔迪尽可能地挨在一起走,我和麦奇则在他们身后远远地跟着,磕磕绊绊地朝着谁也不知道有多危险的地方前进。我总是忍不住回头看,觉得后面随时会出现镇长、小普伦提斯先生和阿隆。

我不知道会遇上现在的情况。我怎么能料到呢?本和基里安也不会料到现在的情形吧?当然了,躺在床上睡个好觉,吃顿热乎乎的饭菜,为了这些,似乎挨枪子儿也值了。可是,也许这是个陷阱,我们正在犯傻,被抓住也是活该。

有人在追我们,我们应该逃跑才是。

也许真的没有其他路能过河了。

希尔迪本可以强迫我们的,但是她没那么做。薇奥拉说她看起来不像坏人,也许没有声流的人能读懂对方的心思?

我能明白吗?我怎么可能明白?

再说,谁又在乎薇奥拉说什么呢?

"看看她们哪。"我对麦奇说,"她们那么快就凑到一起了,就好像是久别重逢的亲人。"

"希尔迪。"麦奇又叫了一声。我伸手向它的屁股重重拍去,结果它往前跑去,避开了。

薇奥拉和希尔迪一边聊天一边赶路,但是我只能听到断断续续的说话声,完全不知道她们在聊什么。如果她们是有声流的普通人,那不管我被落在后面多远都无所谓,我们大家都能参与到聊天中,没人能隐藏秘密。人人都在叽里呱啦地说话,不管他们自己愿不愿意。

没人能成为例外,一旦碰上别人你就没法清静待着。

我们继续往前走。

我越想越投入。

我开始故意放慢脚步,好离她们更远些。

我任凭自己陷入沉思。

时间流逝,思绪越加丰富。

现在我们遇到了希尔迪,也许她能照顾薇奥拉,而且她们显然很投缘,不是吗?反正,薇奥拉和她在一起跟和我在一起不一样。也许希尔迪能帮她回到她原本的地方,而我显然不能。除了普伦提斯镇,我哪儿都去不成,不是吗?因为我身上带有致命的病毒,没准儿还会把她害死,还会害死我见到的每一个人;这病毒让我永远去不成那个聚居区,没准儿还得让我在希尔迪的谷仓里和绵羊、大土豆挤在一起睡。

"就这样了,对吧,麦奇?"我停下脚步,胸前发闷,"这里没有声流,只有我自己有。"我抹去脑门上的汗,"我们没地方去了,既不能往前走,也不能往后退。"

我挑了块石头坐下,认清了现状。

"我们哪儿都去不成,什么都没有。"

"有陶德。"麦奇摇晃着尾巴说。

不公平。

真是不公平。

唯一属于我的地方就是我再也回不去的那个地方。

我会一直孤零零的,永远一个人晃荡下去。

本,你为什么要这么做?我做错了什么事?

我用胳膊揉着眼睛。

我希望阿隆和镇长能追上来抓住我。

我希望一切都已经结束了。

"陶德?"麦奇大叫着跑到我面前,想闻我的脸。

"离我远点。"我说着把它推到一旁。

如果我不快点站起来继续走,希尔迪和薇奥拉只会越走越远,我会跟丢她们。

我就不站起来。

我依然能听到她们的交谈声,不过声音越来越小了,谁都没回头看我是否还跟在后面。

我听见了**希尔迪**、**丫头片子**和**可恶的漏水管子**,然后又听见一个**希尔迪**,还有**燃烧的桥**。

我抬起头。

因为我听到一个新的声音。

我不是听见的,不是用耳朵感知到的这个声音。

希尔迪和薇奥拉已经走远了,但是有人正在靠近她们,正在向她们挥手致意。

有人发出了声流,在说**你们好**。

痛苦的兄弟

发出声音的是个老人,他也拿着一支来复枪,但拿得很低,枪口冲着地面。靠近希尔迪的同时,他的声流涌起;他伸出一条胳膊揽住并且吻她,问候的时候,声流躁动;然后他转过身,希尔迪将他介绍给稍远处的薇奥拉,他友好地跟她打招呼,声流继续嗡嗡作响。

希尔迪嫁给了一个有声流的男人。

一个成年男人,带着他的声流走来走去。

怎么回事?

"嘿,小子!"希尔迪回头冲我大喊,"你是要坐在那儿挖一整天鼻屎还是过来和我们一起吃晚饭?"

"晚饭,陶德!"麦奇兴奋地叫着跳起来,向他们奔去。

我没了主意。我不知道该怎么办。

"又一个有声流的朋友!"老人喊道,他抛下薇奥拉和希尔迪,朝我走来。他的声流喷涌而出,像一支热情洋溢的游行队伍,尽是让人想逃的欢迎之意和咄咄逼人的快活心情。**小子，桥倒塌了，管子漏了，兄弟感到痛苦，希尔迪，我的希尔迪**……虽然还端着来复枪，但是走到我面前的时候，他伸出一只手来。

我吃了一惊，竟然大着胆子和他握了个手。

"我叫塔姆！"老人几乎是在高喊，"小子，你呢？"

"陶德。"我说。

"见到你很高兴，陶德！"他伸出一条胳膊，揽住我的肩膀，差不多是拖着我沿小径往前走去。我一路踉跄，几乎失去平衡，由着他将我往希尔迪和薇奥拉身边拽。他边走边唠叨："我们这儿都好长时间没客人来吃晚餐了。我们的小屋简陋，你可别见怪。都八九年没有旅行者经过这儿了。欢迎你！欢迎你俩！"

我们走到她们身边，但我还是不知道说什么。我看看希尔迪，又看看薇奥拉，然后看看塔姆，接着又看了一圈。

真希望这个世界还是老样子。这个要求很过分吗？

"一点也不过分，陶德小子。"希尔迪温和地说。

"那你怎么没感染声流病毒？"我问，问题终于不再在脑子里转悠，而是从嘴里冲了出来。我的心突然悬起来，眼睛都快瞪出来了，喉头也一阵紧似一阵，声流变成了充满希望的白色。

"你们能治病？"我说，几乎喊破了音，"这病能治？"

"要是我能治病，"塔姆依然用近乎喊叫的音量说，"你觉得我还会任凭这些乱七八糟的东西从自己脑子里往外冒吗？"

"你要是能治病那真是老天保佑了。"希尔迪笑着说。

"你要是可以不再说出我的想法，那才真是老天保佑呢。"塔姆笑着回应，爱意嗡嗡地响彻声流。"没有，小子，"他对我说，

"据我所知，目前没有办法。"

"不过，现在，"希尔迪说，"有人说港湾市有治病的法子。"

"什么人说的？"塔姆表示怀疑。

"塔利亚，"希尔迪说，"苏珊·F，我妹妹。"

塔姆的唇间蹦出不屑的咝咝声："我把话放在这儿了，这绝对是以讹传讹。你妹妹可不能信，她的话里没几句真正能听的。"

"可是……"我想插话，看看这个，再看看那个，不想错过这个话茬，"可是没法治病的话你是怎么活下来的？声流病毒会杀死女人，所有女人。"

希尔迪和塔姆交换了一个眼神，我听见，不，我感觉到塔姆的声流欲言又止。

"不，不会的，陶德小子。"希尔迪说，她的声音温和得有点过，"就像我跟你的女伴儿薇奥拉说的，她很安全。"

"安全？她怎么可能安全？"

"女人对这个病免疫。"塔姆说，"真是幸运。"

"不，她们不免疫！"我抬高了嗓门，"不，她们不免疫！普伦提斯镇的每个女人都染上了声流病，都是因为这病死的！我妈妈就是这么死的！也许斯帕克人对我们释放的那种病毒比你们的那种更厉害，可是……"

"陶德小子。"塔姆把一只手放在我的肩膀上，想让我先别说话。

我甩掉他的手，不知道接下来要说什么。薇奥拉始终一语不发，我望向她，可她看都不看我。"这些事我都知道。"我说。不过现在的麻烦至少一半都是因我而起的，不是吗？

他们说的怎么会是真的？

怎么可以是真的？

塔姆和希尔迪又交换了一个眼神。我审视塔姆的声流，但他是我见过的人里最擅长抵御刺探的。我能看到的只有他的善意。

"普伦提斯镇的过去是个悲剧，小子。"他说，"那儿发生了很多糟糕的事情。"

"你瞎说。"我说道。但我的声音没什么气势，显然我不确定他指的是什么事。

"陶德，现在不是谈这件事情的时候。"希尔迪说着揉了揉薇奥拉的肩膀，薇奥拉没有丝毫抗拒，"你们得填饱肚子，然后好好睡一觉。薇跟我说你们走了好多路，却没怎么睡觉。等你们吃饱了，休息好了，一切都会好得多。"

"那她在我身边安全吗？"我问道，故意没有看"薇"。

"嗯，她肯定不会传染上你的声流，我肯定。"希尔迪说着露出一个微笑，"至于其他方面，那得再多了解了解，你才能知道。"

我希望她是对的，但又怀疑她在瞎说，于是我干脆什么都不说了。

"来吧，"塔姆打破了沉默，"咱们开饭吧。"

"不行！"我又想起了现在的情况，"我们没时间吃饭。"我望着薇奥拉，"你别忘了，有人在追赶我们。那些人可不关心我们健康与否。"我抬头看看希尔迪，"现在，我知道你们邀请我们吃饭不是陷阱……"

"陶德小子……"希尔迪开口说话。

"我不是小子！"我大喊。

希尔迪撇撇嘴，但眼角眉梢都是笑意。"陶德小子，"她还是这样说，不过说话声低了些，"河对面的任何人都无法过来，明白吗？"

"是啊，"塔姆说，"她说得没错。"

我看看他二人："可是……"

"小子，我在这儿守护那座桥已经十多年了。"希尔迪说，"在我之前，上一位守桥人也驻守了多年。守望河对面的来客是我生命的一部分。"她望向薇奥拉，"没人会来，你们俩都是安全的。"

"是啊。"塔姆又说了一句，站在原地前后摇晃着。

"可是……"我再次开口，但是希尔迪没让我说完。

"开饭吧。"

看来只能这样了。薇奥拉还是不看我，她双臂抱在胸前，任由希尔迪揽着她的肩膀，一起往前走。我只能和等在后面的塔姆一起走。其实我不太想继续走路了，可是大家都迈步向前，我也只好跟上。我们沿着塔姆和希尔迪的私人小径前行，塔姆一路上叽叽喳喳说个没完没了，他一个人的声流都快赶上整个普伦提斯镇的了。

"希尔迪说你们把我们的桥炸飞了。"他说。

"我的桥。"希尔迪在我们前面说。

"确实是她建的，"塔姆对我说，"但是从来都没人走。"

"没人走？"我马上想到了消失在普伦提斯镇外的那些人，成长过程中凭空消失的那些人。他们谁都没来过这么远的地方。

"那座桥是个了不起的工程。"塔姆继续说，就好像他没听见我的话似的。也许他真的没听见，因为他说话声太大了，"就这么毁了我还真有点伤心。"

"我们当时别无选择。"我说。

"哦,小子,人总是有选择的。不过,在我听来,你们是对的。"

我们安安静静地走了一会儿。"你确定我们安全吗?"我问。

"嗯,世界上没有百分之百确定的事。"他说,"不过希尔迪说得对。"说到这儿他咧嘴笑了一下,我好像看到他脸上掠过一丝悲伤,"就算桥还在,也还有别的东西能让那些人过不了河。"

我努力去读他的声流,想知道他到底有没有说实话,但是他的声流闪着光泽,洁净、明亮而温暖,好像你从里面得到的任何答案都可能是真的。

他和普伦提斯镇的所有人都不一样。

"我不明白。"我边说边努力探究他的声流,"肯定是有不同类型的声流病毒。"

"我的声流和你的听起来不一样吗?"塔姆好奇地问。

我看着他倾听了一会儿,他的声流里有**希尔迪**、**普伦提斯镇**、**大土豆**、**绵羊**、**居民**、**漏水的管子**和**希尔迪**。

"你满脑子都是你的老婆啊。"

"小子,她对我来说可好比天上的星星啊。要不是她出手相救,我就迷失在声流中了。"

"怎么回事?"我没懂他的意思,"你打过仗吗?"

这下问住他了。他的声流变得灰蒙蒙的,毫无光芒,好像阴天一样。我从他身上什么信息也得不到。

"我打过仗,小子。"他说,"但你不能在光天化日朗朗乾坤下聊战争。"

"为什么不能？"

"我要向所有神明祈祷，希望你永远不知道答案。"他伸出一只手放在我肩上，这次我没有把它甩掉。

"你是怎么做到的？"我问。

"做什么？"

"让声流变得平稳，让别人没法读懂。"

他笑了："因为我练了很多年，不让老婆看穿声流。"

"所以我特别擅长读别人的声流。"希尔迪回头对我们说，"他藏心事的本事越来越强，我读人心的本事也越来越强。"

他们一齐大笑起来。我想趁机翻个白眼，顺便看看薇奥拉，可薇奥拉根本不看我。我只好忍着不再朝她张望。

此时我们已经走过了乱石林立的那一截小径，绕过一片低缓的山坡，眼前突然出现一座农场。农场依山势起伏，其中有几片麦田，几片种卷心菜的菜田，还有一片草地，一群绵羊在上面吃草。

"好啊，羊！"塔姆高喊。

"羊！"羊说。

小径旁边先是出现了一座木结构的大谷仓，盖得密不透风，和那座桥一样坚固，就好像能矗立到永远。

"除非你把它炸飞，否则它能一直立在那儿。"希尔迪大笑着说。

"要不你们试试吧。"塔姆也大笑起来。

我有点受不了他们说什么都哈哈大笑。

然后我们来到了一座农舍前，它是金属材质的，迥异于农场的其他建筑，有点像普伦提斯镇的加油站和教堂，但没它们受到的破坏严重。农舍的半边闪着光,向天空卷起,好似一只蜗牛。屋顶还探出一根烟囱。先是翻卷向上,而后折叠向下,尾端冒出滚滚浓烟。农舍的另一半则是金属与木材混合搭建的,和谷仓一样结实,但是形状有点像……

"翅膀。"我说。

"没错,像翅膀。"塔姆说,"像什么的翅膀?"

我又仔细看了看。整座农舍像某种鸟类,烟囱就是鸟头和脖颈,前半部闪着光泽,后半部是展开的木制翅膀,就好像一只鸟浮在水面或别的什么上。

"那是天鹅,陶德小子。"塔姆说。

"什么?"

"天鹅。"

"天鹅是什么?"我盯着那座农舍问。

他的声流有些疑惑,我又察觉其中掺杂着一丝伤心。于是,我看着他问道:"怎么了?"

"没什么,小子。"他说,"都是很久以前的事了。"

薇奥拉和希尔迪还在我们前面。薇奥拉睁大了双眼,像鱼一样大张着嘴喘气。

"我跟你说什么来着?"希尔迪问。

薇奥拉冲到农舍前面的栅栏旁。她呆呆地盯着农舍看,目光扫过整个金属结构,从上到下,从左到右,仔仔细细地打量。我来到她身边,也跟着观察。这会儿我很难想起该说的话(闭嘴,别想了)。

"应该是一只天鹅。"最后我说,"虽然我不知道天鹅是啥玩意儿。"

她没理会我,而是扭头对希尔迪说:"这是'开拓3号'500吗?"

"什么?"

"薇,比你说的型号还老。"希尔迪说,"是'开拓3号'200。"

"我们坐的是'开拓7号'。"薇奥拉说。

"怪不得。"希尔迪说。

"你们到底在说什么呀?"我问,"开拓啥?"

"羊!"我们听见麦奇在远处狂吠。

"我们的移民飞船。"希尔迪说,她惊讶于我的无知,"'开拓3号',200系列。"

我看看这个,再看看那个,终于瞧见塔姆的声流中有架太空飞船,飞船前侧的船体形状正与向上翻的农舍相符。

"哦,原来是这样。"我回想起来一些事情,想让自己听起来早已知情,"你们用当时手头能拿到的工具建了这座农舍。"

"就是这样,小子。"塔姆说,"你也可以说它是一件艺术品。"

"谁叫你老婆是个能够让你那座呆兮兮的雕塑立起来的工程师呢?"希尔迪说。

"你怎么知道这些的?"我问薇奥拉。

她低头看着地面,躲避着我的眼神。

"你不会是……"我刚张口说话,但马上闭了嘴。

我明白了。

当然是这样了,我明白了。

尽管就像其他一切一样,太晚了,但我总算明白了。

"你是个移民。"我说,"你是新来的移民。"

她避过我的目光，耸了耸肩膀。

"但是你那艘坠毁的飞船，"我说，"太小了，不可能是移民飞船。"

"那只是一艘侦察机。我的母船是'开拓7号'。"

她看着希尔迪和塔姆，他俩什么都没说。塔姆的声流发出明亮的光芒，显得分外好奇。我无法从希尔迪身上读到任何信息。但是不知怎的，我有种感觉，她知道这事，可我不知道；薇奥拉什么都告诉她了，就是没告诉我。就算是因为我从来没问起，薇奥拉才没说，我仍感觉心里酸酸的，很不是滋味。

我抬头望向天空。

"你那艘'开拓7号'就在上面，是吗？"我说。

薇奥拉点点头。

"你们带来了更多的移民。更多人要来新世界了。"

"我们坠毁了，飞机上什么都摔坏了。"薇奥拉说，"我没法联系他们，没法警告他们别来。"她有点气喘吁吁地望着天空说，"你必须警告他们。"

"她不可能是这个意思。"我快速说，"不可能。"

薇奥拉的脸绷得紧紧的，眉头紧锁："为什么不可能？"

"谁不可能是这个意思？"塔姆问。

"有多少？"我依然盯着薇奥拉，问道。我再次预感到，世界即将发生重大变化，"要来的移民有多少人？"

薇奥拉深吸了一口气才回答我的问题。我敢打赌，这事儿她连希尔迪都还没告诉。

"好几千。"她说，"还有好几千人要来。"

没有道歉的夜晚

"没几个月工夫他们到不了这儿。"希尔迪一边说,一边递给我一份土豆泥。薇奥拉和我只顾埋头苦吃,说话的只有希尔迪和塔姆。

只有他俩在聊天。

"太空旅行和你在录像带里见到的不一样。"塔姆说,一道羊肉汁从他的面包上流了下来,"实际的太空旅行要花上很多很多年才能到达一个地方。光从旧世界到新世界就得花上64年。"

"64年?"我边说边喷出几滴土豆泥。

塔姆点点头:"旅途中大部分时间你们都是冻着的,这样才能保证你们不会在途中死掉。"

我转身问薇奥拉:"你有64岁了?"

"按旧世界的算法是64岁。"塔姆说着敲了敲手指头,好像在计算什么,"相当于……多少呢?相当于新世界里的58或者59岁吧。"

可是薇奥拉摇头否认："我是在船上出生的，没有休眠过。"

"所以你妈妈或者爸爸肯定是船上的守护者了。"希尔迪说着折断了一截像是萝卜的东西，然后跟我解释道，"船上得始终有人醒着，监督船保持正确的航向。"

"他们都是守护者。"薇奥拉说，"再之前的守护者是我爸爸的母亲，再再之前是我爷爷。"

"等等，"我对她说，和往常一样，我总是慢半拍，"所以说，如果我们二十多年前曾经住在新世界……"

"23年前，"塔姆说，"感觉还要更长些。"

"那么我们还没到这儿的时候你们就已经出发了。"我说，"或者说你爸爸还是爷爷之类的什么人已经出发了。"

我环顾一周，好奇别人是否也和我想到了一块儿。"为什么？"我说，"为什么你们连这儿的情况都不知道，就贸然前来了？"

"首批移民为什么会来？"希尔迪问我，"为什么会有人找新地方定居？"

"因为你离开的那个地方已经不适合居住了。"塔姆说，"因为你离开的地方很糟糕，你必须得离开。"

"旧世界拥挤、肮脏，遍地暴力。"希尔迪一边用纸巾擦脸一边说，"社会四分五裂，人们互相憎恨、互相残杀，非要大家一起沦落到悲惨的境地才开心。至少多年前是这样。"

"我不知道。"薇奥拉说，"我从没经历过那些。我的爸爸妈妈……"她说到一半就没了声音。

我还想着她在太空飞船上出生的事儿，那可是一艘货真价实的太空飞船啊。一边成长一边在星辰间飞翔，想去哪儿就去哪儿，不用困囿于一颗你显然不想居住的讨厌行星之上。去哪儿都行。如果这个地方不合适，你大可以换一个地方。四面八方任你自由挑选。世上还有什么能比这更酷呢？

我没注意到饭桌旁的众人陷入了沉默。希尔迪又开始轻轻抚摩薇奥拉的后背。我看见薇奥拉的眼眶逐渐变得湿润，泪水涌了出来，她开始再次轻轻地前后摇晃。

"怎么了？"我说，"现在是怎么回事？"

薇奥拉皱起眉头瞪着我。

"怎么了？"我说。

"我们还是别再聊薇的爸爸妈妈了。"希尔迪柔声说，"是时候让你们两个小毛孩闭上眼睛睡一觉了。"

"可现在还不晚。"我望向窗外，太阳还没落下，"我们得赶到聚居区去。"

"那个聚居区叫法布兰奇。"希尔迪说，"我们明天一早就送你们去。"

"可是追赶我们的人……"

"小子，从你还没出生的时候起我就一直守护这儿的平静。"希尔迪友善但坚定地说，"不管这儿发生了什么不该发生的事，或者该发生什么却没发生，我都应付得来。"

我什么都没说，但是声流沸腾，暴露了我的种种想法；不过，希尔迪没有理会我的声流。

"我能问一下你们要去法布兰奇干什么吗？"塔姆边说边啃玉米，这样能让他的语气比声流少几分好奇。

"我们就是得去那儿。"我说。

"你俩都必须去?"

我看看薇奥拉。她已经不流泪了,但是脸已经哭肿了。我没有回答塔姆的问题。

"那儿有很多活儿干。"希尔迪说,然后她站起身,端起她的盘子,"如果你们是想找活儿干的话,可以考虑一下他们的果园,那儿总是缺人手。"

塔姆也站起来。他们开始收拾桌子,把碗盘都端进厨房,只留下我和薇奥拉。我们能听见他们在厨房里聊天,声音很轻,再加上嘈杂的声流屏蔽,我们无法听清聊天的具体内容。

"你真觉得我们应该在这儿待一晚上?"我压低声音说。

但是她快速飘出一连串低语,就好像根本没听见我的问题一样:"虽然我的想法和感受无法没完没了地涌现,但这不代表我就没有想法和感受。"

我吃惊地扭头看她:"啥?"

她继续激动地碎碎念道:"每次你想,哦,她就是一团虚空,或者她脑子里空空荡荡,什么想法都没有,或者也许我该把她丢给那两个人,我都能听见,好吗?我能听见你脑子里的每一件蠢事儿,好吗?我知道的比我想知道的还多。"

"哦,是吗?"我也低声还嘴,只可惜我的声流无法保持低调,"可每次你想什么事情,或者有什么感受,或者冒出来什么蠢念头,我都听不见,我又怎么知道你他妈的在想什么呢,啊?你想保密的时候,我又该怎么搞清楚发生了什么事呢?"

"我没有想保密。"她咬牙切齿地说,"我是个正常人,正常人都这样。"

"在这儿你可不是正常人，薇！"

"你怎么知道？我听见你对他们说的每一件事都感到吃惊。你来的那地方难道连所学校都没有吗？你什么东西都没学过吗？"

"连活命都成问题的时候，没人关心历史。"我一字一顿地说。

"越是这种时候，历史越重要。"希尔迪说，她就站在桌子的另一头，"这种蠢事儿你们都要吵，如果这还不能证明你俩累坏了，至少能证明你们累得都失去了理智。快去睡觉吧。"

薇奥拉和我互相瞪了对方一眼，但还是从座位上站起来，跟着希尔迪进入一间宽敞的休息室。

"陶德！"麦奇在角落里叫了一声，但仍没有离开塔姆之前给它的那根羊肉骨头。

"很久以前我们就把客房挪作他用了。"希尔迪说，"现在屋里只有长沙发，没有床，你们得多担待。"

我们帮她铺好床。薇奥拉依然板着面孔，不高兴的样子。我的声流则嗡嗡作响，一片红色。

"现在，"等我们收拾停当，希尔迪说，"你俩互相道歉。"

"什么？"薇奥拉说，"凭什么？"

"我觉得这不关你的事。"我说。

"永远不要带着怒气睡觉。"希尔迪说着把手放在自己屁股上，看样子完全不打算妥协，但是或许有人能劝她消气，"只要你俩还想做好朋友，就别这样。"

薇奥拉和我都不说话了。

"他救了你？"希尔迪问薇奥拉。

薇奥拉低着头，过了一会儿终于说："是。"

"没错,我救了她。"我说。

"在桥那边的时候,她也算是救了你,对吗?"希尔迪说。

哦,老天!

"那么,"希尔迪说,"你们不觉得这能说明什么吗?"

我们依然保持沉默。

希尔迪叹了口气:"好吧。我想,对于像你们这样马上就成年的毛孩子来说,应该给你们自行和好的空间。"就这样,她连"晚安"都没说就转身走了。

我转过去,背朝薇奥拉;她也背对着我。我脱掉鞋子,钻进希尔迪准备好的被窝里,她口中的"长沙发"在我看来是一张舒适程度举世无双的床。薇奥拉也和我一样。麦奇则跳上我的长沙发,在我脚边盘成一团。

除了我的声流和篝火的噼啪声,屋里再没有别的动静了。现在应该是黄昏时分,并没有多晚;但是身下的沙发垫十分柔软,床单也很柔软,篝火又烧得那么暖和,我已经不知不觉闭上了眼睛。

"陶德?"躺在房间另一头长沙发上的薇奥拉叫道。

我挣扎着摆脱睡意:"怎么了?"

有那么一刻,她什么都没说,我想她应该是在酝酿道歉。

我想多了。

"你的本子上写了我们到法布兰奇之后该干什么了吗?"

我的声流更红了。"你就别操心我的本子上怎么写了。"我说,"那是我的财物,写着什么我知道就行。"

"你在树林里给我看里面的地图,"她说,"你说我们必须得去那个聚居区,你记得吗?你还记得下面写了什么吗?"

"当然记得。"

"写的什么？"

她的声音中没有刺探的意思，起码我听着没有。可她除了刺探还能有什么别的用意呢？

"睡你的吧，好吗？"我说。

"写的是法布兰奇。"她说，"我们要去的地方叫法布兰奇。"

"闭嘴。"我的声流又吵闹起来。

"没什么羞耻的，如果你不会……"

"我说了，闭嘴！"

"我可以帮助你……"

我突然站起来，麦奇被我掀倒在地。我把床单和毯子夹在胳膊下面，跺着脚走出房间，来到我们吃饭的地方。然后我把被窝往地上一扔，躺下来，把薇奥拉和她那毫无意义的糟糕的安静都丢在另一间屋子里。

麦奇和她待在一起，这个叛徒。

我闭上眼睛，可就是睡不着，很长很长时间都睡不着。

后来我应该睡着了。

我梦见自己走在一条小路上，置身于沼泽地中，同时又在镇里，在我家的农场上。我身边有本，还有基里安和薇奥拉。他们都在说："陶德，你在这儿干什么？"麦奇狂吠："陶德！陶德！"本抓着我一条胳膊，把我拖出门外；基里安揽着我的肩膀，推着我沿小径往上攀爬；同时薇奥拉把生火的盒子摆在我们农舍的前门外；镇长的马直接闯进我们的前门，踏过她的身体。一条鳄鱼长着阿隆的脸，它从本的肩膀后面蹿起来，我大喊"不！"然后……

然后我坐了起来，汗流浃背，心脏跳得像匹脱缰野马。我以为会看到镇长和阿隆站在眼前。

但是我看到的只有希尔迪。她说："你怎么跑到这儿来了？"她站在门廊处，清晨的阳光从她身后涌入，格外明亮，我不得不举起手来遮挡。

"在这儿睡觉更舒服。"我嘟囔着，心脏依然在怦怦直跳。

"我信。"她边说边审视着我刚刚苏醒的声流，"早餐好了。"

香煎羊肉条的香味儿唤醒了薇奥拉和麦奇。我让麦奇去外面撒了泡尿，不过我和薇奥拉谁也没搭理谁。吃饭的时候塔姆进来了，我猜他一定刚刚喂完了羊回来。要是还在家，这会儿我也应该刚干完这活儿。

家，我想。

不想了。

"精神精神吧，小子。"塔姆说着在我面前重重放下一杯咖啡。喝咖啡的时候，我一直埋着头。

"外面有人来吗？"我对着杯子说。

"连个人声儿都没有。"塔姆说，"今天天气不错。"

我瞟了一眼薇奥拉，但是她没在看我。实际上，从吃东西、洗脸、换衣服到收拾背包，整个过程中我们一句话都没说。

"祝你们好运。"塔姆说。我们就要随希尔迪一起去法布兰奇了，"两个无依无靠的人相互帮助、成为朋友，没有比这更好的事了。"

听到这话，我们更不知道该说什么了。

"快点儿，你们两个小毛孩。"希尔迪说，"不要浪费时间。"

我们再次踏上小径,没走多久就发现这条小径和过桥的那条路会合了。

"这儿曾经是从法布兰奇到普伦提斯镇的主路。"希尔迪说着拎起她自己的小背包,"或者叫新伊丽莎白镇,这是它当时的名字。"

"什么地方当时的名字?"我问。

"普伦提斯镇。"她说,"过去那儿叫作新伊丽莎白镇。"

"那儿从来不叫这个名字。"我扬起眉毛。

希尔迪看着我,也扬起眉毛,一副嘲笑我的样子:"从来都不叫这名字?那我一定是搞错了。"

"你肯定是搞错了。"我瞪着她说。

薇奥拉发出一个声音,她是在讽刺我,于是我狠狠瞪了她一眼。

"到了那儿之后,我们有地方住吗?"她问希尔迪,没有搭理我。

"我会把你们带到我妹妹那儿去。"希尔迪说,"她是今年的副镇长,你们知道吗?"

"到了那儿之后,我们干什么呢?"我边说边踢着路上的土。

"你们自己想想该干什么呗。"希尔迪说,"你们自己的命运,不该自己说了算吗?"

反正到现在为止不是这么回事。我的声流中涌动着这句话,同时我听到薇奥拉也一字不落地嘟囔了一句。我俩同时抬起头,四目相接。

我们差点微笑起来,但最终还是差了一点。

这时我们开始听到人们的声流。

"啊,"希尔迪也听到了声流,她说,"法布兰奇到了。"

脚下的小路带我们登上了一座山谷的谷顶。

我们到了。

这就是另一个聚居区,另一个原本不该存在的聚居区。

这就是本想让我们来的地方。

我们可能会得到安全的地方。

首先映入眼帘的是曲曲折折的山谷小路。它穿过果园,一路向下,两旁是一排排整整齐齐的果树,都得到了悉心照料,还有一条条小径和灌溉系统,这些都分布在一座山坡上;再远处是房屋田舍,谷底是一条小溪,水流轻缓,河道平坦,蛇行般蜿蜒着,最后应该会与那条稍大的河流交汇。

男男女女,到处都是人。

大多数人在果园中工作,三三两两,他们穿着沉甸甸的工作围裙,男的穿长袖,女的穿长裙,有的用砍刀从树枝上砍下松果一样的水果,有的负责搬运装满水果的篮子,还有的在拿灌溉用的管子给果树浇水。

男人和女人。女人和男人。

也就几十个男人吧,比普伦提斯镇的人数少。

但有多少个女人就不得而知了。

这好像是另一个世界。

他们的声流(和安静)仿佛轻薄的雾气,在天空中浮动。

请给我拿两个,我的意思是……这里都是杂草,她可能同意,也可能会拒绝,要是服务结束我还可以……没完没了,老天。

我停在路中央，大张着嘴愣了一会儿，还没准备好汇入这片嘈杂的海洋。

这情景太奇怪了。

说实话，不只是奇怪。

这一切都是如此……怎么说呢……平静。就好像你和你的朋友们聊天嬉笑一样，没什么出格或冒犯的言语。

也没有人极度渴望什么东西。

从哪儿都听不到，也感受不到那种极度疯狂的欲念。

"我们这回是真出了普伦提斯镇了。"我小声对麦奇说。

可马上我就听见田野上空飘起了**普伦提斯镇？**就在我们身边。

然后我又听到好几处不同的地方冒出来**普伦提斯镇？普伦提斯镇？**再然后我注意到附近果园里的人都不再摘果子了，他们纷纷停下手中的活计，站在原地，开始盯着我们看。

"行啦，没事。"希尔迪说，"继续走吧。他们只是好奇。"

普伦提斯镇像小火苗一样，在下面的田野中接连爆出，麦奇紧贴着我的双腿前进，我们一边走一边紧张地环视四周。就连薇奥拉都和我们凑得更近了。

"别紧张。"希尔迪说，"只不过有很多人想见……"

她的话说到一半就打住了。

前方的路上走来一个男人。

从表情来看，他一点都不想见我们。

"普伦提斯镇？"他说。他的声流逐渐变成极度不适的红色，红色越来越重。

"早上好，马修。"希尔迪说，"我只是带来了……"

"普伦提斯镇。"那人又重复了一遍,这次不再是疑问句了,也没有看希尔迪,而是直直地盯着我。

"我们这儿不欢迎你。"他说,"一点儿都不欢迎你。"

他手里拿着一把我这辈子见过的最大的砍刀。

果园相遇

我立刻伸手去够背包后面的猎刀。

"别动,陶德小子。"希尔迪说,她直直地盯着对面的男人,"事情不会发展到那一步。"

"希尔迪,你知道你这是要把什么人带进来吗?"男人一边掂着手里的砍刀一边说,目光依然在我身上。他询问的语气中满是惊讶,另外……

另外,那样会有多严重的后果?

"我带来的是两个迷路的毛孩子,一个男孩,一个女孩。"希尔迪说,"马修,你把路让开。"

"我可没看见什么男孩。"马修说,眼睛像是要喷出火来。他高大壮硕,肩膀像公牛一样结实,浓眉紧蹙,显得不那么友好。他就像是一场能说会动的雷雨。"我只看见一个普伦提斯镇的成年男人,他那普伦提斯镇的声流中尽是普伦提斯镇的肮脏污秽。"

"才不是这么回事。"希尔迪说,"你再仔细看看。"

马修的声流已经向我扑过来了,就像有双手伸过来,正拼命地往我的思绪中挤压。是愤怒,是询问,是火一样的声流,狂暴愤怒,我无处躲藏。

"希尔迪,你是知道规矩的。"他说。

规矩?

"那规矩是给男人定的。"希尔迪说,她的声音平和,就像只是站在那儿聊着天气。她能看见这男人的声流显示他有多危险吗?红色绝不是聊天时你想看到的颜色。"他还不是个成年男人。"

"我还有28天就成年了。"我不假思索地说。

"数字在这儿没有任何意义,小子。"马修恶狠狠地说,"我不在乎你还有多少天成年。"

"冷静点,马修。"希尔迪说,她突然变得严厉起来。我惊讶地发现,马修竟然厌了,他往后退了一步。"他是从普伦提斯镇逃出来的,"她的声音软了一些,"他是逃亡者。"

马修怀疑地看看她,然后再看看我,终于把砍刀放低了,只放低了一点。

"就像之前的你一样。"希尔迪对他说。

什么?

"你是普伦提斯镇来的?"我脱口而出。

马修听了这话又提起砍刀,上前一步,似乎马上就要爆发了,吓得麦奇狂吠:"退后!退后!退后!"

"我是从新伊丽莎白来的。"马修咬着牙咆哮道,"我从来不是普伦提斯人,小子,从来不是,你给我记好了!"

我很清楚地看到,他的声流中有记忆闪回,那都是些不可能发生的事情，极尽疯狂。这些画面突然涌来，仿佛他根本控制不住。这比哈马尔先生偷偷给镇上年龄最大、最顽皮的男孩放映的违禁录像还骇人。在他的声流中，似乎真的有人死了，但是谁也不能百分之百地确定。总之，其中有画面、话语、血浆，还有尖叫声……

"停下！"希尔迪大喊，"马修·莱尔，控制好你自己！"

马修的声流锐减，但是仍然翻滚不定。他缺少塔姆那种对于声流的强大控制力，但他已经比普伦提斯镇的任何一个男人都强了。

就在我想这些的时候，马修又把砍刀提了起来。"小子，在我们这儿你不能说那个词。"他说，"要是你想好过点，就永远别提那个词。"

"只要我还活着，你就休想威胁我的客人。"希尔迪说，声音响亮，语气强硬，"明白了吗？"

马修看着她，没有点头，也没有说"明白"，但是我们都知道，他明白了，虽然并不情愿。他的声流还在一下下地戳刺我、压迫我，要是可以的话，它还会抽我几巴掌。最后他把目光转移到薇奥拉身上。

"这又是谁？"他边说，边把砍刀对准她。

我发誓，我动手之后才意识到自己在干什么。

前一秒我还站在大家身后，下一秒，当我意识到的时候，我就已经挡在马修和薇奥拉之间了。我的猎刀指向他，声流像雪崩一样滚下来，口中说道："你最好退后两步，离她远点儿，你最好赶快按我说的做。"

"陶德！"希尔迪喊道。

"陶德！"麦奇大叫。

"陶德！"薇奥拉也大叫。

但我就是出手了，拿着猎刀，心脏跳得飞快，就像它刚刚反应过来我在做什么一样。

但是太晚了，我已经站出来了。

谁会想到发生这事呢？

"给我一个理由，普伦提斯男孩，"马修举着砍刀说，"给我一个好理由。"

"够了！"希尔迪说。

这次她的声音有了新的变化，她的话像法律一样不容置疑，他人必须服从，马修这才有点怯了。他依然拿着砍刀，依然瞪着我和希尔迪，声流怦怦搏动，好似一个伤口。

然后他的脸抽搐了一下。

他竟然哭了起来。

他恼怒地力图克制这股情绪，但是手执砍刀、壮如公牛的他还是站在那儿哭了起来。

这一幕我可没料想到。

希尔迪的声音稍稍恢复到之前的平和状态："把猎刀收起来吧，陶德小子。"

马修把砍刀丢到地上，抬起一条胳膊遮住眼睛，同时哭号、呻吟起来。我向薇奥拉瞟了一眼。她正盯着马修看呢，恐怕和我一样困惑不解。

我把猎刀在身侧放低，但是没有收起来。至少现在不会把它收起来。

马修正在深呼吸，痛苦和悲恸的声流包围着他，当然，还有愤怒,因为他在大庭广众之下失控了,他对自己感到愤怒。"事情早该过去了。"他咳嗽着说,"很早以前就该翻篇儿了。"

"我知道。"希尔迪说着走上前,将一只手放在他的胳膊上。

"怎么回事?"我说。

"没什么,陶德小子。"希尔迪说,"普伦提斯镇有段令人伤心的往事。"

"塔姆也是这么说的。"我说,"好像只有我不知道。"

马修抬起头。"小子,你一点儿都不知道吗?"他从牙缝里挤出这几个字。

"行了,先别说了。"希尔迪说,"这孩子不是你的敌人。"她看看我,睁大了眼睛,"而且,出于这个原因,他要把猎刀收起来了。"

我转了两下手中的猎刀,然后把它放到了背包后面。马修又瞪了我一眼,但是这回他真的开始往后退了。也不知道希尔迪究竟是什么人,他竟然如此听她的话。

"他俩都无辜得跟小羊羔似的,马修小子。"希尔迪说。

"这年头,谁都不无辜。"马修酸酸地说,喷出鼻息,把最后一点泫然欲泣的感觉也喷了出去。他再次举起砍刀:"谁都不无辜。"

然后,他转过身,大步流星地走进果园,再也没回头。

其余的人都盯着我们。

"快忙你们的去吧,"希尔迪转着身子对周围的一圈人说,"以后有时间再和新来的人打招呼。"

我和薇奥拉注视人们回到各自的岗位上:有的继续回到树上摘

果子,有的继续把果子往篮子里装,有的继续做别的活儿。有些人依然在看我们,但大多数人都回去工作了。

"你是这里管事儿的吗?还是有别的身份?"我问。

"我有别的身份,陶德小子。快跟我来,你还没好好逛过这里呢。"

"他刚才说的是什么规矩?"

"小子,说来话长了。"她说,"过会儿我再告诉你。"

我们脚下的路十分宽敞,可供人畜车马通行,但我在路上只见到了行人。这条路形成一道弧线,向下延伸,穿过这座小山谷,山坡上分布着几座果园。

两个女人提着满篮子的水果,从我们面前经过。"这是什么水果?"薇奥拉问。

"冠松果。"希尔迪说,"甜如蜜糖,富含维生素。"

"从来没听说过。"我说。

"是啊,"希尔迪说,"你怎么可能听说过?"

我发现这片聚居区的果树特别多,但果园里的工人不超过五十个。"你们在这儿就只吃这个?"

"当然不是。"希尔迪说,"我们和路前头其他聚居区的人交换食物。"

我的声流明显流露出讶异之情,薇奥拉忍不住笑了几声。

"你不会以为整个新世界只有两个聚居区吧?"希尔迪问。

"没有。"我说着,感觉自己脸红了,"可是我以为其他聚居区都在战争中毁灭了。"

"嗯。"希尔迪咬着下唇点点头,没再说别的。

"和你们交易的是港湾吗？"薇奥拉轻声说。

"港湾是什么？"我问。

"另一个聚居区。"薇奥拉说，但是她没看我，"你说港湾有解决声流的法子。"

"啊！"希尔迪说，"是有人这么传的，可能是谣言。"

"港湾是个真实存在的地方？"我问。

"那是第一个聚居区，也是最大的。"希尔迪说，"是新世界里最接近大都市的地方，离这儿好远呢，住在里面的可不是像我们一样的农民。"

"我从来没听说过那地方。"我重复了一遍。

但谁也没理我这茬儿，我感觉他们是在保持礼貌。自从刚才我拿着猎刀与马修对峙之后，薇奥拉就没再正眼看过我。实话实说，我也不知道这是怎么回事。

既然没人说话，大家就只好继续往前走。

法布兰奇可能总共有七座建筑物，都比普伦提斯镇的小。虽然都是建筑，但也和我们那儿的不太一样，我感觉自己已经离开新世界，来到了一个全然不同的世界。

我们经过的第一栋建筑是一座石砌的教堂，造型新颖，整洁敞亮，和阿隆布道的那座黑魆魆的教堂截然不同。再往前走是一家普通的杂货店，旁边是一间停放机械的车库，但我没在附近看到什么重型机械。我见不到一辆裂变自行车，连坏掉的都没有。接着是一座会堂式样的建筑，另一座建筑的外立面则刻着蛇形纹样，应该是医院。再之后就是两座谷仓一样的建筑，应该是用于储藏粮食的。

"虽然没什么了不得的地方，"希尔迪说，"但这是我们的家。"

"不是你的家,"我说,"你住在镇外。"

"大多数人都住在镇外。"希尔迪说,"即便习惯了嘈杂的声流,人们也更喜欢待在家中,只听自己最亲近的人的声流。镇中心有点吵。"

我仔细听了听,这里没有普伦提斯镇那么吵。但法布兰奇确实存在声流,是那些干着无聊日常工作的男人发出的,叽里呱啦的,全是他们的想法,没什么重要的:**我切,我切,我切切切;我觉得这一打子只值七块钱;听她的歌声啊,听啊;这个滚筒今晚得修理一下;他要摔下来了**……都是这类事儿,没完没了。对我来说,这些都是无须顾虑的安全声流,比起过去我曾置身的黑色声流,这简直是一缸令人放松的泡澡水。

"哦,这些声流也会变黑,陶德小子。"希尔迪说,"男人都有脾气,女人也一样。"

"老是听男人的声流可不礼貌。"我说着,看看周围。

"没错,小子。"她咧嘴笑了,"可你还算不上一个男人,你自己说的,你只是个男孩。"

我们走过镇中心。几个男人和女人从我们面前经过,有几个抬了抬帽子,向希尔迪致敬,大多数人只是盯着我们看。

我也回敬他们,盯着他们看。

如果仔细听,你甚至能像听到男人的声流一样听清楚这里的女人。她们就像一块块石头,声流会绕开她们流淌过去。等你习惯了,你就能感受到,她们所在的位置是一片安静,比薇奥拉和希尔迪还安静十倍不止,星星点点地分布在声流中。我打赌,如果我现在停下来,站在原地仔细聆听,我能准确地说出每栋建筑里女人的数量。

因为她们就夹在很多男人的声流中间,你明白吗?

这种安静并没有给人多少孤独的感觉。接着我又看见一些小人儿,他们躲在灌木丛后面盯着我们看。

孩子。

比我体形更小、年纪更轻的孩子。

这还是我头一回看见小孩。

一个拎着篮子的女人发现他们在看热闹,就放下提着的篮子,伸出手去轰开他们。她皱着眉头,嘴上却挂着笑意。孩子们咯咯笑着,往教堂后面跑去。

我看着他们跑远的背影,感觉胸口被抻了一下。

"你还跟我们一起走吗?"希尔迪在我身后问。

"我就来。"我说,眼睛还盯着孩子们离去的方向。我转身跟上她们,但还是频频回头。

孩子。真正的小孩子。这里对小孩来说是那么安全。我开始想,当薇奥拉目睹这些看似友善的男男女女和小孩,她是否会产生家的感觉呢?我发现自己其实很关心她的安全,尽管我表现得对她漠不关心。

我打赌,她在这儿会很安全的。

我看看薇奥拉,发现她刚巧把头转开。

希尔迪领着我们来到法布兰奇的建筑群尽头。这栋房子门前有几级台阶,还插着一根旗杆,杆子上飘着一面小旗子。

我停下脚步。

"这是镇长的房子。"我说,"对吗?"

"副镇长。"希尔迪说着走上台阶,靴底重重踏在木头上,咚咚地响,"也就是我妹妹。"

"原来是姐姐来了。"一个女人打开门,她就是翻版的希尔迪,只不过更圆润、更年轻,眉头也皱得更厉害。

"弗朗西亚。"希尔迪说。

"希尔迪。"弗朗西亚说。

她们相互点头致意,没有拥抱,也没有握手,只是相互点了点头。

"你这是把什么麻烦带到我的镇里了?"弗朗西亚打量着我们说。

"现在是你的镇了?"希尔迪扬起眉毛,微笑着说。她向我们转过来。"我告诉马修·莱尔了,他们只不过是两个寻求庇护的小孩。"说完转身去看她的妹妹,"如果法布兰奇不能庇护他们,妹妹,那还有哪儿可以?"

"我说的不是这个。"弗朗西亚说,她看着我们,交叉起双臂,"他们身后跟着一支军队。"

法布兰奇

"军队?"我说,胃里像是打了结。薇奥拉和我异口同声地问出了这句话,但这一点都不好笑。

"什么军队?"希尔迪皱起眉头。

"远方传来流言:有支军队正在河对岸集结。"弗朗西亚说,"都是骑着马的男人,普伦提斯镇的男人。"

希尔迪努努嘴。"一共就五个骑马的男人,"她说,"算不上一支军队,都是被派来追杀这两个小毛孩儿的。"

弗朗西亚看起来并不相信她的话。我还从没见过有谁那样警惕地抱着胳膊。

"反正中间隔着河,"希尔迪继续说,"近期不会有人来法布兰奇的。"她回头望望我们。"一支军队,"她说着摇摇头,"真能扯。"

"姐姐,如果有危险,"弗朗西亚说,"我有职责……"

希尔迪翻了个白眼。"妹妹,别跟我说你的职责,"她说着从弗朗西亚旁边走过去，打开房子的前门，"你的职责还是我安排的。进来吧，你们两个小毛孩儿。"

薇奥拉和我没有动。弗朗西亚也没有邀请我们进去。"陶德？"麦奇在我脚边叫道。

我深吸一口气，踏上门前的台阶。"您好，女似。"我说。

"是'女士'。"薇奥拉在我身后轻声纠正。

"您好，女士。"我努力让自己保持平稳的心跳，"我叫陶德，她叫薇奥拉。"弗朗西亚的双臂仍然交叉着抱在胸前，就像维持这个姿势久了能得奖似的。"追杀我们的真的只有五个人。"虽然我嘴上这样说，但声流中还回荡着"军队"这个词。

"你说什么我就得信什么吗？"弗朗西亚说，"信你这个被人追赶的男孩？"说完她低头看向仍在最下面台阶上等待的薇奥拉，"我可以猜出你俩逃跑的原因。"

"哦，行了，弗朗西亚。"希尔迪说。她依然为我们扶着门。

弗朗西亚转过身，喊希尔迪从门口让开。"非常感谢你，我的房门我来管。"弗朗西亚说完，向我们转过头，"你们想进来就进来吧。"

这是我们第一次感受到法布兰奇人的热情好客。于是我们进了屋。关于弗朗西亚家里是否有安置我们的地方、我们可能在这儿住多久等问题，弗朗西亚和希尔迪开始你一言我一语地争执起来。最后希尔迪赢了，弗朗西亚领着我和薇奥拉来到两间相邻的小房间，都位于二楼。

"你的狗得睡在外面。"弗朗西亚说。

"但是它……"

"我不是在和你商量。"弗朗西亚说完就离开了房间。

我跟着她来到了楼梯平台。她径直下楼,没有回头。不到一分钟,我就听到她和希尔迪又吵了起来,但两人都努力将声音压到最低。薇奥拉也从房间走出来,偷听她们争吵。就这样,我们在那儿站了一会儿。

"你有什么想法?"我说。

她没有看我。然后她仿佛下定了决心,扭过头来看我。

"我不知道。"她说,"你呢?"

我耸耸肩。"对于我们的到来,她似乎不太高兴。"我说,"但是我这会儿感觉安全多了。毕竟咱们的房间有墙什么的。"我又耸耸肩,"而且本又希望咱们来这儿。"

这是真的,但我还是不太确定。

薇奥拉也交叉双臂抱在胸口,就像弗朗西亚那样,但她和弗朗西亚是完全不同的两种人:"我明白你的意思。"

"所以我觉得暂时还可以。"

"是的,"薇奥拉说,"暂时。"

我们又听了一会儿吵架。

"你在家乡是干什么的?"薇奥拉说。

"我干的事儿都挺傻的,"我飞快地说,"不想提了。"

我感觉我的脸开始发烧,所以赶快回到了自己的小屋。我站在那儿咬了会儿嘴唇。以前住在这房间里的可能是个老人,闻起来旧旧的,但是这里有张真正的床。我把背包拿过来打开。

环顾四周,确认没人跟着我进来之后,我拿出了那本日志。我将它翻开,翻到地图那一页,然后顺着穿过沼泽地的箭头,看到了另一面的河。虽然那儿看不到桥，但是有块聚居区，下面写着一个词。

"法布，"我默念，"法布三可。"

我想这个词应该就是"法布兰奇"吧。

看到地图后面那页的字时，我的呼吸加重了。"你必须警告他们"（当然了，当然了，快别想了）。下面还画着横线。薇奥拉就问过我，到底是警告谁呢？警告法布兰奇，还是希尔迪？

"警告他们什么呢？"我边自言自语边翻笔记本。里面记了好多页东西，没完没了的文字。字挨着字，字挤着字，字后面还是字，就像声流浇下来，糊到了纸上，盖得满满的，让人搞不清上面究竟说了些什么。到底我该怎样警告别人？

"哦，本。"我小声说，"你说该怎么办？"

"陶德？"希尔迪在楼下喊我，"薇？"

我合上本子，看着它的封面。

过会儿。我过会儿再问。

我会问清楚的。

过会儿。

我把本子放好，往楼下走去。薇奥拉已经下楼了。希尔迪和弗朗西亚，她俩都交叉着双臂在等我。

"我得回农场去了，小毛孩们。"希尔迪说，"我还得为大家伙儿做事呢。不过弗朗西亚答应今天照顾你们。到了晚上，我会来看看你们过得怎么样。"

薇奥拉和我面面相觑，突然不想让希尔迪走了。

"谢谢你们这么想啊。"弗朗西亚皱起眉头，"不管我姐姐跟你们说了什么，我可不是吃人的怪物。"

"她没……"我正要说话，但很快就克制地闭了嘴，但我的声流帮我说出了后半句：**说过你坏话**。

"好吧，人人都为她说话，总是这样。"弗朗西亚说着瞥了希尔迪一眼，但是似乎没有特别不高兴，"你俩可以先在这儿住下。爸爸和姑妈早就死了，他们的屋子没人住。"

我猜对了，确实是老人的房间。

"不过，我们法布兰奇人都得工作。"弗朗西亚的目光在我和薇奥拉的脸上来回转悠，"就算只在这儿待一两天，想好下一步计划之后再离开，你们也得为自己赚生活费。"

"我们现在还没什么打算。"薇奥拉说。

"哼，"弗朗西亚哼了一声，"如果你们俩想在这里住下去，穿过第一座山坡上的那片果园，就能去上学。"

"学校？"我说。

"这儿有学校和教堂。"希尔迪说，"如果你们逗留时间长的话可以去。"我猜她应该又读了我的声流，"你们会待很长时间吗？"

我没说话，薇奥拉也没说话，弗朗西亚又哼了一声。

"弗朗西亚小姐，求您一件事可以吗？"弗朗西亚正要扭头跟希尔迪说话，薇奥拉开口了。

"叫我弗朗西亚就行，孩子。"弗朗西亚说，她似乎有点惊讶，"什么事？"

"这儿有法子给我的飞船发条消息吗？"

"你的飞船？"弗朗西亚说，"是遥远的黑漆漆天空里停着的移民飞船吗？"她抿着嘴唇，"上面还有好些人？"

薇奥拉点点头:"我们本该往回汇报的,得让他们知道我们的发现。"

薇奥拉声音很低,但是她脸上浮现出充满希望的表情,眼睛睁得大大的,等着失望降临。想到失望,我熟悉的那种伤心的拉扯感又会出现,就像把所有的声流都拉了进去,就像悲恸,迷失了方向。我伸出一只手放在沙发上,想让自己站稳些。

"啊,小丫头片子。"希尔迪说,声音异乎寻常地轻柔,"我猜你是来侦察这颗星球的,到了新世界之后还想联系我们地上的人,对吗?"

"是的。"薇奥拉说,"可是没人回答。"

希尔迪和弗朗西亚看着对方点了点头。"你忘了我们是教会移民。"弗朗西亚说,"我们远离世界,只想建立自己的乌托邦。所以才任由机器斑驳生锈,我们另寻他法生存下来。"

薇奥拉的眼睛睁得更大了:"你们没有其他任何人的联系方式?"

"我们都没法和其他聚居区通信。"弗朗西亚说,"更别说和天上的人联系了。"

"我们是农民,小毛孩。"希尔迪说,"简简单单的农民,渴望过上简简单单的生活。飞这么远来到这儿,图的就是这个。我们想解决问题,不让老人们再起冲突,"她的手指一下下轻敲桌面,发出嗒嗒声,"可惜并不太成功。"

"我们没想到还会有人来。"弗朗西亚说,"只是不想再走上我们离开的那个旧世界的老路。"

"这么说我被困在这儿了?"薇奥拉说,她的声音有点尖细。

"恐怕是的，除非你的飞船到这儿来。"希尔迪说。

"他们离我们这儿有多远？"弗朗西亚问。

"系统读数说还有二十四周的路程。"薇奥拉轻声说，"四周后到达近日点，从那之后再过两周，飞船开始轨道转移。"

"抱歉，孩子，"弗朗西亚说，"看来还得等上七个月，你的人才能抵达我们这儿。"

薇奥拉转过身去，背对着我们大家，显然她正在努力消化这个信息。

七个月可以发生很多事。

"那么，现在我要告诉你们，"希尔迪尽量让自己的声音显得轻松，"我听说港湾市有各种各样的新奇玩意儿。他们有裂变汽车、大都市的柏油路和数不清的商店。你们先去见识见识再操心别的事吧，怎么样？"

希尔迪望向弗朗西亚，弗朗西亚说："陶德小子，不如我们在谷仓那儿给你找个活儿吧。你是个农场孩子，对吧？"

"可是……"我想说话。

"农场上还有好多活儿呢，"弗朗西亚说，"我相信你肯定很清楚……"

弗朗西亚唠叨着这类话，带我走出后门。我回头看去，希尔迪正在柔声细语地安慰薇奥拉，她说了什么我不知道。她们在说话，而我还是听不见。

弗朗西亚关上我们身后的门，然后领着我和麦奇穿过主路，来到了路边那栋大谷仓一样的建筑。男人们拉着手推车，走到仓库大门口，等在那儿的另一批男人从上面卸下一筐筐水果。

"这是东仓。"弗朗西亚说,"我们准备用来和别人交换的货物储藏在这儿。你在这儿等着。"

我在原地等着,她去和正从推车上卸果筐的一个男人说话。他们交谈了一会儿,我听见他的声流中清清楚楚地出现了"普伦提斯镇",随之涌起了一种强烈的情绪。这和我之前察觉到的情绪有着微妙区别,但是还没等我仔细读,情绪就消失了,弗朗西亚也回来了。

"伊万说,你可以去后面干打扫卫生的活儿。"

"打扫?"我有点吃惊,"我会干农场的各种活儿,女士,而且我……"

"我知道你都会,但是你应该注意到了,'普伦提斯'这个邻居我们可不太喜欢。你还是和大家伙儿保持点距离吧。等大家和你熟悉了再说。怎么样?"

她还是板着面孔,双臂交叉抱在胸前,但是,她说得确实在理。

"好吧。"我答应道。

弗朗西亚点点头,带我去见伊万。他看上去和本差不多年纪,个子不高,深色头发,两条胳膊粗得像树桩子。

"伊万,这是陶德。"弗朗西亚说。

我准备跟他握个手,但伊万并不理会我伸出的手。他只是犀利地剜了我一眼。

"你到后面干活儿。"他说,"管住你自己,也管住你的狗,别碍我的事儿。"

弗朗西亚离开了,伊万把我带进仓库,指了指扫帚的位置。于是，我开始打扫仓库。我来法布兰奇的第一天就是这样开始的：在一座黑乎乎的谷仓中，拿着扫帚从一个角落扫到另一个角落，只能从远处的门缝里看到外面的一线蓝天。

哦，也太让人意外了吧。

"我要便便，陶德。"麦奇说。

"不要在这儿便便。"

这是一座相当大的谷仓，前后有200到250米长，里面存放水果筐，筐里的冠松果装得半满。其中有块地方存放着大卷大卷的青贮饲料，都用细绳子捆着，一直堆到天花板下面；还有一个分区放着预备磨成面粉的大捆大捆的小麦。

"你们把这些东西卖给其他聚居区吗？"我问伊万。

"现在不是聊天的时候。"他从前方抛回这么一句。

我没再说话，但是声流中冒出了一些粗鲁的言辞，我没来得及制止。于是我赶紧低头继续扫地。

上午渐渐过去了，我想着本和基里安，也想着薇奥拉。我还想到了阿隆和镇长，想到了"军队"这个词，还有它给我带来的胃里打结的感觉。

我不知道该如何是好。

一路逃来，我感觉不该在这里停下脚步。

人人都表现得这里有多安全似的，可我就是不放心。

我扫地的时候，麦奇在后门进进出出，有时候还追逐我从角落里扫出来的粉蛾子。伊万始终没有靠近我，我也和他保持着距离，但是我发现，每个进门的人放下货物之后，都会意味深长地往谷仓深处看上一眼，有时候还眯着眼往阴影中打量。想必他们是想看看能不能瞧见我,那个普伦提斯镇的男孩。

他们憎恨普伦提斯镇,我懂。我也憎恨普伦提斯镇,但是我比他们中的任何人都有资格悲伤。

随着时间流逝,我也开始注意到一些事情:这里干体力活儿的不分男女,但一般是女人管事,男人服从。虽然不知道希尔迪担任什么职位,但她显然颇有权威,况且弗朗西亚还是法布兰奇的副镇长。我得出一个结论:这个小镇是由女人掌管的。当女人从外面经过时,我能听到她们的"安静",还有男人对一片片安静做出的回应——偶尔会恼火顶撞,但多数情况下都是顺从。

这儿的男人虽然拥有声流,但他们比我以前接触的所有男人都懂得控制声流。另外,倘若普伦提斯镇也有这么多女人,按我的经验,镇子上空的声流肯定充斥着裸女图像,而且她们肯定都在做着人所能想象的最为羞耻下流之事。当然了,这儿偶尔也会冒出这样不堪的声流,男人毕竟是男人。但是大多数时候,声流里都是歌声或者祈祷,再就是关于手头工作的想法。

法布兰奇的声流普遍比较平静,但是这种平静让人觉得有点诡异。

我不时努力倾听,希望能听到属于薇奥拉的那片安静。

但是毫无收获。

午餐时分,弗朗西亚来到谷仓后面,带来一个三明治和一罐水。

"薇奥拉呢?"我问。

"不用谢。"弗朗西亚说。

"不用谢什么?"

弗朗西亚叹了口气,说:"薇奥拉在果园里,正在拾地上的果子。"

我想问问她心情好些了吗,但是我没问出口,弗朗西亚也没有试图读我的声流。

"你在这儿还适应吗?"她问。

"我会做的很多,可他妈的不只扫地这一项。"

"嘴里放干净点,小子。以后我会让你做真正够格的工作。"

她没有多作停留,转身向谷仓前面走去,和伊万说了两句话,然后就去处理副镇长的日常工作了。

我知道这毫无道理,但我真的有点喜欢她。也许是因为她让我想起了基里安和他做过的那些让我抓狂的事吧。回忆总是有点蠢,不是吗?

我拿起三明治,刚咬了一口,耳畔就飘来伊万的声流。

"我会把掉在地上的面包屑扫干净。"我说。

令人惊讶的是,他大笑起来,有点粗鲁地说:"我知道你会的。"他也咬了一口他的三明治。"弗朗西亚说,今晚要开全镇会议。"过了会儿他说。

"要讨论我的事?"我问。

"讨论你和那个女孩的事,你们从普伦提斯镇逃跑的事。"

他的声流有点古怪,谨慎又强硬,就像在试探我的虚实。但我没有从中读出敌意,起码没有对我的敌意,但他的声流中还是渗透着某样我说不上来的东西。

"我们要和全体居民见面吗?"

"可能是的。我们会先聊聊你。"

"如果你们要投票表决我的去留,"我边说边用力咀嚼着三明治,"我想最后我肯定得走人。"

"有希尔迪站在你那边说话呢。"他说,"这在法布兰奇比什么都管用。"他咽了一口吃的,接着说,"而且这儿的人都很善良友好。我们之前接收过来自普伦提斯镇的人。很早以前的事情了,那段糟糕时期的事。"

"战争时期?"我问。

他看着我,声流将我包裹住,不住地刺探我都知道些什么。"是啊,"他说,"战争时期。"他扭过头去看谷仓,貌似不经意,但是我猜他是想检查这里是否只有我们两人。等他再转过头来,目光落在了我身上,似乎想看穿我。"还有,"他说,"不是所有人的感觉都一样。"

"什么感觉?"我说。我不喜欢他的注视,也不喜欢他声流中的嗡嗡声。

"对历史的感觉。"他说得很慢,依然盯住我不放,身体还往我这边凑了凑。

我往后靠了靠:"我不知道你在说什么。"

"普伦提斯镇有盟友,"他小声说,"他们藏在意想不到的地方。"

他的声流浮现出一些画面,好像只是在为我一个人展现。我仔细看过去,画面越来越清晰,其中有明亮的东西、潮湿的东西,还有快速掠过的东西,有阳光洒在红色的……

"小孩子!小孩子!"麦奇在角落里狂吠。我被吓得跳起来,就连伊万也受了惊,他声流中的画面迅速隐去了。麦奇叫个不停,我从未听过它叫得这么反常。我仔细看过去。

一群小孩跪在地上,正通过一块松脱的木板所留下的孔隙向内窥视。他们有的微笑,有的哈哈大笑,彼此大胆推搡,争先恐后地凑到孔隙前。

他们对我指指点点。

他们那么小。

那么小。

真的,看看啊,他们也太小了吧。

"滚开,你们这些小耗子!"伊万大喝一声,但是声音透着幽默,声流中尽是刚才他尽力掩饰的痕迹。墙洞后面传来尖声大笑,小孩子们一哄而散。

就这样,他们散了。

就像他们根本不存在似的。

"小孩子,陶德!"麦奇狂吠,"小孩子!"

"知道了,"它跑过来,我伸手挠着它的小脑袋,"知道了。"

伊万啪的一声拍了下手:"午餐结束,回去工作吧。"他最后严肃地看了我一眼,然后朝谷仓的前门走去。

"你在瞎叫什么呀?"我问麦奇。

"小孩子。"它嘟囔着把脸埋进我的手心。

下午的工作和上午完全一样。我扫地,时不时有人来"参观"我。工作间隙有休息喝水的闲暇,但这期间伊万没有跟我说话,再然后我就继续扫地了。

我花了些时间思考下一步该怎么做。只不过接下来未必是"我们"——我和薇奥拉一起行动了。会议将讨论我们的去留,法布兰奇人一定会留下她，直到她的飞船抵达。是个人就能看出这个结果。但是他们会收留我吗？

如果他们决定收留我，我会愿意留下吗？

我要不要警告他们呢？

每次想到那个笔记本，我就感觉胃里火烧火燎的，于是不断转换注意力。

漫长的下午终于结束了，太阳开始西沉。打扫工作都做完了，我已经把整个谷仓扫了不止一遍，还数清了果筐的数量，之后又数了一遍。此外，虽然没人要求我这么干，但我还是试着去修补墙上那块松脱的木板。如果没人允许你离开谷仓，那你他妈的就只能做这些工作。

"就是这样，不是吗？"希尔迪说。她突然在我身后冒出来。

"你不该偷偷摸摸地凑过来吓唬人。"我说，"你的脚步也太轻了。"

"弗朗西亚在家里给你和薇奥拉准备了一些吃的。你们不如回去吧？"

"我们吃东西，你们却去开会？"

"是的，我们去开会，小子。"希尔迪说，"薇奥拉已经到了，肯定会把你的那份晚餐也吃了。"

"饿，陶德！"麦奇叫道。

"也有你吃的。小狗崽。"希尔迪大笑着弯腰拍拍它。它直接躺下冲她亮出了肚皮。这个有奶便是娘的家伙。

"这个会议到底是要解决什么问题呢？"我问。

"哦，新移民要来了，这是个大新闻。"她抬起头来看着我说，

"当然了,还要介绍你们给大家认识。让大家都欢迎你们。"

"他们会欢迎我们吗?"

"陶德小子,人们惧怕他们不了解的人和事。"她站起来,说,"一旦他们认识你们,这个问题就迎刃而解了。"

"我们能留下来吗?"

"应该可以,"她说,"如果你们想的话。"

我没话说了。

"你快往回走吧。"她说,"等你们吃完,会上就该介绍你们了,我会来接你们的。"

我点点头,她便挥手告别,转身离开了。她的背影消失在谷仓尽头那团越发浓重的阴影中。我把扫帚挂回原处,脚步声回荡在谷仓中。我能听到整个小镇男人的声流和女人的安静都向会堂聚去。"普伦提斯镇"这个词儿出现得最为频繁,此外我的耳朵还捕捉到了我的名字、薇奥拉的名字、希尔迪的名字。

我不得不说,从这些反馈中,我听出了恐惧和疑惑,但是并没有扑面而来的厌恶。马修·莱尔那样愤怒的人毕竟是少数,更多人只是对我们抱有疑虑而已。

也许,只是也许,事情还不算糟。

"走吧,麦奇。"我说,"咱们去吃东西。"

"吃东西,陶德!"它边叫边跟在我脚边。

"也不知道今天薇奥拉过得怎么样。"我说。

然后我向谷仓出口走去,同时意识到有一小片声流从外面嗡嗡的声流集合中分离出来。

那一小片声流越飘越高。

它向谷仓飘来。

它就盘桓在仓门之外。

我停下脚步,站在黑漆漆的谷仓里。

远处,一个身影出现在门口。

马修·莱尔。

他的声流在说:**小子,你哪儿都别想去。**

猎刀的再一次选择

"退后！退后！退后！"麦奇立刻狂吠起来。

马修·莱尔的砍刀反射出森森月光。

我把手伸到背后——干活儿的时候，我把刀鞘藏到T恤下面，但猎刀肯定还在，肯定的。我抽出猎刀，拿在身侧。

"这次可没有老妈妈保护你了。"马修边说边前后挥舞砍刀，就像要把面前的空气斩成碎片一样，"你做了那些事，别想躲在女人裙下。"

"我什么都没做。"说着我后退一步，小心翼翼地不让自己的声流泄露信息——我身后有扇门。

"这不重要。"马修说。我往后退一步，他就往前走一步。"我们这里有条规矩。"

"我和你又没仇。"我说。

"但我和你有仇，小子。"他说。他的声流激动起来，涌动着愤怒。愤怒倒是可以预料，可里面竟然还夹杂一丝怪异的悲恸。我似乎可以用舌尖尝到他的怒火，疼痛随之袭来。声流中还夹杂着神经质，尽管他竭力掩盖，但我仍能感觉到它的锋利。

我又后退一步，退到黑暗深处。

"我不是个坏人，你知道吗？"他突然表现出一丝困惑，依然挥舞着手里的砍刀，"我有妻子，有女儿。"

"她们肯定不希望你伤害无辜的男孩，我相信……"

"闭嘴！"他大喊。我听见他咽了口唾沫。

他犹豫了。他不知道自己接下来要干什么。

这到底是怎么回事？

"我不知道你为什么生气，"我说，"但是，不管为什么，我都为此感到抱歉……"

"让你付出代价之前，"他的声音盖过了我的，像是为了不用听我说话故意这么做的，"有件事你得知道，小子，我的母亲叫杰西卡。"

我停下后退的脚步："什么？"

"我的母亲，"他咆哮着，"叫杰西卡。"

什么乱七八糟的！

"什么？"我说，"我不认识你的……"

"听着，小子！"他大喊，"你给我听好了。"

然后，他敞开了他的声流。

然后我看见了——

我看见了——

我看见了——

他想让我看到的画面。

"你骗人。"我轻声说,"这他妈的是个谎言。"

我不该这么说话。

马修一声尖叫,向前一蹿,朝我冲过来。

"快跑!"我对麦奇大喊,同时转身往后门跑去。(行了,你真以为猎刀能和他的砍刀抗衡?)我听见马修还在呐喊,他的声流在我身后接连爆炸,我跑到后门,夺门而出。

麦奇没有跟上来。

我转过身。我喊"快跑"的时候,麦奇往另外一个方向跑去,不知如何爆发出惊人的威胁性,朝冲过来的马修扑了上去。

"麦奇!"我大喊。

现在谷仓里真他妈的黑,我只能听见麦奇时而低声咆哮,时而发出狂吠,还有一通叮咣乱响。再然后,我听见马修疼得大叫了一声,他肯定被咬了一口。

好狗,我想,真是一条好狗。

我离不开它,不是吗?

我冲进黑暗中,朝着跌跌撞撞的马修以及在他的双腿与挥舞的砍刀之间乱窜的麦奇的影子跑去。

"陶德!陶德!陶德!"它狂叫。

我离他们还有五步远,马修正双手持刀,往地上砍去。只见刀刃砍进了木地板,麦奇随之发出一声痛苦的哀嚎。它没再说话,只是干嚎,而后飞也似的逃进了黑暗的角落。

我大喝一声朝马修冲去。我跳起来抱住他,两个人都倒在地板上,滚作一团。挺疼的,但是大多数时候还是我在上,马修在下,所以其实还好。

最后，我俩终于分开了。我听见他嗷嗷喊疼，趁机站起来，握紧猎刀，在离他只有几米的地方盯着他。这里离后门挺远的，马修又挡在前面。我听见麦奇在黑暗中呜咽。

我还听到通往会堂的那条路上有声流传来，不过现在没工夫细想了。

"别以为我不敢杀你。"其实我很怕，但我和他的声流眼下都混乱不堪，但愿他一时分辨不出我说的是不是真话。

"我也一样。"他说着去抽他的砍刀，前两次没抽出来，我趁机跳回黑暗处找寻麦奇。

"麦奇？"我在一捆捆稻谷和一摞摞水果筐中疯狂地寻找它。我听到马修因无法抽出砍刀而抱怨个不停。与此同时，城里的喧闹动静越来越大。

"陶德？"我听见黑暗深处传来它的声音。

声音自成捆的青贮饲料后面传来，就在那边墙角。"麦奇？"我探头叫它。

然后我又飞快地回头。

只见马修猛地用力，从地板上抽出了砍刀。

"陶德？"麦奇说，声音中满是困惑和恐惧，"陶德？"

马修来了，他迈着不疾不徐的脚步，就像他再也不用着急了似的，他的声流则如海浪一般，势不可当，四处弥漫。

我没有选择了，只能退守墙角，拿好猎刀准备反击。

"我会离开这里。"我大声说，"带上我的狗就离开。"

"太晚了。"马修说，他靠得更近了。

"你根本不想杀人，我看得出来。"

"闭上你的嘴。"

"求你了,"我挥着猎刀说,"我不想伤害你。"

"小子,你觉得我会在乎这个?"

一步又一步,他离我越来越近,越来越近。

外面突然传来砰的一声巨响,离这儿很远。人们开始边喊边跑,但我们谁都没向外看一眼。

我紧紧贴着墙角,但那儿并不宽敞,我不能整个人缩进去。我看看四周,寻找任何可能逃生的出口。

结果什么都没找到。

我的猎刀必须得派上用场了。虽然它要对付的是砍刀,但不行也得硬着头皮上。

"陶德。"我身后传来一个声音。

"别担心,麦奇。"我说,"会没事的。"

谁知道一条狗信不信呢?

马修差不多已经站在了我们面前。

我握紧了猎刀。

马修站在离我几米的地方,那么近,我甚至能在黑暗中看到他眼里的反光。

"杰西卡。"他说。

他把砍刀高举过头顶。

我往后一缩,抬起猎刀来顶,浑身僵硬……

但是他停下了……

他竟然定在那里。

我看到了这个机会。

这短暂的停顿足够了……

我飞快地祈祷，心想，但愿捆着它们的不是桥上那种绳子。然后我朝身侧将猎刀挥出一道弧线，成功割断了（感谢老天、感谢老天）捆绑青贮饲料的绳子，极为干脆。重量的突然变化导致其他绳子也相继崩断，我埋着头，躲开滚落的饲料卷。

我听到两物撞击的闷响，然后马修喊了一声"哎哟"，我抬头看时，他已经被埋到了饲料卷里，只露出一条胳膊，砍刀掉落在地上。我走过去把那玩意儿踢到一边，然后转身去找麦奇。

它就在刚掉下来的饲料卷后面，一个漆黑的角落里。我向它跑去。

"陶德？"我靠近它的时候，它说，"尾巴，陶德？"

"麦奇？"很黑，我在它旁边蹲下之后才看清楚它的情况。它的尾巴只有以前的三分之二长，到处都是血，但是上帝保佑，它还能摇尾巴。

"疼，陶德？"

"没事的，麦奇。"我说。我松了口气，原来只是尾巴受伤了，但我的声音和声流都带着哭腔，"我很快就帮你止血。"

"好吗，陶德？"

"我没事。"我说着揉了揉它的脑袋。它咬了我的手一下，我知道它不是故意的，只是因为尾巴上的伤太疼了。然后它抱歉地舔了舔我，可紧接着又咬了一下。"疼，陶德。"它说。

"陶德·休伊特！"谷仓前门有人在喊我的名字。

是弗朗西亚。

"我在这儿！"我站起来大喊，"我没事。马修疯了……"

话只说了一半我就闭嘴了，因为她根本没听我说话。

"你得在里面藏好了，陶德小子。"弗朗西亚慌乱地说，"你得……"

她不说话了，因为她看到了饲料卷下面压着的马修。

"发生了什么？"她一边问一边走上前把压在他脸上的一卷饲料搬开，弯腰凑近了看他是否还有呼吸。

我指着地上的砍刀："你看。"

弗朗西亚看了看砍刀，然后抬头盯着我看了好一会儿，我完全看不懂她脸上的表情，也无从解读。我不知道马修是死是活，我也不想知道。

"小子，有人入侵了我们的家园。"她站在那儿说。

"什么？"

"男人，"她说，"是普伦提斯镇的男人干的。就是追捕你们的那一队人马。他们对整个小镇发动了袭击。"

我的胃里一阵翻江倒海。

"不会吧。"我说，然后又重复了一句，"不会吧。"

弗朗西亚还在盯着我看，也不知道她在想什么。

"别把我们交出去。"我一边后退一边说，"他们会杀了我们的。"

听了这话，弗朗西亚皱起眉头："你把我当成什么人了？"

"问题是……"我说，"我不了解你的为人。"

"我不会把你交出去的，也不会把薇奥拉交出去。事实上，在刚才的全镇大会上，我们马上就要做出保护你们两个的决议了，但是被他们打断了。"她低头看看马修，"看来我们也许遵守不了这个承诺了。"

"薇奥拉在哪儿?"

"在我家里。"弗朗西亚说,她突然加快了语速,"快点跟我来,你也得藏起来。"

"等等。"我撤回饲料堆处,找到了还在角落里蜷缩着舔尾巴的麦奇。它抬头看看我,叫了几声,声音微弱,不成句子。"我现在把你抱起来,别太使劲咬我哦,好吗?"我对它说。

"好的,陶德。"它呜咽着,每次摇动那条短粗的尾巴都疼得直叫唤。

我弯下腰,伸出双臂托住它的肚子,将它抱到自己胸前。它大叫一声,咬住我的手腕,然后又赶紧松开嘴舔舔我。

"没关系。"我尽可能轻轻地抱住它。

弗朗西亚在谷仓门口等着我,我跟着她来到主路上。

路上到处都是慌张奔跑的人。拿着来复枪的男男女女纷纷跑向果园,但还有一些人带着小孩子(又看到小孩子了)匆忙往房子里躲。远处传来枪声、尖叫声和呼喊声。

"希尔迪在哪儿?"我大叫。

弗朗西亚没说话,我俩走到她家门口的台阶前。

"希尔迪怎么办?"我们踏上台阶的时候,我又问了一遍。

"她去和他们对抗了。"弗朗西亚说,她没有看我,而是把门拉开,"他们会先到她的农场。塔姆还在那儿。"

"哦,不会吧。"我傻傻地说,好像一句"不会吧"就能转变事态。

我们刚进屋,薇奥拉就从楼上飞奔下来。

"你怎么这么久才回来?"她说话声有点大,我不知道她是在对谁说话。看见麦奇的时候,她倒吸一口冷气。

"创可贴。"我说,"好使的创可贴来点儿。"

她点点头,飞快地跑回楼上。

"你俩在这儿待着。"弗朗西亚对我说,"不管听见什么都别出去。"

"但是我们得逃啊!"我说。我不明白她的用意。"我们得离开这儿!"

"不,陶德小子,"她说,"如果普伦提斯镇的人想要你们,那这就是我们要把你们保住的原因。"

"可是他们有枪。"

"我们也有。"弗朗西亚说,"普伦提斯镇的人别想拿下这座城。"

薇奥拉此时拿着包从楼上下来了,一边走一边在包里翻找创可贴。

"弗朗西亚……"我说。

"待在这儿,哪儿也别去。"她说,"我们会保护你,保护你俩。"

她看看我们,表情严肃,似乎是在确认我们是否答应留下,然后她转身出了门,应该是去保卫她的小镇了。

我们盯着关上的门,看了一会儿,然后麦奇又呜咽起来。我安抚它,同时薇奥拉拿出了一张方方正正的创可贴和一把小手术刀。

"我不知道这东西用在狗身上好不好使。"她说。

"总比没有强。"我说。

她切下一条创可贴，我扶着麦奇让它低头，方便薇奥拉将创可贴缠到它血糊糊的断尾上。麦奇发出威胁的呜呜声，然后赶紧道歉，之后再龇牙咧嘴地发出威胁声，然后再道歉。直到薇奥拉把它的整个伤口都包扎好了，我才松开了它。

可它立刻要去舔伤口。

"别那么做。"我说。

"痒痒。"麦奇说。

"傻狗，"我挠着它的耳朵骂它，"你真他妈的是条傻狗。"

薇奥拉也拍了拍它，想阻止它舔掉创可贴。

"你觉得我们安全吗？"过了好一会儿，她小声问。

"我不知道。"

远处突然传来一阵密集的枪声，我俩都吓得跳起来。喊叫的人越来越多，声流也越来越多。

"骚乱开始之后，我就再没见过希尔迪。"薇奥拉说。

"我也是。"

我们安抚麦奇的时候，街上安静了一阵，之后城镇四周的果园再次涌起嘈杂的人声。

一切似乎都离我们很遥远，就好像现在外面风平浪静一样。

"弗朗西亚跟我说，一直沿着大河走就能找到港湾市。"薇奥拉说。

我看着她，希望自己明白她这么说的意思。

我想我懂了。

"你想离开？"我说。

"追捕我们的人会源源不断地赶来，"她说，"如果我们不走，就等于把身边人置于危险之中。他们已经追到这儿来了,你难道不觉得会有更多人来吗?"

我知道,我确实也想到了这点。虽然没说出来,但我心里清楚。

"可是他们说他们会保护我们。"我说。

"你相信吗?"

我无言以对。因为我想起了马修·莱尔。

"我觉得我们待在这里已经不安全了。"她说。

"我觉得我们去哪儿都不安全。"我说,"只要还在这颗星球上,就不会安全。"

"我需要联系我的飞船,陶德。"她说,语气近乎恳求,"他们正等着我回信呢。"

"你想不顾一切地冲出去完成这个任务?"

"我知道你也想。"她说着把目光移开,"如果我们可以一起走……"

听到这儿,我抬起头看她,想好好看看,看清楚她到底有没有说刚才的话,看清楚这到底是不是真的。

她没再说别的,只是回望了我一眼。

这就够了。

"我们走。"我说。

我们没有再交流什么,飞快地收拾好要带的东西。我背上我的背包,她也把她的包挎在肩上。麦奇从地上站起来,跟着我们一起从后门离开了。就这样,我们走了。这样做是为了法布兰奇的安全,也是为了我们的安全。不过,谁知道呢?谁知道我们的选择对不对呢？在得到了希尔迪和弗朗西亚的承诺之后，我们很难真的下决心离开。

可我们还是上路了。我们已经做了决定。

好在这个决定是我们自愿做出的，而非受别人胁迫，即使是别人善意的安排，也不比自己做主来得痛快。

已经是深夜了，幸好两个月亮都很明亮。现在镇上所有人的注意力都集中在其他地方，没人阻拦我们逃走。贯穿整个镇子的小溪上有一座小桥。"那个港湾市离这儿有多远？"过桥的时候我问道。

"有点远。"薇奥拉小声回答。

"有点远是多远？"

她迟疑了一下。

"多远啊？"我又问了一遍。

"得走几个星期。"她说，没有回头。

"几个星期？！"

"不然我们能去哪儿呢？"她说。

我不知道，所以只好继续前进。

过了小溪，前面的路蜿蜒伸向山谷里一座遥远的小山。我们决定先沿着这条路，绕开这个小镇，再拐向南，回到那条河边，沿着河岸继续走。本的地图就画到法布兰奇为止，所以那条河流是我们从这儿去港湾市的唯一线索了。

虽然离开了法布兰奇，但一大堆问题仍萦绕在我们心头，也许永远无法得知答案了——镇长和那几个人为什么不惜走几英里的路都要入侵这座小镇？他们为什么还跟着我们？对他们来说，我们很重要吗？希尔迪怎么样了？

还有，马修·莱尔被我杀死了吗？

最后他在声流中向我展示的那些事情真的发生过吗？

普伦提斯镇的历史上真发生过那些吗？

"历史上真发生过什么？"此时我们正沿着小径飞快地往山上走，薇奥拉问我。

"没什么。"我说，"别再读我的声流了。"

我们爬到了山谷远端那座山的山顶上，此时对面传来又一阵枪声的回音。我们停下脚步，向来时的方向张望。

然后，我们看见了……

天哪，我们看见了怎样的画面啊！

"天哪。"薇奥拉说。

月光下，包括法布兰奇的房屋田舍到小山之间的果园，整个山谷都闪着光。

我们看到法布兰奇的男男女女都在往山下跑。他们在撤退。

山上有五个——十个——不，是十五个骑着马的男人。

这些人身后是五个纵队，里面每个成员都拿着枪。他们跟在镇长的马后面行进。

不是一小队人马，完全不是。

是整个普伦提斯镇的人。我感觉脚下的世界要崩塌了。普伦提斯镇的每个人都他妈的来了。

他们的人数是法布兰奇的三倍。

枪也是法布兰奇的三倍。

我们听到了枪声，还看到法布兰奇的男男女女跑回各自的房子里。

他们会轻而易举地拿下这个小镇，战斗用不了一个小时就会结束。

流言是真的，传到法布兰奇的消息是真的。

那些话竟然是真的。

一支军队。

一整支军队啊。

他们派出了一整支军队追捕我和薇奥拉。

第四部分

男人的军队

我们猫着腰,躲在灌木丛后面。尽管夜色朦胧,尽管那支军队正在山谷中行进,尽管他们不知道我们藏身于山野,尽管他们在眼下乱糟糟的环境中不可能听到我们的声流,但我们还是小心地俯身隐藏起来。

"你的望远镜能在黑暗中看清东西吗?"我低声问道。

薇奥拉立刻用实际行动回答我,她从包里找出望远镜,举到自己眼前。"发生了什么?"她边观察边念叨,同时又按下几个按钮,"他们都是些什么人?"

"普伦提斯镇的人。"我说着伸出一只手,"好像他妈的整个镇子的人都来了。"

"怎么可能?"她又看了一两秒,然后把望远镜递给我,"没道理啊!"

"我也觉得没道理。"透过望远镜,夜间山谷和谷中的一切都呈现出明亮的绿色。我看到马儿沿着山坡俯冲而下,跑进城中,马背上的骑手一路上不断开枪；法布兰奇居民也开枪还击，但更多的人忙于逃跑，或者应声倒下，或者受伤倒地慢慢死去。普伦提斯镇的军队似乎根本没考虑活捉俘虏和对手。

"我们得离开这儿，陶德。"薇奥拉说。

"是啊。"虽然这样说着，但我还是举着望远镜，目不转睛地注视远方。

一切都是绿的，很难认出谁是谁。我按了望远镜好几次，才找到那个放大画面的按钮。

第一个人确定无疑是小普伦提斯先生，他在队伍里打头阵，没有射击目标的时候，他就朝天放枪；然后是摩根先生和柯林斯先生，他们追在一群法布兰奇人身后放枪，将他们驱赶进谷仓；奥黑尔先生也来了，后面骑马的都是镇长身边常见的跟班儿，包括爱德温先生、亨拉第先生和沙利文先生。此外，我还看到了哈马尔先生，他正朝掩护小孩子逃跑的女人背后放枪，就算隔着这么远的距离，我也能看到他绿色的脸上露出的邪恶微笑。我赶快把目光移到别处，不然我得吐了，尽管没吃晚餐。

军队里步行的队伍也进入了镇内。在这么多人中，我首先认出了商店老板菲尔普斯先生。这太奇怪了，因为他看起来压根儿不像那种会参军打仗的人。然后是鲍德温医生、福克斯先生、卡迪夫先生（我们全镇最好的挤奶工）、泰特先生（镇长宣布读书违法之后他家烧掉的书最多了）、科尔尼先生（他负责给大家磨麦，说话轻声细语，普伦提斯镇的每个男孩都在生日时收到过他的木制手工玩具）。

这些人怎么会组成了一支军队？

"陶德。"薇奥拉拽了拽我的胳膊。

我看着军队里的这些人都不太开心。他们丑陋、冷酷、吓人，但又和哈马尔先生不太一样，好像他们失去了所有的感受。

但是他们还在行进，还在开枪，还在踢人家的门。

"那是葛鲁力先生。"我说，望远镜的边缘抵在眼眶上，"他连自己家的牲畜都不敢宰。"

"陶德。"薇奥拉说。我感觉她正在往灌木丛外退。"我们走吧。"

发生了什么？普伦提斯镇确实是个糟糕的地方，糟糕到你永远也不想把它画下来，但它怎么突然有了支军队呢？普伦提斯镇有不少男人坏得透透的，但并非所有人都是这样。不是全部。葛鲁力先生扛着来复枪的样子是那么不真实，只看一眼都让我感觉眼睛难受。

再然后，我就看见答案了。

普伦提斯镇长，他连支枪都没拿，只是一只手抓着马的缰绳，另一只手放在身侧，就好像夜间骑马兜风一样轻轻松松走在城中。他旁观法布兰奇的溃败，就好像这只是一段录像，他本人对此兴趣不大，所以命令其他人来干活儿，而他显然是那个发号施令的头头，因为没有一个人要他出力。

他是怎么让这么多人依着他的心意做事的呢？

他肆无忌惮地骑马走在街上，难道不惧怕横飞的子弹吗？

"陶德，"薇奥拉在我后面说，"你再不走，我自己走了。"

"你才不会呢。"我说，"再等我一下。"

因为我正在挨个儿认人。我要把普伦提斯镇这些人挨个儿仔细看一遍。他们进了城,很快就会发现我和薇奥拉不在城里,之后他们会立刻追上来。我也必须弄清楚一件事。

必须知道。

他们行进、开枪、放火烧毁房屋,一张张面孔从望远镜前掠过。华莱士先生、艾斯比约森先生、圣詹姆士先生、贝尔格雷夫先生、老史密斯先生、小史密斯先生、九指史密斯先生,就连马奇班克斯先生都来了,他摇摇晃晃、步履蹒跚,但是依然在向前、向前、向前。普伦提斯镇的男人一个接一个地从我眼前走过。每认出一个人,我焦灼的心都会产生被紧紧攥住的感觉。

"他们不在队伍里。"我几乎是在自言自语。

"谁不在?"薇奥拉说。

"不在!"麦奇叫道,然后扭头舔起了尾巴。

他们不在。

本和基里安不在。

这是理所当然的,不是吗?他们当然不会在这支杀人犯的队伍里。哪怕普伦提斯镇剩下的所有人都在,他们当然也不会在。他们不会参与的,永远不会,不管怎么样都不会参与。

好人,了不起的人,他俩都是,就连基里安也是。

如果这是真的,那就意味着另一件事也是真的,不是吗?

如果他们不在这儿,那就只剩下一个可能了。

教训来了——

好坏相依,好事儿后头往往都跟着坏事儿。

我希望他们拼尽了全力。

我放下望远镜,低头瞧着地上,用袖子擦了擦眼睛,然后转身把望远镜还给薇奥拉,说道:"我们走吧。"

她接过望远镜,扭了扭身子,好像早就迫不及待想走了,但是紧接着她说:"抱歉。"她一定看到了我的声流。

"事情已经发生了。"我看着地面说道,然后调整了一下肩上的背包,"快走吧,趁咱俩还没落入更危险的境地。"

我踏上通往山顶的小径,始终低着头,但脚步很快,薇奥拉跟在我身后,麦奇也跟在身边,一路上克制着自己啃咬尾巴的冲动。

我们还没走多远,薇奥拉就已经能跟上我的步速了。"你看见……他了吗?"她气喘吁吁地说。

"阿隆?"

她点点头。

"没有,"我说,"虽然我也猜测他可能会在,但是没有。你认为他会走在队伍前面吗?"

我们陷入了沉默,一边快速赶路,一边思索这个事实意味着什么。

山谷这边的道路比另一边更宽敞,我们尽可能地沿着阴影那一侧前进、转弯,往山上走去。唯一的光源是天上的两个月亮,但是月光把我们的影子投到了阴影之外,对于两个逃命的人来说格外明显。我在普伦提斯镇从未见过具有夜视功能的望远镜,但我也没见过军队。我们一路伏低身子跑动,麦奇跑在我俩前头,鼻子贴地,不停地叫唤:"这边!这边走!"就好像它比我们还清楚路线似的。

到了山顶,道路分岔了。

这下可把我难住了。

"开玩笑吧?"我说。

一条路向左，一条路向右。

（分岔路，不就跟叉子一样吗？）

"法布兰奇的小溪是向右流的。"薇奥拉说，"我们过桥之后，主干河流始终在我们的右手边。所以说，如果我们想返回河边的话，肯定得走右边的路。"

"可是左边的路似乎走的人更多些。"我说。因为事实如此，左边的岔路看起来更平整，像是可以推车走过的路；而右边的岔路有点狭窄，路两侧的灌木更高。虽然在夜里，但我仍能看出那条路上的土尘更多。"弗朗西亚说过山顶会有岔路口吗？"我回头望望我们身后依然喧闹的山谷。

"没说过。"薇奥拉说，她也在往回看，"她只说过港湾市是第一个聚居区，后来人们开始往西搬，新的聚居区就沿着河流建了起来。普伦提斯镇是离得最远的。法布兰奇则是倒数第二。"

"那条路可能是通往主干河流的。"我说着指了指右边，然后又指着左边说，"那条可能是笔直通往港湾市的。"

"他们会认为我们选了哪条路？"

"我们得赶快做决定。"我说。

"选右边。"她说，然后又变成了询问语气，"选右边？"

我们听到砰的一声，惊得跳了起来。一团蘑菇形的黑烟在法布兰奇镇上空腾起，我工作了一整天的那间谷仓起火了。

倘若选了左边的路，也许我们的故事就会完全不同；也许后来我们遭遇的那些坏事情就不会发生；也许左边岔路尽头等待着我们的是幸福，是一个温暖的地方，爱我们的人都住在那里，没有声流，也没有寂静，只有充足的食物；那里的人都不会死，谁都不会死,永远不会死。

也许。

但是我怀疑根本不存在这样的"也许"。

我可不是一个幸运的人。

"走右边的路。"我决定了,"右边的路,也许就是正确的路。"

我们跑上右边的路,麦奇跟在我们脚边儿。面前是苍茫的夜色和灰扑扑的土路,身后是一支军队和一场灾难。就这样,我和薇奥拉肩并肩一起出发了。

我们一直跑,一直跑,跑不动就快步走,等喘匀了气儿就又接着跑。法布兰奇的动静被我们抛在身后,很快就消失了;我们只能听到自己的脚步声、我的声流和麦奇的叫声。如果这儿有夜间奇物出没,我们一定会把它们吓跑。

这可能是件好事。

"下一处聚居区叫什么名字?"走走跑跑,半个小时过去了,我累得气喘吁吁,"弗朗西亚说了吗?"

"光明塔,"薇奥拉也气喘吁吁地说,"要不就是光明城。"她伸手揉了揉脸。"火焰城,再不然就是火焰塔?"

"说了跟没说一样。"

"等等。"她突然停下了脚步,弯腰喘气。于是我也停下了。"我需要水。"

我摊开双手,意思是说那又怎样?"我也需要水,"我说,"你有吗?"

她看着我,扬了扬眉:"哦。"

"附近肯定有河。"

"那我们最好赶紧找到它。"

"是啊。"我深吸一口气,准备继续向前跑。

"陶德,"她开口拦住我,"我一直在想一件事情。"

"是吗?"我说。

"关于火焰城或什么城的。"

"嗯哼?"

"你想想,"她压低嗓门,显得十分伤感难过,又重复了一遍,"你想想,是我们把军队带进了法布兰奇。"

我舔舔干燥的嘴唇,结果把尘土舔进了嘴里。我知道她的意思。

"你必须警告他们。"她低声说,声音越来越模糊,"抱歉,可是……"

"我们不能去另一处聚居区。"我说。

"是的,我们不能去。"

"港湾市除外。"

"对,港湾市除外。"她说,"那儿很大,但愿可以对付一支军队。"

那就这样了。如果没有意外的话,我们现在只能靠自己了。真的,只能靠自己。看现在的情形,我、薇奥拉和麦奇,只有我们三个在黑暗中相伴同行,不会得到别人的帮助,也许到了那儿都未必可以放心。

我闭上眼睛。

我是陶德·休伊特,我想,午夜12点之后,我只剩27天就成人了。我有妈妈和爸爸,我是他们的儿子,希望他们在天之灵能安息。我也是本和基里安的儿子，希望他们……

我是陶德·休伊特。

"我是薇奥拉·伊德。"薇奥拉说。

我睁开眼睛。她伸出一只手，手心向下，是向我伸来的。

"那是我的姓。"她说，"伊德，E-A-D-E。"

我看了她一眼，又看了她伸出来的手，随即伸出手与她交握，紧紧地握了一下，马上又松开了。

我耸耸肩膀，调整了一下背包的位置。然后，我把手放在背后，摸到了猎刀，我安心了。我又朝喘着粗气、可怜兮兮、只剩半条尾巴的麦奇看了一眼，然后和薇奥拉对上了目光。

"薇奥拉·伊德。"我说。她点了点头。

之后我们就跑进了越发浓重的夜色。

世界上的其他地方

"事情怎么会发展到这一步?"薇奥拉问,"毫无逻辑,毫无道理。"

"还要什么道理呢?"

她眉头紧蹙,我也是。我们很累,而且越来越累,努力不去想我们在法布兰奇看到的情形。我们时而疾步快走,时而奋力小跑,就这么赶了半个晚上的路,也没看见一条河。我开始担心我们选择了一条错得离谱的路,可就算那样我们也无法回头了。

"无法回头了?"我听见身后的薇奥拉气喘吁吁地说。

我转身瞪着她说:"你这回犯了两个错误:第一个,不断窥探别人的声流很招人讨厌。"

她把胳膊抱在胸前,端着肩膀:"第二个呢?"

"第二个错误就是,我乐意说什么就说什么,你管不着。"

"好吧。"薇奥拉说,"随你怎么说。"

我的声流有点沸腾,于是我深吸了一口气,但她很快发出嘘声,她的眼睛在月光下闪闪发亮,正望着我的身后。

是流水的声音。

"河!"麦奇大叫。

我们沿着道路向前跑去,绕过一个弯,下了一个小山坡,再绕过一个弯,这才看到了那条河。它比上次看到的那段更宽阔,河道更平坦,流速也更缓和,但是水量一样充沛。我们什么都没说,只是跪在河边的石头上低头喝水;麦奇走进河中,水面恰好与它肚皮齐平,它也在喝水。

我大口喝水的时候她就在我旁边。我再次感觉到她的安静。这事儿是双向的——她能清晰地听到我的声流;没有人们或聚居区的喧闹时我也能清晰地听到她的安静,那份安静像咆哮一般"震耳欲聋",前所未有的沉痛心情拉扯着我,我忍不住想让自己深深地投入安静的怀抱,永远消失在这团虚空中。

现在这样我反倒松了一口气,像是接受了赐福。

"你应该知道,我没法不听你的声流。"她说着,站起来把包打开,"尤其是四处都很安静,只有我俩的时候。"

"我也没法不感觉到你的安静,"我说,"不管那是种什么感觉吧。"我朝麦奇吹了声口哨,"别下河,小心有蛇。"

它把屁股浸在湍流中,来回摇晃,直到创可贴晃了下来并被河水冲走,它才罢休。

"让我看看。"我说。它高叫"陶德"表示同意,可等我靠近它,它就拼命把剩下的那一小截尾巴蜷在肚子下面。我轻轻地拉直它的尾巴,麦奇则始终自顾自地嘟囔着"尾巴、尾巴"。

"没想到吧?"我说,"这种创可贴对狗也有效。"

薇奥拉从包里捞出两个盘状物。她伸出两个大拇指,分别按在两个"盘子"中央,结果"盘子"立刻伸展开来,变成了两个水瓶。然后她跪在河边,将它们都装满,然后扔了一个给我。

"谢谢。"我说,但没有与她对视。

她将瓶身的水擦干净。我们立在河岸上,她把水瓶放回包里,就一直保持缄默。我看得出来,这种沉默预示着她接下来要说一些比较难以启齿的话了。

"我没有冒犯的意思,"她抬头看着我,"但是我想,现在是时候看看那张地图上写了什么了。"

即使在黑暗中,我也能感觉到自己的脸涨得通红,也感觉到我要开口争辩了。

接下来我只是叹了口气。我累了,时间又这么晚了,我们要继续行路,而且她说得挺对。要是吵起架来,我肯定不占理。

我放下背包,拿出日记本,展开地图并递给她,但是并没有看她一眼。她拿出手电筒照亮纸页,把地图翻到背面,查看本留下的信息。让我吃惊的是,她竟然将上面的字大声读了出来。尽管那是她的声音,但我突然感觉本的声音沿河而下,从普伦提斯镇回荡至此,像一记重拳击中了我的胸口。

"过桥,去河下游的聚居地。"她念道,"那儿叫法布兰奇,那儿的人会欢迎你。"

"确实如此。"我说,"大部分人是欢迎我的。"

薇奥拉继续念:"陶德,关于我们的历史,有一部分真相你还不知道。很抱歉。可你若是知情者,就会使自己陷入巨大的危险之中。只有不知道真相的你才能受到他们的欢迎。"

我觉得自己的脸又涨红了，幸好现在很黑，看不见。

"陶德，你妈妈的日记本会告诉你更多情况，但是你现在需要去给世界的其他地方报信，警告他们——普伦提斯镇的人开始行动了。他们已经谋划了多年，就等着普伦提斯镇的最后一个男孩长大成人了。"读到这里她抬起头，"这说的是你吗？"

"是我。"我说，"我是全镇最小的孩子。还有27天我就满13岁了。根据普伦提斯镇的法律，到那时我就正式成年了。"

我忍不住回想起本向我展示的声流……

他的声流中，一个男孩变得……

我快速掩盖住自己的想法，说道："可我不知道他说他们在等我成年是什么意思。"

"镇长计划拿下法布兰奇和其他知情人，希里安和我……"

"是基里安。"我纠正她，"开头发'基'的音。"

"基里安和我想尽可能地拖住他们，但是无法阻止这件事。法布兰奇有危险了，你必须警告他们。永远，永远，永远记住，我们爱你就像爱自己的亲生儿子一样，把你送走对我们来说是最难的一件事，但我们不得不这样做。如果还有可能，我们一定会与你再次相见，但是首先你必须尽快去往法布兰奇。等到了那儿，你一定要警告他们。本。"薇奥拉抬起头，"这是最后画线的那一句。"

"我知道。"

我们一言不发，空气中充满了责备的意味，不过也许那只是我的自责。

谁知道一个没有声流的安静女孩在想什么呢？

"我的错，"我说，"都是我的错。"

薇奥拉又看了一遍那些话。"他们真应该告诉我，而不是你。"她说，"不该指望你能看懂这些，谁叫你不认识……"

"如果他们告诉了我，普伦提斯镇会通过我的声流知道我得知了这个秘密。我们就没有机会逃出来了。"我瞟了她一眼，然后把目光移到别处，"如果说有错的话，是我本应该让别人念给我听。本是个好人，"我的声音低下来，"只可惜他不在了。"

她把地图折起来，还给我。现在这个对我们来说已经没用了，但我还是小心翼翼地把地图折好，放到本子的封面之下。

"如果你愿意，我可以把你母亲的日记念给你听。"薇奥拉说。

我背对着她把日记本装进了背包。"我们得走了，"我说，"我们在这儿浪费太长时间了。"

"陶德……"

"我们身后有一支军队在追赶。"我说，"没有时间念东西了。"

于是我们又动身了，尽全力赶路。但是太阳出来了，我们的脚步慢了下来，感觉开始变得迟钝。因为我们一天都没睡觉了，而且此前已经干了一天的活儿，身后又有追兵。别说跑了，现在我们连快步走都走不稳。

但是我们依然不放弃，一直走到第二天早晨。和希望的一样，这条路始终与河流并行，而且越来越平坦。周围绿草茵茵的自然平原，一直延伸到高高低低的山脚下，还有北边的山峦以及更远的地方。

目之所及都是荒野，平原上没有栅栏、没有农田，也没有迹象表明这些地方分布着聚居区或人烟，只有一条满是尘土的路。这很好，但也很奇怪。

如果新世界没有被战争和病毒荡涤过,那人们都在哪儿呢?

"你觉得现在这情况对头吗?"我说,我们刚刚绕过一处灰扑扑的路弯,结果前头什么都没有,只有更多灰扑扑的弯道。"你觉得我们的方向对吗?"

薇奥拉想了一下,说道:"我爸爸曾经说过'正确的方向只有向前、向外和向上'。"

"正确的方向只有向前。"我重复了一句。

"还有向外和向上。"她说。

"他是个什么样的人?"我问,"我是说你爸爸。"

她低头看路,我只能从侧面看到她半边脸上的微笑。"他身上有种新鲜面包的味道。"她说完这句就继续往前走,没再说别的。

上午过去,下午到来,路上的风景一成不变。我们尽可能地加快步伐,身边是一成不变的和缓河流,河两岸则是一成不变的棕绿相间的田野。此外,我还看到蓝鹰翱翔于苍穹。它们逡巡盘桓,搜寻猎物,可是地面上没有任何活物的踪迹。

"这是一颗空荡荡的星球。"她说。我们停下来,靠在几块岩石上,以俯瞰这方古怪的自然景观,准备简单地吃顿午餐。

"哦,相信我,这颗星球上的人已经够多了。"我一边嚼着奶酪一边说。

"我相信你。我只是突然明白了人们为什么愿意来这儿定居。这儿有大片肥沃的农田,还有开始新生活的大把机会。"

我咀嚼着口中的食物:"人们也有可能看错了这里。"

她揉揉脖子,望向麦奇。它正在河中仔细嗅闻木制鱼梁,也许是在闻那个把它放到这里的编织者的气味。

"为什么你们这儿到13岁就算成年了?"她问。

我惊讶地望着她:"什么?"

"地图上的留言。"她说,"整座小镇都在等最后一个男孩成年。"她看着我,"为什么要等?"

"新世界就是这样的。貌似《圣经》就是这样规定的。阿隆常常把那天比作人从善恶树上摘果子,然后就从无辜之人变成了罪人。"

她一脸怪相地看了我一眼:"听起来挺沉重的啊。"

我耸耸肩:"本说,真正的原因是偏僻星球上的一小群人需要等所有人都成年了才能做事,也就是说人到了13岁才能开始承担真正的责任。"我往河里扔了块石头,"别问我,我只知道就得等13岁才成年。一年13个月,要等13轮。"

"13个月?"她问,眉毛都立起来了。

我点点头。

"可一年只有12个月。"她说。

"不,不是的。是13个月。"

"也许这里不一样吧。"她说,"我来的那个地方是12个。"

我眨眨眼:"新世界的一年是13个月。"不知为什么,我觉得自己有些傻气。

她忽然抬起头,好像明白了什么:"我是说,根据这颗星球上一天或者一个月的时长来看,你可能……已经14岁了。"

"这里不是这样的。"我坚定地说,现在的对话我一点都不喜欢,"我再有27天就13岁了。"

"实际上是14岁零1个月。"她还在想我的年龄问题,"我不禁想你是怎么看别人的年龄的……"

"还有27天我才过生日。"我再次坚定地说。说完,我站起身,重新背上背包。"走吧,我们浪费太多时间聊天了。"

等太阳沉到树冠之下,我们才第一次看到文明存在的痕迹:河边冒出来一座废弃的水磨坊,房顶被烧没了,也不知道那是多少年前的事。我们走了那么长时间的路,看到这栋房子,没有说话,也没有环顾周围确认安全,就径直走进去,把包扔到墙角,然后重重地往地上一倒,好像地面是这世上最柔软的床。麦奇似乎什么时候都不会累,它正在房子里东跑西跑,时而对着地板缝隙中长出的植物撒上一泡尿。

"我的脚啊。"说着我脱下鞋子,数了数脚上的水泡,足足有五个,不,六个。

薇奥拉靠在我对面的墙上,疲惫地长舒一口气:"不管怎么样,我们都得睡一觉。"

"我知道。"

她看看我,说道:"如果他们来了,你能听见的,对吗?"

"哦,一定会的。"我说,"我肯定会听见他们的动静。"

我们决定轮流睡觉。我说我站第一班岗,于是薇奥拉连晚安都没说完就呼呼大睡。光线逐渐转暗,我注视着她熟睡的脸庞。在希尔迪的家里,我们把自己收拾得稍微干净了一点,但现在已经看不出来了。她满脸灰尘,眼下挂着两个黑眼圈,指甲缝里也都是泥土。我一定和她一样。

我开始思考。

我只认识她三天,你们知道吗?我活到现在,认识她的时间只他妈的三天。可是,我感觉认识她之前自己的生活都不作数,就好像此前我一直活在一个巨大的谎言之中,现在才发现真相。不,不是像,我的确活在巨大的谎言中,现在才开始真正的生活——真正的生活没有安全,也没有答案,只有不断地逃,永远地逃。

我喝了口水,听见蟋蟀在唱**交配、交配、交配**。三天之前,她的生活是怎样的呢?在飞船上长大是什么感觉?飞船——一个你永远见不到新鲜面孔的地方,一个你永远无法越过边界的地方,在那儿生活的感觉如何?

想想吧,那地方跟普伦提斯镇似的,一旦离开就永远别想回去。

我扭头看向她。可是她离开了飞船,不是吗?她和她的父母乘着那艘坠毁的小船离开了大飞船,迄今已有七个月时间。

我在想,为什么要这样呢?

"移民飞船着陆前,首先要派侦察舰实地考察一番,找准最佳的登陆地点。"她说道,但是没有站起来,连头都没转过来。"周围这么吵,让人怎么睡啊?"

"习惯就好了。"我说,"可是为什么这么长时间呢?为什么要用7个月呢?"

"建立第一座营地需要这么长时间。"她疲惫不堪地用手遮住眼睛,"我的父母和我本该为飞船找到最佳登陆地点,然后建起第一座营地,为刚刚落地的同胞准备所需的一切——控制塔、储粮库,还有诊所。"她从指缝里看了我一眼,"这是建立移居地的标准流程。"

"我就从来没在新世界里看见过控制塔。"我说。

听了这话,她坐了起来:"我知道。我简直不相信你们竟然没有和其他聚居区通信的设备。"

"这么说你们不属于教会移民了?"我尽量让自己说话的口气显得很聪明。

"属不属于有什么关系?"她说,"哪个讲道理的教会想与世隔绝呢?"

"本说他们来到这个世界是为了过简单的生活,还说早些日子大家还为了要不要毁掉裂变发动机争得面红耳赤。"

薇奥拉似乎吓了一跳:"你们差点就都死了。"

"所以最后才没把那些东西毁掉。"我耸耸肩,"普伦提斯镇长决定把其他大多数东西都当成废弃品处理,但最后也没有捣毁裂变发动机。"

薇奥拉捏捏她的小腿,抬起头通过屋顶那个大洞仰望星空。"我的父母本来为此特别激动。"她说,"他们憧憬这个全新的世界、全新的开始,他们为了展开和平与幸福的生活做了各种规划。"说到这儿,她停住了。

"结果却是这样,我很抱歉。"我说。

她低头盯着双脚:"你介意在外边待一会儿,等我睡着了再进来吗?"

"不介意,"我说,"没问题。"

我拿上背包就出去了,来到一片空地。这里原本是水磨坊的前门。麦奇刚才不知蜷在哪儿休息,估计看到我起身出门,它也跟了出来;等我坐下,它也在我腿边卧倒,再次蜷成一团,开始睡觉,同时还开心地放了几个屁,发出狗狗常有的哼唧声。做狗可真简单。

　　我看着两个月亮升起,星辰也跟着它们缓缓移动。普伦提斯镇的上空有同样的月亮、同样的星辰,即便到了世界末日,它们也依然挂在空中。我又把日记本拿了出来,封面上的油在月光下闪闪发亮。我翻开了本子。

　　我在想,不知道妈妈当初登陆的时候是不是特别兴奋,是不是心里装满了和平、希望和数不清的快乐?

　　不知道她死之前有没有达成自己的心愿。

　　想到这些,我的胸口十分沉重。于是,我把笔记本放回背包,把脑袋枕在磨坊的木板上,听着河水流淌和附近几棵树的叶子窸窣声,眺望远方地平线处山峦间的阴影以及山上被风吹得沙沙作响的森林。

　　就这样,我在外面坐了几分钟,然后走进屋,想看看薇奥拉是否睡得安稳。

　　接下来我意识到的第一件事就是她把我叫醒了。我睡了好几个小时,脑子里一片混沌,只听见她说:"陶德,声流,我听见声流了。"

　　我还没有完全清醒就站了起来,告诉薇奥拉和摇摇晃晃、哼哼唧唧的麦奇保持安静。他们听话地安静下来,我竖起耳朵,仔细倾听夜色。

　　低语,像微风拂过一样的**低语**,一个词都听不清,十分遥远,但又挥之不去,像是山后聚起的雨云。**低语**,不断的**低语**。

　　"我们得走了。"我说着伸手去拿背包。

　　"是军队来了吗?"薇奥拉抓起她的包冲出了磨坊。

"军队!"麦奇大叫。

"不知道。"我说,"可能吧。"

"可能是附近的聚居区吗?"薇奥拉又跑回来,包的背带绕在她的肩膀上,"我们应该离那儿不远了吧?"

"如果是的话,为什么我们一开始到这儿没听见什么呢?"

她咬了下嘴唇:"真糟心。"

"是啊,"我说,"真糟心。"

于是,和离开法布兰奇后的第一晚一样,第二个晚上我们仍然在黑暗中奔跑,必要的时候还得使用手电筒,时刻提醒自己不要想太多。就在太阳升起之前,河流两侧的地势起了变化。这里不再是平原,而是一个小山谷,和法布兰奇所在的山谷极为相似。这里应该就是那个叫作耀眼灯塔或者什么的聚居区所在地吧,看来这边确实有人居住。

他们也有果园、有麦田,不过都不如法布兰奇人料理得好。我们很幸运,这个地方的主体部分位于山顶,其中主干道似乎比较宽敞,左边的岔路上有五六座建筑,大多数墙面都需要重新粉刷。我们走的这条河边土路前方出现了几条船,还有几处似乎已有虫蛀的木头船坞、坞房和其他建筑。

我们没办法向任何人寻求帮助。就算有人帮助我们,军队也还是会到来,不是吗?我们应该警告他们,但如果他们是马修·莱尔之流,而非希尔迪那样的好心人呢?如果警告他们之后反而吸引了军队怎么办?因为那时他们的声流里肯定会出现我们。如果这块聚居区的移民知道军队是冲着我们来的,便决定拱手把我们交出去,怎么办?

但是他们应该得到警告，不是吗？

可是万一我们会由此陷入危险呢？

明白了吧？到底什么才是正确的选择呢？

于是我们像贼一样偷偷摸摸地穿过聚居区，从一栋坞房跑到另一栋，躲在山上塔楼的视野盲区，尽可能地保持安静。这时，我们看到了一个瘦成皮包骨的女人，她挎着篮子走进了树旁的一间鸡舍。这片聚居区很小，太阳尚未升到顶点，我们就行至区域的另一端，打算继续上路，就像从未来过这里一样。

"这就是那片聚居区喽。"回头望时，薇奥拉轻声说道。我们拐了个弯，身后的人烟就消失了，"我们永远都不知道这地方到底叫什么了。"

"而且现在我们真的不知道前面有什么了。"我小声说。

"我们就一直走，走到港湾市吧。"

"然后呢？"

她什么都没说。

"我们不该太指望港湾市。"我说。

"我们在那儿肯定能有所发现，陶德，"她的样子坚定起来，"肯定能有所发现。"

我开始什么都没说，后来还是开口了："应该会的。"

又是一个清晨。途中，我们两次遇到了赶马车的人。每次我们都赶紧躲进树林，薇奥拉捂住麦奇的口鼻，我则努力将关于普伦提斯镇的一切从自己的声流中剔除，直到他们走远。

几个小时过去了，还是没什么变化。就算刚才的低语声是从军队传来的，我们现在也已经听不到它了，也没必要去探究那到底是什么声音，不是吗？上午又一次过去，下午又一次到来，我们看见了远方山坡上的聚居区。我们往山上走了一会儿，河流越来越远，我们恰好能够看到这条河流流经的地貌。看来我们将要跨过一片平原。

薇奥拉举起望远镜，观察了一会儿那片聚居区，然后将望远镜递给我。这回遇上的聚居区有十到十五座建筑。就算距离这么远，我们还是能感受到那些房屋的寒酸和破败。

"我不明白，"薇奥拉说，"按照一般的移居地建设进度，自给农业应该在很多年前就实现了，而且这个世界的聚居区之间显然保持着贸易往来，为什么这里还是如此荒凉贫穷？"

"你对移民的生活还不太了解吧？"我有点被她的话激怒了。

她噘起嘴："我上学的时候就知道了。我从5岁起就开始学习如何成功建立移居地了。"

"学校里教的和现实生活可不一样。"

"有什么不一样的？"她说着，扬起眉毛，有点讽刺的意味，也有点惊讶。

"我之前怎么跟你说的来着？"我立刻回嘴，"我们有的人只顾得上让自己活下来，没时间学什么自机农业。"

"是自给农业。"

"我才不关心这个。"我继续上路了。

薇奥拉在我身后迈着重重的脚步。"等我的飞船到了，我们可以教给你几样东西，"她说，"这点我可以保证。"

"哼，到时候我们这些傻瓜蛋岂不是要排队跟在你们身后献吻，以示感谢？"我说，我的声流则嗡嗡作响，重复着"身后"一词。

"会啊,你会的。"她抬高了声音,"你们确实让时间倒流,回到了黑暗时代,不是吗?等我们的人马抵达,你就能见识一下应该怎么建移居地了。"

"还有七个月呢。"我恼火地对她说,"你有的是时间看看其他人是怎么生活的。"

"陶德!"麦奇大叫,吓了我们一跳。它突然发力狂奔,沿路向前方跑去。

"麦奇!"我大声喊它,"你给我回来!"

然后我们都听到了。

威尔夫和东西之海

是声流,但好奇怪,其中的声音几乎不成句子。这声流就存在于我们面前的山峰,顺着山脊流淌下来,非常单一,有如千军万马齐声歌唱同一句词。

是的。

歌唱。

"那是什么?"薇奥拉问,她和我一样被吓到了,"应该不是军队吧?他们怎么会跑到我们前面去了呢?"

"陶德!"麦奇在小山顶上狂吠,"牛,陶德!巨大的牛!"

薇奥拉困惑地抿着嘴:"巨大的牛?"

"不知道它在说什么。"我说着,已经开始往那座小山上爬了。

因为那个声音……

我该怎么形容它呢?

如果星辰或者月亮能发出声音,应该就是这样吧。反正山峦无法发出这样的声音,因为它太飘忽了,更像是一个星球在向另外一个星球献歌,高亢而舒展,包含许许多多不同的人声,以一个音调开始,又缓缓滑向另一个音调;它们交织在一起,形成一张声网。乍听之下颇为忧伤,实际上并不忧伤;貌似舒缓,却也不舒缓,而且唱来唱去似乎都是一个词。

一个词。

我们登上山顶,下方又是一片平原,河流翻滚着奔向平原,宛如一条穿透岩石的银色血管;此外,整个平原上都是穿梭在河两岸之间的奇物。

我从未看到过这样的奇物。

它们身形庞大,高约四米,身上覆盖着乱蓬蓬的银色皮毛,身后拖着一条蓬松浓密的尾巴;眉骨之上钻出一对弯曲的白色犄角,肩膀宽厚。在干燥的陆地上行走时,它们会垂下长长的脖子,张开两片肥厚的嘴唇,咀嚼平原上的牧草;过河的时候,它们也用同样的动作喝水。我们左、右两侧的地平线之间散布着成千上万头这样的奇物。它们的声流都在唱一个词,频率不同,声调不同,但是这个词让它们联系在一起,茫茫覆盖着平原上行动的集体。

"此地。"薇奥拉在我旁边说,"它们在唱此地。"

它们在唱**此地**。声流中此起彼伏的全是这个词。

我在**此地**。

我们在**此地**。

我们来**此地**。

此地是唯一重要的东西。

此地。

这歌声……

我可以这么说吗？

这就像一首家庭之歌，在这样的家中，一切都平安喜乐；这是一首归属之歌，让你只听上一会儿就觉得找到了归宿；这歌声好像能永远安慰你，对你不离不弃。如果你有一颗完整的心，这歌声会使你心碎，如果你有一颗破碎的心，这歌声会让它愈合如初。

这歌声……

天哪。

我看了一眼薇奥拉，她一只手捂着嘴巴，眼中泛着泪光。我从她的指缝间看到她在微笑，于是张口想要说话。

"走可走不了多远。"我们左边传来一个全然不同的人声。

我们转过身去看，我的手也立刻伸向猎刀。那是一个男人，他坐在两头牛拉的小车上，从另外一条小径上向我们致意。他的嘴巴咧得很大，好像忘了合上一样。

他旁边的座位上有一支霰弹枪，可能是刚刚放在那儿的。

远处的麦奇又叫了一声："牛！"

"它们会避开牛车，"男人说，"但是步行可不安全。它们会把你们踩扁的。"

说完他又张大了嘴不肯合上。他的声流被奇物群的**此地**声掩盖，听起来和他嘴里说的基本一样。我非常努力地克制自己，不让自己去想某些词，克制得都开始头疼了。

"里们愿意，窝可以捎里们一程。"他说。

他抬起一条胳膊，指着这条淹没在奇物群蹄下的路。我压根儿没想到奇物会挡住我们的路，但现在我看出来了，想要从它们当中挤过去是不太现实了。

我转过身,准备说点什么,什么都行,至少要回答人家。

还没等我开口,让人惊讶的事情就发生了。

薇奥拉看着那男人说:"窝是希尔迪。"她又指指我,"塔是本。"

"啥?"我几乎像麦奇一样吠了起来。

"威尔夫。"男人对薇奥拉说。我愣了一下才意识到他说的是他的名字。

"里好呀,威尔夫。"薇奥拉说。她说话的方式不像她自己了,完全不像,她在用全新的方式说话,感觉像是原有的口音被拉长了再缩短,扭转后再拆散,而且她说得越多,与以前的口音差别就越大。

与威尔夫的就越像。

"窝们从法布兰奇来。你呢?"

威尔夫竖起大拇指指指背后。"维斯塔港。"他说,"去布洛克里瀑布拉点儿货。"

"哦,那太幸运了。"薇奥拉说,"窝们也去布洛克里。"

我头疼得更厉害了,忍不住直按太阳穴,仿佛试图把声流紧紧关在脑子里,阻止所有不该说的东西冒出来一样。幸好奇物的**此地**之歌让我们得以在声音的海洋里畅游。

"上来吧。"威尔夫耸耸肩,说道。

"来啊,本。"薇奥拉说着走到牛车后面,把包扔到上面,"威尔夫要捎窝们一段。"

她就这样跳上了车。威尔夫抖了抖手中的缰绳,车缓缓地动了。经过我的时候,威尔夫连看都没看我一眼。薇奥拉经过的时候,我还站在原地,惊奇地望着这一幕。她向我疯狂挥手,示意我坐到她身边。我没有选择,不是吗?我只能赶快纵身跳上车。

我在她身边坐定,惊得下巴都要掉到脚踝上了:"你在干什么?"我本来想低声问她这句,结果说出口的声音很大。

"嘘!"她让我别说话,同时扭头看了一眼威尔夫。不过根据他的声流,我觉得他可能已经忘了让我们搭车这件事,"我不知道。"她冲我耳语道,"我只是见机行事。"

"什么见机行事啊?"

"如果我们能穿过奇物群,去到另一边,那么奇物群就能把我们和那支军队隔开了,不是吗?"

我还没想到这点:"但是你在做什么?为什么要用本和希尔迪的名字?"

"他有枪。"她继续低声说,又瞭了威尔夫一眼,"你说过人们知道你来自何方之后会有怎样的反应。所以,我就不由自主地那么说了。"

"但是你怎么会照他的口音说话?"

"说得还不太像。"

"够像了!"我说道,声音有点大,因为我还是很惊诧。

"嘘。"她第二次让我安静下来。我们离这片歌唱的奇物群越来越近,而且威尔夫显然脑子不太灵光,所以我们完全可以用正常的音量对话。

"你是怎么做到的?"我依然惊讶不已。

"撒谎而已,陶德。"她边说边尽量克制不伸手捂住我的嘴,"你们这儿的人都不撒谎的吗?"

我们这儿的人当然也会撒谎。新世界和我来的那个地方（不可以说那个名字，不可以想到那个名字）充斥着谎言，就好像除了谎言别无他物。但是她的谎言不同。我说过，人们总是在撒谎，对自己撒谎，对他人撒谎，甚至对整个世界撒谎。可是当你的谎言只是诸多谎言中的一个，而真相飘在不知道什么地方，你又怎么分辨什么是谎言呢？人人都知道你在撒谎，但是其他人也都在撒谎。所以撒谎有什么关系？对事情会有什么改变呢？谎言只是男人的一部分，他的声流的一部分，有时候你能分辨出来，有时候不能。

男人撒不撒谎都是男人。

可我对薇奥拉的全部了解只来自她的言辞。我能得到的唯一真相就出自她口。所以当我刚刚听见她自称希尔迪，而我是本，我们来自法布兰奇，而且她操着一口和威尔夫（尽管威尔夫并不来自法布兰奇）一样的口音；我觉得这好像也是真的，世界一下子变了，变成了薇奥拉说的那个样子。当她说话时，并非描述一件事物，而是在创造一件事物；她只靠说话，就能让一切变个模样。

哦，我的头好疼啊。

"陶德！陶德！"麦奇大叫着从牛车后面跳出来，从脚下仰望着我们，"陶德！"

"糟糕。"薇奥拉说。

我跳下牛车，一把将它揽进怀里，一只手捂着它的口鼻，另一只手用力一撑，又上了车。"陶德？"它闭着嘴闷声闷气地叫道。

"安静，麦奇。"我说。

"不保持安静也无所谓吧。"薇奥拉说，她的声音飘散在声流中。

我抬头去看。

"牛。"麦奇说。

一头奇物从我们身边经过。

我们已经驶入了它们。

驶入了歌声。

有那么一会儿,我把什么谎言都抛到了身后。

我从未见过真正的大海,我只在录像带里见过海;我长大的地方连湖泊都没有,只有河流和沼泽。那里可能有过船,但我没见过。

但是我想象中的海与眼前的景色一模一样。奇物群包裹着我们和一切,仿佛只剩下天空和我们;奇物像流水般将我们与万事万物隔开,有时会注意到我们,更多时候是专注于它们自身和它们的**此地**之歌——歌声如此浩大,就好像流入了四肢百骸,它是你的力量,让你的心跳动,让你的肺呼吸。

过了一会儿,我发现自己已经完全忘了威尔夫和……和其他事物的存在,我只是靠在牛车上,看着一头头奇物从面前经过,看着它们吃草,时不时用犄角互相顶撞——小的、老的,高的、矮的,身上有疤的和皮毛脏兮兮的奇物,不一而足。

薇奥拉躺在我身边。看到眼前的奇景,麦奇这只小狗的脑子已经不够用了,它只是拖着舌头看,一直看。威尔夫驾车载我们穿过平原,全世界似乎只剩下我们。

别的都不存在。

我望向薇奥拉,她也望着我,微笑着摇头,把眼泪从眼梢抹去。

此地。

此地。

我们在**此地**，不在别处。

因为此时此刻只有**此地**。

"那个……阿隆。"薇奥拉过了会儿压低嗓音说。我知道她为什么这时候要提起他。

因为在**此地**非常安全，我们可以放心聊危险的话题。

"怎么了？"我也刻意把声音压低。一个奇物小家庭慢悠悠地靠近牛车尾部，奇物宝宝好奇地盯着我们看，奇物妈妈用鼻子把它轻轻推开了。

薇奥拉转身来对我说："阿隆是你们那儿的神职人员？"

我点点头："对，唯一一个。"

"他布道的时候都讲些什么？"

"老一套。"我说，"地狱之火，遭天谴要被罚入地狱，审判日之类的。"

她瞪大了眼睛："陶德，我觉得这些可不是什么老一套。"

我耸耸肩。"他相信我们会活过世界末日。"我说，"谁能说他错了呢？"

她摇摇头。"我们飞船上的布道不是这样的。我们的神职人员是马克牧师，他友好善良，最会宽慰人，让我们相信一切都会好起来。"

我不屑地哼了一声。"阿隆可不是这样的。他正相反，总是说'上帝必垂听''一人沉沦，万人俱灭'，就好像他盼着这些发生似的。"

"我也听他说过这些。"她把胳膊举过头顶,交叉在一起。

此地之歌依然裹挟着我们,流淌在四周。

我转身对她说:"他有没有……有没有伤害你,在沼泽地里的时候?"

她又摇摇头,发出一声叹息:"他对我大声咆哮,胡言乱语,我猜他可能在布道。如果我逃跑,他就会紧追其后,言辞更加激动。我大叫着求他不要这样,但是他毫不理会,继续布道。然后我在他的声流中见到了我自己,那时候我还不知道声流是什么东西。出生以来,我还没那么害怕过,船坠毁时我都没那么害怕。"

我俩不约而同地抬头去看太阳。

"一人沉沦,万人俱灭。"她说,"这话是什么意思啊?"

我认真思考了一番,发现自己并不知道这句话的意思。所以我什么也没说,而是继续沉浸在**此地**之歌中,让这歌声继续载着我们前进。

我们在**此地**。

不在别处。

不知道是过了一个小时、一个星期还是一秒,奇物渐渐变得稀少,我们穿越了它们,来到了另一边。麦奇跳下牛车。这回我们的速度比较慢,应该不会再把它落下了。其实,我们还没在牛车上躺够呢。

"太神奇了。"薇奥拉小声叹道,因为歌声已经渐渐消散了,"我都忘了自己的脚有多疼了。"

"是啊。"我说。

"那都是些什么啊?"

"大吨西。"威尔夫头也不回地说,"就是一些吨西而已,没啥。"

薇奥拉和我面面相觑,我俩都忘了他的存在。

我们走神走得也太夸张了吧?

"这些大吨西有名字吗?"薇奥拉坐起来问道,她还在用和他一样的口音说话。

"有哇。"因为我们已经穿过了奇物群,威尔夫就放开了拉牛的缰绳,"里可以叫它们抱藤、伏地月桂或者沼泽巨柱。"我从他身后看到他耸了耸肩膀,"不过窝就管他们叫大吨西。就是这样。"

"大吨西。"薇奥拉说。

"东西。"我也试了试。

威尔夫扭头看了看我俩。"里们是从法布兰奇来的?"他问。

"是的,先生。"薇奥拉说着看了我一眼。

威尔夫冲她点点头:"里们看到那里有军队了吗?"

还没等我奋力克制,我的声流立刻就变得嘈杂起来。不过似乎威尔夫没怎么注意。薇奥拉看着我,皱起眉头,一脸担心。

"什么军队啊,威尔夫?"她有点心虚地说。

"就是来自那个被诅咒的小镇的军队。"他边说边继续赶牛车,就好像我们现在聊的是蔬菜一样,"那支军队从沼泽那边过来,挨个攻占聚居区,一边走一边壮大,是吗?里们见到了吗?"

"威尔夫,里从哪儿听说有支军队的?"

"流言啊。"威尔夫说,"从河上游传来的流言。大家都这么说,里懂的。就是些流言。里们见到了吗?"

我冲着薇奥拉摇摇头,但是她说:"是啊,窝们看见了。"

威尔夫又回头看了我们一眼:"多少人?"

"人很多。"薇奥拉郑重其事地告诉他,"威尔夫,里得好好准备一番。危险越来越近了。里得警告布洛克里山的人。"

"布洛克里瀑布。"威尔夫纠正她。

"是,里得警告他们,威尔夫。"

我们听到威尔夫咕哝了一声,然后意识到他在笑:"窝告诉里们吧,没人会听威尔夫说话。"他似乎在自言自语,然后挥鞭抽了一下拉车的牛。

我们几乎花了一下午的时间才到达平原的另一边。通过薇奥拉的望远镜,我们看到那群东西依然在远处走动,从南到北,就好像它们永远不会累。威尔夫再也没说关于军队的事儿,薇奥拉和我则尽可能少说话,这样一来就能少透露一些信息。另外,若要让自己的声流保持清静,我必须格外集中注意力。麦奇沿路跟着我们,时不时撒泡尿,或者闻闻路边的花朵。

太阳悬在地平线上的时候,牛车终于咯吱一声停住了。

"布洛克里瀑布到了。"威尔夫说。他朝远方扬扬下巴,我们顺着那个方向看去,河水从一道低矮的悬崖上奔腾而下,在下方形成了一汪水潭,水潭四周有十五到二十座房子。水潭另一侧,水流依然汇聚成河流,一条小路从那里转了个弯,然后与河流齐头并进,向远方继续延伸。

"窝们得在这儿下了。"薇奥拉说着跳下车,把我们的包从车上拿了下来。

"是啊,里们确实该下车了。"威尔夫说着又回头看了看我们。

"谢谢里,威尔夫。"她说。

"没事儿。"他看着远方说,"最好赶快找个避雨的地方,快下雨了。"

我和薇奥拉不由自主地往天上看去,天空中没有一朵雨云。

"嗯,"威尔夫说,"没人会听威尔夫说话。"

薇奥拉回头望望他,又恢复了她原本的口音,因为她想说得清楚一些。"威尔夫,请你一定得警告他们。如果你听人说过有支军队会来,现在我告诉你,这传言是真的。人们必须得做好应战准备。"

威尔夫只是说了声"嗯",就挥动缰绳,掉转牛头,驾车向通往布洛克里瀑布的分岔路去了,甚至都没有向后张望一眼。

我们注视着他离去的背影,过了一会儿转身继续行路。

"哎呀,腿麻了。"薇奥拉在迈步之前,先拉伸了一下双腿。

"是啊,"我说,"我也是。"

"你觉得他说的是真的吗?"薇奥拉说。

"什么?"

"军队一边走一边壮大。"她模仿他说话的样子。

"你是怎么做到的?"我问,"你都不是这儿的人,却能学得那么像。"

她耸耸肩。"不过是我和我妈妈过去常玩的小游戏罢了。"她说,"她讲故事的时候会为书中每个角色配上不同的声音和说话方式。"

"你可以学我说话吗?"我犹豫地问道。

她咧嘴笑了:"这样你就可以和自己说话了?"

我皱起眉头:"这听着一点都不像我。"

我们继续沿路前行，布洛克里瀑布消失在我们身后。在牛车上度过的时光很美妙，但是我们并没有睡觉。此时，尽管我们努力以最快的速度奋力前进，但大多数时候只是在走路而已，跑不起来，而且，我们觉得那支军队也许被挡在奇物群后面了。

也许是，也许不是吧。可是没到半个小时，你猜发生了什么？

下雨了。

"人们应该听威尔夫的话。"薇奥拉边说边抬头看。

我们沿路重新回到河边，找了处勉强能避雨的地方。我们准备在那儿吃晚餐，顺便等待雨过天晴。如果雨不停止，我们也别无选择，只能冒雨上路。我甚至没查看一下背包，确认本是否为我准备了麦客。

"麦客是什么？"薇奥拉问。此时我们分别坐在两棵树下。

"就是雨衣。"我说着开始在背包里翻找。没有，没有麦客。好吧，"我不是说过别再听我的声流了吗？"

我依然能接收到些许平静，如果你们想知道真相的话，其实我也许不该如此。我依然觉得耳畔回响着**此地**之歌，虽然我并不能真的听见，虽然那歌声远在几十米之外。尽管有点跑调，但我发现自己正在轻声哼唱这首歌，可能是想努力找回那种归属感、联结感，希望有人再度对我说："你在**此地**。"

我望向薇奥拉，她正在吃一袋水果。

我想起了我妈妈的日记本，它还放在我的背包里。

我开始想声音中的故事。

我能否承受得住我妈妈的声音？

薇奥拉刚刚吃完水果，她晃晃包装袋："这里还剩一点。"

"我这儿剩一点芝士。"我说,"还有羊肉干,不过我们得在路上再找点吃的。"

"你是说偷?"她问,抬起眼。

"我是说打猎。"我说,"也许必要的话我们得偷点儿。路上应该有野果子,我还知道有些植物的根茎煮过之后可以吃。"

"嗯,"薇奥拉皱起眉头,"太空船上可没怎么教过打猎。"

"我可以演示给你看。"

"好。"她努力让自己显得振奋,"打猎不需要枪吗?"

"如果你是个好猎人,压根儿用不着枪。设下陷阱,就能捉到兔子;撒开网,就可以捕鱼;刀子则可以用来捉松鼠,只不过松鼠身上没多少肉吃。"

"马,陶德。"麦奇低声叫。

我哈哈大笑。这是我头一次觉得自己可以永远笑下去。薇奥拉也笑了。"我们才不会去猎马呢,麦奇。"我伸手去拍它的头,"你这条傻狗。"

"马。"它又叫了一声,并且站起来往我们来时的方向望去。

我们都不笑了。

刀如其人

路上传来马蹄声,虽然遥远,但是听得出来,马儿正向这里狂奔而来。

"布洛克里山有人来了?"薇奥拉说,声音中掺杂着希望和疑惑。

"是布洛克里瀑布。"我说完,站了起来,"咱们得找个地方躲躲。"

我们匆忙开始收拾背包,设法藏进道路和河流之间的一片狭长树林中。因为不敢到路对面去,所以背朝河流,面前有倒下的树遮挡,这是我们最好的选择。收拾好最后一点东西,我们就安静地蹲在树干后头,麦奇则挨在我腿边。到处都是雨水。

我抽出了猎刀。

马蹄声越来越近,越来越响。

"只有一匹马。"薇奥拉低声说,"不是军队。"

"是啊,"我说,"但是你听这人骑马的速度有多快。"

嗒嗒嗒，嗒嗒嗒，我们听到了急促的马蹄声。尽管暮色霭霭，又下着雨，透过树林的间隙，我们还是看到一个斑点儿似的人影沿路迅速逼近我们。此人来得这么急，肯定不是什么好事。

薇奥拉回头看看我们身后的河流："你会游泳吗？"

"会。"

"很好，"她说，"我不会。"

嗒嗒嗒，嗒嗒嗒。

我能听到骑马人嘈杂的声流，但是因为一时间马蹄声太响，我无法听清楚。

"马。"麦奇的声音从下面传来。

来了。马蹄声中我听到了只言片语，断断续续的，我只听见**骑、爸、黑**，还有好多好多。

我把手中的猎刀抓得更紧了。薇奥拉现在什么都没说。

嗒嗒嗒，嗒嗒嗒。

再快点，傍晚，打死，不管怎么……

那人沿路跑来，绕过一百米外我们刚刚绕过的一个小弯，继续靠近——

嗒嗒嗒——

我将猎刀转了个个儿，因为我听到——

把他们都打死，她真是一道美味，这儿真黑——

嗒嗒嗒——

我想我知道是谁了——

嗒嗒嗒，嗒嗒嗒——

他越来越近，越来越近，几乎——

陶德·休伊特？透过雨声、马蹄声和河流的声音，我的名字清清楚楚地传到了我耳朵里。

薇奥拉的呼吸急促起来。

我看见那人了。

"小的。"麦奇叫道。

是小普伦提斯先生。

我们想把身子伏得低些，尽可能地让树干挡住我们。但是为时已晚，因为我们看到，为了迫使坐骑停下，他突然狠狠拉住了缰绳，马儿前蹄高高扬起，差点把他掀翻。

但也只是差点。

他胳膊下面夹的那支来复枪也没掉到地上。

可恶的陶德·休伊特！他的声流在呐喊。

"糟糕。"我听见薇奥拉说，我知道她是什么意思。

"吼嘿！"小普伦提斯先生大叫一声。此时我们之间的距离近得足以看清他脸上的微笑了，我还能明明白白地听出他声音中的惊奇。"你竟然沿路逃跑？！你竟然没有避开这条路？！"

我和薇奥拉面面相觑。我们还能有什么选择呢？

"小子，我听你的声流差不多听了一辈子！"他掉转马头，欲往我们这边走，但是还没找到我们藏身的具体位置，"你以为你藏起来我就听不见你的声流了？"

他的声流得意扬扬的，就好像他无法相信自己如此好运一样，开心得不得了。

"等等，"他骑马离开路面，走进树林，"等等。你旁边是什么？那片虚空是怎么回事？"

他说话的语气十分恐怖,薇奥拉吓得往后缩了缩。我手里握着猎刀,可他骑在马背上,手里还有枪。

"太他妈对了,陶德小子,我手里可有枪。"他说完便不再四处搜寻了,而是直直地朝我们走过来。他的马踏过草丛,绕过树木,向我们逼近,"我还有一把枪,一把特殊的枪,陶德,专门为你旁边这个小姑娘准备的枪。"

我看了一眼薇奥拉。我知道她明白他的意思,她看得懂他声流传达的信息——不堪的画面呼啸而来。他说完,她的脸色立时变得铁青。我碰了碰她的胳膊,向我们的右侧瞟了一眼,那是我们唯一可能逃生的机会了。

"哦,想跑就跑吧,小子。"小普伦提斯先生发话了,"我正愁没理由伤害你呢。"

他的马已经靠得非常近了,我们都能听到它焦躁且疯癫的声流。

我们没法把身子伏得更低。

他已经到了我们面前。

我握紧猎刀,狠狠攥了一下薇奥拉的手,默默祈祷好运。

如果这会儿不逃,我们就永远失去机会了。

于是……

"跑!"我大喊一声。

我们一起跳了起来,同时枪响了,树枝的碎屑撒了我们一头,但我们还是不顾一切地冲了出去。

"追!"小普伦提斯先生冲他的马大吼一声,他们也行动起来。

他的马只跳了两步就回到了路上,沿路追赶我们。路紧紧包裹着那片树林的边缘,河岸并不高,所以我们奔跑的同时始终能看见对方。一路上,我们不断碰断前方的树枝,接连踩到水洼,泥水飞溅,脚下也不停打滑,可他就是紧追不舍。

我们无法摆脱他的追捕,没有任何办法。

可我们还是奋力狂奔,沿着林中不同的小道七拐八弯,绕过或是跳过倒下的树干,穿越灌木丛。麦奇气喘吁吁地追着我们的脚后跟狂叫不止,雨水劈头盖脸地砸下来。那条路离我们越来越近,越来越近,然后它突然向河流折去。我们没法子,只能横穿道路,冲进另一侧更茂密的树林中。我看到薇奥拉跃过树林的边界,踏上路面,胳膊上下舞动;与此同时,小普伦提斯先生绕过路弯,一只手快速地撸动着什么。我们正要飞快地冲到路对面,可他的马嘶鸣着向我们奔来。我突然感觉到什么东西抓住了我的双腿,并将它们快速紧捆起来。我立刻就倒下了。

"啊!"我大喊一声,脸摔进了泥浆和落叶中,背包从头顶飞出去,差点还把我的胳膊拽折了。薇奥拉马上就穿过小路了,但她看见我摔倒了,迟疑之中她的脚在泥中越陷越深,我大叫:"别停下,快跑!快跑!"她紧紧盯着我,我看到她脸色变了,可是眼下马匹就要冲过来了,谁顾得上分析这个表情的意思呢?她迅速转身,消失在树丛中,只有麦奇跑回来对我大叫:"陶德!陶德!"我被抓住了,我被抓住了,我被抓住了。

现在小普伦提斯先生就在我面前,他高高地坐在白马上,喘着粗气,手中的来复枪枪口翘起,直直地指向我。我知道这是怎么回事了。他朝我抛出了两端挂着重物的套索,正巧套住了我的双腿。现在绳索已经紧紧缠住了我的腿。他就像猎杀沼泽鹿的猎人一样专业。我趴在泥地上，站不起身，就像无助的猎物。

"我老爸看到你会很开心的。"他说，同时他胯下的马焦躁不安地踏着四蹄。**雨，我听见那匹马在想什么，那是蛇吗？**

"我本来打算沿路探听你们的消息，"小普伦提斯先生讥讽道，"没想到正好碰见了你本人。"

"滚。"我说，不过你们应该不会相信我说得这么客气。

我手里还攥着猎刀的刀把。

"哎哟，我好害怕呀。"他说着，把来复枪换了个位置，而我正好位于枪管之下，"把刀放下。"

我只好伸出胳膊，把猎刀丢到了地上。猎刀扑通一声落在泥里，溅起一串泥点子。我还趴在地上动弹不得。

"你的小妞儿对你可没一点儿忠心啊，是吧？"他说着，下了马，用没拿枪的那只手拍了拍它，让它安静下来。麦奇向他狂吠，可小普伦提斯先生只是大笑着问了一句，"它的尾巴怎么了？"

麦奇跳起来，朝他恶狠狠地龇牙。可小普伦提斯先生动作更快，抬起靴子，狠狠一脚踢在了麦奇脸上。麦奇呜咽一声，倒在灌木丛中瑟瑟发抖。

"陶德，危难之时朋友会立即抛下你逃跑。"他走近我，"不过这也算给了你一个教训，不是吗？狗终究是狗，帮不上人的忙；而女人，关键时刻连狗都不如。"

"你给我闭嘴。"我咬牙切齿地说。

他的声流中充满了假模假式的怜悯和赤裸裸的得意："陶德啊陶德，你真是个小可怜儿。你花了这么长时间陪着女人赶路，但我猜你压根儿不知道怎么跟女人办事儿。"

"不许你再提到她。"我恶狠狠地说,但因为双腿被绳子缠着,我依然只能趴在地上。

不过我发现我的膝盖还能弯曲。

他的声流越发响亮、丑陋,但是他的脸毫无表情,就像一场噩梦。"你该做的,陶德,"他蹲下靠近我,说道,"就是留下那些同意办事儿的婊子,开枪打死那些不肯当婊子的女人。"

他凑得更近了。我甚至能看见他上唇上恶心的汗毛,就连雨水都没能让那几根绒毛变得颜色深些。他只比我年长两岁。只大两岁。

蛇?他的马想。

我缓缓地将双手放到地上。

然后我努力在泥地中撑起身体。

"等我把你绑结实了,"他凑到我耳边,用奚落的口吻说道,"我就找到你的小妞儿,让你知道知道她是不是个婊子。"

这时候,我猛地跳了起来。

我双手用力一撑,使劲儿向前一踢,冲着他的脸撞了过去。我用头顶狠狠撞了他的鼻子,他仰面跌倒在地,我正好压在他身上。然后我左右开弓,在他脸上打了几拳;他一脸诧异,根本来不及做出反应。我又屈膝顶住他的裆部。

他像个虫子一样蜷起身子,发出一声低沉而愤怒的呻吟。我退到一边,回身去取我的猎刀。我把猎刀捡起来,马上用它割断了腿上的绳索,终于站了起来。随后我把他的枪踢到一边,跳到那匹马前面,一边挥动双臂,一边疯狂地大叫:"蛇!蛇!"这招立刻奏效了。马儿吓得不断嘶鸣,飞快地掉头跑进雨中。

我环顾四周。砰!小普伦提斯先生一拳打在我的鼻梁上,但是我没有倒下。他大叫："你这个浑……"说时迟，那时快，我挥舞猎刀向他砍去，逼他往后跳了好几步。紧接着我继续挥刀，雨水混杂着刚刚涌出的泪水一起在我脸上流淌。他不断后退，终于远离了我。他开始找枪，虽然步伐有些踉跄，但是他马上在泥地中发现了来复枪，立刻扑上去想要捡起来，我不假思索地扑过去，把他撞得连连后退。我也挨了他的胳膊肘一下，但没有倒下。此时此刻，我的声流尖叫不止，他的也一样。

我不知自己是怎么做到的，但我把他仰面摁倒在地，猎刀的刀尖抵住他的下巴。

于是，我俩都停住了。

"为什么要追我们？！"我冲着他的脸大吼，"你为什么要追赶我们？！"

连胡子都没长齐的他露出愚蠢又可悲的微笑。

我又用膝盖狠狠顶在他的两腿之间。

他再次痛苦地呻吟了一声，冲我吐了口唾沫。我的猎刀前进了寸许，他的下巴就被划了个小口子。

"因为我父亲想抓到你。"最后他回答道。

"为什么？"我问，"他干吗想抓我们？"

"我们？"他睁大了眼睛，"什么他妈的'我们'？他想要的是你，陶德，只想要你一个人。"

我难以置信地问："什么？为什么？"

但是他没有回答，而是仔细审视着我的声流，似乎在寻找什么。

"嘿！"我用手背扇了他的脸一下，"嘿！快回答我！"

他竟然微笑起来。我真他妈的不敢相信,他竟然再次露出了微笑。

"你知道我父亲常说的一句话吗,陶德·休伊特?"他眉飞色舞地对我说,"他说'什么样的人配什么样的刀'。"

"闭嘴。"我说。

"你是个能打的,我承认。"他还在微笑,下巴上还在流血,不过不太严重,"但是,你不是杀人的料。"

"闭嘴!"我大喊,但是我知道他早就从我的声流中得到了答案——阿隆也这么说过我。

"不同意吗?"他说,"那你想干什么?杀了我吗?"

"我会的,"我大叫,"我会杀了你!"

他舔舔嘴唇上的雨水,放声大笑。我把猎刀抵住他的脖颈,将他按在地上,可他竟然哈哈大笑。

"别笑了!"我尖叫着举起猎刀。

他没完没了地大笑,然后看了我一眼,开口说话了。

他说——

他说了这样一句话——

"你想看看我朝本和基里安的眉心开枪之前,他们大声求饶的样子吗?"

"嗡"的一声,我的声流顿时变成了红色。

我握紧刀柄向他砍去。

我要杀了他。

我要杀了他。

然后——

然后——

然后——

然后就在我的猎刀即将砍到他身上的时候——

就在我决心用尽力量按自己的意愿杀人的一瞬间——

我犹豫了——

我再次——

犹豫了——

只犹豫了一秒——

我恨死自己了——

我会永远恨自己没能下手——

就趁着这一秒钟的犹豫,他双腿一蹬,把我踹到一边,用胳膊肘给了我喉咙一下。我顿时感到一阵窒息,俯下身,只感觉他把猎刀从我手中抽了出去。

就像从孩子手里抢走糖果一样轻松。

"陶德,"他站在我面前说,"现在我让你看看,猎刀该怎么用。"

卑微懦夫之死

我活该。一步错,步步错。我真的活该。如果我能把猎刀抢回来,我就用它来自杀。只不过到时候我可能会懦弱得根本下不去手。

"你可真是个人才,陶德·休伊特。"小普伦提斯先生一边查看我的猎刀一边说。

此时此刻,我跪在泥巴里,捂着喉咙,怎么都喘不过气来。

"你本来已经赢了,可你竟然就这么让煮熟的鸭子飞了。"他伸出一根手指拂过刀刃,"真是蠢得可以。"

"快动手吧。"我在泥地上嘟囔着。

"你说什么?"小普伦提斯先生脸上挂着微笑,声流格外明亮。

"快动手吧!"我冲他大喊。

"哦,我才不会杀了你呢。"他两眼放光,"不然我老爸会不开心的。"

他向我走来,拿着猎刀在我面前晃了晃,用刀尖慢慢往我鼻子上顶,我只能仰起头往后缩,再往后缩。

"不过猎刀除了杀人还能做很多事。"他说。

我现在已经放弃寻找逃跑的机会了。

我不再左顾右盼,而是直勾勾地瞪着他。他十分清醒,甚至可以说颇有活力,因为行将得逞而得意扬扬。他的声流也传达出同样的情绪,还显示出他在法布兰奇以及我家农场的画面,显示出我跪在他面前的画面。

我的声流中什么也没有,我只是对自己的愚蠢、毫无用处充满了憎恨。

对不起,本。

真的,真的对不起。

"不过我还想说,"他说,"你还不是男人,我说得对吧?"他压低声音接着说,"你永远都成不了男人。"

他举起猎刀,在我脸上比画着。

我闭上双眼。

这时,我感觉到背后涌来一片波涛般的安静。

我猛然睁开眼。

"看看是谁来了。"小普伦提斯先生边说边抬起头张望,视线掠过我的头顶。我背朝茂密的树林,树林的对面则是河流。我感觉到了薇奥拉的那片安静,她就站在不远处,我很清楚,就像亲眼看见了一样。

"快跑!"我头也不回地大叫,"离开这儿。"

她没有理会我。"后退,"我听见她对小普伦提斯先生说,"我警告你往后退。"

"你警告我？"他边说边用猎刀指着他自己，脸上依然挂着微笑。

然后他跳了一下，好像有什么东西扔到了他的胸前并且粘在了上面。那东西看起来像一小团电线，末端还安着一个塑料灯泡。小普伦提斯先生用猎刀在那东西底端铲了几下，可怎么也弄不掉。他抬头看着薇奥拉，假笑着说："小妹妹，不管这是什么东西，它都不会管用的。"

话音刚落，啪！一道闪光掠过。

我先是看到一个巨大的光球，紧接着感觉好像有一只手拽住了我的衣领，我瞬间又回到了濒临窒息的状态。小普伦提斯先生的身体猛烈地抽搐起来，猎刀脱手，抛到了一边。他胸口的电线放出火花和闪光。一时间，他身上各处都冒出了烟雾和蒸汽，包括袖口、领口和裤管。薇奥拉提着我的后脖领子往树林里撤去，小普伦提斯先生则倒在地上，脸摔进淤泥中，正好压在他的来复枪上。

她松开手，我俩沿着路边的一小段堤坝滚了几圈。然后，我再次抓着自己的脖子喘了一会儿。火花和闪光不见了，小普伦提斯先生还在泥地里抽搐。

"我还担心……"薇奥拉喘了口气接着说，"……周围都是水……"她又喘了口气，"……会连累我和你都得陪他遭殃……"她再次停下来喘气，"……结果他想用刀……"

我站在那儿，什么都没说，但声流专注。我的目光始终离不开那把猎刀。我决定过去捡。

"陶德……"薇奥拉说。

我捡起猎刀，站在他旁边。"他死了吗？"我问道，但我并没有看薇奥拉。

"应该不会死。"她说,"刚才的电压不过是来自……"

我举起猎刀。

"不要啊,陶德!"

"给我一个不杀他的理由。"我说。我依然高举着猎刀,紧紧盯着地上的小普伦提斯先生。

"陶德,你不会杀人。"她说。

我转过身,声流像野兽般呼啸而起:"不许这么说!你永远不许这么说!!"

"陶德。"她向我伸出双手,声音十分平静。

"我们卷入这场风波都是因为我!他们想要的人不是你,而是我!"我转身去看小普伦提斯先生,"如果我能杀掉他们中的一个,也许我们……"

"陶德,不要这样,听我说,"她靠拢过来,"你听我说!"我看着她,声流变得十分丑陋,脸上的表情也有些狰狞,她有点迟疑,但还是又向我迈了一步,"我跟你讲的时候,你要好好听。"

然后她说了好些事儿,都是我以前不知道的。

"在沼泽地里,你发现我之前,我已经躲那个人,就是阿隆,有四天了。你是我来到这颗行星上见到的第二个人。我看到你时你手里就拿着这把猎刀,所以我以为你和他没什么分别。"

她依然向我伸着手,就好像我是小普伦提斯先生那匹跑得没影的马一样,需要抚慰。

"就在我还不明白声流是怎么回事、普伦提斯镇是什么地方、你有过怎样的经历之前,我就看清楚你是什么样的人了。陶德,人都会对他人有个基本的判断。我看得出来,你不会伤害我。因为你不是那样的人。"

"可你用树枝打了我的脸。"我说。

听了这话,她双手叉腰,说道:"不然你想让我对你怎样?你可是拿着一把猎刀来到我面前的。虽然我袭击了你,但是你并没有伤得很重,不是吗?"

我不吭声了。

"之后证明我的判断是对的,"她说,"因为你给我包扎了胳膊,还有,你本来没必要插手,但还是把我从阿隆手中救了出来。我本来可能死在沼泽地里,但是你带我走出了沼泽。在果园里,你为我挺身而出,挡在那个男人面前。另外,我们离开法布兰奇的时候,你同意跟我一起走。"

"不,"我说,但声音很低,"不是这样的。你理解错了。我们不得不逃跑是因为我不能……"

"陶德,我想我终于弄清楚了。"她说,"他们为什么追你追得这么紧?为什么他们带领一支军队,穿过整个镇子,跨过河流、平原,甚至不惜把整颗星球翻个遍也要追捕你?"她指着小普伦提斯先生说,"我听见他说的话了。难道你不想知道,为什么他们这么需要你吗?"

我心中的黑洞越来越黑暗了:"因为我和他们都不一样。"

"没错!"

我瞪大了双眼:"因为我不是杀人的料,那支军队就来追杀我。这算哪门子好消息啊?"

"错了。"她说,"那支军队想把你改造成杀手,所以才追着你不放。"

我眨眨眼说道:"什么?"

她又往前走了一步:"如果他们可以把你变成他们想要的那种男人……"

"男孩。"我说,"我还不是成年男人。"

她挥挥手,表示这无所谓:"如果他们能扼杀掉你心中善良的那部分,也就是制止你杀人的那部分,那么他们就赢了,你明白吗?如果他们能改造你,那他们就可以改造任何人了。这样他们就真的赢了。他们赢了!"

她现在就在我旁边,伸出一只手,放在我的胳膊上,就是拿着猎刀的那条胳膊。

"我们可以打败他们,"她说,"只要你没变成他们想把你改造成的样子,你就算得上是打败了他们。"

我咬牙切齿地说:"可他杀了本和基里安。"

她摇摇头:"不,他只是说他把他们杀了。你信他的话?"

我们低头看着他。他已经不抽搐了,蒸汽也开始被风吹散。

"我知道这类男孩。"她说,"我们的太空船上也有这类男孩。他是个骗子。"

"他是个成年男人。"

"你为什么非要这么说?"她终于爆发了,"你怎么可以一直说他是成年男人,你不是?就因为愚蠢的生日?如果你和我是一个地方的,那你现在已经14岁零1个月了!"

"可我跟你不是一个地方的!"我大喊,"我是这儿的人,这儿就是这么计算年龄的!"

"可这儿的计算方法是错的。"她松开我的胳膊,在小普伦提斯先生身边蹲下。"我们得把他绑起来。我们得把他好好绑起来,然后赶紧离开这儿。你说呢?"

我就是不肯把猎刀放下。

我永远不会把猎刀放下,不管她说什么,也不管她怎么说。

她抬起头看看四周:"麦奇呢?"

哦,不。

我们在灌木丛中找到了它。麦奇向我们狂吠,没有一句我们能听懂的话,只是动物的狂吠。它的左眼紧闭,嘴角有血。我试了很多次,最后终于把它按住了;同时,薇奥拉掏出她的神奇医疗包。我努力让它不要乱动,她则强迫它吞下了一粒药。把药咽下去之后,它就瘫软在地。薇奥拉这才开始清理它口中碎掉的牙齿,还在它的眼睛上涂抹了一种软膏,然后包了一层绷带。浑身是伤的麦奇看起来那么小。它像喝醉了一样,恍惚地说了一句:"曹(陶)德?"

我把它抱在怀里,在树丛中、雨水中坐了一会儿。薇奥拉把所有东西重新装回包里,也把我的背包从泥巴里拎了出来。

"你的衣服都湿了。"过了一会儿,她说,"食物也被压得粉碎。不过日记本还完好无损地包在塑料袋里。"

我妈妈要是知道她有这么个懦夫儿子该怎么办?想到这里,我真想把那本日记扔进河里。

但是我没有那样做。

我们一起用小普伦提斯先生的绳索把他捆了起来,还发现来复枪的木枪托受那次电击之后脱落了。真是可惜,这枪本来可以为我们所用的。

"你让他抖成那样用的是什么?"我边问边气喘吁吁地和薇奥拉一起将他拖到了路边。不省人事的男人格外沉。

"一种装置,可以告诉太空中飞船上的人我在行星上什么位置。"她说,"把它拆开花了我好长时间。"

我站起来:"那现在你的飞船怎么知道你在哪儿呢?"

她耸耸肩:"我们只有寄希望于港湾市了,但愿那里能有联络工具。"

我看着她走向她的包,然后把它从地上捡起来。我真心希望港湾市至少能有她预期的一半好。

我们离开了。小普伦提斯先生说得对,沿路逃跑真是蠢透了。因此,我们决定在没有河的那一侧走,和道路保持大概一百米的距离,同时尽可能地让道路留在我们的视野之内。我们轮流抱着麦奇在夜色中赶路。

我们也不太交流。

她可能说对了,不是吗?是啊,没错,也许军队要的就是这个,如果他们能改造我,就代表着他们可以把任何人改造成那样。也许我是他们的试验品,谁知道呢?也许整个小镇都疯狂到了相信这种事的程度。

一人沉沦,万人俱灭。

可是这一来解释不了阿隆为什么跟着我们;二来我见过她撒谎什么样,不是吗?她的话听起来没有问题,可谁知道她说的是实情还是胡诌?

我永远不会加入军队,这一点普伦提斯镇长一定清楚。不管小普伦提斯先生声流中的场景是真是假,他们那样对待本和基里安,我怎么可能听他们的话?单从这一点来说,他就错了。不管他们想要的是什么,也不管我为什么总是无法狠心下手杀人,哪怕那个人活该我也下不去手,我成为成年男人之后都会起变化。一定会的,不然我还怎么挺胸抬头做人?

午夜过去了,再有25天我就是成年男人了,但好像还要过上几百万年时间。

如果我已经杀了阿隆,他就不可能告诉普伦提斯镇长上次发现我的地点。

如果我在农场里杀掉小普伦提斯先生,他也不会带领镇长的手下去找本和基里安,也不会来祸害麦奇。

但凡我有一丁点儿杀人的能力,我就可以留下来帮助本和基里安反抗。

也许我狠得下心杀人,他们就不会死。

如果这是一场交易,那我随时准备接受。

如果杀人能让一切重来,我愿意这么做。

等着瞧。

脚下的路越发崎岖陡峭,河流逐渐流向峡谷。我们在一块高耸巨大的岩石下休息了一会儿,顺便吃最后一点食物,那是和小普伦提斯先生争斗后仅剩的。

我把麦奇横放在大腿上:"那药里是什么东西?"

"不过是掺了点人用的止疼药。"她说,"但愿分量不会太大。"

我伸手拂过它的皮毛,它的身体温热,正在熟睡,至少还活着。

"陶德……"她要开口说话,但我制止了她。

"我希望只要我们还能走,就一直走下去。"我说,"我知道我们应该睡一觉再走,但还是等我们真的挪不动时再歇脚吧。"

片刻之后她说:"好的。"就这样,我们没再说别的,只是默默地吃完了最后一点食物。

雨下了一整夜。我们走在树林中,这里没有瀑布那儿那么吵,但有数以亿计的雨点落在数以亿计的树叶上的声音,有河水奔涌的咆哮声,有我们踩在泥巴上的吧唧声。我时不时能听到远方飘来的声流,也许是森林中的奇物吧,但总是看不到它们的影子;我们一走近,它们就消失不见了。

"这里有什么会伤害我们的猛兽吗?"薇奥拉问我。因为雨下得大,她不得不提高嗓门。

"太多了,数都数不过来。"我说。我指了指她怀中的麦奇,"它还没醒?"

"还没有。"她说,声音中透着焦虑,"我希望我……"

我们没想到前方又出现一块凸起的巨岩。经过岩石之后,我们步入一片营地。

然后,我们立刻停住了脚步,努力理解眼前的情形——这突如其来的一幕。

前方生着一堆篝火。

一条新抓的鱼穿在烤肉钎上。

一个男人倚靠在一块石头上,正在给另一条鱼刮鳞。

我们走进那人的营地,他便抬起头来。

尽管我从未见过女孩,但我看到薇奥拉的那一瞬间就知道她是个女孩；眼下的情形也一样，我看到他的那一刻就立刻伸手去取猎刀，因为我心里清楚，他不是人。

他是斯帕克人。

杀人

整个世界停止了转动。

雨水不再下落,火焰不再燃烧,我的心也不再跳动了。

一个斯帕克人。

世界上应该没有斯帕克人了。

他们在战争中死绝了。

世界上应该没有斯帕克人了。

可就是有一个斯帕克人在我面前冒了出来。

他长得又高又瘦,和我在录像带中看到的斯帕克人一致,白皮肤,手指和手臂纤长,嘴长在它本不该在的地方——脸的正中间,耳朵垂到与下巴平齐,眼睛比沼泽的石头子儿还黑,身上原本应该穿着衣服的地方覆盖着地衣和苔藓。

异类。完完全全的异类。

真是扯淡。

我还是把我熟悉的那个世界揉成一团丢掉吧。

"陶德?"薇奥拉说。

"别动。"我说。

透过雨声,我能听到斯帕克人的声流。

没有清晰的字句,只有画面,歪歪扭扭的怪异画面,颜色错乱,但是也有我和薇奥拉一脸错愕地站在他面前的画面。

现在是我正握着猎刀的画面。

"陶德。"薇奥拉说,声音中透着一丝警告。

因为他的声流中蕴含着更多信息,有他的种种情绪,但是混作一团,化为嗡嗡声。

恐惧。

我感觉到了他的恐惧。

很好。

我的声流开始发红。

"陶德。"薇奥拉又叫了我一声。

"别叫了。"我说。

斯帕克人本来在刮鱼鳞,现在缓缓直起腰来。他在小山坡一块突出的巨石旁扎了营,地面半干半湿,那儿有一卷苔藓,或许就是他的床铺吧。

挨着石头的还有一样闪闪发亮的长条状东西。

我能从斯帕克人的声流中看到他脑海中的画面。

一杆长矛——他在河中捉鱼用的那杆长矛。

"别那么做。"我对他说。

我对眼下的情形和他的背景看得如此清楚,尽管他的声流充斥着画面,但非常好懂。不过,这些想法只在我脑子里过了一秒,只有一秒。

一秒的时间，一闪而过。

我看到他在计划为了拿到那杆长矛而奋力跃起。

"陶德？"她说，"把猎刀放下。"

这时，他跳了起来。

我也跳了起来。

（看着我。）

"不！"我听见薇奥拉尖叫一声，但是我的声流咆哮得太大声了，她的尖叫无异于低语。

我满脑子想的都是怎么疾速跨过那个斯帕克人的营地，趁他跌跌撞撞地去拿长矛之时，挥舞猎刀砍向他的躯干，砍向他皮包骨的膝盖和手肘。我只想在血红声流的包围下向他冲去，带着我声流中的画面、话语和情绪，带着我知道的一切，带着我经历的一切，带着我没能下定决心挥刀砍下去的每一次失败记忆，向他冲去；我身体的每一寸都在呐喊——

谁说我不是杀人的料？

他还没拿到长矛，我就截住了他，用肩膀向他狠狠撞去，砰的一声，我们一起摔在泥巴稍微少些的地上。他纤长的四肢缠在我身上，就像蜘蛛一样。然后他开始殴打我的头，但这更像是轻拍。这时候，我意识到——

他比我更虚弱。

"陶德，别打了！"薇奥拉大喊。

他手忙脚乱地从我身上爬开，我一拳打在他脑袋的一侧。他太轻了，立刻被我的拳头打翻在一堆石头上。他扭身抬头看我，嘴里发出咝咝的声响,声流中透着恐惧和慌张。

"别打了!"薇奥拉尖叫,"你看不出他有多害怕吗?"

"他就应该怕我!"我大声反驳。

我的声流势不可当。

我向他走了一步,他想爬开,但是我抓住他长长的白色脚踝,把他从石头上拖回到地上。他发出可怕的恸哭声,而我已经准备拿起猎刀砍下去了。

薇奥拉一定是把麦奇放在了什么地方,因为她拽住我的一条胳膊拼命往后拉,想阻止我砍那个斯帕克佬。我用全身的力量想把她甩脱,但她牢牢拽着我,我们跌跌撞撞地扑向斯帕克佬,他匍匐在石头上,双手挡着面颊。

"松开我!"我大叫。

"求你了,陶德!"她也大叫,拼命拉拽我的胳膊,"别这样,求你了!"

我转过手肘,用另一只手推开她,转身朝向斯帕克佬,他正在地上艰难爬行——

他伸手用指尖去够他的长矛——

我的仇恨像火山般爆发,声流变成鲜艳明亮的红色。

我压在他身上——

我举着猎刀向他的胸膛刺去。

刀尖刺进了他的胸膛,但马上碰到了骨头,滑到了一边。斯帕克人发出我听过的最可怕的尖叫,胸膛的伤口喷出暗红色(红色,他们的血是红色的）的血浆。他抬起长长的胳膊，在我的脸上挠了一下，我抽出猎刀，又捅了他一下，他发出一声尖啸，深吸一口气，随之发出好一阵咯咯声；随后，他的胳膊和腿不停抽搐，他用深黑色的眼睛紧紧盯着我，声流里充斥着痛楚、困惑和恐惧——

我开始转动猎刀——

他还活着，没有死，还没有死——

一声呻吟，一通战栗，他死了。

他的声流随之断绝。

我干呕几下，将猎刀拔出来，一步一个脚印地穿过泥地，往回走。

我看看双手，又看看猎刀。到处都是血。刀刃上有血，刀把上也是，我的双手、两条胳膊和衣服正面都是血，脸上也被溅上了一道血痕。我将脸上斯帕克人的血和自己被抓伤渗出的血一起抹掉。

就算被雨水冲刷过，我身上的血似乎也还是太多了。

斯帕克人躺在——

躺在他被我杀死的那个地方。

我听见薇奥拉发出干呕声，立即抬头向她望去，她却接连向我尖叫。

"你不知道！"我对她喊道，"你什么都不知道！是他们发起了战争！他们杀了我妈妈！发生的一切，一切的一切，都是他们的错！"

然后我就吐了。

一直吐，一直吐。

我的声流逐渐平静下来，我又吐了一会儿。

我的脑袋几乎垂到了地上。

整个世界停止了转动。

直到现在依然一动不动。

我什么都不害怕,除了薇奥拉的安静。我弯腰向前倾着身子,感觉背包压在我的后脖颈上。我始终不敢看斯帕克人。

"他会杀了我们。"最后我对着地面说。

薇奥拉什么也没说。

"他会杀了我们。"我又说了一遍。

"他吓坏了。"薇奥拉破了音,喉咙嘶哑,"连我都看得出他有多害怕。"

"他刚才要去拿长矛。"我说着抬起头。

"那是因为你举着猎刀追杀他!"现在我能看见她的脸了。她瞪圆了眼睛,眼神十分空洞,就像她坐在石头上前后摇晃时一样。

"他们杀死了新世界的所有人。"我说。

她疯狂地摇着头:"蠢货!你这个蠢货简直他妈的蠢透了!"

她竟然说了脏话。

"我们有多少次发现别人告诉我们的事情不是真的?"她一边说一边后退,离我越来越远。她的脸开始变得扭曲,"这种事发生了多少次?"

"薇奥拉——"

"斯帕克人不是在那场战争中全都死了吗?"她说。天哪,我恨透了她那惊恐的声音,"你说啊,他们不是全都死了吗?"

最后一丝愤怒的情绪也从我的声流中消失了。我再次意识到自己的愚蠢——

我转过头去看斯帕克人——

我看到了他的营地——

我看到了烤肉钎上的鱼——

我还看到了(不不不不不)他声流中流露出的恐惧——

(不不不,这不是真的。)

我已经吐不出东西来了,但还是一阵阵地犯恶心。

我杀人了——

我杀人了——

我杀人了——

(天哪,怎么会这样!)我杀人了。

我浑身颤抖,不能自己,站都站不起来。不知怎的,我开始放声大喊"不",一遍又一遍,一遍又一遍。饱含恐惧的声流回荡在我周围,我无处可逃。我在哪儿,我的声流就在哪儿。我抖得如此厉害,甚至不能控制双手和膝盖,任凭自己跌坐在泥地上,我依然能看到遍布四周的鲜血,雨水并没有将血迹冲刷干净。

我紧紧闭上眼睛。

只有一片漆黑。

只有漆黑,别的什么都没有。

再一次,我再一次把事情搞砸了。我再一次做错了所有事。

远远地,我似乎听到薇奥拉在呼唤我的名字。

但声音那样遥远。

只有我一个人。此时此地,永永远远,我都是一个人。

我又听到了我的名字。

有人从很远很远的地方拽我的胳膊。

然后我似乎听到了一小点不属于我的声流，我这才睁开眼。

"我觉得这里似乎还有更多斯帕克人。"薇奥拉凑到我耳边说。

我抬起头。因为自己的声流还混乱不堪，充满了恐惧，所以很难听清别的声音。雨还在下，下得很大，我不禁走了神，傻傻地想，也不知道我们身上的衣服什么时候才能干。这时，我突然听见了，树林间传来窸窸窣窣模糊难辨的声音，很难说清是什么动静，但是那儿肯定有东西。

"就算他们之前不想杀我们，"薇奥拉说，"现在也肯定想了。"

"我们得离开。"我努力站起身，但我还在发抖，尝试了两次才成功站起来。

我手里还抓着猎刀，刀上还沾着黏糊糊的血。

我把它扔到地上。

薇奥拉的脸色很难看，表情混杂着悲伤、恐惧和惊慌，这都是因我而起，都是因为我。可我们现在没有别的选择，我只好又说了一遍："我们得赶紧离开。"说完，我就去避雨处将麦奇抱回来，虽然它冷得直哆嗦，但它还在睡觉。抱起它之后，我把头埋入它的皮毛中，呼吸着熟悉的狗身上臭烘烘的味道。

"快点儿。"薇奥拉说。

我转过身，看见她正四下张望，四周的树林和雨声中依然传来窸窸窣窣的声流，她的脸上依然写满了惊恐。

转了一圈，她的目光又回到我身上。我发现自己无法承受她的目光，只好看向别处。

可就在我把目光移向别处时，我看到她背后有什么东西正在活动。

就在她的位置后面,灌木丛突然分开了。

她也发现我的脸色骤变。

她赶忙转身,正好看见阿隆从她身后的树丛中钻了出来。

他一只手掐住她的脖子,另一只手用布捂住她的口鼻。我大叫起来,上前一步。她闷声尖叫,拼命扒拉阿隆捂在她嘴上的手,但是阿隆的力气太大了。也不知道那块布浸了什么东西,等我迈出第二步、第三步,她已经晕了过去。等我迈出第四步和第五步,他已经松开了手,她滑到地上。我臂弯里还抱着麦奇。等我迈出第六步,他伸手向背后摸去。我怀里抱着麦奇,手还没拿到猎刀,但也只能硬着头皮向他冲去。等我迈出第七步,我看到他从后腰抽出一根木杖,劈头盖脸地向我打来。

砰!

我摔倒在地。麦奇从我怀中飞了出去。我趴在地上,脑袋嗡嗡作响,感觉整个世界都在打晃,视野逐渐变成灰色。好疼!一切都在倾斜,倒向一侧,我的胳膊和腿变得格外沉重,无法抬起,一半脸埋在泥巴里,另一半则露在外面,我看到阿隆正盯着趴在地上的我看,也看到了他的声流——里面有薇奥拉。他发现泥地上我的猎刀反射着红光,便上前将它捡了起来。我想爬开,可身体的重量把我钉在原地动弹不得,只能眼睁睁地看着站在我面前的他。

"小子,你对我已经没用了。"他说完,便把猎刀高举过他的头顶。我看到的最后一幕就是他用尽全力挥刀砍了下来。

第五部分

万物的终结

坠落,不要坠落啊。老天爷,求求你帮帮我吧。坠落。猎刀。猎刀。斯帕克佬死了。所有的斯帕克佬都死了。薇奥拉,对不起,请你原谅我。他有长矛。坠落。老天爷,求求你。阿隆在你身后!他来了!小子,你对我已经没用了。薇奥拉倒下了。薇奥拉·伊德。斯帕克人。尖叫,鲜血,不!看我的。看我的。求你了,不要啊。看我的。他会杀了我们的。本,求求你,我很抱歉。阿隆!快跑!伊德。还有更多斯帕克人。我们得赶快离开这儿。坠落。坠落。深红的血。猎刀。死亡。快跑。我杀人了。求你了,不要啊。斯帕克人。薇奥拉、薇奥拉、薇奥拉——

"薇奥拉!"我想尖叫,但是眼前只有黑暗,一片漆黑,没有任何声音的黑暗。我记得自己倒下了,现在一点声音都发不出来——

"薇奥拉!"我再次努力大喊,但是肺里仿佛进了水,肚子疼得要命。疼痛,疼痛,我的——

"阿隆。"我轻声自言自语,空无一人,"跑!阿隆来了。"

接着,我又坠入黑暗。

……

"陶德?"

……

"陶德?"

是麦奇。

"陶德?"

有只狗在舔我的脸,这说明我的脸有知觉,也意味着我可以搞清楚自己在哪儿。我急促地深吸一口气,睁开双眼。

麦奇就站在我脑袋边儿,四条腿倒腾着,紧张兮兮地舔着自己的口鼻,一只眼睛上依然缠着绷带。但是它很模糊,我很难——

"陶德?"

我想叫它的名字,安抚它的情绪,但是我开口便是一阵咳嗽,背部传来剧痛。我还趴在泥巴里,阿隆把我打倒的地方——

阿隆。

阿隆用木杖打了我的头,所以我才倒下。我努力抬起头,疼痛顿时包裹住我的整个右侧颅骨,一路蔓延到下巴,让我眼前一黑。我只好趴在原地,咬紧牙关,忍受着疼痛和眩晕,待了一分钟,才再次尝试开口说话。

"陶德?"麦奇呜咽着叫我。

"我在呢,麦奇。"我终于咕哝出一句话,但是这个句子更像是被什么东西粘在胸口一样,闷闷的,并且引发了一连串咳嗽。

因为背部尖锐的疼痛感,我不得不尽量简短地说话。

我的后背。

我忍住咳嗽,一种可怕的感觉从肚子蔓延至身体的其余部位。

我最后看到——

不。

哦,不。

我又努力憋着咳嗽了几下,生怕牵动一丝一毫的肌肉,但没能成功,只好强忍着,等疼痛慢慢缓解;然后我才试着开口,同样尽量忍着随之产生的痛楚。

"我身上是不是插着一把猎刀,麦奇?"我的声音极其沙哑。

"猎刀,陶德。"它担心地叫,"后背,陶德。"

它再次凑过来舔我的脸,这是狗安抚同伴的方式。我努力保持静止,同时均匀地呼吸。就这样过了一分钟,我闭上眼睛,深吸一口气,但我的肺不太配合——里面似乎已经盛满了空气。

我是陶德·休伊特,我想,这是个错误,因为所有的记忆都涌上来、压过来,将我往下拖——我再次想起斯帕克人的血、薇奥拉害怕的样子,阿隆从树丛中现身并将她掳去……

我开始抽泣,随之而来的疼痛让我难以忍受。有那么一会儿,我觉得自己完全失去了力气,胳膊和后背上像是有火在烧,对此我毫无办法,只能干等着,企盼疼痛快点减弱。

慢慢地、慢慢地,我开始伸直压在身下的一条胳膊。脑袋和后背的疼痛十分剧烈,我感觉自己疼晕过去了一会儿。但我再次醒来,依旧慢慢地、慢慢地抬起一只手,伸到背后,沿着我身上脏兮兮、湿乎乎的衬衫一寸寸地摸索着,直到摸到我那个同样脏兮兮、湿乎乎的背包——实在是不可思议,它竟然还在我背上——我继续向上摸索，直到指尖再也无法向前。

猎刀的刀柄。它插在我的背上。

我一定是死了。

我死了。

我死了吗？

"没死，陶德。"麦奇大叫，"包！包！"

猎刀插在我身上，就在我背上，左右肩胛骨之间。是疼痛告诉我中刀的具体位置，但是猎刀首先插进了我的背包，背包中有样东西让猎刀没能畅通无阻地捅到——

是日记本。

我妈妈的日记本。

我有意慢慢地摸索了一下，没错，阿隆举刀刺下，正好将刀插进了我背包里的日记本。正因为这处阻碍的存在，猎刀才没法插进我的身体。

（没法像刺穿斯帕克人那样。）

我再次闭起眼睛，想深深吸上一口气，可是没能如愿。我只好屏住呼吸，等能攥住刀把时再吸气，等到疼痛有所减缓才试着往外拔刀。可是，眼下猎刀仿佛是这世界上最沉重的东西。我不得不又歇了一会儿，把气喘匀了，再次尝试拔刀。拔的时候，我感到背上的疼痛突然加剧，就像枪开火一样突然。我感觉猎刀正在从我的骨肉中抽离，我无法控制地尖叫起来。

大口喘气了一分钟，我才控制住情绪，没有恸哭起来。这期间我始终抓着刀把，虽然猎刀已经从我背上分离出来，但刀锋还深深埋在背包和日记本里。

麦奇再次舔了舔我的脸。

"真乖。"我说,尽管我也不知道自己为什么要来这么一句。

我感觉花了半辈子的时间才把背包肩带从胳膊上卸下去,最后终于把猎刀和乱七八糟一堆东西都扔到一边。就算是这样,我还是站不起来,而且我一定又晕过去了一次,因为我再次被麦奇舔醒,不得不睁开眼睛,又一阵剧烈的咳嗽。

我趴在淤泥中,心中无比渴望阿隆当初拿着那把猎刀直接把我捅穿,让我和那个斯帕克人一样死得透透的,这样我就可以一直坠落,不断地向下坠,直到整个世界除了黑暗一无所有,直到自己消失,无从抱怨,直到自己不会再把事情搞砸,不会再让本或者薇奥拉失望。不如就让我永远坠入虚无之中,这样我就永远都不用担心焦虑了。

可是麦奇又把我舔醒了。

"走开。"我抬起一条胳膊把它推开。

阿隆原本可以把我杀掉,他原本可以轻易地把我杀掉。

他原本可以拿着猎刀砍断我的脖子,砍进我的眼睛,割断我的喉咙。总之,刚才我的小命就在他手上,他却没有杀我。可他肯定清楚自己要做什么啊。他一定清楚的。

他是想把我留在原地,让镇长亲自发现吗?可他是怎么赶到军队前面的?他又不像小普伦提斯先生那样骑马,怎么可能跑这么快呢?他跟了我们多久?

在他从灌木丛中冒出来,把薇奥拉劫走之前,他跟踪了我们多久?

我发出轻声的呻吟。

这就是他没有杀我的原因。他让我活着知道他劫走了薇奥拉，这代表他赢了，我输了，是吗？他就是想让我受折磨，从此以后我将带着他掳走薇奥拉的记忆活下去。

我突然有了新的动力，努力坐起身，不理会周身的疼痛，而是身体前倾，大口呼吸，直到觉得自己能站起来。我的肺部依然有莫名的杂音，背部也依然疼痛，这让我忍不住继续咳嗽，但是我咬紧牙关，撑了过去。

因为我必须找到她。

"薇奥拉。"麦奇大叫。

"薇奥拉。"我说着，更用力地咬紧牙关，努力站起来。

可是我的身体承受不了，疼痛让双腿不受控制，摇摇欲坠，栽倒在泥巴地里。我绷紧身体，拼命呼吸，但还是头昏眼花；声流中，我奔跑着，奔跑着，向着虚空不停奔跑。我感觉浑身发烫，大汗淋漓，但我还是在声流中不停奔跑。我听到树后有本的声音，于是我向他跑去。他唱起了那首歌，以前哄我睡觉时唱的歌，专门唱给男孩而不是男人听的歌。听到歌声，我的心似乎舒展开来。歌是这样的：*每当早晨，太阳升起。*

我苏醒过来，歌声依然萦绕在我耳畔。

歌声缥缈：

每当早晨，太阳升起。

山谷低处，少女轻吟：

"哦，不要欺骗我；哦，永远不要离开我。"

我睁开双眼。

不要欺骗我，永远不要离开我。

我必须找到她。

我必须找到她。

我抬头看。太阳挂在天空上，但是我不清楚阿隆带走薇奥拉已有多长时间了。当时天还未破晓，而现在尽管多云，但天空很亮堂，所以有可能快到正午或者刚过正午，也可能根本就不是同一天——我极力避免这个念头再出现。我闭上眼仔细倾听。雨已经停了，窸窸窣窣的声音消失了，我只听见自己和麦奇的声流，还有远方森林中奇物不成字句的啁啾声，它们在过自己的日子，这些动静和我毫无关系。

没有阿隆的声音，也没有薇奥拉的安静。

我睁开眼睛，看到了她的包。

她在阿隆手下挣扎的时候，包掉落了。阿隆显然对包毫无兴趣，把它当作毫不重要的无主之物，留在原地。

那包里装满了让人摸不着头脑却特别有用的东西。

我的胸膛一紧，痛苦地咳嗽起来。

我估计自己是站不起来了，只好向那个包爬过去。背上的剧痛让我忍不住大口大口地吸气，但我还是坚持向前爬。麦奇担心地一直叫着"陶德、陶德"，过了好长好长时间，我才够到包。但之后我微微佝偻着身子待了一会儿，疼痛稍稍得以缓解，我才喘过气来，才打开包，摸索着找出装着创可贴的盒子。里面只有一个了，也只能先拿这个将就一下。然后我开始艰难地脱衬衫，这个过程中我停下来喘气的次数更多了，一寸一寸地小心动作，尽管缓慢，但我终于让衬衫离开了疼得火辣辣的后背，也离开了疼得像裂开一样的脑袋。我瞧见衬衫上到处是血污和泥巴。

我在她的医药包里拿出手术刀,将创可贴一切为二,一部分放在脑门上,我按了它一会儿,直到它牢牢地贴住;然后我慢腾腾地将另一半贴在了我的后背上。随着创可贴的材料——她说的人类细胞之类的东西和伤口越贴越近,我疼得更厉害了。我只好咬紧牙关撑过去,果然,过了一会儿,药开始见效了,一阵清凉漫过我的血管。我又等了一会儿,等效果更显著了才站起来。刚开始站起来的时候,我头晕目眩,但我想自己应该能站上一会儿。

果然,坚持站立一会儿之后,我迈出了第一步,紧接着是第二步。

可我要去哪儿呢?

我不知道他把她带到哪儿去了,也不知道过去了多长时间。现在,他极有可能已经和那支军队会合了。

"薇奥拉?"麦奇呜咽着叫道。

"我不知道怎么找到她,哥们儿。"我说,"我得想想。"

虽然创可贴起作用了,但我还是无法始终保持直立,只能尽力而为。我环顾四周,不小心瞟到了斯帕克人的尸体,便马上扭过头。我不想看。

哦,不要欺骗我;哦,永远不要离开我。

我叹了口气,知道得怎么做了。

"没别的法子,"我对麦奇说,"我们只能去找那支军队。"

"陶德?"它哀嚎。

"没别的法子。"我又说了一遍,不再多想,开始行动。

首先我需要一件新衬衫。

我让自己背对着斯帕克人,同时转身去拿我的背包。

猎刀还插在背包和里面的日记本上。我其实不太想碰它,即便我现在一头雾水,也不想去看日记本里的内容。但我必须得把猎刀拔出来。所以,我不得不踩着背包用力拔。我拽了几下,猎刀就被拔了出来,掉在地上。

猎刀躺在湿漉漉的苔藓上,上面覆满了鲜血——大多数属于斯帕克人,我的血颜色更浅些,集中于刀尖。我不知道这是否说明阿隆用这把刀刺我的时候,斯帕克人的血进入了我的血液。还有,我会不会因此感染其他特殊的病毒呢?

可是已经没时间考虑这些了。

我打开背包,拿出日记本。

本子上有个刀形的洞,贯穿前后封皮。猎刀如此尖利,阿隆也一定非常强壮,才能一刺险些毁掉整个本子。一道泥痕划过本子的所有页面,我和斯帕克人的血只污染了页面的一点边缘,上面的字仍然清晰可辨。

我还可以继续看这本日记。

如果我倒霉到不得不看的话。

我赶紧打消这个念头,从包里拿出一件干净的衬衫。我一边活动一边咳嗽;虽然已经贴上了创可贴,但伤口还是疼,疼到我不得不停下手中的动作。我感觉自己的肺里积满了水,就像胸口压着一堆河底的石头。最终我还是把衬衫穿上了,另外还从背包里拿了几样有用的东西:几件衣服、我的医药包、还没有被小普伦提斯先生或雨水破坏掉的东西。我把这些物件和我妈妈的日记本统统装进了薇奥拉的包,因为以我现在的体力,肯定背不了我的背包了。

然后我又不得不面对这个问题：我要往哪儿走？

要去哪里？

我要沿路返回，去找军队，就是这样。我找到军队，然后再想法子救她，哪怕让我与她交换，充当人质都行。

这样的话，我不能手无寸铁地贸然前去，不是吗？

显然不能。

我又看了一眼猎刀，它就静静地躺在苔藓地上，好像失去了身为猎刀的属性，成了与我毫无关系的一块废铁，一块将它犯下的所有罪过都归咎于使用者的废铁。

我不想碰它，一点儿都不想，再也不想了。但是我必须得走过去，必须尽可能地用湿树叶擦掉上面的血污，必须把它插入我后腰上挂的刀鞘。

我必须得做这些事，因为我没有选择。

斯帕克人的尸体徘徊在我视野的边缘，但是拿着猎刀的我就是无法正视它。

"走吧，麦奇。"我故作轻松，将薇奥拉的包拗成一个圈，搭在一侧肩膀上。

不要欺骗我。永远不要离开我。

该走了。

"我们去找她。"我说。

我背对着斯帕克人的营地，向道路的方向出发。我最好尽快沿路往回赶。途中我会听到那支军队的动静，然后我就躲到路旁，见机行事，伺机救出她。

这意味着我可能会迎头撞上他们。

我从一丛灌木中挤了过去，同时听到麦奇叫道："陶德？"

我转身招呼它："快走。"但我还是尽可能地不往营地那边看。

"陶德！"

"我说了'快走'。我是认真的。"

"这边走，陶德。"它边叫边摇尾巴。

我又朝它转过去一点，几乎正对着它说："你说什么呢？"

它用鼻子指着另一个方向说："这边走。"它用一只小爪子揉着那只被创可贴覆盖的眼睛，将创可贴蹭掉，然后向我挤了挤受伤的眼睛。

"你说'这边走'是什么意思？"我问。

它点点头，用一只前腿指了指和军队相反的方向。"薇奥拉。"它叫了一声，然后转了个圈，再次面对那个方向。

"你闻到了她的气味？"我的胸膛起伏得厉害。

它叫了一声，表示肯定。

"你闻到了她的气味？"

"这边走，陶德！"

"不是沿路返回？"我说，"不用回去找军队？"

"陶德！"它大叫，因为它感觉到了我声流中的兴奋，自己也兴奋起来。

"你确定吗？"我说，"麦奇，你确定，对不对？"

"这边走！"说完它就穿过灌木丛，沿着与河流平行的道路，往与军队相反的方向跑了。

那是去港湾市的方向。

不知道为什么阿隆要挟持薇奥拉往那个方向走,我也不关心原因;反正看到麦奇颠颠地跑在前面带路的那一刻,我就决定跟在它后头了,同时心里默想:*麦奇真棒,太他妈棒了。*

继续赶路

"这边走,陶德。"麦奇边叫边带我绕过另一块耸立的石头。

离开斯帕克人的营地之后,沿途地形越来越坎坷不平。我们已经在山坡的林子里走了一两个小时,一会儿上坡,一会儿下坡,一会儿又是上坡,有时候我们不像是跑去救人,而像是徒步拉练。这时,我们又登上一座小山的山顶,眼前是一座又一座的山头,并不见少,山上的树木郁郁葱葱,有些山实在太陡峭,只能绕行,无法翻越。曲曲折折穿行山间的小路和河流位于右侧,有时候就连让它们保持在我视线之内都是件困难的事。

就算创可贴的效果显著,我每走一步还是觉得后背和脑袋就像被撕裂一样痛苦;每过一会儿,我都不得不停下脚步,有时甚至会呕吐,尽管什么都吐不出来。

无论怎样,我们都会继续赶路。

再快点儿,我心中默想,再走快点儿,陶德·休伊特。

他们至少比我们多行了半天的路,也许是一天半,而我不知道他们要去哪儿，也不知道阿隆有什么打算、他到了目的地要做什么。我们什么都不知道，只是继续赶路。

"你确定吗？"我不断问麦奇。

"这边走。"它也不断告诉我。

吊诡的是，现在我和麦奇正走在薇奥拉和我原本计划的路线上。沿河而行，与道路保持一定距离，朝着东方港湾市的方向进发。我不知道阿隆为什么要朝与军队相反的方向走，但是麦奇闻到了他们的气味，所以我们就得这么走。

时间已经是午后。我们上山、下山、向前、穿过森林，所见植被从平原上的宽叶树过渡为针叶树，后者更高，形态也更像箭。树木的气味甚至都和之前不一样了，比之前更强烈，我闻得出来。我和麦奇跳过许许多多最终汇入小河的溪流和山涧，我时不时就得停下来，重新装满水瓶，然后继续赶路。

我努力不再多想，只是集中精神前进，向着薇奥拉离去的方向前进，一心要找到她。我努力不去想我杀掉斯帕克人之后她的表情，努力不去想她当时有多怕我，不去想她接连后退，就好像我会伤害她一样，不去想阿隆从身后袭击她的时候她该有多害怕，也不去想我当时是多么没用。

还有，我努力不去想斯帕克人的声流和他的恐惧，他只是在那儿捕鱼，却平白无故遭人杀害，当时他该有多吃惊啊。我还记得我将猎刀砍入他的身体时发出的那一声脆响，记得他暗红色的血沾到我身上，他是怎样垂死挣扎……他死亡的这些画面仍然挥之不去，嵌在我的声流中。

我不去想这些。

我们只是埋头赶路,不停地赶路。

下午过去了,傍晚来临,森林和小山似乎永远也没有尽头。我们又遇上了另一个问题。

"吃的,陶德?"

"没有吃的了。"我们正在下坡,脚下尽是尘土,"我自己都没吃的。"

"吃的?"

我已经不记得上次吃东西是什么时候了,也不知道上次真正睡着是什么时候,昏过去不算睡觉。

我记不得过了几天,不知道还有多久我才成年,不过,我可以告诉你,我从未感觉那个日子如此遥远。

"松鼠!"麦奇突然叫起来,同时绕着一棵针叶树的树干直蹦跶,然后冲进了树后一丛乱糟糟的蕨类植物中。我没有看到松鼠,但是听到了**绕圈的傻狗**,然后是麦奇大叫"松鼠!"再然后是**绕圈儿啊,绕啊**⋯⋯接着声音消失了一小会儿。

麦奇跳了出来,嘴里叼着一只耷拉着的光毛松鼠。这只松鼠比我们在沼泽见到的那些更大,皮毛的颜色也更深。扑通一声,它把松鼠放在我面前的地上,软塌塌、血糊糊的一坨。我已经没胃口了。

"吃的!"它叫道。

"我不用,你吃吧。"我把目光移到别处,不去看那乱糟糟的一坨肉。

我比平时出的汗多,便喝了好些水,喝完了,麦奇也吃完它的饭了。有群几乎看不见的小飞虫正绕着我们飞,我只好不断地挥舞手臂,将它们驱散。我又咳嗽起来,强忍着背上和头上的疼痛,等麦奇准备好继续出发,我晃了晃身子,但还是上路了。

别停下脚步,陶德·休伊特,别停下。

我不敢睡觉。阿隆很可能不会睡觉,所以我也不能睡。我们走在路上,有时我还没留意,云彩就从我身边飘了过去,月亮升起,星星眨着眼窥视大地。我来到一座矮山的山脚下,提心吊胆地从一群长角的动物中穿过,它们长得像鹿,但是犄角和我在普伦提斯镇见过的鹿完全不同。它们在树林中飞快地穿行,很快就把我和叫唤不停的麦奇抛在了后头,几乎没给我反应的时间。

走啊走啊,转眼到了午夜。(还有24天?还是23天?)我们已经走了一整天,却没有听到一丁点儿声流的动静,也没有看到其他聚居区,就连偶尔靠近河流或小路时都没有听到或看到什么。就在我们登顶另一座郁郁葱葱的小山时,月亮恰好照在我们的头上,我终于听见了声流,像碰撞声一样清晰。

我们停下脚步。尽管现在是夜里,但我们还是蹲了下去。

我们从山顶望出去,月亮高高挂在天上,我能看到路对面山坡上的两片空地分别有两间棚屋。其中一间传出睡觉的人的声流:**朱莉娅? 骑着马, 告诉他不是这样的, 河的上游, 过了上午**,还有很多不知所谓的只言片语,梦中人的声流最奇怪了。另一间棚屋里是一片安静,女人那令人疼痛的安静,隔着这么远我都能感觉到,这两间棚屋里,一间住着男人,另一间住着女人,这倒是个解决同行男女睡觉问题的好办法。女人所住那侧棚屋的安静让我想起了薇奥拉,我不由得有些站不稳,扶着树桩子待了一会儿才恢复平衡。

不过哪儿有人,哪儿就有吃的。

"如果我们离开这条小道,你还能找得回来吗?"我轻声问我的狗,同时压抑住一阵咳嗽。

"能。"麦奇认真地回答。

"你确定吗?"

"陶德闻,"麦奇说,"麦奇闻。"

"那过去的时候就保持安静。"我们开始往山下走,尽可能轻巧地穿过树丛与灌木,来到山谷的底部,棚屋就位于我们斜上方的山坡。

我听到自己的声流向外扩散,热烘烘、臭乎乎,就像我身上不断冒出的汗液。我想让自己的声流像塔姆的一样,声音小,灰扑扑的,没有什么起伏。在控制声流方面,塔姆比普伦提斯镇的任何人都要在行——

真是个自报家门的好时候。

普伦提斯镇? 我几乎立刻听到男人住的棚屋里传出了这样一句话。

我们顿时僵住了。我的肩膀突然垂了下来。这还是睡梦中的声流。我认真听着,熟睡中的男人们在声流中反复念叨这个词,就好像空谷回声。**普伦提斯镇? 普伦提斯镇? 普伦提斯镇?** 一句接着一句,就好像他们不知道这个词是什么意思一样。

等他们醒了就知道了。

蠢蛋。

"我们走吧。"我说着,转身朝来时的路小步跑去,回到我们原本走的那条小道上。

"吃的?"麦奇叫道。

"别想了。"

于是,我还是没搞到吃的东西,就饿着肚子在夜色中继续赶路了。

走快点儿,陶德。快他妈的加快脚步。

赶路,继续赶路。上山,我抓着植物奋力向上攀爬;下山,我时不时抓着石头保持平衡。我们不走那些易走的路——就像之前的小路或平坦的河畔,极力避免留下容易被人发现的痕迹。我咳嗽不断,跌跌撞撞地走着;太阳渐渐升起来了,我的腿突然开始抽筋儿,我实在是,实在是没法继续走了,不得不坐下来。

真的是不得不坐下来。

(对不起。)

我的后背疼,脑袋也疼。我出了好些汗,身上臭得要命,肚子饿得要命,又不得不坐下,坐在一棵树下。我不得不歇一会儿,没法子,对不起,真的对不起,对不起。

"陶德?"麦奇咕哝了一声,凑过来。

"我没事。"

"热,陶德。"它说,指的是我。

我咳嗽了一声,肺部像滚落山坡的石头一样抖起来。

起来,陶德·休伊特,把你该死的屁股从地上抬起来,继续赶路。

我忍不住走神了。我努力想着薇奥拉,但是我的思绪回到了我小的时候,我病得厉害,躺在床上,本陪在我身边;高烧让我产生了幻觉,看到了可怕的景象,闪闪发光的墙壁,还有不该出现的人。本嘴里突然冒出獠牙,多长出好几条胳膊,总之有各种可怕的变化,我尖叫着想要逃跑。但本在那儿陪着我,给我唱歌,还递给我一杯凉水,并拿出几片药……

药。

本把药递给我。

我回过神来。

我抬起头,开始在薇奥拉的包里翻找,再次将她的医药包拿出来。包里放着各种各样的药片,太多了。每包药都附有说明,但是我不认识字,万一拿出来的是能让麦奇昏睡过去的镇静剂就坏了。我打开自己的医药包,里面的东西没她的多,但是我看到一种白色的药片,我知道那种药可以止痛,不过貌似不太靠谱,因为是家里自制的。我拿起两颗放进嘴里嚼了嚼,然后又吃了两颗。

站起来,你这个没用的垃圾。

我坐着喘了会儿气,努力和自己的困意作斗争,等着药起效果。太阳渐渐爬上了山,我感觉好些了。

我也不知道自己能不能继续走下去,但我没有别的选择。

站起来,陶德·休伊特,快他妈的站起来继续赶路!

"好。"我喘着粗气说,然后揉了揉双膝,"哪边走,麦奇?"

我们继续赶路了。

我们和之前一样,追随他们的气味前进,不走大路,远离房屋之类的建筑,但是始终朝着港湾市的方向前进。只有阿隆知道为什么这么走。快到中午的时候,我们看到了一条汇入河流的小溪。尽管溪流窄小,我还是观察了一下,确认没有鳄鱼之后才去灌水。麦奇走进溪中饮水,不时还想咬住从它身边游过去的黄铜色的鱼儿,却始终没有成功。

我跪坐在溪畔,洗去脸上的汗水。溪水冰凉得像一记耳光,让我清醒了一些。我真希望知道自己到底有没有快追上他们,知道他们离我还有多远。

我希望他从未找到过我们。

我希望他一开始就没发现薇奥拉。

我希望本和基里安没对我说谎。

我希望本现在就在我身边。

我希望我能回到普伦提斯镇。

我坐在自己脚后跟上抬头看太阳。

不,不,不是的,我不希望回到普伦提斯镇。再也不希望了,再也不了。

如果阿隆没有发现她,那么我可能也不会发现她,这样看来,那也并不是件好事。

"走吧,麦奇。"我说着,扭身捡起包。

这时,我突然看到一只乌龟,它正趴在石头上晒太阳。

我愣住了。

我从未见过这类乌龟,它的壳轮廓分明,布满了纹路,还长着一些尖角,两侧各有一条深红色的条纹。这乌龟将它的壳彻底敞开,想必是在尽可能多地吸收热量,柔软的背部完全暴露在外。

看起来这龟可以拿来吃。

龟的声流中只有拉长的"啊——"声,像是在阳光下吐气。它似乎对我们的存在毫不在意,可能它认为自己可以在被人抓住之前就把龟壳合上,潜入水底,而且就算我们抓住了它,我们也没法子把壳打开吃掉它。

但有猎刀就不一样了……

"乌龟!"麦奇盯着它大叫。不过它不敢贸然凑上去,因为我们了解的沼泽乌龟很凶,完全可以追着狗咬。更何况那只龟只是趴在那儿晒太阳,并没有把我们当回事。

我伸手去身后拿猎刀,还差一点拿到的时候,我感觉肩胛骨扭得生疼。

我停下动作,咽了口口水。

(斯帕克人。疼痛。垂死挣扎。)

我瞟了一眼溪流,看到了我的水中倒影,头发跟鸟窝一样,脑袋一半都缠着创可贴,比老母羊还脏。

我继续去够身后的猎刀。

(红色的血。恐惧。恐惧。无尽的恐惧。)

我再次停下手上的动作。

我把手放下。

我站起来说:"走吧,麦奇。"麦奇又冲乌龟叫了几声,但我不再看那只乌龟,也不再听它的声流,一步步地跨过小溪,继续赶路,赶路,还是赶路。

看来我是不能靠打猎让自己吃饱了。

我也不能靠近聚居区。

这样的话,如果我无法很快找到薇奥拉和阿隆,我要么就会被剧烈的咳嗽害死,要么就会饿死。

"真不错。"我自言自语,现在除了尽快赶路没什么其他好做的了。

不够快,陶德,步子再快点,你这个磨磨蹭蹭的家伙。

上午过去了，转眼已是中午，中午也很快过去，紧接着是下午。我又吃了几颗药，依然和麦奇马不停蹄地赶路，没有吃东西，也没有再休息，只是一心向前，向前，再向前。前方的小径再次把我们引向下坡，这是件好事，说明阿隆的气味距离大路越来越近。但是，我感觉身体十分虚弱，就算偶尔听到远方传来的声流，也不愿抬头去看。

那不是阿隆的声流，我也没有感觉到她的安静，所以有什么必要抬头呢？

下午也过去了，又一个夜晚到来。我们正在走一段下坡路，因为太陡峭，我摔倒了。

脚下不断打滑，我无法快速站稳，一路溜坡，栽进灌木丛中，但下滑的速度还在加快。我觉得后背像是被撕裂了一样，慌忙伸手想抓到点儿什么，好不让自己继续滑下去；可我的动作太慢，什么都来不及抓住。就这样，我在树叶和野草覆盖的陡坡上跌跌撞撞地下滑，碰到一块土堆，然后整个人被惯性带到空中，转瞬又摔下来，肩膀着地，疼痛传遍全身，我忍不住大叫一声，可还是没能停止下滑。最后我砰的一声压在一片荆棘丛上，停住了，因为这已是山脚了。

"陶德！陶德！陶德！"我听见身后的麦奇大叫。此时，我只能强忍着痛苦和疲倦，强忍着咳嗽的冲动以及胃里折磨人的饥饿感，尽量忽略浑身上下荆棘造成的划伤。我想，要是还有精力的话，我一定会当场哭出来。

"陶德？"麦奇围着我大叫，想冲进荆棘丛。

"等我一下。"我说着，稍稍撑起身子，随即向前一倾，整张脸都埋在了荆棘中。

站起来，我想，给我站起来，你这个没用的家伙，站起来！

"饿，陶德。"麦奇说，它是说我饿了，"吃，吃，陶德。"

我双手撑地，一边努力站起来，一边咳嗽，咳出一口黏痰。虽然没站起来，但我起码现在是跪着，不是倒着。

"吃的，陶德。"

"我知道，"我说，"我知道。"

我头晕目眩，不得不用脑门抵着地面。"等我缓缓，"我贴着地面上的树叶轻声说，"一会儿就好。"

然后我就昏了过去。

我不知道自己昏迷了多长时间。醒来的时候，我发现麦奇在狂叫。"有人！"它叫道，"有人来了！陶德，陶德，陶德！有人！"

我睁开眼睛。"什么人？"我说。

"这边。"它叫道，"人。吃的。陶德，吃的！"

我浅浅地吸了口气，马上又咳嗽起来，感觉自己的身体有9000万磅重。我翻了个身，离开荆棘丛，抬头去看。

原来我正躺在路边的沟里。

我看到左侧的路上都是车，有马车，也有牛车，长长的一串，一直排到路尽头的转角。

"救命。"我说，可我只能大口地吸气，发不出一丝声音。

站起来。

"救命。"我再次大喊，但是只有我自己能听见。

站起来。

完了。我再也站不起来，再也动弹不得。一切都完了。

站起来。

但是不可能了。

最后一辆车消失在路尽头的转弯处。完了。

……放弃吧。

我垂下头,将头深深埋在路边的石子地里。我哆嗦了一下,侧过身子,蜷起双腿,让膝盖挨着胸口。我闭起眼睛,心想,自己失败了,彻底失败了,就让黑暗吞没我吧——

"本,是你吗?"

我睁开眼。

是威尔夫。

树根的气味

"本,里还好吗?"他边问边伸出一只手,撑在我的胳肢窝下面,想把我搀起来,即便如此,我要站起来还是很困难,连头都不怎么抬得动。看到此景,他又伸出另一只手,撑住我另一边的胳肢窝。还是不管用。他索性猛地发力,将我抱起扛在肩上,往他的牛车走去。我只能趴在他背后,盯着他的两条腿看。

"是谁啊,威尔夫?"一个女人的声音响起。

"是本。"威尔夫说,"看着情况不妙。"

接下来,他让我平躺在牛车上。车上还有成堆的包裹和箱子,外面盖着带羽毛的皮,家具和篮子全都乱七八糟地挤在一起,一副一不小心就要从车上掉下去的样子。

"太晚了。"我说,"完了。"

女人走下车座,来到车后,跳上来俯身看着我。她身形健硕,穿着件破旧的裙子,头发细软,眼角已经爬上了皱纹。她说话很快,有点像老鼠叫。"什么完了,小伙子?"

"找不回来了。"我感觉下巴开始颤抖,喉头哽咽,"我把她弄丢了。"

这时我感到一只冰凉的手贴上了我的脑门,真舒服,我不由得顶了顶,让手贴得更紧。但她很快把手拿开了。"发烧了。"她对威尔夫说。

"是啊。"威尔夫说。

"得用泥敷。"女人说。我似乎看见她往土沟走去,可这说不通啊。

"希尔迪呢,本?"威尔夫说。他想和我对上眼神,但我眼泪汪汪的,连他整个人都看不清。

"她不叫希尔迪。"我说。

"窝知道。"威尔夫说,"可是里就是这么叫她的。"

"我找不到她了。"我依然眼泪汪汪的。我再次垂下头,感觉到威尔夫伸出手搭在我肩头,捏了捏。

"陶德?"我听见麦奇犹疑地叫了一声,它在道路旁边不远处。

"我也不叫本。"我对威尔夫说,但还是没有抬头看他。

"窝知道。"威尔夫又这么说,"但是窝们就这么叫里吧。"

我抬眼看他,他面无表情,声流也一片空白,和我记忆中的一样,但是我知道一个永恒的真理——了解一个男人的心理也不见得就了解他这个人。

威尔夫没再说话,回到了牛车的前排座位。这时,那个女人回来了,手上捧着一块特别难闻的破布,散发着树根、泥巴和丑陋的药草混合起来的恶臭。但是我太累了,无力拒绝,只得任由她将那东西敷在我脑门上,就盖在还裹着我半拉脑袋的绷带上。

"这应该能帮里退烧。"她说,然后跳上车来。威尔夫突然拽了一下缰绳,命令拉车的牛往前走,我和那个女人也随之往前倾了倾身子。女人睁着大大的眼睛,认真地看着我,仿佛在询问我有什么逗趣的新鲜事儿。"里也是在逃跑,想甩掉军队?"

她守在我身旁,那种安静让我想起了薇奥拉,我差点忍不住靠在她身上。"差不多。"我说。

"之前是里告诉威尔夫的,是吗?"她说,"里和一个女孩跟威尔夫说了军队的事,让他告诉大家逃跑,是吗?"

我抬头看着她,棕褐色植物根须的臭水顺着我的脸流下来。我回头看看威尔夫,他坐在前座上赶车。他发觉我正在看他,说道:"他们听威尔夫的话啦。"

我抬起头,目光越过他的身影,投向前方的道路。我们绕过一个弯,然后我不仅再次听到右侧传来河水流淌的声音——既像老朋友,又像夙敌,还看见了前面的路上一直排到转弯处的车——和威尔夫的车一样,装得满满当当,各种各样的人都挤在车上,抓着任何能抓住的东西,生怕被车甩下去。

这是个车队。威尔夫排在长长队伍的最末。透过这敷在我脑门上的东西的恶臭,我发觉队伍里有男有女,甚至还有孩子,他们的声流和安静都浮在空中,像是一团巨大而嘈杂的云雾。

我听到最多的是**军队**。**军队**,**军队**,**还是军队**。

还有**受诅咒的小镇**。

"布洛克里瀑布?"我问。

"还有维斯塔港。"女人快速地点点头,说道。

"还有其他乡镇。流言传遍了河流沿岸的所有地方。被诅咒的小镇里的人来了,而且他们的队伍一路上越来越壮大,不断有男人拿起武器,加入他们。"

越来越壮大,我想。

"比一开始多了几千人,他们说。"女人告诉我。

威尔夫发出一声哂笑:"从这儿到被诅咒的小镇之间才没有一千人呢。"

女人撇撇嘴:"窝不过是从别人那儿听说的罢了。"

我回头看看我们后面空无一人的路,麦奇气喘吁吁地跟在牛车后面不远处。我想起了伊万——法布兰奇的谷仓里的那个男人,他告诉我:同一段历史在每个人眼里都可能是不一样的。我逃离的那个小镇有盟友,也许没有几千人,但是人数可能还在增长。那支队伍一路前进,一路壮大,这样一来,还有什么人能阻挡他们呢?

"窝们去港湾市。"女人说,"他们会招待窝们。"

"港湾市。"我跟着念叨了一句。

"据说他们可以治声流病。"女人说,"真是件好事。"她大笑着继续说,"不过现在只是听说,还没看见。"她拍了下大腿。

"他们那儿有斯帕克人吗?"我问。

女人惊讶地扭头看我。"斯帕克人不会靠近咱们人类。"她说,"起码之后都不会了,窝是说战争之后。他们都和自己人待在一起,窝们人类也一样,只有这样才能相安无事。"她这后半句应该是从别的地方照搬来的,"反正他们也没剩几个。"

"我得走了,"我努力想把自己撑起来,"我要去找她。"

结果我失去了平衡,翻下了车。女人连忙喊威尔夫停车,他俩合力将我抬上车。女人把麦奇也抱上了车。她把几个箱子挪到一边,让我躺下。然后威尔夫继续赶车。这次他打在牛身上的鞭子更用力了,我能感觉到我们前进的速度快了许多,至少比我步行快。

"吃吧。"女人说着把几块面包递到我面前,"吃点东西才能赶路。"

我接过面包,咬了一口,然后就狼吞虎咽地吃起来,因为太饿,我都忘了分一点给麦奇。女人又拿出来几块面包,分给我俩,瞪大了眼睛看着我夸张的吃法。

"谢谢。"我说。

"窝叫简。"她说。她依然大睁着眼睛,就好像忍不住要说些什么,"里见过那支军队吗?"她问,"亲眼见过吗?"

"见过,"我说,"在法布兰奇。"

她倒吸一口凉气:"这么说是真的。"这不是问句,而是在陈述。

"早就告诉过里是真的。"前面的威尔夫突然插了一句。

"窝听说他们把对手的头砍下来,然后把眼睛挖下来煮。"简说。

"简!"威尔夫发火了。

"窝就是说说。"

"反正他们是在杀人。"我压低声音说,"你知道这一点就够了。"简的眼睛骨碌碌地转着,仔细观察我的表情和声流。但是过了一会儿,她只是微笑着说了一句:"威尔夫跟窝提过里俩。"我不明白她微笑是什么意思。

脑门上的破布流下来一滴水,滑进我的口中。我咳了一声,吐出来,然后发出一连串的咳嗽。"这是什么?"我把手按在破布上问，被臭味熏得直眨眼。

"泥敷。"简说,"专治发烧和寒热病。"

"好臭。"

"臭药刺鼻治恶疾。"她说，好像这话谁都知道，就我不知道一样。

"恶疾？"我说,"发烧才不是什么恶疾，只是发烧而已。"

"是啊，这种泥敷就是对付发烧的。"

我盯着她看，她也毫不躲闪地盯着我，眼睛睁得大大的，越来越让我感觉不舒服。阿隆把人摁倒在地、用他的拳头布道，又用布道把人拉入永远爬不上去的黑洞的时候，也是这副模样。

疯子才会有这副表情，我意识到。

我赶紧注意掩饰自己的声流，但是她好像并没有听见我在想什么。

"我得走了，"我再次说,"谢谢你们这么善良，给我吃的，给我泥敷。可我还是得走。"

"里不能进这片林子里去。"她说，依然眼睛一眨都不眨地盯着我,"林子危险，危险。"

"怎么危险了？"面对她的目光，我往回缩了缩。

"那里面有聚居区，"她说，眼睛睁得更大了，但这次脸上有了笑容，就好像等不及跟我说这些似的,"特别疯狂。声流会让他们神经错乱。窝听说那边人人都戴着面具，所以没人能看见他们的面孔。

"还有个地方，那儿的人什么都不做，就知道成天唱歌，疯疯癫癫的。另一个聚居区每家每户的墙都是玻璃做的，谁都不穿衣服，因为谁都有声流，没有秘密可言，不是吗？"

她现在和我靠得很近。我能闻到她嘴里呼出的气息，比破布的味儿还糟糕，也能感觉到这些话背后的那份安静。怎么会这样？安静怎么也会如此喧闹？

"有声流的人也可以保守自己的秘密。"我说，"人们总会有各种各样的秘密。"

"别打扰那男孩儿休息了。"前面座位上的威尔夫说。

简的表情松弛下来。"抱歉。"她有点不乐意就此打住。

我把身子支起来一点，感觉肚子里的面包还是挺管用的，或许也有那块臭烘烘的破布的功劳。

我们离前面的车队靠得更近了，近到我能看见几个人的后脑勺，男人们起起伏伏的声流听得更清楚了，女人们的安静则夹杂其间，就像溪流中的石子儿。

时不时他们中就会有人——通常是男人——回头瞥我们一眼。我感觉他们是在打量我，想看看我是什么情况。

"我得去找她。"我说。

"里那个女孩儿？"简问。

"是。"我说，"谢谢你，但我得走了。"

"可是里还发着烧！树林里还有好几个危险的聚居区！"

"看我运气怎么样吧。"我把那块破布拿掉，"走吧，麦奇。"

"里不能走。"简说，她眼睛睁得更大了，满脸担心，"那支军队……"

"军队我会小心。"我使劲一撑，坐起来，准备从车上往下跳。我行动起来还是有些打晃，于是我又停下来，喘了几口气。

"可是他们会抓到里！"简说，她突然抬高了声音，"你是普伦提斯镇的……"

我抬头凌厉地扫了她一眼。

简捂住了嘴巴。

"老婆！"威尔夫大喊，从车前面的座位上转过头来。

"窝不是故意的。"她轻声对我说。

但是太晚了，这句话已经说了出来，它跳跃着向车队尽头传去。这感觉很熟悉，不只是这句话我熟悉，还有这句话给我带来的关注——现在人人都知道我了，或者说他们都自以为了解我的情况了，就连车队尽头的那辆车上都有人回头向我这边张望，人们让拉车的牛马陆续停下，好转身仔细看看我们。

道路上的一张张面孔向我们转来，一波波声流向我们涌来。

"威尔夫，里车上载的是谁？"前面一辆车上的男人问。

"一个发烧的小子。"威尔夫大声回话，"病得很重，他自己都不知道自己在说什么。"

"里确定吗？"

"确定。"威尔夫说，"就是病人在说胡话而已。"

"让他从车上下来，窝们瞧瞧。"一个女人的声音传来。

"他要是个探子怎么办？"另一个女人说，声音很尖，"他要是把军队带过来怎么办？"

"窝们可不想这里有探子！"另一个男人大喊。

"他叫本，"威尔夫说，"从法布兰奇来。被诅咒的小镇来的那支军队杀害了他亲爱的乡亲。窝给他担保。"

有那么一会儿，没人再喊话了，可是人们的声流依然在空气中嗡嗡地回荡着，仿佛一群狂蜂。大家依然盯着我们。我想让自己看起来更像发烧的病人，开始回忆法布兰奇被军队入侵的场景。这并不难，但我心里很不好受。

又过了好一会儿。没人说话，但沉默的他们和正在尖叫的人群没有区别。

然后这种凝固的状态结束了。

拉车的牛和马缓慢地动了起来，开始继续往前走，和我们拉开距离。还是有人回头看我，但是至少离我越来越远了。威尔夫弹了一下缰绳，他的牛也迈开步子跟了上去，只不过走得比其他车慢，有意和前面的车保持距离。

"窝很抱歉。"简屏住呼吸，又说了一遍，"威尔夫告诉过窝不要透露这个。他告诉过窝，可是……"

"没关系。"我说。我只想赶快让她住嘴。

"窝真的非常抱歉。"

我们突然往前倾了一下——威尔夫把车停下了。他等着车队往前走了一大截之后才从座位上跳下，绕到后面来。

"没人听威尔夫的。"他说，脸上还挂着一丝微笑，"但是人们一旦听了他的话，就会相信。"

"我得走了。"我说。

"好吧。"他说，"和窝们继续走不安全。"

"窝很抱歉。"简不断重复着这句话。

我跳下车，麦奇也跟着我跳下来。威尔夫伸手拿过来薇奥拉的包，将它打开。然后他看了一眼简，简立即明白了他的意思，揽了一堆水果和面包，把它们通通放进包里，然后又塞了一堆肉干进去。

"谢谢。"我说。

"希望里能找到她。"我把包盖上的时候,威尔夫说道。

"我也希望如此。"

威尔夫点点头,转身上车,挥动缰绳,让牛继续往前走。

"保重。"简的声音传来,从来没见过有谁压低声音说话还能这么大声,"小心疯疯癫癫的人。"

我在原地站了一会儿,目送他们远去。我还在咳嗽,还在发烧,也许是因为泥敷上树根的气味,也许是因为终于饱餐了一顿,我感觉好多了。我希望麦奇可以重新找到正确的方向,同时也在想,要是我真跟着他们去港湾市,不知会受到怎样的"欢迎"。

无处不在的阿隆

过了一小会儿,让人极度担心的一小会儿,麦奇终于再次找到了他们的气味。可它刚带着我走进树林就叫起来:"不对,这边走。"它又带着我出了树林。

麦奇真棒,太他妈棒了,夸它多少遍都不够。

现在已经是晚上了,我汗流浃背地赶路,还咳个不停,要是有咳嗽比赛我都能当冠军了。我的脚磨出了水泡,脑袋还因为发烧晕乎乎的,声流更是乱哄哄的,但是我好歹填饱了肚子,包里也装满了食物,够我吃上好多天了。前面还有好多事等着我们干呢。

"麦奇,你能闻见她的气味吗?"我们左摇右晃地踩着一截圆木跨过溪流时,我问它,"她还活着?"

"闻闻薇奥拉,"它跳到另一边叫道,"薇奥拉害怕。"

听了这话,我加快了步伐。又是一个午夜,(22天还是21天?)我的手电筒没电了。于是,我取出薇奥拉的手电筒,这是我们仅剩的物品了。前面还有更多的山要爬,坡度也更加陡峭,何况夜间行路登山更难，下山更险。可我们还是不停地赶路，麦奇也不停地嗅着。一路上，我们磕磕绊绊，时不时吃几口威尔夫给的肉干，我则不停地咳嗽。我们都尽量缩短休息时间，常常只是靠着树干歇一会儿。太阳渐渐爬上山，就好像我们逐渐走进日出。

此时，万丈金光笼罩着我们，眼前的世界开始闪闪发亮。

我停下来，为了在陡峭的山坡上保持平衡，我抓住了一株蕨类植物。有那么一秒钟，我感到十分眩晕，赶紧闭上眼睛。但是没什么用，因为闭上眼我还是会看到各种各样的色块和斯帕克人。山坡上吹下的微风中，我的身体仿佛一团果冻，开始不能自已地抖动。一阵风过去，又一阵风刮来，眼前的世界始终保持着一种诡异的明亮，就好像我从梦中醒来一样。

"陶德？"麦奇忧心忡忡地叫我，显然是看到了我声流中出现的情形。

"发烧。"我咳嗽着说，"我不该把那块臭烘烘的破布扔掉。"

现在没什么退烧药了。

我从医疗包里取出最后一点止疼药。没办法，我们得继续赶路。

我们来到一座小山的山顶，一座座小山、河流和道路都在我们脚下铺开，像是一张被什么人抖动的盖毯，高高低低，起伏不定。我眨眨眼，等这幻觉消失，才再次迈步向前，麦奇在我脚边呜呜直叫。我弯腰去够它，想给它挠痒痒，但差点绊了个跟头。于是，我只好集中注意力走路，避免摔跤。

我又想到了背后的猎刀，想到它插进我身体中时沾上的血，想到我和斯帕克人的血混到了一起。也不知道阿隆捅伤我之后，斯帕克人的血进入我的体内会发生什么。

"也不知道他对那件事是否知情。"下山的时候,我对麦奇说,也对我自己说。或许我没有在跟任何人说话。我靠在一棵树上,好让眼前的世界不再旋转,"不知道他是不是想让我慢慢地痛苦死去。"

"我当然是这么想的。"阿隆从树后探出身子,说道。

我大叫一声,急退几步,在身前挥舞着胳膊,想把他打到一边去。结果我一屁股坐在了地上,然后又爬起来,头都不抬就要往远处跑……

这时,他又突然不见了。

麦奇仰着头问我:"陶德?"

"阿隆。"我说,心怦怦直跳,呼吸急促,咳嗽一声比一声沉重。

麦奇转着圈闻了闻空中,闻了闻地上。"这边。"它叫着从一棵树下跑到另一棵树下。

我环顾四周,咳嗽了两声。眼中的世界此时已是斑斑点点、歪歪扭扭,不成形状了。

可是我没发现阿隆的踪迹,只有我自己的声流,也没有薇奥拉的安静。我又闭上眼睛。

我是陶德·休伊特。我强忍着眩晕,心中默念,我是陶德·休伊特。

我紧闭双眼,摸索着拿出水瓶喝了一口,又从威尔夫给的面包上撕下一块来,嚼了几口就咽进肚里。做完这一切,我才再次睁开眼。

什么都没有。

只有树林和另一座要爬的小山，还有耀眼的阳光。

就这样，一上午过去了，我们来到一座小山的山脚，这里也有一条小溪。我将水瓶装满，用双手捧起清凉的溪水喝了几口。

我感觉很糟糕，这不是幻觉，因为我的皮肤痒得要命，我有时候会哆嗦，有时候直冒汗，有时脑袋甚至沉得像有100万磅重。我俯身贴近水面，用清凉的溪水给自己洗了把脸。

我坐起来的时候，竟然在水中看到了阿隆的倒影。

"杀人犯。"他说，那张被撕烂的脸上浮现出一丝笑容。

我往后跳了一步，手忙脚乱地找我的猎刀（疼痛感再次击穿了我的肩膀），当我抬头看时，他已经不在了，麦奇也毫无反应，还在溪中捉鱼。

"我会找到你的。"我对着空气说，然而空气开始急速流动，形成了一阵旋风。

麦奇将脑袋从水下抽出来："陶德？"

"如果我死之前只能做一件事，那就是找到你。"

杀人犯。我又听见了这句话，那是随风而来的一句低语。

我僵住了片刻，呼吸沉重，依然咳个不停，但我始终大睁着眼睛。我回到小溪边，将更多凉水拍在脸上，折腾得胸口直疼。

然后我才站起身，和麦奇继续赶路。

凉水让我清醒了一会儿，我们趁这一会儿又翻过了几座小山。然后就到了正午，天空中的阳光不那么刺眼了。但我又开始感到眩晕了，只好停下来吃点东西。

杀人犯。我听见我们周围的灌木丛里冒出来那个声音，后来那声音又从另一片森林中冒了出来。**杀人犯**。声音又换了个位置。**杀人犯**。

我没有抬头,继续吃东西。

不过是斯帕克人的血在我体内作祟而已,我对自己说。只不过是发烧头晕而已,没有别的可能。

"真是这样?"阿隆的声音从空地对面传来,"如果这就是真相,那你干吗还对我的声音穷追不舍?"

他穿着礼拜日的那身袍子,脸上的伤已经痊愈了,和以前在普伦提斯镇时一样,双手交握,放在身前,就像他正准备领着大家祈祷一样。他在阳光中散发着光芒,微笑着俯视我。

这微笑我记得太清楚了。

"小陶德,声流把我们捆绑在一起。"他说,声音湿黏滑腻,闪着森然寒光,就像一条蛇爬进我的耳朵,"一人沉沦,万人俱灭。"

"你是幻觉。"我咬牙切齿地说。

"幻觉,陶德。"麦奇也叫。

"真的吗?"阿隆说完又消失在阳光中。

我知道这个阿隆不是真实存在的,但是我并不在意这点,我的心像在冲刺一样咚咚跳着。我很难喘上气来,最后花了好长时间才站起来,继续下午的路程。

那些吃的很有用。上帝保佑威尔夫和他那个疯疯癫癫的老婆。可是有时候我们磕磕绊绊的,速度根本提不上去。阿隆又出现在我的视野中,而且越来越频繁,他不是躲在树后,就是靠在石头上、站在树桩上,但是我只能转过头,继续磕磕绊绊地往前走。

然后，在一个山顶上，我又看到了下面过河的路。眼前景物翻滚着，让我越发想吐，但是我的的确确看到下面有座桥，过了桥就是河对岸。所以说，现在没有什么东西将我和河水阻隔开来了。

我想到了在法布兰奇的时候我们没选的那条岔路，也不知道这片荒野中还能否找到那条路。我望向左边的山下，视野所及都是森林，还有一座座小山——它们在我眼中起伏不定，完全没有山的样子。我只得又闭了一会儿眼。

我们找路下了山，速度特别慢，特别慢。气味领着我们来到了大路上，然后又往桥的方向折去。那是一座在高空中摇摇晃晃、围着铁栏杆的桥。道路与桥的衔接处积了一塘水，里面都是小水坑和淤泥。

"麦奇，他们过桥了吗？"我把双手放在膝盖上，调整呼吸，咳嗽了几声。

麦奇像个小疯子似的贴着地面东闻西闻，一会儿在路那边，一会儿又绕回来，走到桥上，又回到我面前。"威尔夫的味儿，"它叫道，"车的味儿。"

"我能看到他们的车辙印。"我一边搓着脸一边说，"薇奥拉的味儿呢？"

"薇奥拉！"麦奇大叫，"这边。"

它离开路面，但没有过河。麦奇循着气味儿继续走。我气喘吁吁地夸它："真棒，你太棒了！"

我跟着它穿过树枝和灌木，右边的河流离我越来越近，是这几天里离我最近的一次。

我向右迈了一步，走进一片聚居区。

我站直身子，惊讶地咳嗽起来。

这里已经是一片废墟了。

这儿有八到十座建筑物，都化为了焦炭和灰烬，一丝声流的动静都没有。

我有一瞬间以为这里曾是军队的营地，紧接着我就看见了被烧毁的房屋、攀爬在外墙上的植物、周围没有冒烟的篝火。风儿穿过这片土地，没有掀起一丝人气，仿佛这里是死亡之境。我环顾四周，河上还有几处破旧的船坞；就在桥下，一条孤零零的旧船随着流水晃悠，还有几条半沉的船堆靠在河岸边；沿着河岸望去，那儿有一堆被烧焦的木头，看样子它原来是一座磨坊。

这些木头早就冷却，很久以前火就烧尽了。原来新世界里还有地方没被分割成一块块农田。

我转过身，发现阿隆站在空地中央。

他的脸又变成了被鳄鱼撕裂后的样子，半边脸耷拉下来，舌头从他一边腮帮子的缝隙中探出来。

可他还在微笑。

"加入我们吧，小陶德。"他说，"教堂永远为你敞开。"

"我要杀了你。"我说。风把我的声音卷走了，但是我知道他听到了，因为我也听到了他说的每一个字。

"你才不会呢。"他边说边向我靠近，握紧了双拳，"因为我敢说你不是杀人的料，陶德·休伊特。"

"那你就试试看。"我说话的声音变得古怪而刺耳。

他又笑了，牙齿从一侧的脸颊凸了出来。他就在我面前的一片光晕中。他伸手将袍子拉开，露出胸膛。

"眼下就是机会，陶德·休伊特，来领受你的那份智慧吧。"他的声音根植于我的脑海中，"杀了我。"

风吹得我一哆嗦，我这才感觉天气闷热，自己已大汗淋漓。与此同时，我的呼吸急促起来，头疼欲裂，就连肚子里的吃食都帮不上忙了。只要我快速看向什么地方，那个地方的景物就会快速滑向两边。

我咬紧牙关。

我疑心自己要死了。

但是我死之前，一定要先把他杀死。

我不顾背后的疼痛，伸手从刀鞘中抽出猎刀，把它拿在身前。尽管我站在阴影中，上面的鲜血还是反射出阳光，一闪一闪的。

阿隆笑得更加灿烂了，嘴咧得比脸都宽，他挺起胸膛，迎着我靠过来。

我举起猎刀。

"陶德？"麦奇叫道，"猎刀，陶德？"

"来吧，陶德。"阿隆说。我发誓我能闻到他身上那股潮气。"可以的话，抛下无辜，走进罪孽吧。"

"我杀过人。"我说，"我已经做过这种事了。"

"杀死一个斯帕克人不叫杀人。"他开始嘲讽我的愚蠢，"斯帕克人是上帝派来考验我们的魔鬼。杀死他们就像杀死一只乌龟。"然后，他瞪圆了眼睛，"可惜你现在就连斯帕克人都不敢杀了，是吧？"

我握紧刀把，大喝一声，眼前世界开始翻滚。

但是猎刀没有掉落。

阿隆的脸上发出水泡碎裂的声音，同时喷出黏糊糊的污血。我意识到他大笑起来。

"她要死得等上很长时间，很长很长时间。"他轻声说。

我痛苦地喊出声来——

然后我把猎刀举得更高了——

我对准了他的心——

他还在笑——

我将猎刀用力插下去——

猎刀正中薇奥拉的胸膛。

"不！"我大喊，但一切已经晚了。

她看看插在胸口的猎刀，又抬头看看我，满脸都是痛苦，困惑的声流从她身上迸射出来，就像那个斯帕克人，我……

（我曾杀死的那个斯帕克人。）

她看着我，泪水在眼眶中打转。她张开嘴，说道："杀人犯。"

就在我伸手去扶她的时候，她消失在一片光芒中。

猎刀上面则一滴血都没有，干干净净地待在我手心里。

我跪倒在地，身子前倾，最后干脆躺倒在这片几乎化为灰烬的聚居区里，气喘吁吁，咳嗽连连，不住地哭泣和呜咽；我身旁的事物都化成一摊污水，我甚至都感觉不到有什么是固体的了。

我杀不了他。

我想杀他，非常想，但我就是不能。

因为我不是那样的人，而且那样做会失去她。

我不能，我不能，我不能，我不能——

我屈服在那片光芒之下，也消失在其中。

是麦奇，我的老朋友，我那经过考验的真正的朋友，舔了几下我的脸，才把我叫醒。它呜呜直叫，声流中传来焦灼的低语。

"阿隆。"它压低声音，紧张兮兮地叫道，"阿隆。"

"走开，麦奇。"

"阿隆。"它低声呜咽，又舔了我一下。

"他不在这儿。"我边说边尝试着坐起来，"那是我的幻——"

按说麦奇是看不到的。

"他在哪儿？"我说着立即站起来，四周一切都开始旋转，化为一片明亮的粉色和橘色。头晕目眩的我连连后退。

成百上千个地方冒出来成百上千个阿隆，他们在我身边围成一圈。我还看到了薇奥拉，她惊恐地看着我，想让我救她，还有斯帕克人，他的胸膛上插着我的猎刀。他们同时开始说话，都开始向我咆哮。

"懦夫。"他们说，他们所有人都这么说。"懦夫"这个词回荡在空中。

如果我连屏蔽声流的本事都没有，那我就不是在普伦提斯镇出生的男孩了。

"在哪里，麦奇？"我问。这时我已经站稳了，努力不去管眼前跳跃滑动的事物。

"这边。"它叫着，"河边。"

我跟着它穿过这片废墟。

它带着我经过一座被烧毁的教堂,我走过的时候并没有仔细看。它蹿上一个小小的陡坡。风更大了,把树吹得弯了腰,这应该不是我的幻觉了,因为麦奇叫得更大声了。

"阿隆!"它边闻边叫,"上风。"

站在那个小小的陡坡上,我能看见树林后面的河流,还看见一千个惊恐地望着我的薇奥拉。

我看见一千个胸口插着我的猎刀的斯帕克人。

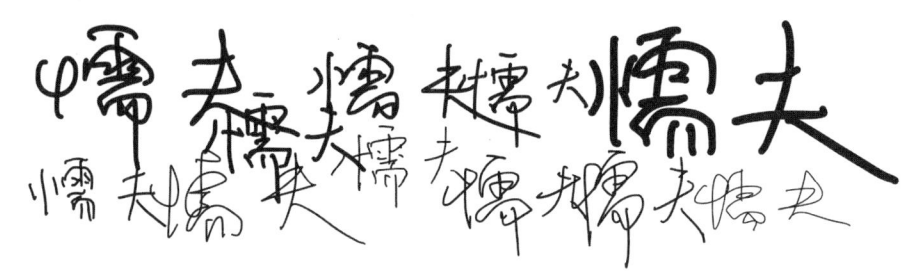

我看见一千个盯着我叫我"懦夫"的阿隆,他们脸上都挂着世上最恐怖的微笑。

除了他们,我还看到河畔有个营地,阿隆就在那儿,他并没有回头看向我这边。

我看到阿隆正跪在那儿祷告。

我还看见薇奥拉就在他前面的地上。

"阿隆。"麦奇叫。

"阿隆。"我说。

懦夫。

叫陶德的男孩

"我们该怎么办?"一个男孩的声音慢慢爬上我的肩膀。

我跟跟跄跄地从陡坡上下来,挥动双臂,从对我狂喊"懦夫"的"人群"中挤过去,爬上河岸。我把脑袋直直地扎进水里,然后从冰冷的河水中抬起头,水花溅了一后背。顺着后脊梁蔓延的刺骨冰冷让我狂抖不停,但也让整个世界安静下来。我就知道刚才的情形不会持续太久,我知道发烧和斯帕克人的血最终会让我发狂,但现在我需要尽可能地保持清醒。

"我们现在拿他们怎么办?"男孩问,他的声音转移到了我的另一侧,"他会听到我们的声流的。"

身体的颤抖让我开始咳嗽,一切都让我咳嗽。我从肺里咳出一摊绿色的黏液,然后屏住呼吸,再次把头扎进河里。

冰冷的水像钳子一样夹住我的脑袋,但我继续浸在里面,只听见气泡往上冒的隆隆声,麦奇焦虑地在我脚边跳来跳去、汪汪大叫。创可贴从我脑门上脱落下来,被水流卷跑了。我想到了麦奇在另一河段甩掉尾巴上的创可贴的事，一时忘了自己的脑袋正浸在水里，竟然大笑起来。

我赶紧抬起头，因为呛水咳了好半天。

再次睁开眼睛的时候，整个世界都闪着不可思议的光芒，尽管太阳高高挂在天空上，我还是能看到密密匝匝的星辰。不过，至少现在我脚下的大地不再浮动，成千上万的阿隆、薇奥拉和斯帕克人也消失了。

我们真能独自办成这件事吗？声流中，男孩的声音传了过来。

"没有其他选择。"我对自己说。

然后我扭头向他望去。

他和我一样穿着棕色的衬衫，头上没有疤痕，手中拿着一个本子，另一只手里攥着一把猎刀。因为冷，我不住地颤抖。我唯一能做的就是站起来看着他，气喘吁吁、咳嗽不止、浑身发抖地看着他。

"走吧，麦奇。"我说着，穿过付之一炬的聚居区，往陡坡走去。此时，我就连走路都困难，好像脚下的大地随时可能塌陷一样。我觉得自己比山还沉重，举步维艰，又像一根羽毛，双腿轻飘飘、软绵绵的。可我还是在走，不停地走，始终盯着那处陡坡，向它不断靠近。我终于踏上了陡坡，迈出一步，一步接着一步。我拉扯着身旁的树枝，借力向前。终于，我到了坡顶，倚在一棵树上，向远处眺望。

"真的是他？"男孩的声音从我耳朵后面传来。

我隔着树林望去，视线停在河边。

那里确实有一片营地，营地确实在河畔，因为离得太远，看起来像是一团盖一团的斑点。薇奥拉的包还在我肩上。于是，我掏出双筒望远镜，放到眼前，但是我的手抖得厉害，抖得眼前一片模糊。我们离他很远，风可以掩盖住阿隆的声流，但是我的的确确感觉到了薇奥拉的安静。

这一点我很肯定。

"阿隆。"麦奇说，"薇奥拉。"

听它这么说，我更加确定这不是幻觉了。颤抖着的我依稀能看出来阿隆正跪在地上，口中念念有词，似乎正在祷告；薇奥拉则躺在他面前的地上。

我不知道发生了什么。我也不知道他在做什么。

但的的确确是他们。

我走了这么远的路，一路跌跌撞撞，咳嗽不止，在死亡的边缘挣扎，这下子终于……终于找到他们了。感谢上苍，真的是他们。

一切都还来得及。只是我赶路赶得气喘吁吁、喉咙发紧，我这才意识到，一路上自己始终担心来不及救薇奥拉。

但一切都还不迟。

我再次俯下身子（别说了），我哭了，我竟然哭了，但这激烈的情绪终归要过去，因为我必须想出个法子来，必须想出个法子。只能靠自己了，也只有我一个人，我必须想个法子把她救出来。我必须去救……

"我们该怎么办？"男孩再次发问，他站在离我稍远的地方，依然一只手拿着本子，另一只手攥着猎刀。

我把手掌按在眼上使劲揉了揉，想借此理清思路，集中注意力，屏蔽掉那个声音……

"如果这就是牺牲仪式怎么办？"男孩说。

我猛地抬起头："什么牺牲？"

"你在他的声流中看到的牺牲，"他说，"牺牲了……"

"可他为什么要在这儿做呢？"我说，"他为什么要走这么远，然后在这片该死的林子里停下来做呢？"

男孩面无表情地说："也许他是迫不得已，因为她马上要死了。"

我身子一晃，差点摔倒，向前跨了一步才稳住。"她怎么会要死了呢？"我急吼吼地问，再次感到头疼欲裂，嗡嗡作响。

"因为恐惧。"男孩说着后退了一步，"还有失望。"

我转过身："我不想听。"

"陶德，听，"麦奇吠道，"薇奥拉，陶德，这边。"

我靠着一棵树，再次俯下身。我得想想。我得他妈的好好想想。

"我们没法靠近，"我哑着嗓子说，"他会发现我们。"

"要是听见我们来了，他会立刻把她杀掉。"男孩说。

"我没跟你说话。"我咳出几口黏痰，一阵头晕目眩，又接着剧烈咳嗽起来。"我在和我的狗说话。"最后我被呛着了。

"麦奇。"麦奇舔舔我的手说。

"我杀不了他。"我说。

"你杀不了他。"男孩说。

"就算我想杀他也不行。"

"就算他该死你也不能这么做。"

"所以必须得想个别的办法。"

"如果她不会太害怕你的话。"

我又向他看去。他依然在原地,手里拿着本子、猎刀,肩上背着包。

"你走开。"我说,"我要你离我远点,永远别再回来。"

"一切都太晚了,你救不了她了。"

"你说这些话对我毫无帮助。"我说着,抬高了嗓门。

"但我下得去手杀人。"他说着,给我看他猎刀上的血迹。

我闭上眼睛,咬牙切齿地说:"你别动,你留在原地。"

"麦奇?"麦奇大叫。

我睁开眼睛。男孩不在了。"没说你,麦奇。"我说完,伸手揉了揉它的耳朵。

然后我看着麦奇,又说了一遍:"我刚才说的不是你。"

我开始思考,伴随着腾云驾雾般的眩晕、眼前的金星和刺眼的光芒,伴随着头部的疼痛和嗡嗡耳鸣,还有发抖的身体和不断的咳嗽,我开始思考。

我想啊,想啊。

我边想边揉麦奇的耳朵——这条傻狗帮了我大忙。以前我并不想养它,可它还是留在了我身边,跟我进了沼泽地,在阿隆想掐死我的时候咬了他一口,还在薇奥拉失踪的时候带我找到了她。这条傻狗正用它那条粉红色的小舌头舔着我的手,它的眼睛依然因为小普伦提斯先生踢的那一脚而难以睁开,它的尾巴被马修·莱尔砍了一刀比以前短了一大截——这都是因为我的狗——我的狗——为了追咬那个手握大砍刀的男人。麦奇一次又一次地救了我。它总是在我逃离黑暗的时候给我帮助,还在我遗忘自己是谁的时候一遍遍地告诉我我是谁。

"陶德。"它喃喃地叫我的名字,用脸蹭着我的手心,同时使劲蹬了蹬后腿。

"我有主意了。"我说。

"要是你的主意不管用怎么办?"那男孩躲在树后面说。

我没搭理他,自顾自地捡起望远镜。我的身体依然在发抖。我再次打量阿隆的营地,观察营地周围的环境。它们靠近河流边缘,与河流之间隔着一棵分叉的树,这树颜色发白,而且没有叶子,很有可能曾经被雷劈过。

这个法子一定可行。

我放下望远镜,双手捧起麦奇的脑袋。"我们要把她救出来,"我对着我的狗说,"我俩一起做这件事。"

"救她,陶德。"它边叫边摇晃残余的尾巴根。

"你们不会成功的。"那男孩说。他此时不知躲在何处。

"那你就留在原地别跟过来。"我对着空气说完这句话,强忍着咳嗽的冲动,给我的狗展示声流中的画面,教它一会儿该怎么做,"很简单,麦奇。到时候你跑就行了。"

"跑!跑!"它大声重复。

"乖狗狗。"我又揉了一下它的耳朵,"乖狗狗。"

我强撑着站直身子,跌跌撞撞地走下陡坡,回到被烧得一干二净的聚居区。此时,我的太阳穴突突跳动,几乎能听到毒血在自己体内涌动的声音,身边的万事万物也随之一起跳动。如果我眯起眼睛,那令人眩晕的光就没那么刺眼了,视野中的事物似乎也不再跳动了。

我首先需要一根棍子。于是麦奇和我开始拆火烧后的建筑残骸,想从中找一根大小合适的棍子。这儿的一切几乎都被烧成了焦炭,一触即碎。

"腾德,着个?"麦奇咬着一根有半个它那么长的棍子往外拽,口齿不清地说道。那东西似乎被一摞椅子压住了。这地方到底发生过什么?

"这个正好。"我接过它口中的棍子。

"你们不会成功的。"那男孩说,他此时正藏在一个阴暗的角落里。我能瞧见他一只手里猎刀的反光。"你救不了她。"

"我会成功的。"我将那木棍上冒出来的几块木刺劈掉。木棍一端烧成了黑炭,不过这正是我需要的。"你可以叼着这个吗?"我说着,把它递给麦奇。

它用嘴接过去,为了叼得更舒服,又仰脖将其抛起,换了个角度咬着。"阔以!"它叫道。

"很好。"我试着站直身子,又差点摔倒,"现在我们需要火。"

"你生不起火的。"男孩说,他已经在我们能看到的地方等着我们了,"她的火盒已经摔坏了。"

"你知道个屁。"我看也不看他,说,"本教过我怎么生火。"

"本死了。"男孩说。

"每当早晨,"我唱起歌来,歌声清晰而响亮,眼前不断旋转的世界转得更加疯狂古怪,但我毫不理会,继续唱歌,"太阳升起。"

"你太虚弱了,无法生火。"

"山谷低处,少女轻吟。"我找到一块扁平且狭长的木头,迅速用猎刀在上面剜出一个小洞,"哦,不要欺骗我。"然后我拿起一截小点的木棍，将它的一端削圆，"哦，永远不要离开我。"

"你怎么能这么使唤一个可怜的少女？"男孩调侃道。

我没理他，把小木棍圆圆的一头插进我刚才剜出的小洞里，然后开始用双手搓弄木棍，使劲让它往小洞里钻。钻木的节奏和我突突直跳的太阳穴竟然还挺相配。我仿佛看见了我和本曾经在林子里的画面——我们两个比赛，看谁能先把木头搓得生烟。最后赢的总是他，而且大多数时候我到最后也没能生起火来。但也有一些例外。

有例外。

"快啊。"我催促自己。此时我汗流浃背，伴随着咳嗽和眩晕，但双手始终没停下，一直搓弄着木棍。麦奇也冲着木棍直叫，用它的方式给我助威。

过了一会儿，一缕手指粗细的烟从小洞中升起。

"哈！"我大叫一声，用单手护住烟雾，为它挡风，同时向那里吹气。我拿了一些干苔藓用来引燃，终于迎来了第一朵小火苗。我在火上添了些小树枝，等它们也被点燃后，再架上更粗的树枝。很快，我面前就出现了一堆真正的篝火。没错，真正的篝火。

我先看着火烧了一分钟。事情的成败之关键在于，我们能否瞒天过海，让黑烟不被阿隆察觉。

我对风向的期待也有别的原因。

我迂回着靠近河岸，扶着沿路树桩保持直立，这样才走到码头上。"稳一点，千万别出岔子。"我边走边在心中默默祈祷。我走上码头，脚下的木板吱呀作响，还有一次差点摔进河里。无论如何，最后我终于走到了依然系在码头尽头的船旁边。

"船会沉的。"男孩站在齐膝深的河里说。

我咳嗽着、哆嗦着、犹豫着,最后还是跳进了小船。我站在船上,随着狭窄船体一同前后左右地摇晃。

但船没有沉。

"你不会划船。"

我下了船,沿着来时的路走回聚居地,找了一块足以充当船桨的扁平木板。

这样就行了。

我们准备好了。

那男孩站在我面前,两手都拿着我的东西。他背着背包,毫无表情,也没发出任何声流。

我盯着他,他没说话。

"麦奇?"我招呼我的狗,但它早就在我脚边了。

"在,陶德!"

"乖狗狗。"我们走到火边。我拿起它找的那根木棍,把已经燃烧过的一端放进火里。也就一分钟的时间,那端就变得红彤彤的,冒出烟来,也烧着了。"你确定你能叼着这个吗?"我说。

它用嘴接住棍子没烧着的一端,准备带上这火把向敌人冲去了。真是世间少有的乖狗狗。

"朋友,准备好了?"我说。

"嗷了,腾德!"它嘴巴塞得满满的,但还是回答了我。麦奇尾巴摇得飞快,在我眼里一片模糊。

"他会杀了麦奇。"男孩说。

我站在原地,感到天旋地转,阳光刺眼,就好像我的身体已经不属于我了,每咳嗽一下,我的一小片身体就随之化为无形。我的太阳穴突突直跳,双腿直打哆嗦,浑身的血翻涌沸腾,但我站住了。

我还能好好站着。

"我是陶德·休伊特。"我对那男孩说,"我要把你留在这儿,单独行动。"

"那你可永远都办不到。"他说。但是我已经转身去跟麦奇说话了:"快去吧,乖狗狗。"它闻声立即叼着火把跑上那处陡坡,又从另一侧跑了下去。我大声地数数,因为我此时不想听任何人说话。数到一百之后,我又重新数了一遍。这下时间应该够了。我转身向码头和那条小船飞快跑去。上了船之后,我拿起桨放在我的大腿上,然后挥舞猎刀,砍断最后一根系着船的绳子。

"你永远别想抛下我。"那男孩站在码头上说,他依然一只手拿着本子,另一只手握着猎刀。

"走着瞧。"说完我便划船驶离码头,向河流下游远去。他变得越来越小,消失在闪亮的光晕中。

向阿隆驶去。

向薇奥拉驶去。

向河流下游驶去,不管那里等待我的是什么样的命运。

恶人有恶报

其实普伦提斯镇有船，但是自打我记事起就没见人划过船。自然，我们那儿也有河流，和我现在驾船其中的河正是同一条，但是我们那一段河床石头多、水速疾，河上唯一流速缓、水面宽阔且安静的区域是住满了鳄鱼的湿地。经过湿地再往前就是树木茂密的沼泽。因此，我从未上过船，而且尽管划船看起来不难，其实一点都不简单。

眼下唯一值得庆幸的就是这段河流水面比较平静，只是偶尔才有风卷起白浪。不管我用不用桨，小船都会随着流水向下游驶去，因此我只需将我咳嗽的全部气力用在避免小船原地打转上就行了。

过了一两分钟，我才成功掌握划桨的技巧。

"妈的，"我压低声音咒骂道，"这倒霉玩意儿。"

用船桨在水中拍出几次水花（还有一两次原地转圈，闭嘴）后，我终于学会了控制船只航向的方法。等我抬头，我才意识到自己可能已经走了一半的路途。

我接连咽下唾沫,不住地哆嗦咳嗽。

我的计划就是这样。也许不是什么非常高明的点子,但这是我头晕目眩的状态下唯一能想到的主意。

麦奇先往阿隆的上风口跑,把燃烧的木棍扔在某个地方,让火烧得旺一些,使得阿隆以为我点燃了篝火。然后麦奇跑回阿隆的营地,大叫特叫,假装刚刚发现他们,大叫是为了告诉我这一发现。这很简单,因为它只需要在声流中呈现我的名字就行了——反正这是它常做的事儿。

阿隆听到麦奇的叫声之后肯定会追赶它,想把它杀掉。麦奇则肯定会比他跑得快(麦奇,你可千万要快点跑,别停下)。阿隆必会看到麦奇点的火。然后那个丧心病狂的阿隆一定会冲进林子来追杀我,他会朝冒烟的地方赶去。

我则顺流直下,趁他在林子里找我,从河流这侧慢慢接近他的营地,然后把薇奥拉救出来。另外,我还会和绕路回来的麦奇在那儿碰头(跑啊跑)。

好,就这样,这就是我的计划。

我知道。

我知道该这样做。但是,倘若计划没成功,我就不得不下手杀了他。如果到了那种地步,那不管我成为什么样的人,不管薇奥拉怎么评价我,都不重要了。

一点都不重要。

因为那一刻我必须那样做,必须。

想到这儿,我抽出猎刀。

刀锋上依然有干涸的血液,这儿一块,那儿一块,有我的血,也有斯帕克人的血。还有一些血尚未干涸，反射着阳光，亮晶晶，晶晶亮，闪闪烁烁。刀尖像一根丑陋的大拇指那样竖立着，侧边锯齿像咬紧的牙齿一般森然林立，刀锋边缘仿佛充盈着血液的静脉。

这把猎刀是有生命的。

只要我握着它、使用它，它就有生命，而它活着的目的就是取人性命，但是只能由我来给它下达杀戮命令。我明白它想去刺、去戳、去捅、去削，但它完成这些动作的前提是我也有同样的想法。只有我的意志与它的意志一致时，它才可以出手。

我是那个允许它那样行动的人，我是那个该为此负责的人。

可是猎刀想让一切简单点。

如果到了该做决断的时候，我会下不去手吗？

"不会。"猎刀轻声回答。

"会的。"河面上的风轻声回答。

一颗汗珠从我脑门上滚落，砸在猎刀的锋刃上。顿时，猎刀又只是一把猎刀了，它只是一个工具，是我手中的一个金属玩意儿。

只是一把猎刀。

我把它放在船甲板上。

我又开始发抖了，咳出来的黏液也越来越多。我抬起头看看周围，不去理会眼前波浪般起伏的世界，让拂面的凉风把我吹得清醒些。前方的河道要拐弯了，我坐在船上被水流托着向转弯处漂去。

就这样了，我想，成败在此一举。

我抬头朝左边的树林望去。

我的牙齿直打架。

可还是没看到烟。

加油啊，乖狗狗，按计划此时本该有烟的。

可还是没看到烟。

加油啊，麦奇。

还是没有烟。

咯咯、咯咯、咯咯，我紧张得牙齿直打架，不由得缩作一团，抱住自己……

有烟了！出现了几小团烟，就在远方的河畔上空，活像几团棉花球。

好狗，我紧紧咬着牙想，真是一条好狗。

小船有向河中央驶去的趋势，于是我用力划了两下，想让它重回岸边。

我的身子抖得厉害，几乎握不住船桨。

此时已经快到河弯了。

眼前出现一棵劈叉的树，似乎被雷电劈过，它就立在我左边。

这说明我马上就要到达目的地了。阿隆就在树的那边。这一刻终于到了。

我汗流浃背，咳嗽、颤抖不停，但我始终紧握船桨，又划了几下，船离岸边更近了。如果薇奥拉出于某些原因无法行动，我就上岸救她。

我尽可能让自己的声流保持空白，但是这个世界似乎被层层叠叠的光逐渐填满了，所以我的声流不可能毫无动静。我只能希望风声够大，还有麦奇……

"陶德！陶德！陶德！"我听见远处传来它的声音。我的狗正在叫我的名字，将阿隆引向别处。"陶德！陶德！陶德！"

风将阿隆的声流吹送过来。计划是否能成功,我心里其实一点底都没有,但我正要绕过那棵劈叉的树,现在还没有发生什么意外……

"陶德!陶德!"

加油,加油……

叉形树已经绕过去了……

我蹲伏在船里……

"陶德!陶德!"声音越来越弱,但似乎要绕回来了……

树枝折断的声音……

接着我听见一声狮吼般的呼喝:"陶德·休伊特!!"

就像一头跑远的狮子的怒吼……

"可千万别出岔子,"我小声嘟囔着,"老天保佑,保佑,保佑……"

我攥着船桨的手不住颤抖……

绕过弯道,然后……

绕过那棵树,然后……

看到阿隆的营地了,然后……

看到她了。

阿隆已经离开,那儿只剩下她一个人。

她躺在地上,位于营地的正中央。

她一动不动。

我心跳逐渐加快,又咳嗽起来——这回我自己都没注意到。我一边小声嘟囔"老天保佑,保佑,保佑",一边疯狂地划桨,小船越来越靠近岸边。然后我站起来,从船头跳进水中,结果摔了个屁股墩。不过,我双手依然紧紧抓着船头,嘴里还在嘟囔"老天保佑"。于是,我很快站起身,竭尽全力将船往河岸上拖。等到了一定位置,我就跌跌撞撞地朝着薇奥拉飞奔过去。薇奥拉,薇奥拉……

"千万别死。"我边说边跑,胸口好像被钳子紧紧夹住,不但咳嗽得要命,而且非常疼痛,"千万别死。"

我来到她面前。她双眼紧闭,嘴却张开一条小缝。我把手放到她胸口。此时此刻,纷乱嘈杂的声流、风的呼号、麦奇的吠叫、林中四野传来的呼唤,这些我全都充耳不闻。

"千万别死。"我轻声说。

怦怦——是心跳声。

她还活着。

"薇奥拉,"我焦急地低声叫她,眼前出现了两个闪烁的小光点,但我努力不去理会,"薇奥拉!"

我先是摇晃着她的肩膀,然后又用一只手掌托住她的脸,摇晃了几下。

"醒醒。"我轻声呼唤,"醒醒,醒醒,醒醒!"

我无法把她抱起来,因为我抖得厉害,脚下不稳,而且非常虚弱。

但如果必要的话,我发誓,一定要把她抱起来。

"陶德!陶德!陶德!"我听见麦奇在林中深处喊我。

"陶德·休伊特!"我听见阿隆也在喊我,他现在正在追赶我的狗。接着,我听到脚下传来一声:"陶德?"

"薇奥拉?"我喉咙一紧,泪水顿时模糊了双眼。

她定定地看着我。

"你看起来不太舒服啊。"她说话含混不清,目光迷离。我注意到她眼睛下面有几块瘀青。我的怒火一下子被点燃了。

"你快站起来。"我轻声说。

"他下了药……"她说着,又闭上了眼睛。

"薇奥拉?"我边叫边摇晃她,"他要回来了,薇奥拉,咱们得赶快离开这儿。"我已经听不到狗吠声了。"我们得赶快走,"我说,"现在就走!"

"我觉得好沉。"她说,话说到一半就没了声音。

"薇奥拉,醒醒。"我都快急哭了,"快醒醒。"

她眨了几下眼,再次睁开看着我说:"你来救我了。"

我咳嗽着回答:"是的,我来了。"

"你来救我了。"她重复了一遍,脸上出现痛苦的表情。

这时候,麦奇从灌木丛中蹿了出来,大叫着我的名字,就好像它的生命完全系在我的名字上。

"陶德!陶德!陶德!"它大叫着向我们跑来,因为没刹住车竟然还跑过了头,"阿隆!他来了!阿隆!"

薇奥拉发出一声惊呼,推了我一下,差点把我推个跟头。她借力站了起来,同时扶住了失去平衡的我,我们俩互相支撑,才稳稳地站住了脚。

我赶紧指指小船,上气不接下气地说:"快看!"

我们向小船跑去……

穿过了营地……

向着小船和河流跑去……

麦奇跑在我们前头,全力一跃就到了小船前面……

薇奥拉跌跌撞撞地跑在我前面。

还有四五步……

还有三步……

阿隆迈着沉重的脚步从我们身后的树林中追出来——他的声流特别响亮,我连看都不用看就知道是他——

"陶德·休伊特!!"

薇奥拉赶到了小船前面,正要进……

我还有两步……一步……

我终于到了船边,立刻用尽全力将它向河流推去……

阿隆的声流咆哮着:"陶德·休伊特!!!"

他越来越近了……

小船还是没有动……

"我要让恶人有恶报!"

他更近了。

船还是不动……

他的声流仿佛重拳一样打在我身上……

船动了……

一步又一步,我的脚终于踏进了水里,船也浮起来了,可我却要倒……

我已经没有力气上船了。

船就要漂走了,可我却要倒进河里……

这时,薇奥拉抓住我的衬衫,将我拉起来,直到我的头和肩膀都搭在船头。

"不，你别想跑！"阿隆怒吼。

薇奥拉用尽全身的力气将我往船上拉，同时发出一声呐喊……

突然，我被举到了空中……

船停下了……

薇奥拉因为用力脸扭作一团。

但这场"拔河比赛"的赢者只能是阿隆……

然后我听到了一声"陶德"，这声音愤怒异常。有那么一秒，我还以为是水下蹿出来一条鳄鱼——但其实是麦奇——是麦奇——

是我的狗，我的狗，我的狗。它跳到薇奥拉旁边，然后我感觉到它的爪子落在我背上。紧接着，伴随着愤怒的咆哮，它向阿隆发起了攻击。与此同时，阿隆也怒喊了一声"陶德"！

他松开了我的脚。

薇奥拉向后一仰，但并没有放手，我被她磕磕绊绊地拉上船，整个人压在了她身上。

惯性将我们和小船往河里推了一下。船开始驶离岸边。

我随着小船开始转圈，脑袋也跟着摇晃，我不得不跪在船上，双手扒着甲板保持平衡，但同时我也尽可能地支起身子，探出船缘，大叫道："麦奇！"

阿隆摔倒在河边柔软的沙地上，他的双腿被身上那件长袍绊住了，一时爬不起来。麦奇直接冲上去撕咬他的脸，发出阵阵嘶吼。阿隆拼命摇晃身体，想把它甩掉，但是麦奇死死咬住阿隆的鼻子，然后把头一扭，竟然完完整整地将鼻子从他脸上撕了下来。

阿隆发出痛苦的尖叫，鲜血溅得哪儿都是。"麦奇！"我大喊，"快点上船，麦奇！"

"麦奇！"薇奥拉也大喊，"快上来！"

麦奇不再撕咬阿隆，抬头望向我这边……

结果阿隆趁机展开了反击。我尖叫道："不！"

阿隆一把抓住麦奇的后脖子，疯狂地甩动。

"麦奇！"

我听到了拍水的声音，隐约感觉到薇奥拉拿起船桨开始划船，她想阻止小船往河中央漂去。我依然觉得整个世界都在跳动，而且放射着耀眼的光芒……

阿隆正在摔打我的狗。

"回来！"阿隆举起抓着麦奇的那条胳膊。麦奇太沉了，被人拎着后脖颈其实特别疼，所以不停地痛苦尖叫，可就是无法扭头咬到阿隆的胳膊。

"把它放了！"我怒吼。

阿隆低下头……

他脸上原本是鼻子的地方已经是一个冒血的窟窿了。尽管他腮帮子上那道深深的口子已经愈合，你仍能从侧面看到他的牙齿。他这次受的伤和上次一样严重，但他的反应平静不少，鲜血汨汨流出，但他只顾着对我说："陶德·休伊特，你给我回来。"

"陶德？"麦奇费力地叫我。

薇奥拉连忙划船，想让我们赶快靠岸，但是她被下了药，没什么力气，我们的船越漂越远，越漂越远。"不，"我能听见她说，"不。"

"放开它！"我再次怒吼。

"陶德，是那女孩还是你的狗？你选吧。"阿隆说。他依然语气平静，这比他大喊大叫的时候恐怖多了。

我伸手把猎刀拿出来，横在胸前，但是我的头晕得很，竟然摔倒了，牙齿磕在了小船的座椅上。

"陶德？"薇奥拉说，她还在奋力划船，在河流中挣扎。可小船却不停打转。

我坐起来，嘴里一股血腥味儿。这世界波浪般在我眼前翻滚，又差点让我摔倒。

"我要杀了你。"我说，但我的声音很小，几乎是在自言自语。

"陶德，我给你最后一个机会。"阿隆的语气听上去没那么镇定了。

"陶德？"麦奇还在喊叫，"陶德？"不行……

"我要杀了你。"我的声音依旧细若蚊蚋。不行……

眼下没有别的选择。船在河流中打转。我看向薇奥拉，她依然在努力划船对抗漩涡，眼泪都流到了下巴上，不住往下滴。

她也回头看向我。没有别的选择了……

"不。"她哽咽着说，"哦，不要啊，陶德……"然后我把双手放在她的胳膊上，不让她继续划桨了。

阿隆的声流暴涨，呈现出红色与黑色。河流将我们推向远方。

"对不起！"我向越来越远的岸边喊道，声音断断续续，但仿佛有撕裂一切的力量。我的胸口绷得紧紧的，几乎不能呼吸。"麦奇，对不起！"

"陶德？"它的叫声中充满了困惑和恐惧，眼睁睁地看着我离它远去，"陶德？"

"麦奇！"我大叫。

阿隆空闲的那只手慢慢伸向我的狗。

"麦奇！"

"陶德？"

阿隆的两只胳膊用力一扭，咔嚓一声，然后是一声尖叫和戛然而止的犬吠。我的心被这动静永永远远撕成了两半。

太痛苦了，真是痛苦，实在痛苦。我双手抱头，往后退去，我的嘴巴半张着，发出无声的哀号，似乎把我体内的黑暗也全都泄了出去。

我沉浸在悲恸之中。

我的大脑一片空白，只知道河流托着我们越漂越远。

第六部分

河流下游

流水声。

还有鸟儿的声流。

窝在哪里？它们歌唱，**窝在哪里？**

除了这一切，隐约还有音乐声。我发誓有音乐声。

而且是好几重，好像是笛声，陌生又熟悉；还有向黑暗挑战的光，几重光芒，白光与黄光相间。

我还感觉到温暖。

贴着皮肤的柔软触感。

此外，我身边存在一份安静，它对我产生了前所未有的牵拉感。

我睁开了双眼。

我躺在床上，身上盖着东西。这里是一间四面白墙的小方屋，墙上至少开了两扇窗户，阳光照进室内，河水流淌和鸟儿在枝叶间飞上飞下的声音也传了进来。（还有音乐，那是音乐声吗？）我不知道自己身处何地，甚至有那么一瞬间，我都不知道自己是谁、经历过什么，还有为什么我会觉得疼痛……

我看见了薇奥拉，她蜷在床边的一张椅子上睡觉，张着嘴喘气，双手拢在一起，放在大腿中间。

我昏昏沉沉的，无法张嘴喊她的名字，但我的声流一定很大声地喊出了她的名字，因为她的眼皮动了动，眼睛睁开了，正巧撞上我的目光。她立刻从椅子上弹起来，张开双臂过来拥抱我。我的鼻子都被她的锁骨挤扁了。

"哦，上帝，陶德，你终于醒了。"她抱得我太紧，甚至让我感觉有点疼。

我伸出一只手，放在她背上，深深吸了一口她身上的香气。

是花香。

"我以为你再也不会醒过来了。"她还在使劲拥抱我，"我以为你死了。"

"我没死？"我哑着嗓子说，努力回忆之前的事情。

"你病了，"薇奥拉坐回椅子上，但膝盖还挨在我床上，"病得特别厉害。斯诺医生也不知道你能不能醒来。要是医生这么说了……"

"斯诺医生是谁？"我环顾四周，问道，"我们在哪儿？我们在港湾市吗？那音乐是怎么回事？"

"我们在一个叫卡波尔丘陵的地方，"她说，"我们顺流而下，然后……"

她突然打住话头，因为她瞧见我正在盯着床下看。

麦奇本该在那里蹲坐着，可它不在。

我想起来了。

我开始胸口发沉,喉咙发涩,我听到它在我的声流中狂吠。"陶德?"它不明白我为什么要抛弃它。"陶德?"它的呼唤带着疑问的语气,不断问我抛下它要去哪儿。

"它走了。"我说道,仿佛自言自语。

薇奥拉好像想说什么,但是我抬头瞧她的时候,发现她的眼中闪着泪光,一直在点头。没错,是这样,这正是我想要的。

它走了。

它走了。

我不知道该说些什么。

"这是不是那谁的声流?"一个响亮的声音响起,接着床尾那扇门打开,说话人的声流也随之飘了进来。一个男人走进门。那是个高大的男人,戴着一副眼镜,这让他的眼显得有点突出;这人头发乱糟糟的,笑容歪歪扭扭,不过他的声流显示他终于松了口气,很是开心。

"这就是斯诺医生。"薇奥拉一边向我介绍,一边迅速离开床边,让出空间。

"陶德,看到你醒来,我很高兴。"斯诺医生说。他露出灿烂的笑容,坐在床上,从衬衫胸前口袋里掏出一样东西。他把那东西的两端放进自己耳朵里,没征得我的同意就擅自把另一端放在我的胸口上。"可以深呼吸一次吗?"

我什么都没做,只是定定地看着他。

"我想检查一下你的肺部是否有问题。"他说。我发现一件事:在整个新世界里,我听着他说话的口音和薇奥拉最像。"也不完全相同。"他说,"只是接近而已。"

"他就是救治你的人。"薇奥拉说。

我什么都没说,但深吸了一口气。

"很好,"斯诺医生说着便将那东西放在另一侧胸口上,"再来一次。"于是我又深呼吸了一次,发现自己的肺部可以完全扩张。

"你本来病得很重,"他说,"我都不知道能不能把你抢救回来,直到昨天我们才再次听到你的声流。"他直视着我,"我很长时间都没见过人得这种病了。"

"是啊。"我说。

"好久没听说过斯帕克人袭击人类的事了。"他说。我没答话,只是继续深呼吸。"很好,陶德。"医生说,"脱下你的衬衫,好吗?"

我看看他,又看看薇奥拉。

"我去外面等。"她说完就出去了。

我伸手从背后将衬衫从脑袋顶上脱下,发现肩胛骨之间已经不疼了。

"缝了几针。"斯诺边说边绕到我身后。他用那东西贴在我的背上。

我缩了一下身子:"好冰。"

"她一直不肯离开你半步,"他说,并没有理会我的抗议,趁我呼吸时检查了我身上好几个地方,"就连睡觉的时候也要守着你。"

"我来这儿多久了?"

"这是第五天的早晨。"

"五天了?"我说。还没等他说"是",我就把被子掀到了一边,下了床。"我们得赶快离开这儿。"我说。虽然脚下还有点不稳,但我还是站住了。

门口的薇奥拉探过身子说:"我跟他们说了好久了。"

"你们在这儿是安全的。"斯诺医生说。

"你这话我们听过很多次了。"我说。我向薇奥拉望去,寻求她的支持,但她只是勉强地挤出一个微笑。我这才意识到自己只穿着一双到处是窟窿的袜子和一件破破烂烂、无遮无挡的内裤。我高呼一声,赶紧把双手挡在下面的关键部位上。

"你们去哪儿都是安全的。"斯诺医生在我身后说,然后从床边叠好的干净衣物中拿出我的一条裤子递给我,"我们曾经就在战争的前线,所以知道该如何保护自己。"

"当时是斯帕克人,"我转身背对着薇奥拉,将两条腿伸进裤子里,"这回是人类,一千人呢!"

"我倒是听说了这个流言。"斯诺医生说,"不过你说的人数不太可能。"

"人数到底有多少我也不清楚,"我说,"但他们人人都有枪。"

"我们也有枪。"

"他们是骑马来的。"

"我们也有马。"

"你们有人吗?你们的人都会加入他们的队伍吗?"我有点挑衅地对他说。

他这下没话说了,我很满意。然后我又不满起来,飞快地把裤子扣上,说:"我们得走了。"

"你得再多休息一阵子。"医生说。

"我们不会在这里等军队来的。"我转身招呼薇奥拉,然后想都没想又向我以为我的狗应该待着的地方望去,因为我想它也一定会想和我们同行。

空气顿时凝固了,关于麦奇的声流充满了这个房间——声流中,它跑来跑去,汪汪地叫着要尿尿,还说了些别的,然后继续汪汪叫,之后就变得奄奄一息。

我不知该说些什么。

(它走了,它走了。)

我感到一片空虚,全世界都空空荡荡的。

"陶德,没人会逼你做你不想做的事。"斯诺医生轻声说,"但是村子里的老人们想在你离开之前和你谈谈。"

我撇撇嘴:"谈什么?"

"谈谈可以帮什么忙。"

"我能帮上什么忙?"我说着,抓起一件干净的衬衫往身上穿,"那支军队会到这儿来,杀掉每一个不加入他们的人。就是这样。"

"陶德,这是我们的家园,"他说,"所以我们别无选择,一定会誓死保卫这里。"

"那求你们别带上我……"我开始拒绝。

"爸爸?"一个声音传来。

我们看到,门口薇奥拉身边站着一个男孩。

一个真正的小男孩。

他圆睁着双眼,正仰头望着我。他的声流很宽敞,有趣而明亮。我能听见,在他的声流中,我是那个**身上有疤、骨瘦如柴的沉睡男孩**,与此同时,他还对他老爸有着各种各样温暖的想法,"爸爸"这个词在他的声流中没完没了地转来转去,看样子想表达的有很多,比如询问我的情况、认出他的爸爸、告诉爸爸自己爱他。总之,他反复用一个词表达各种意思。

"嘿,小家伙。"斯诺医生说,"雅各布,这是陶德,他已经醒了。"

雅各布认真地看着我,伸出一根手指挡在嘴唇上,轻轻点了下头。他小声说:"山羊不愿意挤奶。"

"是吗?"斯诺医生说着站起来,"那咱们最好去看看,试试能不能劝母山羊听话,怎么样?"

爸爸、爸爸、爸爸。雅各布的声流中冒出来一连串的"爸爸"。

"我去看看山羊,"斯诺医生扭头对我说,"然后我再去找其他老人。"

我忍不住一直盯着雅各布看,他也目不转睛地盯着我。

他和我在法布兰奇看到的那些孩子何其相似。

他那么小。

我曾经也那么小吗?

斯诺医生还在讲话:"我会带老人们回来,看看你能不能帮助我们,"我正要看他,他就弯下腰来,"如果我们帮不了你的话。"

他的声流显得非常真诚可信。我相信他说的是心里话,同时我也相信他搞错了状况。

"也许是这样的,"他面露微笑地对我说道,"也许不是。毕竟你还没参观过我们这个地方。走吧,雅格①。"他拉起儿子的手,

---

① 雅格(Jake)是雅各布(Jacob)的昵称。

"厨房里有吃的,我想你们肯定都饿了。我先走了,顶多一个小时后就回来。"

我走到门口,目送他们的背影远去。雅各布仍然把手指放在嘴里,走出这栋房子之前还回头看了我一眼。

"他多大了?"我问薇奥拉,但是目光依然在走廊尽头,"我都不知道这么大的孩子是几岁。"

"他4岁了,"她说,"他已经差不多跟我说了800遍。这么小年纪就去给羊挤奶,也太小了吧。"

"在新世界,这个年纪干农活儿并不算小。"我说。然后我转身看着她,发现她的双手放在屁股上,还严肃地瞪了我一眼。

"过来一起去吃东西吧。"她说,"我们得谈谈。"

卡波尔丘陵

她带我来到厨房,那里和卧室一样干净明亮,也能听到外面潺潺的流水、鸟儿的声流和音乐……

"这音乐声是怎么回事?"我说着,走到窗口张望。有时候我觉得自己听得挺真切的,可当我仔细听时,这些人声又变了,似乎被什么层层包裹着。

"是主聚居区上方的扩音器发出的声音。"薇奥拉说着从冰箱中拿了一盘冷餐肉。

我在桌旁坐下:"这里在过什么节吗?"

"没有,"她说,听语气似乎是要我等一下,"不是过节。"她端出来一份面包和一种我从未见过的橘子,然后又端来一份红色的饮品,喝起来像是野莓和糖做的。

我开始埋头吃东西:"跟我讲讲吧。"

"斯诺医生是个好人,"她说,就好像我最应该知道的是这件事似的,"他哪儿都好,而且很努力地救你,陶德,真的。"

"好吧。还有呢？"

"这音乐整天整夜地播放，"她看着狼吞虎咽的我说，"在这座房子里听声音微弱，要是你去聚居区，声音就大了，到时候你都听不到自己在想什么。"

我本来塞了一嘴的面包，听了这话愣住了："就像酒吧一样？"

"什么酒吧？"

"普伦提……的酒吧。"我没有把那个地方的名字说全，"他们以为我们是从哪儿来的？"

"法布兰奇。"

我叹了口气："我尽量掩饰吧。"然后我又吃了一口水果，"我来的那地方有个酒吧，成天放音乐，目的就是把声流压下去。"

她点点头："我问过斯诺医生他们为什么要这样做，他说：'这是为了让男人们有自己的隐私。'"

我耸耸肩："虽然吵闹，但是这样做有道理，不是吗？这也算对付声流的一个法子。"

"男人们的隐私，陶德，"她说，"男人。你注意到他说他要把老人们带来听我们的建议了吗？他指的是老年男人。"

我突然冒出来一个可怕的想法："他们这儿的女人也都死了吗？"

"哦，不，这里有女人。"她摆弄着黄油刀说，"她们负责打扫、做饭和生孩子，她们都生活在这座小村庄外的一座大住宅里面。她们不管男人的事情。"

我把刚叉了一口肉的叉子放下，说道："我来找你的路上见过这样的地方。男人们在一个地方睡觉，女人们住在另一个地方。"

"陶德，"她看着我说，"他们根本不听我的，什么事都不信，我说的关于那支军队的事他们一个字都听不进去。他们老是叫我小姑娘，而且还喜欢轻轻拍我的头。"她把胳膊抱在胸前，"之所以他们现在想和你商量这事，是因为沿河的路上开始出现一车车的难民了。"

"威尔夫。"我说。

她扫了我一眼，看着我的声流说："哦，那倒没有，我没见着他。"

"等等，"我咽下一口饮料，感觉自己已经多年没喝过任何东西了，"我们现在把那支军队落了多远？我们都到这儿五天了，军队怎么还没来？"

"我们坐在那条小船里，漂流了一天半。"她一边说，一边用指甲去抠卡在桌子上的某样东西。

"一天半，"我重复了一遍，想想说，"我们肯定漂了几英里的路。"

"漂了一英里又一英里，"她说，"我就任凭小船载着我们漂啊，漂啊，漂啊，经过了许多地方，但因为我太害怕了，不敢停，所以都错过去了。我看到的有些事物你都不敢相信……"说着说着她走神了，回过神之后摇了摇头，没有继续往下说。

我记得简的提醒，于是问道："你看见赤身裸体的人和玻璃房子了？"

薇奥拉用奇怪的眼神看着我，噘起嘴说："没有。我只是看到了穷苦的人，可怕的赤贫。有些地方看起来像是会把咱们生吞了似的，所以我不断让船前进，再前进；可路上你病得越来越厉害。第二天早晨,我瞧见斯诺医生和雅各布在河边钓鱼。从他的声流中,我得知他是一名医生。尽管这地方女人们的生活很古怪,但至少干净整洁。"

我在这间一尘不染的厨房中环顾四周,说道:"那我们也不能留下来。"

"没错,我们不能。"她把脑袋支在双手上说,"当时我实在太担心你了。"她的语气中透露出一种涌动的情绪,"当时我还特别担心军队会很快赶来。可是没人听我的警告。"她沮丧地拍了一下桌子,"关于那件事,我感到特别难受……"

她没有再说下去,脸上皱了皱,然后望向别处。

"麦奇的事。"我大声地说出来。这还是我第一次这样做,自从……

"对不起,陶德。"她眼泪汪汪地说。

"不是你的错。"我迅速站起身,椅子被我往后一撤。

"当时要是回去了,他会杀掉你的。"她说,"然后他还是会把麦奇杀掉,就因为他能。"

"别说了,求你了。"我说完就走出厨房,往卧室走去。薇奥拉跟在我身后。"我会和这些老人谈谈的。"我说着,将薇奥拉的包从地板上拿起来,把其余洗干净的衣服塞进包里,"然后我们就走。我们离港湾市还有多远,你知道吗?"

薇奥拉露出一丝浅浅的笑容:"两天。"

我一下就挺直了身板:"我们往下游走了这么远?"

"我们确实走了这么远。"

我轻轻吹了声口哨。两天,不管港湾市有什么等着我们,到那儿只有两天的路程。

"陶德?"

"嗯?"我说,将她的包放在我的肩膀上。

"谢谢你。"她说。

"谢我什么?"

"谢谢你来救我。"她话音刚落,似乎一切都静止了。

"没什么。"我说,感觉我的脸变得滚烫,只好把目光移到别处。她没有再说别的。"你还好吗?"我问,但是我依然不敢直视她,"他把你劫走之后,你没出什么事吧?"

"我其实没有……"她刚开口,我就听到门关上的声音,"**爸爸、爸爸、爸爸**"的哼唱声从大厅飘到我们的耳畔。是雅各布。他没有进来,而是倚在门框上看我们。

"爸爸让我来叫你。"他说。

"哦?"我扬起眉毛,"现在应该是我去见他们,对吗?"

雅各布非常认真地点点头。

"好吧,既然是这样,那我们马上去。"我调整了一下肩头的包带,看着薇奥拉,"聊完我们就离开这儿。"

"没错。"薇奥拉表示同意,她说话的语气让我感到非常高兴。于是,我们跟在雅各布身后走进走廊,但是他让我们在门口停下了脚步。

"只要你。"他看着我说。

"只要我什么?"

薇奥拉交叉双臂抱在怀里:"他的意思是只准你去和老人们说话。"

雅各布再次认真地点点头。我看看薇奥拉，再看看雅各布，然后蹲下对他说："不如你去告诉你爸爸，我和薇奥拉要一起进去，好吗？"

雅各布张嘴说："但是他说……"

"其实我并不关心他说了什么。"我柔声说，"去吧。"

他轻轻喘了口气便跑出门去了。

"我想我受够别人对我指手画脚了。"我说，声音里透出的疲惫令我自己都大吃一惊。突然，我想回到那张床上再睡个五天五夜。

"你有体力走到港湾市吗？"薇奥拉说。

"你可以试试能不能拦住我。"我说。她笑了。

我向前门走去。

这时候，我第三次盼着麦奇能跟上来，蹦蹦跳跳地陪在我身边。

它不在我身边，这件事太重大了，就好像只有它在我才能顺畅呼吸；现在我只能在原地等待，深呼吸，咽下一口唾沫才能继续往前走。

"哦，天哪。"我自言自语。

它最后呼唤我的那声"陶德？"就像一个伤口，悬在我的声流之中。

声流还有一个特点，那就是你经历过的事情会一直在声流中重现，反反复复、没完没了地重现。

我目送雅各布穿过林间小路，向远方一片林立的房子跑去，尘土飞扬。斯诺医生的房子虽然不大，但是沿着码头建成了联排，可以俯瞰好长一段河景。这里有一座小小的码头,还有一座非常低矮的桥,连接着卡波尔丘陵中央小路与河对面的沿河小路。这条路横跨河流——我们顺流而下漂了很长时间的那条河,因为它被一排树挡着,人很难从另一侧看到。不过,接下来我们就是要沿着这条路继续走两天,才能到达港湾市。

"上帝啊,"我说,"这里和新世界其他地方比起来简直就是港湾。"

"除了这些漂亮的建筑,这里还有很多像港湾一样的地方。"薇奥拉说。

我更仔细地看了看周围的环境。斯诺医生家门前的花园打理得非常漂亮,花园中间探出一条小径,通往主要的聚居区。沿着小径望去,我能看到更多的小房子散落在树林中,还能听到隐隐约约的音乐声。

那古怪的音乐声不时变换,我猜这是为了不让人厌烦。这音乐的旋律我没有听过,但是一来到室外,声音听上去就响了很多,我觉得我本不该觉得这音乐耳熟,我发誓我醒来时听到的音乐中暗含着某样熟悉的东西……

"在聚居区的中央,音乐声大得几乎无法忍受。"薇奥拉说,"大多数女人根本不来这儿。"她皱着眉头,"我想也许这就是音乐这么大声的原因吧。"

"威尔夫的妻子告诉我,有一个聚居区,那里的人都……"

我突然不说了,因为我发现音乐又变了,不过也不能说是它本身起了变化。

聚居区的音乐其实没有改变,还是那么冗长吵闹,像个猴子一样扭来扭去。除此之外还有别的,似乎其中夹着其他乐曲,而且声音更大了。"你听见了吗?"我转身问。

然后又转了个身,薇奥拉也一样。

我们都在思索这是怎么回事。

"也许有人在河对面架起了一个扩音器。"她说,"以防女人们产生离开的想法。"

但是我没有听她说什么。

"不,"我轻声说,"不,不可能的。"

"什么?"薇奥拉的声音变了。

"嘘。"我往前凑了凑,努力平息自己的声流,再次仔细倾听。

"音乐是从河对面传来的。"她小声说。

"嘘。"我又说了一次,因为我的胸膛起伏得厉害,声流的嗡嗡声越来越大。

那边,就在湍急的河流边,鸟儿的声流中,有……

"一首歌。"薇奥拉非常轻地说,"有人在唱歌。"

有人在唱歌。

他唱的是:

每当早晨,太阳升起……

我的声流顿时沸腾起来,我脱口而出。

"本。"

哦,永远不要离开我

我跑到河边,驻足河畔,再次倾听。

哦,不要欺骗我。

"本?"我说。我既想大喊,又想压低声音。

薇奥拉小跑着跟上来。"是你的本吗?"她问,"是不是你的那个本?"

我打手势示意她别说话,继续听,恨不能把河流、小鸟和我自己的声流全都撇到一边儿去,就专门把那歌声择出来听……

哦,永远不要离开我。

"在河对面呢。"薇奥拉说着动身上了桥,踩在木板上,发出咚咚的声音。我开始走在她后面,然后超过了她,仔细倾听,努力张望,倾听、张望,这儿听听,那儿瞧瞧……

就在河对面郁郁葱葱的灌木中……

我发现了本。

真的是本。

他蹲伏在树丛后面,一只手扶着树干,看着我向他跑去,看着我跑过桥。我靠近他的时候,他的脸一下子松弛下来,他的声流和双臂都向我大大敞开。我从桥上跳下,冲入灌木丛,飞扑进他的怀抱,也融入了他的声流,差点把他扑倒。我开心得要爆炸,声流和蓝天一样明亮,而且……

我觉得一切都会好起来。

一切都会好起来。

一切都会好起来。

真的是本。

他紧紧抱住我,说:"陶德。"薇奥拉站在我身后稍远点的地方,给我与他重逢的空间。我对他抱了又抱。真的是本,哦,全能的神啊,是本,本,本。

"是我。"他说完,只大笑了几声就停下了,因为我把他抱得都喘不上气来了。"啊,看到你真高兴,陶德。"

"本。"我放开他说。我不知道双手该放在哪里,只好抓着他的衬衫前襟,摇晃着他,像是在表达我对他的爱。"本。"我又叫了他一声。

他微笑着点点头。

但是他的眼周出现许多皱纹,我已经预感到了即将发生的事情,很快在他的声流中就要出现了……我只好先开口问道:"基里安呢?"

他什么都没说,而是通过声流向我展示。本跑向一座已经燃烧起来的农庄,农庄里不仅有镇长的手下,还有基里安。本静静地待在原地,无尽悲伤。

"噢，不。"看到这一幕，我的心立刻沉了下去，尽管我早就料到会是这样。

但是"料到"和确切"知道"是两码事。

本再次缓慢而悲伤地点点头。我现在才注意到，他鼻子上有干涸的血块，而且他看起来像是一个星期没吃过饭了。不过，不管怎样他都是本，没人能像他一样了解我，因为他的声流已经在问我：麦奇去哪儿了？我也向他展示整个悲剧发生的过程。最后，我眼泪汪汪地被他抱在怀中。我失去了我的狗和基里安，这一路饱经辛酸，我不由得大声哭了起来。

"我抛下了它。"我咳嗽着，一把鼻涕一把泪，不停地重复着这句话，"我抛下了它。"

"我知道。"他说，我知道他说的是真心话，因为他的声流也是这么说的。**他抛下了它**。他想。

不过，只过了一分钟，他就把我轻轻推开，说道："听着，陶德，我们的时间不多了。"

"什么时间不多了？"我吸了吸鼻子，发现他正往薇奥拉那边瞧。

"嗨。"她说，眼神非常警惕。

"嗨，"本说，"你一定就是那个女孩了。"

"应该是吧。"她说。

"一路上是你照顾陶德的？"

"我俩互相照顾。"

"挺好。"本说，他的声流变得温暖而伤感，"挺好。"

"来，"我说着便架起他的一条胳膊，想把他拉起来，往桥上走,"我们可以给你找点东西吃。这边有个医生……"

但是本没有动。"你能不能帮我们放个哨?"他问薇奥拉,"你要是看到什么人,任何人过来都跟我们说一声。不管这人是从聚居地还是那条路上来的。"

薇奥拉点点头,看了我一眼,然后走出灌木丛,回到了小路上。

"事态升级了。"本对我说道,声音低沉,非常严肃,"你必须去一个叫港湾市的地方,尽快去。"

"本,我知道。"我说,"可你为什么要……?"

"有一支军队冲你来了。"

"我也知道这件事,追捕我的还有阿隆。但是现在你来了,我们可以……"

"我不能和你一起走。"他说。

我惊讶得合不拢嘴:"什么?你当然能和我……"

但是他摇摇头:"你知道,我不能。"

"我们可以想个法子。"我说,但是我的声流已经在盘旋、思考、回忆了。

"来自普伦提斯镇的男人在新世界的任何地方都不受欢迎。"他说。

我点点头:"他们对普伦提斯男孩也不太待见。"

他再次拉起我的胳膊:"有人伤害你吗?"

我静静地看着他,说:"很多人。"

他咬着嘴唇,声流越来越伤感。

"我一直在找你。"他说,"不分昼夜地跟在军队后面赶路,后来绕过军队,到了他们前面,途中听说了一个男孩和一个女孩一起赶路的消息。然后我就找到了你,你安全无恙,和我预想的一样。我就知道你会平安。"他叹了口气,叹息中饱含着爱与伤感。我知道,他就要说出真相了。"在新世界里,我对你来说是个危险。"他朝我们指了一下他所藏身的灌木丛,"所以剩下的路你得自己走了。"

"我不是一个人上路。"我想都没想就说。

他笑了,脸上依然挂着伤感。"你说得对,"他说,"你不是一个人,对吧?"他再次看看我们四周的情况,从树叶间眺望河对面斯诺医生的房子,"之前你病了?"他问,"昨天早晨我听见你的声流沿河飘过来,但是你似乎正处于昏睡的状态,还有点发烧。我就是从那时候起在这里等你的。我担心会发生什么特别糟糕的事。"

"我确实病了。"我说话时,愧疚感就像一只慢蛙,占据了我的全部声流。

本再次紧紧盯着我,他一如既往温柔地读着我的声流,说道:"陶德,发生了什么?到底发生了什么?"

我将自己的声流向他敞开,从头到尾地交代了一番——鳄鱼袭击阿隆,沼泽地里的追逐,薇奥拉的飞船,镇长骑在马背上追赶我们,炸桥,希尔迪和塔姆,法布兰奇和那里发生的事,岔路口的选择,威尔夫和歌唱"此地"的奇物,小普伦提斯先生,薇奥拉救了我。

我还讲了斯帕克人的事。

讲了我对他做的事。

我不敢看本。

"陶德。"他说。

我还是盯着地上。

"陶德,"他又叫了我一声,"看着我。"

我抬头看他,他直视着我,眼睛比以往都蓝。

"陶德,我们都会犯错误,无一例外。"

"我杀了他。"说完我咽了口唾沫,"我杀了他。应该是'他'。"

"你只是做了你当时认为应该做的。你当时选择了自己认为最佳的应对方案。"

"这就能成为我的借口吗?"

但是他的声流中还有别的东西,某种欲说还休的东西。

"本,你想说什么?"

他长舒一口气。"是时候了,陶德,"他说,"是时候告诉你真相了。"

薇奥拉从我们身后疾步赶来,传来树枝折断的声音。

"路上有马赶来。"她气喘吁吁地说。

我们细细一听,确实有马蹄声沿着河边的小路传来,速度很快。本往灌木丛里缩了缩。我们也和他一起藏进了灌木丛,但是那人骑马的速度特别快,显然对我们毫无兴趣。很快我们就听到他从旁边的路"嗒嗒"地经过,上了桥,然后直奔卡波尔丘陵而去。马蹄先是咚咚踏在木板上,然后是在土路上,最后这马蹄声彻底消失在扩音器播放的音乐中。

"肯定不是什么好事。"薇奥拉说。

"可能是来送信的,关于那支军队的消息。"本说,"现在他们可能离这里只有几小时的路程了。"

"什么？"我惊得往后一缩。薇奥拉也跳了起来。

"我跟你说过，我们时间不多了。"本说。

"那我们快走吧！"我说，"你跟我们一起去，告诉大家……"

"不。"他说，"不，你们自己去港湾市。就这么办，现在是你们成功逃走的最佳机会。"

我们突然向他抛去好几个问题。

"港湾市就安全了吗？"薇奥拉问，"军队不会到那儿去吗？"

"听说他们可以治声流病，是真的吗？"我问。

"他们有通信器吗？到了那儿，我能联系我的飞船吗？"

"你确定那里安全吗？你确定吗？"

本抬起双手，让我们打住。"我不知道，"他说，"我有20年没去那儿了。"

薇奥拉一下子站直了身子。

"20年？"她说，"20年？"她抬高了嗓门，"那我们怎么知道到了那儿会怎么样？要是那个地方已经不复存在了呢？"

我用手搓搓脸。麦奇在的时候，我并没有想过，但是它走了，我感到一片空虚，也终于意识到，其实我们从来不想知道薇奥拉的问题的答案。

"我们不知道，"我说出了实话，"我们从来都不知道。"

薇奥拉发出一个微弱的声音，肩膀陡然垂了下去。"是啊，"她说，"我们确实没法知道。"

"可是还有希望啊，"本说，"你们还有希望啊。"

我俩都看着他。这世界上一定有个词能形容我们当时的行为，但是我不知道那是什么词儿。我们看着他,就好像他说的是外语,就好像他说自己要移民到月亮上去,就好像他告诉我们过去的经历只不过是一场噩梦,而他带着糖,可以发给所有人吃。

"本,哪有什么希望啊?"我说。

他摇摇头:"那你觉得是什么让你一直走下去的?是什么让你逃到现在的?"

"恐惧。"薇奥拉说。

"绝望。"我说。

"不,"他说着,把我俩揽进怀中,"不不不,你们走过的路比这颗星球上大多数人一辈子走的路都要多。你们克服了诸多困难,度过了不少危险,也摆脱了许多本来可能致命的麻烦。你们把一支军队和一个疯子甩在了身后,没有被疾病撂倒,还见识过大多数人永远没机会见到的事物。如果不是希望,那你们觉得,还有什么能支撑你们走到现在呢?"

薇奥拉和我交换了一个眼神。

我开口了:"我明白你想说的,本。"

"希望,"他说这个词的时候特意捏了捏我的胳膊,"就是希望。我现在直视着你的眼睛,告诉你,你还有希望;希望不仅属于你,也属于你们两个人。"他抬头看看薇奥拉,再看看我,"希望会在路的尽头等着你们。"

"是不是真这么回事你又不知道。"薇奥拉说。尽管我不想,但我的声流也表示同意。

"我确实不知道,"本说,"但我相信。我相信你们是有希望的。正是因为相信,人才有希望。"

"本……"

"即使你不信,"他说,"也要相信我信。"

"如果你和我们一起走,我才能相信。"我说。

"他不走?"薇奥拉惊讶地说,然后马上修正她的说法,"他不和我们一起走?"

本看着她,张了张嘴又闭上了。

"本,真相是怎么回事?"我问,"我们需要知道什么真相?"

本缓缓地呼出一口气,说:"好吧。"

可河对面传来一声清晰响亮的呼唤:"陶德?"

这时我才注意到,卡波尔丘陵的音乐几乎被一群正在过桥的人的声流盖住了。

很大一群人。

我猜到了音乐的另一个作用——让人听不到有人来。

"薇奥拉?"斯诺医生喊道,"你们在那儿干什么?"

我站起来,向那边望去。斯诺医生正在过桥,他牵着小雅各布的手,后面跟着一群人,看起来不像他那么友好。这群人正盯着我们看,同时也瞧见了本,瞧见了刚才我们和本说话的场景。

他们逐渐明白过来,眼前这一幕是怎么回事,于是他们的声流开始变换颜色。

我看到他们有人带了来复枪。

"本?"我轻声说。

"你们快跑。"他压低声音说,"你俩现在就得跑。"

"我不会离开你的,这次不会了。"

"陶德……"

"太晚了。"薇奥拉说。

他们已经过了桥,朝我们刚才藏身其中、现在已经暴露的这处灌木丛走过来。

斯诺医生第一个来到我们身边。他对本上下打量了一番:"这是哪位?"

他的声流显得一点都不高兴。

规矩

"这是本。"我努力提高自己的声流,抵挡这群人的各种提问。

"这个本是你的什么人?"斯诺医生问道。他的眼神十分机警。

"本是我爸。"我说。确实如此,不是吗?这是最重要的事。"我的父亲。"

"陶德。"我听见本在我身后说。他的声流中掺杂着各种各样的感受,主要是对我的警告。

"你的父亲?"斯诺医生身后一个长着络腮胡子的男人说。尽管他还没有端起手中的来复枪,但他的手指在枪身上来回摸索。

他只是暂时没端起枪。

"陶德,你想好了再说。"斯诺医生一字一顿地说,同时将雅各布往自己身边拉了拉。

"你之前说这男孩是从法布兰奇来的。"一个眼睛下面长着紫色胎记的人说。

"那女孩儿是这么跟我说的。"斯诺医生看着薇奥拉,"薇,你是这么说的吧?"

薇奥拉没有逃避他探寻的目光,但也没有回答他。

"女人的话一个字都不能信。""络腮胡"说,"如果我没看错的话,这男人是从普伦提斯镇来的。"

"正好把军队往咱们这儿引来了。""紫胎记"说。

"这男孩是无辜的。"本说,我转过身,看到他正在空气中比画双手,"我才是你们想要的那个人。"

"没错。""络腮胡"听起来很愤怒,而且越来越愤怒,"你才是我们不想要的那个人。"

"等等,费尔加。"斯诺医生说,"不太对劲啊。"

"规矩你是知道的。""紫胎记"说。

规矩。

法布兰奇的人也说起过"规矩"。

"我也知道眼下的情况非比寻常。"斯诺医生说着向我们转过来,"我们应该至少给他们一个解释的机会。"

我听见本喘了口气:"好吧,我……"

"没让你解释。""络腮胡"打断了他。

"陶德,讲讲吧,怎么回事?"斯诺医生说,"你必须告诉我们真相,这很重要。"

我看看薇奥拉,再看看本,然后又看了个来回。

我要告诉他真相的哪一面呢?

我听见了来复枪上膛的声音。"络腮胡"端起了枪,他身后的一两个人也同样端起了枪。

"你沉默的时间越长,""络腮胡"说,"我们就越觉得你是探子。"

"我们不是探子。"我焦急地说。

"已经有人看见你的女孩口中的那支军队正沿着河边的路往这边来了。"斯诺医生说,"我们的一名侦察员刚才报告说,他们离这儿只有不到一个小时的路程了。"

"哦,不。"我听见薇奥拉轻呼了一声。

"她不是我的女孩。"我低声回了一句。

"什么?"斯诺医生说。

"什么?"薇奥拉也说。

"她属于她自己。"我说,"她不是任何人的女孩。"

也不知道薇奥拉有没有在看我。

"不管怎样,""紫胎记"说,"现在有一支普伦提斯镇军队逼近我们这儿,一个普伦提斯镇的男人藏在我们的灌木丛里,还有一个普伦提斯镇男孩上星期一直混在我们中间。要我说,这情况可是相当可疑。"

"他当时在生病,"斯诺医生说,"躺在床上,什么都不知道。"

"你说什么是什么吧。""紫胎记"说。

斯诺医生缓缓转过身,对他说:"邓肯,你想说我是个骗子吗?你可是在和长老会的会长说话。"

"杰克森,难道你没看出来这里有阴谋吗?""紫胎记"没有示弱,端起来复枪继续说,"我们现在就是待宰的羔羊。谁知道他们都向他们的军队透露了什么?"他将来复枪瞄准本。"现在我要让这一切到此为止。"

"我们不是探子。"我又说了一遍,"我们在拼命躲避那支军队,你们也该这么做。"

两个男人对视了一眼。

我能从他们的声流中听到各种想法——关于军队、关于逃跑而不是留守保卫家乡。我还能看到,因为要做出这样的选择,因为不知道如何才能好好保护家人,他们的愤怒像鼓起的气泡般翻腾着,他们的愤怒不是针对那支军队,也不是因为尽管薇奥拉几天前就警告过他们,他们却没有做任何准备,更不是因为整个世界的局势。

他们的愤怒全都集中于本。

他们对普伦提斯镇的愤怒全都要这一个人来承担。

斯诺医生蹲下,直视着他的儿子雅各布:"嘿,小家伙,现在你回家里待着吧,怎么样?"

爸爸、爸爸、爸爸——我听见了雅各布的声流。

"爸爸,为什么?"他看着我问。

"我觉得那头山羊自己待着会孤单。"斯诺医生说,"谁会那么狠心让小羊孤单呢,对吧?"

雅各布看看他爸爸,再看看我和本,然后又看看他旁边的男人们。"为什么大家都那么生气?"他说。

"哦,"斯诺医生说,"我们刚刚得知一些事情,仅此而已。很快就没事了。你跑回家去看看小羊吧。"

雅各布想了一下就说:"好的,爸爸。"

斯诺医生吻了他的头顶一下,揉了揉他的头发。雅各布就往回跑了,他过了桥,一直往斯诺医生的房子跑去。这时,斯诺医生转身朝向我们,他身边的人也纷纷举枪对着我们。

"陶德,你应该清楚眼下你们的处境。"他说,声音带着真切的悲凉。

"他不清楚。"本说。

"闭上你的臭嘴,杀人犯!""络腮胡"说着抬了抬来复枪,发出威胁。

杀人犯?

"告诉我真相。"斯诺医生对我说,"你是从普伦提斯镇来的吗?"

"他把我从普伦提斯镇的人手下救出来的。"薇奥拉开口道,"多亏了他……"

"闭嘴,丫头片子。""络腮胡"说。

"薇,现在可不是女人说话的时候。"斯诺医生说。

"可是……"薇奥拉说了一半脸就红了。

"别说了,"斯诺医生说完看着本,"你都告诉你们那支军队什么了?告诉了他们我们有多少人?还是我们的防御工事?"

"我一直在躲避那支军队。"本说,他的双手还举在空中,"看着我。我像一个训练有素的士兵吗?我什么都没告诉过他们。我一直在逃亡的路上,为的是寻找我的……"他顿了一下,我知道是为什么。"寻找我的儿子。"他说。

"你是在知道规矩的情况下这么做的?"斯诺医生问。

"我知道规矩,"本说,"我怎么可能不知道规矩?"

"什么狗屁规矩啊?"我大喊,"到底大家都在说什么啊?"

"陶德是无辜的。"本说,"你可以看他的声流,想看多久都行,我保证你们找不出任何能证明我在撒谎的内容。"

"你不能相信他们。""络腮胡"说,他还盯着他的枪,"你知道不能信的。"

"我们什么都不知道。"斯诺医生说,"十多年来什么都不知道。"

"我们知道他们培养了一支军队。""紫胎记"说。

"没错,可我看这个男孩是无辜的。"斯诺医生说,"你没看出来吗?"

十几个不同的声流开始像棍子一样戳我。

他转身对薇奥拉说:"而这个女孩儿,她唯一的错就是撒了谎,可那是为了救她朋友的命。"

薇奥拉不再看我,但脸依然气得红通通的。

"而且咱们现在有更重要的问题要解决。"斯诺医生继续说,"一支军队即将到来,至于他们是否知道我们做了怎样的准备,这一点尚不清楚。"

"我们不是探子!"我大叫。

但是斯诺医生又转身去跟其他男人说话:"把这男孩和女孩带回城里。女孩可以和女人们待在一起,这男孩正好可以和我们一起作战。"

"等等!"我高喊。

斯诺医生对本说:"虽然我相信你只是来找你儿子的,但规矩就是规矩。"

"这是你最后的决定吗?""络腮胡"说。

"如果各位长老同意的话。"斯诺医生说。大家纷纷不情愿地点了点头,全都一脸严肃。斯诺医生看着我,"对不起,陶德。"

"等等。"我说,但是"紫胎记"已经上前拽我胳膊了,"放开我！"

有一个男人上来抓住薇奥拉的胳膊，她也和我一样拼命反抗。

"本！"我回头叫他，"本！"

"去吧，陶德。"他说。

"不，本！"

"记住，我爱你。"

"他们要做什么？"我边问边和"紫胎记"拉扯着，又扭脸去问斯诺医生，"你们要干什么？"

他什么都没说，但是我从他的声流中看到了答案，看到了人们按照规矩该做什么。

"去你妈的！"我边喊边用那条没被控制住的胳膊去抽猎刀，拿到刀之后就往"紫胎记"抓住我的那只手上砍去，冲着手指头尖儿一刀砍下去，他顿时大喝一声，把我放了。

"快跑！"我对本喊，"快跑啊！"

我看见薇奥拉正在咬抓她的那个男人的手。那男人疼得叫了一声，她则跌跌撞撞地往后跑。

"你也是！"我对她说，"快离开这儿！"

"要是我可不敢动。""络腮胡"说。到处都是对着我们的来复枪。

"紫胎记"骂骂咧咧地抬起胳膊要打我，但是我用猎刀挡在身前。"你试试看。"我从牙缝里挤出这几个字，"来啊！"

"够了！"斯诺医生大喊。

突然大家都安静了，因为我们听到了马蹄声。

嗒嗒嗒，嗒嗒嗒。

马。五匹，十匹，也可能是十五匹。

马队像魔鬼一样呼啸着向我们靠近。

"侦察员？"我心里知道他们不是，但我还是对本这么说。

他摇摇头："先遣队。"

"他们肯定带着武器。"我飞快地思考，告诉斯诺医生和其他人，"他们和你们一样有很多枪。"

斯诺医生也在思考，我能从他旋涡般飞转的声流中看出来。他在想，那几匹马赶到这儿之前还有多长时间可以利用，我、本和薇奥拉会惹多大麻烦，我们要浪费多少时间。

我看到他做了决定。

"放他们走。"

"什么？""络腮胡"说，他的声流显示他手痒得很，迫不及待想开枪，"他是叛徒，还是个杀人犯。"

"咱们还有咱们自己的家园要保卫。"斯诺医生坚定地说，"我要保护我的儿子，你也一样，费尔加。"

"络腮胡"虽然皱起了眉头，但他没有再多说什么。

嗒嗒嗒，嗒嗒嗒，路上的马蹄声越来越近。

斯诺医生转身对我们说："快走，希望你们没有把我们的消息告诉他们。"

"我们没有。"我说，"我说的是实话。"

斯诺医生撇撇嘴："我想相信你。"然后他转身对围着的其他男人大喊："快回去！回到你们各自的位置上！快！"

这群人立刻散开，急匆匆地往卡波尔丘陵跑去。"络腮胡"和"紫胎记"一边跑一边还时不时地回头看我们，估计得空就想让手里的枪派上用场，但是我们没有给他们机会，站在原地目送他们离开了。

我发现我有点发抖。

"真险。"薇奥拉弯着腰说。

"咱们快走吧。"我说，"比起他们，那支军队对咱们更感兴趣。"

我还带着薇奥拉的包，不过里面只有几件衣服、几瓶水、望远镜和依然装在塑料袋里的我妈妈的日记本。

偌大一个世界，包里的东西就是我们拥有的全部了。

也就是说我们做好了准备，可以随时出发。

"这种事还会发生的。"本说，"我不能跟你们一起走。"

"你能。"我说，"我们现在走，你可以一会儿再走，但你一定要跟上我们。我们不会把你抛下的，不然你会落到军队的手里。"我看向薇奥拉，"是吧？"

她直起身来，坚定地说："是的。"

"就这么定了。"我说。

本的目光在我和薇奥拉两人身上转悠了一圈，皱起眉头："那就等你们到了安全的地方再说吧。"

"还是少说点吧，"我说，"我们该把力气都放在逃命上。"

问与答

出于显而易见的原因，我们并没有沿着那条河畔小路逃亡，改成穿行于树林之中，目的地仍和之前一样——港湾市。我们一路上碰断了不少大大小小的树枝，以我们最快的速度赶路，将卡波尔丘陵远远地抛在身后。

可是，上路还没十分钟，我们就听见了一阵枪响。

我们头也不回，继续前进。

我们跑啊跑啊，枪声渐渐消失了。

我们继续奔跑。

我和薇奥拉跑步的速度都比本快，有时候我们不得不放慢速度，等他赶上来。

我们先是经过了一小片空荡荡的聚居区，不一会儿又出现了类似的区域，对于军队的流言，这些地方的人显然比卡波尔丘陵居民更敏感。我们始终在河流与小路之间的林子中穿行，但始终没看见一辆马车。他们一定也在迅速赶往港湾市。

我们继续狂奔。

夜幕降临,我们依然没有停下脚步。

"你还好吗?"我问本。这时,我们中途停下,去河边装水。

"继续赶路。"他气喘吁吁地说,"我们继续赶路。"

薇奥拉向我投来担心的眼神。

"抱歉我们没带吃的。"我说。他听了只是摇摇头,说:"继续走吧。"

于是我们继续向前走。

我们一直走到午夜时分都没停下来歇脚。

(谁知道还要走多少天?谁还关心这个呢?)

最后,本说:"等等。"他停下脚步,双手撑在膝盖上,喘着粗气,健康状况令人担忧。

我借着月光看了看周围。薇奥拉也在观察环境。她指着一个地方说:"那儿。"

"本,那上边儿。"我指着薇奥拉正在看的一座小山说,"我们站在那儿可以看到周围的情形。"

本什么都没说,只是喘着气点点头,跟着我们往上爬。山坡上密密麻麻都是树,还好树林中有一条小径,沿着它登顶之后发现上面有一片宽敞的空地。

我们上去之后才知道这片空地是干什么的。

"一座公墓。"我说。

"一座什么?"薇奥拉问。她环顾四周,身边都是标记一座座坟墓的方形石头。这里有一两百座墓碑,排列整齐,矗立在平整的草坪上。聚居区生活艰苦,人们的寿命也短;新世界的很多人都在那场战役中丢掉了性命。

"埋死人的地方。"我说。

她瞪圆了眼睛:"干什么的地方?"

"难道在太空中人不死吗?"我问。

"也会死,"她说,"但是我们那儿的人死后是要烧掉的,不会被放到洞里。"她交叉双臂抱在胸前,撇着嘴,皱着眉,扫视着这些坟墓。"这样做可不太卫生啊。"

本还是一言不发,只是瘫坐在一块墓碑旁,靠在上面直喘气。我拿起水瓶喝了一口,然后把瓶子递给本。我放眼望去,小山下面的路和河流清晰可见,现在河水在我们左边流淌。天空晴朗,挂在头顶上的除了两个快变成月牙的月亮,还有闪烁的繁星。

"本?"我抬头望向夜空。

"嗯?"他说完喝了一口水。

"你还好吗?"

"嗯。"他的呼吸恢复了正常,"我是个农民,可不擅长跑步。"

我又看了一眼两个月亮,小的那个跟在大的那个后面,两个月亮都十分明亮,足以让地上的事物投下影子,完全不受人类的烦恼影响。

我开始审视自己,细心审视自己的声流。

我意识到我准备好了。

这是最后的机会了。

我准备好了。

"我觉得是时候了。"我扭头望着他说,"我觉得现在时机正好,如果说有这么个时机的话。"

"什么时机？"薇奥拉问。

"我该从哪儿开始呢？"本问。

我耸耸肩。"从哪儿开始都行，"我说，"只要你讲的是真话。"

我听到本的声流开始集中，集中到整个故事上，也就是那些真实发生过的事，如同小河的一条支流。长久以来，这条支流都藏得很深，无人知晓。在我成长的过程中，我完全不知道还有这样的真相存在。

薇奥拉的那份安静似乎比平时更安静了，和夜色一样凝滞，只等着听他会说些什么。

本深吸了一口气。

"声流病毒并非斯帕克人的战争武器，"他说，"我从这儿说起吧。我们着陆的时候，那种病毒就已经在这儿了。声流就像自然现象一样出现，以前是这样，以后也会是。我们下了飞船后，一天之内，所有人都能听见其他人的想法。想象一下我们当时有多吃惊吧。"

他停顿了一下，似乎在回想。

"并不是所有人吧。"薇奥拉说。

"被传染的只有男人。"我说。

本点点头："没人知道为什么。直到现在也没搞清楚。我们的科学家主要从事农业领域的研究，医生们也找不到原因。这样过了一段时间，骚乱发生了。就是……骚乱，状况糟糕得说了你都不信。人们乱作一团，非常惶惑，周围就剩下声流、声流、声流。"他挠挠下巴，继续说："公路建成之后，人们成群结队地离开了港湾市，组成了一个个新的社区。但是人们很快意识到，一时半会儿无法解决声流的问题，所以我们尽可能尝试适应这种状况。但是每个社区的对待方法不同，因此走上了不同的道路。我们还发现家畜也能通过这种方式讲话了，宠物和这里的奇物也一样。"

他抬头看看天空，再看看我们周围的公墓、山丘下面的河流与道路。

"这颗行星上的一切都能相互对话。"他说。

"一切。新世界就是这个样子。不管你想不想要，每时每刻你都会收到信息，没完没了。斯帕克人清楚这一点，他们逐渐习惯与此共存，但是新来的我们没有做好准备，完全没有。太多的信息会把一个人逼疯。太多的信息汇聚成人们的声流，没完没了。"

他顿了顿，当然了，他的声流同往常一样，并没有安静下来。他与我的声流和薇奥拉的安静形成对比，显得越发嘈杂。

"年复一年，"他继续讲，"整个新世界人们的生活都很艰难，而且越来越难。我们种的庄稼没什么收成，声流传染病肆虐；大家盼望的繁荣昌盛和伊甸园成了泡影。尤其是对伊甸园的憧憬，完全破灭了。于是这片土地上开始有人宣讲——非常邪恶的一套说辞，说白了就是为所有的不幸找个替罪羊。"

"替罪羊就是外星人。"薇奥拉说。

"斯帕克人。"我说，同时负疚感再次涌上心头。

"对，他们找的替罪羊就是斯帕克人，"本证实了我们的猜测，"而且这流言逐渐变成了一场运动，运动又转化成了战争。"他摇摇头，"斯帕克人毫无招架之力。我们有枪，他们没有。战争就成了斯帕克人的末日。"

"不是所有斯帕克人都死了。"

"对,"他说,"不是全部。不过他们学聪明了,不再靠近人类了。"

一阵风吹过山顶。风停的那一刻,我感觉整个新世界只剩下了我们三个人,就剩下我们和这公墓中的幽魂。

"但是战争并非这个故事的结局。"薇奥拉轻声说。

"是的。"本说,"这个故事还没完,远远没有结束。"

我也知道没有结束,还知道故事的走向。

我改变了主意。我不想听了,同时我又觉得应该听下去。

我看着本的双眼,在他的声流中寻找答案。

"战争并没有因为斯帕克人的惨败而结束,"我说,"起码在普伦提斯镇不是这样的。"

本舔舔嘴唇,我能感觉到他声流中的慌张,还有他的饥饿。此外,他已经在想象我们接下来离别时的悲伤了。

"战争是怪兽,"虽然他是在向我们讲述,但更像自言自语,"战争是魔鬼。一旦开战,一切就只能沦为消耗品,而战争会变得规模越来越大。"他现在把目光移到了我身上,"另外,普通人也会因为战争而变成怪兽。"

"他们忍受不了安静,"薇奥拉说,她的声音没有变化,"他们受不了女人知道他们的一切,他们却对女人想什么一无所知。"

"有些男人是这么想的,"本说,"不是所有人。不包括我,也不包括基里安。普伦提斯镇还是有好人的。"

"只不过好人太少了。"我说。

"是的。"他点点头。

他又停顿了一下,才继续讲述真相,最后的真相。

薇奥拉摇摇头。"你是说……？"她说，"你是说他们真的……？"

真相就要来了。

事情的重点就要来了。

我离开沼泽以后一直在琢磨的事，一路上从人们声流碎片中得知一二的事，在马修·莱尔的声流中尤为清晰，但也从人人听到普伦提斯镇的反应中可以察觉的事，我终于可以搞清楚了。

就在这一刻。

真相呼之欲出。

我却不想知道了。

但我还是把它说出来了。

"他们杀掉斯帕克人之后，"我说，"普伦提斯镇的男人又把普伦提斯镇的女人杀了。"

尽管薇奥拉应该已经猜到了，但听到我亲口说出来，她还是被骇得倒吸一口凉气。

"不是所有男人参与了屠杀。"本说，"但参与的有很多。众人受到了普伦提斯镇长和阿隆的怂恿蛊惑。阿隆说凡有隐藏的必属邪恶。于是，他们杀光了镇上所有女人和妄图保护她们的男人。"

"包括我妈妈。"我说。

本点点头。

我感到胃里一阵翻江倒海。

我妈妈死了，被那些我可能每天都会见到的人杀死的。

我双腿发软，只好靠着一块墓碑跌坐下来。

我得想些别的事，我必须这么做，只有在声流中放些别的事情我才不至于崩溃。

"杰西卡是谁？"我想起马修·莱尔的声流，想到其中展现的暴力场景。尽管当时那些画面让我完全摸不着头脑，但我现在明白了。

"有人预见到了这个惨剧，"本说，"杰西卡·伊丽莎白是我们的前任镇长，她注意到了异常情况。"

杰西卡·伊丽莎白，我想，原来"新伊丽莎白镇"这个名字是这么来的。

"她组织了一些年轻的女孩和男孩，准备带他们去沼泽那边建立新的聚居区。"本继续说，"就在她自己和那些尚未失去理智的男人、女人离开之前，现任镇长的人动手了。"

我感觉浑身发麻："然后新伊丽莎白镇就变成了普伦提斯镇。"

"你妈妈没想到会发生这种事，"本回忆往事，露出悲伤的微笑，"因为她是个心里充满了爱的女人，她高估了人性的善良。"然后他的微笑消失了，"结果太晚了，她逃不出去了，你又太小，无法托人带你出去，所以她把你交给了我们，嘱咐我们无论如何都要保证你的安全。"

我抬头问道："让我继续待在普伦提斯镇怎么算安全呢？"

本直勾勾地盯着我，悲伤在他身边弥漫四散，他的声流明明白白地反映了一切。他现在还能端正地坐在那儿简直是个奇迹。

"你为什么不离开？"我问。

他揉了揉脸。"因为我们也没想到这种事会真的发生。或者说只是我自己没想到。我们忙着打理农场，我以为不会有什么严重的事情发生，不久之后一切麻烦就会烟消云散了。一直到最后，我都以为听到的只是谣言和妄想,包括你妈妈说的。"他皱紧眉头,"我错了,我太蠢了。"然后他把目光移开,"我真是瞎了眼。"

我还记得他因为斯帕克人的事安慰我的那些话。

陶德,我们都会犯错误,无一例外。

"总之,一切都太晚了。"本说,"大错已经铸成,普伦提斯镇发生的悲剧像野火一样传遍了新世界,那些设法出逃的幸存者透露了消息。从此以后,普伦提斯镇的所有人都被视为罪犯。我们就更加没法离开那里了。"

薇奥拉依然在胸前抱着胳膊:"为什么没有人来讨伐你们?为什么新世界的其他人都不来管管这事?"

"他们来了能做什么?"本的声音中透着疲惫,"再挑起一场战争吗?普伦提斯镇的人可是全副武装的。把我们关进一个大监狱里吗?他们立下一个规矩,如果有普伦提斯镇人跨过沼泽,他们发现后就会处决这个人。这就是他们最后的解决办法。"

"但是他们本来可以……"薇奥拉摊开手,"本可以做点什么的。我也不知道该怎么做。"

"事情没发生在你身上,你当然觉得容易解决。"本说,"为什么要出去找麻烦呢?毕竟我们和新世界的其他地区隔着一片沼泽。镇长放话,普伦提斯镇与世隔绝。当然了,这意味着我们会自生自灭,逐渐走向死亡。我们同意永远不离开那个地方,如果有人逃走,他一定会把那个人捉回去亲自杀掉。"

"就没有人试过?"薇奥拉说,"人们都没有尝试过逃跑吗?"

"他们试了。"本认真地说,"我们镇上的人突然消失不是什么新鲜事儿。"

"如果你和基里安都是无辜的……"我说。

"我们并不无辜。"本强调说,他的声流突然看起来有些苦涩。他叹了口气,"并不无辜。"

"什么意思?"我抬起头。胃里翻江倒海的那股劲儿还没过去,"你说你们并不无辜是什么意思?"

"你们和这件事有关系?"薇奥拉说,"那些保护女人的男人都死了,但你们还活着。"

"我们没有抗争,"他说,"所以我们没死。"他摇摇头,"所以说我们一点也不无辜。"

"你们为什么不抗争?"我问。

"基里安想反抗,"本飞快地说,"我希望你们知道这点。他拼尽全力想去阻止他们,甚至不惜牺牲自己。"他再次避过我的目光,"可我把他拦住了。"

"为什么?"

"我理解。"薇奥拉轻声说。

我看着她,因为我不理解:"你理解什么了?"

薇奥拉并没有因为我的提问将目光从本身上移开。"他们当时只有两条路可走,要么他们把尚在襁褓中的你丢下,为了正义而献出生命。"她说,"要么他们成为罪犯的同谋,守护你的安全。"

我不知道她说的"同谋"这个词儿是什么意思,但是我也能猜个大概。

他们是为了我这样做的。那些恐怖的事,他们是为了我做的。

本和基里安,基里安和本。

他们那么做是为了让我活下去。

听到这些，我不知道自己该作何感想。

做正确的事应该很容易。

不该像其他事一样会带来混乱。

"于是我们选择等待，"本说，"在这个形同监狱的小镇中等待。我们成天听到的都是你从未听过的丑陋声流；然后人们开始否认他们的过去，镇长制订了一个'宏伟'计划。于是我们尽量将你和那些丑恶的事情隔绝开，等你长到足以自立的年龄。"他伸出一只手摸着脑袋，"可是镇长也在等待。"

"等我长大？"尽管我知道应该就是这么回事，我还是问了一句。

"等待最后一个男孩长大成人。"本说，"等男孩成长为男人，镇长就会告诉他们真相，到底是什么版本的真相则不重要。总之，镇长要让这些刚刚成年的孩子变成他们的同谋。"

我记起自己在农场看到的本的声流，其中就有我生日的画面：一个男孩成为男人的仪式。

我还记起了他声流中"同谋"的真正含义和人们成为"同谋"的过程。

我记起了他们是怎么等待我长大的。

我记起了那些男人……

我把这些记忆赶出了脑海。

"这完全没道理啊。"我说。

"你是最后一个。"本说，"如果他能让普伦提斯镇的每个男孩都按照他的意思完成成年礼，那他就是上帝，不是吗？从某种意义上说，是他创造了我们所有人，而且完全控制着我们。"

"一人沉沦。"我说。

"万人俱灭。"本接了下半句,"这就是他要把你抓回去的原因,你具有象征意义。你是普伦提斯镇最后一个纯真无辜的男孩。如果他能让你也堕入邪恶,那他的军队就完整了——他亲手打造的完美军队。"

"要是我不听他的呢?"我说,同时心想,也许我早就堕落了。

"如果你不服从,"本说,"他就会杀掉你。"

"这么说普伦提斯镇长和阿隆一样是个疯子喽?"薇奥拉说。

"还不太一样。"本说,"阿隆是真疯了。不过镇长清楚该怎样利用别人的疯狂去得到他想要的。"

"他想要什么?"薇奥拉说。

"这个世界。"本平静地说,"他想要整个世界。"

就在我以为什么情况都不会出现,所以想问更多事情的时候,我们听到了一个声音。

嗒嗒嗒,嗒嗒嗒。声音是沿路传来的,没有间断,像一个永远也不会变得好笑的玩笑。

"什么情况?"薇奥拉说。

本已经站起来了。他仔细听了一会儿,说道:"听起来只有一匹马。"

我们都低头去看路。月光下,那条小路有点闪光。

"望远镜。"薇奥拉说着走到我身边。我一言不发地从包里把望远镜拿了出来,开启夜视模式,然后举到眼前,循着马蹄声在夜色中搜寻。

嗒嗒嗒,嗒嗒嗒。

我沿着路找啊找啊……

终于找到了。

是他。

还能是谁？

小普伦提斯先生，他好好地骑在马上。

我听见薇奥拉说了一句"糟糕"。原来是我递给她望远镜的时候，她从我的声流中看到了画面。

"戴维·普伦提斯？"本说。他也开始读我的声流。

"就是他。"我把水瓶放回薇奥拉的包里，"咱们得赶快走。"

薇奥拉把望远镜递给本，他看了看情形，然后把望远镜拿远点瞟了一眼。"很精巧。"他说。

"我们得走了，"薇奥拉说，"得继续赶路。"

本转向我们，望远镜依然在他手中。他的目光在我们两人身上分别停留了片刻，我从他的声流中看到了他正在酝酿的想法。

"本……"我开口道。

"别说了，"他说，"我就在这儿和你们分开吧。"

"本……"

"我可以对付戴维·普伦提斯。"

"他有枪。"我说，"你没有。"

本凑近我。"陶德……"他说。

"不，本，我不想听。"我的声音越来越大。

他直视我，我意识到现在他不用弯下腰就能直视我了。

"陶德，"他还是继续说，"我要为我做过的错事赎罪，赎罪的方式就是保证你的安全。"

"本，不要离开我。"我已经开始哽咽了（闭嘴），"不要再次离开我。"

他摇着头："我不能和你一起去港湾市。你很清楚我不能，我是他们的敌人。"

"我们可以解释发生了什么。"

但他还是摇头。

"那人越来越近了。"薇奥拉说。

嗒嗒嗒，嗒嗒嗒。

"唯一可以让我成为人的事，"本说，他的声音坚如磐石，"就是看着你平平安安地长大成人。"

"我还没有成年，本。"我说，我已经哽咽得几乎说不出话（闭嘴），"我甚至不知道还有多少天。"

他突然露出一个微笑，我知道他已经下定了决心。

"16天。"他说，"还有16天你就过生日了。"他抬起我的下巴。"你一直是个善良正直的人。要是有人否认这点，你可别信他们的。"

"本……"

"去吧。"他边说边走近我，把望远镜递给身后的薇奥拉，用双臂环住我，"没有哪个当父亲的能有我这么骄傲。"我听见他在我耳畔说。

"不，"我颤抖地说，"这不公平。"

"是不公平。"他把我推开，"但是路的尽头还有希望。你要记得这一点。"

"别走。"我说。

"我必须得去。危险在逼近。"

"越来越近了。"薇奥拉正拿着望远镜观察情况。

嗒嗒嗒,嗒嗒嗒。

"我去拖住他,给你们争取时间。"本看向薇奥拉,"你照顾好陶德。"他说,"我能相信你吗?"

"我保证。"薇奥拉说。

"本,求你了,"我轻声恳求,"不要去。"

他最后一次抓住我的肩膀。"记住,"他说,"还有希望。"

然后他没有再多说一个字,转身跑下小山,从这片公墓向山下的小路跑去。他跑到山脚下才回望依然注视着他的我们。

"你们还在等什么?"他大喊,"跑啊!"

这有什么意义

我们离开本,从另一侧山坡跑下去。我说不出自己有什么感觉,但这次应该是永别了。以后哪儿还会有什么生活呢?

今后活着就是逃跑,我们停下逃亡的脚步之时,就是揭晓生命最后结局之日。

"陶德,快跑。"薇奥拉回头喊道,"求你了,快点。"

我一言不发。

只顾着跑。

我们跑下山,回到河边。小路再次出现在我们的另一边。再一次。

一向如此。

河流的声音比以前更大,在某种力量的驱使下疾速奔向前方,可谁在意这个呢?这有什么重要的?

生活是不平等的。

不平等。

从来都不。

生活毫无意义，而且荒唐愚蠢；只有折磨和痛苦，还有想伤害你的人。你不能爱上任何事物或任何人，不管你爱上什么，它都会离你而去或者被彻底毁掉，最后你会孤单一人，为了生存，要么迎接战斗，要么落荒而逃。

这一生没什么值得珍惜的，可以说一无是处。

这一切他妈的有什么意义？

"意义就是，"薇奥拉在一丛茂密的灌木丛中停下脚步，重重地撞到了我的肩膀，"他对你关心爱护到了极致，甚至不惜牺牲自己。要是你放弃了……"她大喊，"那你就是让他的牺牲一文不值！"

"哎哟，"我喊了声疼，揉着肩膀说，"他为什么偏要牺牲自己呢？为什么我要再次失去他呢？"

她向我走近一步。"你以为你是唯一失去亲人的人吗？"她用一种危险的语气轻声说，"你忘了我死去的父母了吗？"

没错。

我确实忘了。

但我没有说话。

"现在我只有你了。"她依然怒气冲冲的，"现在你也只有我了。我的父母死了，我伤心得都快发疯了，我们一开始就不该来这里，但事情已经发生了，糟糕透了。现在只剩下我俩了，做什么都改变不了现实。"

我还是没有说话。

可她就在我眼前，我只好看着她，认认真真地看着她。我在沼泽地里第一次看到她时，她畏畏缩缩地靠在一段木头上——当时我还以为她是斯帕克人。那像是上辈子的事情了。自那之后,这还是我头一回认认真真地打量她。

在卡波尔丘陵度过的那几天(昨天还在,仅仅是昨天她还在那儿),她把自己收拾得很干净,但现在她的脸上沾着土,也比之前消瘦了些,眼睛下面拖着两个黑乎乎的眼袋,头发乱糟糟地纠缠在一起,双手黑黢黢的。T恤衫前面被草汁染出几道绿痕,那是我们和本一起狂奔时她摔倒了蹭上的,她的嘴唇也被一截树枝划破了,可我们现在没有创可贴。就这样,她看着我。

她告诉我还剩下什么。

她告诉我,她现在只有我了。

她的话让我产生了一些共鸣。

我声流的颜色变得有些不同了。

她的声音温柔起来,但只稍稍温柔了一点。"本走了,麦奇走了,我的父亲和母亲都走了。"她说,"我恨这一切。我恨。但是我们差不多已经走完这条路,就要抵达目的地了。如果你不放弃,我就不会放弃。"

"你相信路的尽头有希望吗?"我问。

"不。"她只说了这一个字就把目光投向了别处,"不,我不信,但我还是要继续走下去。"她看了我一眼,"你和我一起走吗?"

我没必要回答这个问题。

我们继续向前跑去。

但是——

"我们应该上路跑。"我边拨开另一条树枝边说。

"军队来了怎么办?"她说,"他们可是一路骑马而来的。"

"反正他们知道我们要往哪儿逃,我们也知道他们要往哪儿去。要去港湾市都得经过同一条路。"

"他们要是追近,我们也能听见。"她表示同意,"还是在路上跑最快。"

"在路上跑最快。"

于是,她说:"妈的,那咱们就一路跑到港湾市吧。"

我露出一丝微笑。"你说了'妈的',"我说,"你竟然说了'妈的'这种脏话。"

于是我们上路了。尽管非常疲惫,但我们还是尽全力赶路。这条河畔小路依然尘土飞扬、曲曲折折,有的路段还泥泞不堪。不管我们在路上跑了几英里,这条路都是老样子。围绕着我们的也依然是绿荫浓密、树木林立的新世界。

如果你刚刚在这个世界着陆,对这里一无所知,你肯定会误以为这里是伊甸园。

我们面前缓缓出现一座宽阔的山谷,谷底扁平,有河流流过,但远方的河段两侧是逐渐隆起的山丘。照亮这一座座小山的只有月亮,山上没有任何人烟,也没有灯火摇曳的营地。

前面也没有港湾市的影子。不过,我们是在谷底最平坦的那片区域,不管是身前还是背后,都看不到比小路拐弯处更远的地方。河流两侧依然覆盖着郁郁葱葱的森林,让人觉得整个新世界都封闭了,每个人都离开了,只剩下他们身后的这条路。

我们继续向前。

走啊,走啊。

在眼前的山谷中,第一道破晓之光划破天际之时,我们停下来,去河边取了些水喝。

天地间似乎只有我的声流和河水奔腾的声音。

没有马蹄声,也听不到其他人的声流。

"你知道,这意味着他成功了。"薇奥拉说,她不敢直视我,"不管他做了什么,他成功阻止了那个马背上的人。"

我发出含混不清的"嗯嗯"声,点点头。

"而且我们也没听到枪声。"

我又"嗯嗯"几声,点点头。

"抱歉之前吼你来着。"她说,"我只是想让你继续走,不想让你停下来。"

"我知道。"

我们靠在河边的树上。小路在我们身后,河对面只有树林和逐渐抬升的山谷边缘,以及头顶的天空。天空颜色越来越浅、越来越蓝,也越来越开阔、空旷;天边的星辰越来越稀疏。

"我们在侦察船上的时候,"薇奥拉说着抬头望向河流和我,"我特别沮丧,因为我离开了我的朋友们。虽然只是其他监护家庭的几个小孩,但我还是想念他们。我还以为接下来整整七个月里,我会是这颗星球上唯一的大孩子,不会有任何同龄朋友呢。"

我喝了几口水:"我在普伦提斯镇也没朋友。"

她转过来,对着我:"什么意思,没朋友?你没有朋友?"

"我以前有过朋友,都是比我大几个月的男孩。但是他们成年之后就不和未成年的男孩说话了。"我耸耸肩,"我是我们那儿最后一个男孩,所以最后只剩下我和麦奇一起玩了。"

她盯着天上逐渐隐去的星辰:"真是个愚蠢的规定。"

"没错。"

我们不再交谈。此时此刻,河畔只躺着我和薇奥拉两个人,静静休息,等待黎明到来。

只有我和她。

过了一会儿,我们动了动,准备继续上路。

"我们明天就能抵达港湾市了,"我说,"如果我们不断前进的话。"

"明天,"薇奥拉点点头,"我希望能在那儿吃顿饱饭。"

轮到她来背包了,我把包递给了她。太阳从山谷尽头冒出来,阳光照在河对面的山上,好像河流正朝着太阳奔去,这一幕让我眼前一亮。

薇奥拉听到我声流中火花闪烁似的噼啪声,迅速回过头来问:"怎么了?"

我抬手遮住旭日刺眼的光芒,只见远处山间腾起一道细细的尘烟。

尘烟不断拉长。

"那是什么?"我问。

薇奥拉把望远镜拿出来看了看。"看不清,"她说,"有树挡着。"

"有人来了?"

"也许是另一条路上的。就是我们在岔路口没选的那条路。"

我们看了一两分钟,目送这道尘烟继续拉长,像一朵缓缓移动的云,朝着港湾市飘去。只能看见却听不到任何声响,这感觉有点奇怪。

"真希望我知道那支军队走到哪儿了,"我说,"离我们还有多远。"

"也许卡波尔丘陵的人战斗力很强。"薇奥拉举起望远镜,向着河流上游——我们的来处望去,但是那段路太平坦,有太多拐弯,道路以外就是一望无际的林子。树林和天空阒静无声,此外还有一道越拉越长的尘烟向着遥远的山巅安静延伸。

"我们该走了。"我说,"我觉得有点瘆得慌。"

"那就走吧。"薇奥拉小声说。

我们又回到了路上。

继续逃命。

我们没有食物,早餐是一个黄色的水果。那果子是我们经过一棵树时薇奥拉瞧见的,她发誓她在卡波尔丘陵时吃过这东西。后来,我们午餐时也吃了这果子。有吃的总比没有强。

我又想到了背上的那把猎刀。

如果有时间的话,我能打猎吗?

可是我们没有时间打猎。

中午过去,下午到来,我们仿佛身处一个被遗弃的诡秘世界,只有我和薇奥拉在谷底奔跑,不见任何聚居区、赶车人,也听不到什么比河水流淌更大的声音——河水声越来越响,都快盖过我的声流了。我和薇奥拉要交谈都得抬高嗓门才能让对方听见。

不过,我们太饿,也太累了,再加上跑得上气不接下气,根本顾不上交谈。

我们只管一直跑。

我发现自己又在偷瞄薇奥拉。

远处山巅的那道烟尘竟然和我们同路,而且稍稍领先我们。这天快过完的时候,烟尘已经消失在我们前方了。我瞧见我们奔跑的时候她在认真观察那道烟尘,瞧见与我并肩奔跑的她因为腿部的疼痛时不时哆嗦一下,还瞧见她在休息的时候轻轻揉腿。就连她喝水的时候,我都会透过瓶子底看她。

自从我的目光落到了她身上,我就无法再将眼睛挪开了。

她也看着我:"怎么了?"

"没事。"我说着,赶紧看向别处,因为我也不知道我怎么了。

山谷越来越陡峭,两侧的山也越靠越近,河流和河畔的小路都随之变得笔直。我们能看到一点来时的路,路上还没有人马追来。现在的这种安静比到处都是声流还要吓人。

黄昏时分,太阳沉入我们身后的山谷,它降落的地方可能就是军队和新世界其他人的所在,不知道抵抗军队的人们和加入军队的人们都怎么样了。

不知道女人都怎么样了。

薇奥拉跑在我前面。

我看着她奔跑的背影。

夜幕降临后,我们终于来到了一处聚居区,又是一座在河上建了码头的聚居区,人们已经搬空了。路边只剩下五座房子,最前面的房子看起来像是个小商店。

"等等。"薇奥拉说着停下脚步。

"晚餐?"我说完屏住呼吸。

她点点头。

我们差不多踹了六脚才把商店的门踹开。尽管这里已经人去店空,但我还是环顾了一周,担心会有人冲出来骂我们。里面大部分是罐头,但是我们找到了一条干面包、几个品相不佳的水果和几条肉干。

"这些东西也就放了一两天。"薇奥拉一边吃一边说,"他们一定是昨天或者前天逃去港湾市了。"

"看来关于军队的流言很可怕啊。"我说。因为没有充分咀嚼肉干就往下吞咽,我咳嗽了一阵子。

我们都尽可能地填饱肚子,然后我把剩下的食物都划拉到薇奥拉的包里。现在包背到了我肩上。装东西的时候,我又看到了那个日记本。它还待在包里,好好地装在塑料袋中,封面上有一块刀形的劈砍痕迹。

我把手伸进塑料袋中,用手指摩挲着本子。触感柔软,黏合处还有轻微的皮革味儿。

这个日记本,我妈妈的日记本,它一路跟随我们,还受了伤,但最终挺了过来——就跟我们一样。

我抬头看向薇奥拉。

两人的目光恰好相遇。

"怎么了?"她说。

"没什么。"我把日记本和食物一起放回包里,"我们走吧。"

我们重新上路,沿河前行,朝着港湾市进发。

"这应该是我们在路上的最后一晚,"薇奥拉说,"如果斯诺医生说得没错的话,我们明天就能到达目的地。"

"是啊,"我说,"然后这个世界就会发生改变。"

"再次发生改变。"

"没错。"我表示同意。

我们又走了几步。

"你开始感觉到希望了吗?"薇奥拉好奇地问。

"没有。"我的声流有点乱,"你呢?"

她扬起眉毛,最后还是摇摇头说:"没有,还没。"

"但我们还是要去那里。"

"是啊,没错。"薇奥拉说,"赴汤蹈火也要去。"

"没准儿我们真需要赴汤蹈火呢。"我说。

太阳沉落,两个月亮再次升起——两个月牙比起前一晚更小了。天空依然晴朗,上面缀满了星辰。世界依旧宁静,只听得到越来越大的流水声。

午夜降临。

15天。

已经15天了。

然后呢?

我们趁夜赶路,夜空被我们缓缓抛在身后。晚餐在我们胃里消化得差不多了,疲惫再次袭来,我们之间的对话也逐渐减少。黎明之前,我们发现路边倒着两辆车,周围撒了一地麦粒,还有几个空筐侧翻在路上。

"人们甚至没来得及把所有的东西带走。"薇奥拉说,"半数家当都丢在路上了。"

"正好给咱们留了一顿早餐。"我把其中一个筐子翻过去,拖着它走到能看见河流的路段,坐在上面。

薇奥拉也捡了一个筐,翻过去,把它拖到我身边坐下。太阳即将升起,天空显露出朦胧的辉光,我们脚下的路恰恰伸向天边,身边的小河也一样,向黎明的源头奔去。我打开背包,拿出从商店拿来的食物,分给薇奥拉一些,开始吃手头仅剩的这些东西,还喝了几口水。

背包敞着口放在我的大腿上,里面有我们剩下的衣服和望远镜。

还有那个日记本。

我捕捉到身边薇奥拉的安静。那份安静牵引着我,让我的胸膛、胃部和脑袋都产生一种空空荡荡的感觉;我还记起每次她靠近时我产生的疼痛和伤感,好像失去了什么东西,我甚至感觉自己正在坠落,坠入虚空之中。这种感觉钳着我,让我泫然欲泣,甚至可能真的流下眼泪。

可是现在……

现在,这种感觉轻多了。

我向她望去。

她应该已经从声流中发现了我的想法。此时此地只有我一个人的声流,尽管河流的水声很大,但她越来越善于读懂声流了。

可她静静地坐在那儿进食,没有说话。她在等我开口。

她在等我开口央求。

因为我现在就想着这件事情。

太阳升起,之后就是新的一天——我们抵达港湾市的那天。那个地方遍地都是我们素未谋面的陌生人,到处存在声流,谁也无法独自清静,除非他们找到了治愈声流病的办法。如果真是那样,我就是那儿唯一有声流的人——那就更糟糕了。

我们会抵达港湾市,分别成为那座城市的一员。

到时候就不会有陶德和薇奥拉两个人坐在河边吃着早餐等日出的画面了,就不会有整颗星球上只剩我们两个人的感觉了。

到时候,我们身边会有很多人,做什么都是大家一起。

眼下恐怕是最后的机会。

我不再看她,开口说道:"你会模仿别人说话的样子,是吧?"

"是啊。"她轻声回答。

我把笔记本拿了出来。

"你能模仿普伦提斯镇人的口音吗?"

我听到了少女轻吟

"我最亲爱的陶德,"薇奥拉努力学着本的口音念道,老实说她学得相当像,"我亲爱的儿子。"

是我妈妈的声音,是妈妈在跟我说话。

我抱起胳膊,低头看着散落一地的麦粒。

"我是从你出生那天开始写这本日记的。那天,你终于不是在我肚子里,而是躺在我怀里了。你在我肚皮里就喜欢踢腾,没想到出来也一样喜欢小脚乱蹬!你是整个宇宙中最美丽的小人儿,毫无疑问,你也是整个新世界最美丽的小人儿,在新伊丽莎白镇就更是无人能比了,毋庸置疑。"

我感觉到自己的脸变红了,但是太阳光还很暗淡,应该谁也看不出来。

"陶德,我真希望你爸爸能看到你,可五个月前新世界和天上的主让疾病带走了他,只有以后到了另一个世界,我俩才能见到他了。

"你和他长得很像。虽然小婴儿看起来都差不多,但是说真的,你真的很像他。陶德,你以后会是个大高个儿,因为你爸爸就很高。你会是个强壮的小伙子,因为你爸爸就很强壮。还有,你会长得十分英俊,哦,一定会的。新世界的女孩儿们还不知道以后会有你这样的俊俏男子打动她们。"

薇奥拉翻了一页日记。我没有看她,同时我感觉她也没有看我。我可不想看到她这时候脸上的微笑。

因为那件奇怪的事又发生了。

她说的并非是她自己的话,这些字句从她的嘴里冒出来,听起来像是谎话,同时又像是说出了新的真相,甚至创造了一个全新的世界——我妈妈可以直接对我倾诉的世界。因为薇奥拉说话用的不是她的声音,至少一开始是这样的。她用声音为我创造了一个世界,只为我一个人而创造。

"儿子,我来告诉你,你出生在一个怎样的世界吧。这里叫新世界,是一颗充满了希望的星球……"

薇奥拉顿了顿,马上就又开始念了。

"为了寻找新的生活——干净、简单、诚实、美好的生活,各方面都与旧世界不同的生活,差不多10年前,我们降落到这颗星球。我们希望,在上帝的指引和庇护之下,在这里安居乐业。

"我们经历过困难。陶德,我不想以谎言作为故事的开始。在这里开启新生活不咋容易……

"哦,看看啊,我给儿子写信时竟然用了'不咋'这种说法。我想这就是你要过上的移民生活吧。大家都没空去管那些无伤大雅的小错误,而且很容易'堕落'到不拘小节者的层次。不过,使用

'不咋'这种词儿也没什么,对吧?好,就这样了——这是我成为母亲之后做出的第一个糟糕决定。陶德,你以后愿意说'不咋'就尽情地说,我保证不会纠正你。"

薇奥拉撇撇嘴,但是我什么都没说,于是她继续往下念。

"在新世界和新伊丽莎白镇,我们的生活遇上了一些困难和疾病。这颗星球上有一种叫'声流'的东西。自从我们降落,男人就在和这种疾病作斗争。不过,等你长大了,你会和聚居区的其他男孩一样,对没有声流的生活一无所知,所以很难给你解释那是种什么样的状态,这就是为什么我说现在的生活如此艰难。不过,我们正在尽全力解决这个问题。

"陶德,咱们这儿有个叫大卫·普伦提斯的人,他也有个儿子,只比你大一点。他是一个出色的组织者——如果我记得没错的话,他曾经在飞船上担当管理员……"

薇奥拉念到这里停住了,这次是我在等她开口说些什么,但她最后什么也没说。

"他说服我们的镇长杰西卡·伊丽莎白在一大片沼泽地旁边建了这片小小的聚居区。他说这样一来,在未经我们许可的情况下,新世界其他地区的声流就与我们基本绝缘了。虽然新伊丽莎白镇也有声流,但至少那些都是我们知根知底的人——我们信任的人所发出的。至少大部分人是我们可以信任的。

"我在聚居区的工作是种地,我在聚居区以北的地方种了好几片麦田。你爸爸过世之后,我们的好朋友本和基里安就开始帮助我干农活儿,因为他们的农田就在我们家的旁边。我真希望赶快让你和他们见面。等等,你已经和他们见过面了。他们抱过你,还和你打过招呼。看看,你才降生到这个世界上一天,就已经交了两个朋友。儿子,这是一个很棒的开始啊。

"实际上,我坚信你会在这里过得不错,因为你早出生了两周,显然你早就在我肚子里待不住了,迫不及待地想出来看看这个世界。这不怪你。天空这么大、这么蓝,树木这么绿,更何况这还是一个动物能够开口说话的世界,它们真的会说话,你甚至能和它们交流。这里有这么多奇妙之处等你去发现、去探索,陶德。可惜你现在还不能体验,还得等你长大些,才能有机会经历我说的这些。对于这一点,我简直不能接受。"

薇奥拉吸了口气,说道:"这里断了,留出来一些空隙,然后上面写着'稍后继续',貌似她写日记时被什么打断了。"她抬头看着我,"你还好吗?"

"还好,还好。"我连忙点头,双臂依然抱在胸前,"继续念吧。"

天亮多了,太阳冉冉升起。我稍微离她远了点。

她读道:"稍后继续。

"抱歉,儿子,我刚才去给客人开门了,来者是我们的神职人员阿隆。"

薇奥拉再次停下来,她舔了舔嘴唇。

"有他在是我们的幸运。不过,我得承认,我并不完全同意他最近所说关于新世界的原住民的话。这里的原住民是斯帕克人。我们完全没想到这颗星球上有原住民,因为他们一开始表现得非常害羞,不管是旧世界最初的移民计划者,还是我们派出的第一批侦察船,大家都没有发现他们。

"他们是非常温柔的生物。跟我们很不一样，也许比较原始，因为我们尚未发现他们使用语言或文字。有些人认为斯帕克人是动物，不是什么智慧生物，我对此难以同意。阿隆最近忙着布道，他说上帝在我们与他们之间画了一条分界线，还有……

"哎呀，在你出生的日子聊这些实在不太合适，对吧？阿隆对他的信仰十分虔诚。这么多年来，他始终是我们的信仰支柱。要是以后有人发现这本日记，翻看其中的内容，我想让看日记的人知道，你出生的第一天就能有他来为你祈福，这是一种殊荣，明白吗？

"不过，在你出生的第一天，有句话我要跟你讲。趁你的年纪还小，你应该明白权力的诱惑性。这东西可以作为区分男人和男孩的重要标准，不过，区分的方式和大多数人想的不一样。

"我想提醒你的是要警醒。

"哦，儿子，这是个奇妙的世界，要是有人说不是这么回事，别相信他。没错，新世界的生活十分艰苦，这一点我要向你承认。因为既然我要为你写这本日记，那就干脆始终保持坦诚。我要告诉你，我之前都快绝望了。聚居区的情况太复杂，现在我无法跟你解释清楚，反正不管我愿不愿意，以后你都会自己搞清楚的。大家困难重重，缺衣少食，还要和疾病作斗争。本来日子就艰难，再加上你爸爸走了，我几乎就要放弃了。

"但最后我没有放弃。我能坚持下来都是因为你，我美丽的小男孩，我可爱的儿子。是你让我看到了这个世界美好的一面。我发誓要用爱和希望养育你，发誓要让你看到这个世界逐渐向好。我发誓。

"今天早晨,我第一次把你抱在怀里,看着你喝我的奶,我从你身上感觉到了好多好多的爱,近乎疼痛、令我似乎一秒钟都无法承受的爱。

"但也只是近乎。

"我给你唱了一首歌,是我母亲曾经唱给我听的,也是我母亲的母亲曾经唱给她听的。这首歌就是这样一代代传下来的。"

这时,惊人的事情发生了,薇奥拉竟然开始唱歌了。

她真的将信上写的歌曲唱了出来。

"每当早晨,太阳升起;山谷低处,少女轻吟:哦,不要欺骗我;哦,永远不要离开我;你怎忍心如此利用可怜的少女?"

我无法直视她,伸出双手捂住脑袋。

"陶德,这是一首悲伤的歌,但也是一个承诺——我永远不会欺骗你,也永远不会离开你。我向你许下这个誓言,有一天你也会向其他人发誓,然后你会知道誓言可以成真。

"啊哈,陶德!你哭了。你正躺在婴儿床里哭呢,这是你出生的第一天——第一次从睡眠中醒来,用哭声呼唤这个世界。

"所以我只能暂时把这本日记放到一边,先去哄你。

"儿子,你正在呼唤我,所以我也要回应你。"

薇奥拉念完这句就停下了。此时,我们只能听到河的流水声和我的声流。

"后面还有。"过了一会儿,薇奥拉说。我抬起头,看见她正在翻日记本,"写了挺多的。"她看着我,"你想让我继续读吗?"问完她又把目光挪到了日记本上,"你想让我读结尾吗?"

结尾。

结尾就是我妈妈在最后的日子里写下的话……

"不用了。"我飞快地说。

你正在呼唤我,所以我也要回应你。

这句话永远在我的声流中回荡。

"不用了,"我又说了一遍,"先到这儿吧。"

我向薇奥拉投去一瞥,发现她拉长了脸,很伤心的样子,我的声流里也充满了悲伤。她眼眶湿润了,下巴微微颤动。在破晓的阳光下,她的整个身子几乎都因为悲伤而颤抖了。她发现我在看她,也感觉到了我的声流,于是她转过身去,面向河流。

就这样,这天早晨,在冉冉升起的旭日下,我意识到一件事。

我意识到一件非常重要的事。

因为太重要,我不得不站起来消化。

我知道她在想什么。

我竟然知道她在想什么。

就算只看到她的背影,我也知道她在想什么,还能感觉得到她的内心。

通过她转过身的样子、她的头和双手的姿势、她把笔记本放在自己腿上的样子、她读过我的声流之后背部稍显僵直的样子,我看出了她的想法。

我能看出来。

我真的能看出她的所思所想。

她在想,她自己的父母就像我妈妈一样,也是带着希望来到这颗星球的。她在想,在这条路的尽头,我们会不会和我妈妈一样,希望全部化为泡影。她看了我妈妈的日记之后,想象这些话从自己爸爸妈妈的嘴里说出来,想象他们说爱她、想她、想让她拥有全世界。她把我妈妈唱给我的歌也编织进自己的想象中,将它转化为她自己悲伤的源头。

她很伤心,但并非绝望——虽然疼,但感觉到伤心是好事,可伤心总归是伤心,这滋味不好受。

她伤心了。

我明白了。

切切实实地明白了。

因为我能读懂她的想法。

尽管她没有声流,但我仿佛看到了她的声流。

我知道她是什么样的人。

我懂薇奥拉·伊德。

我把脸埋进手心里。

"薇奥拉。"我颤抖着轻声说。

"我知道。"她也轻声回答,同时把自己抱得更紧了,依然面朝着另一个方向,没有转过来。

她坐在那里向河对面眺望。我一边注视着她,一边等待着黎明到来。我们心里都清楚。

我们彼此心意相通。

瀑布

太阳缓缓地爬上天空,河水哗哗地流淌,发出巨大的声音。远远望去,河水疾速奔向山谷的尽头,河面上只剩一波波白浪和湍流。

薇奥拉打破了我们两人之间的沉默。"你知道该怎么办吧?"她说着,举起望远镜观察河流下游。太阳升至山谷末端的上空。她不得不用一只手盖在望远镜的上方,遮挡强光。

"怎么了?"我说。

她在望远镜上按了一两个按钮,继续观望。

"你看见什么了?"我问。

她把望远镜递给我。

我循着湍流和浪花扬起的泡沫往下游看,一直看到……看到河流的尽头。

就在几英里之外,河流突然断了。

"又一座瀑布。"我说。

"看着比威尔夫住处的那个瀑布还大。"她说。

"肯定有路能绕过去。"我说,"咱们不用担心。"

"我不是说这个。"

"那你想说什么?"

"我的意思是,"她皱起眉头,对我的迟钝有些不满,"大瀑布下面肯定有一座大城市。如果你要在这颗星球上找个地方建立第一片聚居区,从太空中看,瀑布下的山谷里一定有着富饶的土地和现成的水源,这将会是个完美的选址。"

我的声流活跃起来,虽然只有一点点。

谁能想到出现得这么突然?

"港湾市。"我说。

"我敢打赌我们找到了港湾市。"她说,"等我们到了瀑布旁边,往下一看肯定就是港湾市。"

"如果我们跑起来,"我说,"只花一个小时就能跑到那儿,不到一个小时。"

她盯着我的眼睛,这还是她念完我妈妈的日记之后第一次直视我。

她说:"如果我们跑起来?"

然后她露出微笑。

真心的笑。

我明白她的意思。

我们抓起不多的随身行李,向前跑去。

比以往都要快。

我的双脚疲惫酸疼,她肯定也一样。因为脚上起了水泡,我疼得不行;因为失去了亲人,我感到心中悲凉。她肯定也一样。

但我们还是跑了起来。

天哪,我们真的跑起来了。

因为也许(闭嘴)……

只是也许(别想了)……

也许路的尽头真的就是希望。

我们越往前跑,河面就越宽,山谷两侧越挨越近。离我们较近的这一侧谷壁越来越靠近河流,脚下的路骤然变陡。湍流激荡,溅起朵朵水花。我们的衣服都被打湿了,脸和手也一样。流水奔腾的声音震耳欲聋,填满了整个世界,仿佛一堵实实在在的墙,但这感觉并不坏。这雷霆之声仿佛冲洗着人的身体,将声流都冲走了。

我心想:拜托了,瀑布下面可一定要是港湾市啊。拜托了。

奔跑的时候,我看到薇奥拉回头看我。她的脸庞分外明媚,一边跑,一边微笑,歪头示意我再快点。我想,也许就是希望在推动我们不断向前吧,也许就是它让我们产生不断前进的动力,与此同时,希望也代表着危险、痛苦和冒险。希望使得我们大胆探索这个世界,可这个世界何时会让我们赢得这场探险呢?

拜托了,前方可一定要是港湾市啊。

拜托了,拜托了,拜托了。

上坡终于出现,道路开始明显高于河流。我们身旁的湍流大力撞击河道两侧的岩壁。山谷越来越窄,我们和河流之间已经没有树林了,一棵树都没有,只剩下一道陡峭的山坡,坡下就是河流,前方则是瀑布。

"快到了。"薇奥拉在我前面大喊。随着奔跑的脚步,她脖子后面的秀发跳动着,阳光照在上面,泛出跃动的光泽。

然后——

然后,在悬崖边缘,路突然断了,向右侧陡降。

我们就在这里停住了脚步。

眼前是巨大的瀑布,约有半英里宽。河流咆哮着跃下悬崖尽头,腾起大量白色水沫,溅起的水滴打湿了周边数百米内的一切,包括我们的衣服。在阳光照耀下,出现了数道彩虹。

"陶德。"薇奥拉的声音几不可闻。

但是我不用听清也知道她的意思。

在瀑布下落的地方,山谷开阔起来,似乎比蓝天还空旷;瀑布下面,水流汇聚成水潭,再次形成河流,载着白色的浪花继续奔流向前。

河流奔向港湾市。

港湾市。

一定是的。

这样的景观就像一桌丰盛的食物,展现在我们面前。

"终于到了。"薇奥拉说。

我感觉到她的手指钩住了我的。

左边是隆隆的瀑布,空中是飞扬的水花和美丽的彩虹,我们头顶是金灿灿的太阳,下方是山谷。

而港湾市,它就在不远处等待着我们。

下到谷底之后,我们还要走三四英里的路才能到达目的地。

太棒了,港湾市就在那儿。

它真的在那儿。

我环顾四周，看到脚下陡峭的道路。这条路从我们的右侧直插谷底，然后曲曲折折地铺在高峻的山坡上，形成一幅歪歪扭扭的图案，好似一条搭在山间的拉链，最后又拐到了河畔。

沿着这条路，我们应该就能走到港湾市。

"我想先看看。"薇奥拉说着松开我的手，拿出望远镜。她透过望远镜看了一眼，抹去镜片上的水沫，继续看。"真美。"她说。自始至终她只说了这一句，然后就抹去水沫，接着观察。

过了一分钟，她还是没有说话，只是把望远镜递给我。终于，我第一次看到了港湾市。

镜片上的水太多，即使擦过一遍还是看不真切，人影什么的都看不到，但是我望见了各种各样的建筑，其中大多数都围绕着一座中央大教堂似的建筑；当然了，中央还有其他大型建筑，还有一条真正意义上的道路通向中央，这条路弯曲地穿过树木，与更多建筑群连接。

那里总共至少有50座建筑。

也许有100座。

这是我这辈子也没见过的大城市。

"我得说，"薇奥拉大喊，"这里比我想象的要小。"

但我不太能听清她说什么。

透过望远镜，我沿着河畔的路往回看，路的两边各有一道加固的栅栏，路面上则放置着一个路障似的东西。

"他们已经做好了准备。"我说，"他们可以随时迎接战斗。"

薇奥拉担忧地看着我："你觉得这防御工事够坚实吗？你觉得我们安全吗？"

"那得看关于军队的流言是真是假。"

我下意识地看看身后,好像后面就是等着我们继续走的军队似的。然后我又抬头看看身旁的小山。爬上去应该可以看到更多情况。

"我们上去看看。"我说。

于是,我们顺着路往回跑了一段,找到一处不错的位置,开始往山上爬。往上爬的时候,我感觉双腿很轻巧,声流也比前几天清晰多了。我为本感到伤心,为基里安感到伤心,也为麦奇感到伤心,更为我和薇奥拉被迫经历的这些事感到伤心。

但本是对的。

这座世界上最大的瀑布底下尚有希望存在。

也许最后我会不那么伤心呢。

我们穿过山坡上的林子,一直往上爬。这座俯瞰河流的小山陡得很,我们得扯着藤蔓、扳着石头才能爬到足以看清下方小路的高度。最后,整座山谷都伏于我们脚下。

我举起望远镜,转向河流下游和路的远方,目光扫过重重树冠。同时,我还要不断擦掉镜片上的水。

我望着远处。

"看见他们了吗?"薇奥拉问。

越往远处去,河流越小;我继续往远处看。

"没有。"我说。

我继续望。

望向更远处。

终于看到了。

在一个极大的路弯尽头,山谷腹地,太阳照不到的一处遥远阴影中,我看到了他们。

这应该就是那支军队了,他们正在挺进。但他们离得太远,我只能勉强看出他们是一支队伍,就像幽暗的水流漫过干涸的河床一样。隔着这么远的距离,我很难看得仔细。我看不清一个个的人,也看不出他们有没有骑马。

只是一群人,一群正在涌上小路的人。

"多大的队伍?"她问,"那支军队现在有多少人了?"

"不知道。"我说,"三百人?四百人?我不知道。我们离得太远了……"

我停下来。

"我们离得太远了,看不清。"我咧嘴笑了,"不知道有多少英里呢。"

"我们赢了。"薇奥拉说,同时脸上浮现出一丝笑容,"他们追赶我们,结果没有追上,我们赢了。"

"我们快去港湾市给那里的负责人报信吧。"我的语速很快,声流活跃起来,"不过港湾市的人已经组织好防御战线,进城道路非常窄,而且那支军队今天剩下的时间都会耽搁在路上,今晚都到不了。我敢打赌这支军队不超过一千人。"

我敢打赌。

(但是——)

薇奥拉的微笑是我见过最疲惫也最开心的笑。她再次拉起我的手:"我们赢了。"

但是,希望破灭的风险紧接着出现,我的声流又变得灰暗。

"可是，我们毕竟还没到港湾市呢，也不知道那里能不能……"

薇奥拉摇摇头。"不不，"她说，"我们赢了。你听我的，开心点，陶德·休伊特。我们在路上跑了这么长时间，终于把那支军队甩开了一大截。我们已经赢了。"

她笑眯眯地看着我，盼着我说些什么。

我的声流嗡嗡作响，有开心，也有警惕，还掺杂着疲惫、轻松和些许担心，但我想她可能是对的，也许我们真的赢了，也许我应该给她一个拥抱——如果这样做我不会觉得别扭的话。总之，在各种纷乱的想法中，我的的确确同意她的看法。

"我们赢了。"我说。

然后她伸出双臂环住我，就好像怕我摔倒一样。于是，我们就站在湿漉漉的山坡上，静静地呼吸了一会儿。

她身上的花香淡了许多，但还是好闻。

我向山下张望，瀑布飞流直下，港湾市的建筑在阳光下闪闪发亮；同时被阳光照耀的还有瀑布之上的河段——波光粼粼的河流好似一条金属蛇。

我任由自己的声流冒出开心的火花，目光继续投向那段河流，结果……

不。

我身上的每块肌肉都抖了一下。

"怎么了？"薇奥拉从我身边跳开，问道。

她扭头向我看的方向望去。

"怎么了？"她又问了一遍。

然后她看见了。

"不。"她说,"不,这不可能。"

河上驶来一艘船。

船离我们非常近,不用望远镜也能看清。

我能看到船上的人手握来复枪,身穿长袍。

我能看到那人脸上的疤痕和怒气。

他正朝着这个方向拼命划船,像判决一样逼近我们。

是阿隆。

祭品

"他看见我们了吗？"薇奥拉紧张地问。

我举起望远镜。阿隆在镜筒那头显得格外高大可怖。我按了几个按钮，将他推远。他没有看向我们，只是机械地划船。他想渡河，到对岸来。

他的脸被撕烂了，疙疙瘩瘩、血肉模糊，丑陋而恐怖。他一侧脸上有个洞，以前是鼻子的地方也成了窟窿。这张面皮之下是他的凶残和冷酷。一看就知道他不达目的决不罢休，决不。

战争会把人变成怪兽。我想起了本的话。

眼下就是一头怪兽在向我们逼近。

"我觉得他还没看见我们，"我说，"不过迟早会看见。"

"我们能把他甩下吗？"

"他有枪。"我说，"而且通往港湾市的路就这一条，他什么都能看见。"

"那我们不走路，从林子里穿过去。"

"我们和下面的路之间可没太多树。咱们得动作快点。"

"没问题。"她说。

于是,我们蹭着叶子和湿漉漉的藤蔓滑下坡,尽可能地抓住沿途的石头保持平衡。这里的树木并不茂密,我们依然可以看到下方的河流,看到拼命划船的阿隆。

这意味着,如果他抬起头来,或许就能看见我们。

"快点!"薇奥拉说。

往下……

再往下……

我们向路边滑去……

我们踩过路边的泥地……

然后,我们终于到了路上,还在河里的阿隆再次从我们的视野中消失了。

但他只消失了一瞬就回到了我们的视野。

河流飞快地将他往下游送去。

船上的他正好可以看到我们。

瀑布的隆隆声几乎要把人吞没,但我依然能听到那个声音。

即便我站在星球的另一侧,远远地也能听到他的喊声。

"陶德·休伊特!"

他伸手去拿来复枪。

"跑!"我大喊。

薇奥拉撒腿就跑,我跟在她后面,向道路突然断掉、下沉化为"之"字路的地方奔去。

也就十五步,也许有二十步,我们就消失在路的边缘……

我们跑起来就像休息了两个星期、蓄足了力气一样——

砰、砰、砰,我们脚步分外有力。

奔跑中,我回头看了一眼。

阿隆一只手提枪,努力维持船身平稳的同时也端稳枪。

可是小船在湍流中东摇西晃,他也跟着前仰后合……

"他瞄不准的。"我对薇奥拉大喊,"他没法一边划船一边开枪……

咔!

我的前面,薇奥拉的脚边,一块泥土从地上飞了起来。

我大叫一声,薇奥拉也大叫一声,我俩都本能地俯低身子。

我们越跑越快——

砰、砰、砰——

快跑,快跑,快跑,我的声流像烟花一样发出咔嚓咔嚓的声音。

不要回头——

还有五步——

快跑,快跑——

三步——

咔!

薇奥拉倒下了。

"不!"我大喊。

她从道路截断处摔下,滚了下去。

"不!"我又大喊一声,跟在她后面跳下——

跌跌撞撞地往坡下走——

我沿着她滚落的方向疾行——

不——

不要——

不能是现在——

我们明明马上就能——

天啊，不要——

她滚进道路一侧低矮的树丛中，然后继续翻滚——

她停了下来，面朝土地趴着。

我冲到她身边，几乎难以控制自己的身体。我站不住，只好跪在灌木丛中。我抓住她，将她翻过身来，检查她是否流血或者中枪，不住念叨着："不要，不要，不要，不要，不要……"

愤怒、绝望、空欢喜，我几乎被这些东西遮住了双眼……不要，不要，不要……

她睁开了眼睛。

她睁开眼睛抓着我说："我没有中枪，我没有中枪。"

"没有吗？"我稍稍摇晃了她两下，"你确定吗？"

"我只是摔了一跤。"她说，"我发誓刚才有一颗子弹从我眼前飞了过去，所以我才摔倒了。我没受伤。"

我气喘吁吁地听她说话。

"谢天谢地，"我说，"谢天谢地。"

世界开始旋转，我的声流也直打旋儿。

这时她已经站起来了。我也站在矮树丛里，查看周围和下方的道路。

我们的左边是从悬崖上倾斜而下的瀑布，身前身后都是曲曲折折的道路——夸张的"之"字形沿着陡坡一路延伸到瀑布底。

这段路一览无余。

没有树，只有矮树丛。

"他会把我们都除掉。"薇奥拉说着，回头张望坡顶的道路。虽然我们看不见阿隆，但我想他现在一定正在奋力向河岸靠拢。

"陶德·休伊特！"因为隔着隆隆的瀑布流水声，他的声音有些微弱，但在我听来和整个宇宙一样庞大。

"这里没地方躲藏，"薇奥拉说着环顾四周，又看了看上下，"只有到了底下才行。"

我也看看四周。这山坡太陡，路又太开阔，道路转弯形成的路间都是低矮的树丛。

总之，没地方可躲。

"陶德·休伊特！"

薇奥拉指指上面。"我们可以去山上的树林里躲着。"

只可惜这山坡太陡了。我都能听到她声音中希望破灭的动静。

我环视一圈，继续寻找出路——

然后我发现了。

那是一条几不可见的小径，窄得要命，从我们原来所走路线的第一个拐弯处延伸而出，通往瀑布方向。在我的视野里，这段小径的长度只有几米。但是我循着它的方向望去，它就消失在悬崖那侧，突然拐到了瀑布后方，正好与岩架相接。

这处岩架就在瀑布后面。

我朝矮树丛外走了几步，回到路上。小径消失了。

岩架也消失了。

"你在干什么？"薇奥拉问。

我转身回到矮树丛中。

"那儿，"我指给她瞧，"你能看见吗？"

她往我指的地方瞥了一眼。瀑布在岩架上投下阴影，小径的两端也藏在阴影里。

"从这儿可以看见，"我说，"在路上却看不到。"我看着她，"咱们躲起来吧。"

"他能听见你的声流，"她说，"他一定会找到我们的。"

"瀑布声这么大，很难听见的，只要我不大声喊。"

她皱着眉头俯视通往港湾市的路，又抬头朝着随时可能出现阿隆的地方看去。

"我们离目的地很近了。"她说。

我拽住她一条胳膊，说道："走吧。让他先过去。咱们等到天黑再行动。要是走运，他会以为我们原路折返，躲进上面的树林了。"

"要是他找到我们，我们就无路可逃了。"

"可我们要是往港湾市跑，他会开枪打我们的。"我看着她的眼睛，"这是个机会，这条小径给了我们一个机会。"

"陶德……"

"随我来。"我说。我认真地盯着她，极力向她释放希望。哦，永远不要离开我。"我发誓，今晚你一定能抵达港湾市。"我捏捏她的胳膊。哦，不要欺骗我。"我发誓。"

她回头看着我，听到我的话语和声流，重重地点了一下头。我们向那条小径跑去，跑到小径消失的地方，翻过矮树丛，跑到小径应该再次出现的地方。

"陶德·休伊特!"

听声音,他应该很快就会来到瀑布顶部了……

我们手忙脚乱地爬下水边陡峭的路堤。

我们背靠着险峻的小山往下滑,往峭壁的边缘靠近——

瀑布就在正前方——

终于,我到了峭壁边缘,但我不得不往后挺了一下,靠在薇奥拉怀里,因为前面是笔直朝下的断崖。

她抓着我的衬衫,把我撑起来——

瀑布就砸在我们前面正下方的岩石上。

岩架就在后面——

只要我们跳过断崖就能踩到岩架上——

"我之前没料到会是这样。"我说。薇奥拉扶住我的腰,以免我们摔下去。

"陶德·休伊特!"

近了,他更近了……

"陶德,不跳就死定了。"她在我耳边说。

然后她就把手从我腰间放下了……

然后我就跳了起来……

我跳到半空中……

瀑布外缘的水花砸在我脑袋上……

我终于落到了岩架上……

然后我转过身……

她也跟在我身后起跳了……

我接住她，和她一起摔倒在岩架上……

我们气喘吁吁地躺在石头上……

倾听着……

有那么一秒，我们只听到了瀑布的咆哮声……

接着，一个微弱但盖过所有声响的人声传来……

"陶德·休伊特！"

千里传音一般。

薇奥拉压在我身上，我喘着粗气，呼出的气息吹着她的脸庞，她的气息也吹着我的脸。

一时间，我们四目相对。

此时周遭实在太嘈杂，我的声流完全被淹没了。

过了一秒钟，她用双手撑在我身子两边的地面上，使劲一推。站起来的同时她仰头望去，顿时瞪圆了双眼。

只听见她发出了一声感叹："哇。"

我连忙打了个滚，向上看去。

哇。

这处岩架并非只有短短一段，而是继续向瀑布的正后方延伸。我们相当于站在一条隧道的起点，隧道两边一面是石墙，另一面是水墙——因为流速快，洁白干净、轰轰隆隆的水墙看起来就和实实在在的墙一样结实。

"去看看。"我说完，便率先沿着岩架前行。我的鞋底有点滑，再加上这里岩石湿漉漉的，为安全起见，我们都尽可能远离瀑布，贴着石壁走。

这里的声响实在太大了，盖过了一切，就好像声音是种实实在在可以摸到的东西。

如此嘈杂,声流似乎完全被抹除了。

如此嘈杂,我却感到了前所未有的安静。

我们跌跌撞撞地沿着岩架继续前行,在瀑布后面,我们跨过凸起的石块和长着黏糊糊绿色植物的小水洼。头顶上方的石头上还生长着匍匐的根系,也不知道那属于什么植物。

"你看这些像不像台阶?"薇奥拉大喊,但是与瀑布的隆隆声相比,她的音量十分微弱。

"陶德·休伊特!!!"喊叫声仿佛从百万英里之外传来。

"他找到我们了吗?"薇奥拉问。

"不知道。"我说,"应该不是。"

峭壁的表面并不平整,但是岩架边缘的轮廓恰好与峭壁吻合。我们两个浑身湿透,瀑布的水冰凉刺骨,抓住石壁上的植物根系保持平衡也并非易事。

接着,岩架突然下降,由窄变宽,前面确实是人工雕凿出的台阶,这一点越来越明显了。我们脚下几乎可以算是向下的楼梯。

以前有人来过这儿。

我们往下走去,瀑布就在几英寸之外隆隆作响。

终于,我们到达了最底部。

"哇。"薇奥拉在我身后说,我知道她一定看到了前面的景象。

隧道豁然开朗,岩架也一下子宽敞起来;我们仿佛来到了一个水做的洞穴,岩石遮挡此处,瀑布先是落到岩石之上,而后流泻下来,形成一道弧形的水墙,宛似一面不断运动的、具有生命的船帆,包裹着洞壁和我们脚下的石台。

让薇奥拉惊讶的并不是这些。

"那是一座教堂。"我说。

一座教堂。有人用岩石刻了四排简单的长椅,中间留出一条甬道。椅子全部面对着一块比较高的岩石,这岩石就是讲道坛,表面平整,可供牧师站在上面布道;牧师位置后面就是一道奔流直下的炫目水墙——在清晨阳光的照耀下,水墙就像是缀满了星星的毯子,而且在这个空间中,所有湿漉漉的事物都有着亮闪闪的表面。石造讲道坛上雕刻着一个大圆圈,另外两个小圆则刻在大圆的一侧,这就是新世界和它的两个月亮——定居者寄予厚望的新家园,上帝应许之地。这部分岩石涂有防水的白漆,反射出辉光,整座教堂更显得明亮。

瀑布下面有一座教堂。

"真美。"薇奥拉说。

"这地方已经没人来了。"我说。刚刚发现这座教堂的时候,我很震惊,我随后便发现,有几条长凳已经不在原位,墙壁上到处都是涂鸦,有些是用工具刻上去的,有的则是用白漆写下的;至于内容,大多数是胡言乱语,比如P.M. + M.A,威尔兹和切尔兹永远在一起,放弃所有希望,等等。

"是小孩们干的,"薇奥拉说,"他们应该常常溜进来,把这里当成了乐园。"

"是吗?小孩儿会干这种事?"

"在飞船上,我们有一段废弃的通风管道。"她环顾四周说道,"我们常常溜进去玩,管道壁上的涂鸦比这儿还多。"

我们走进教堂,环视四周。教堂的房顶,也就是瀑布离开峭壁的位置应该在我们头顶之上几十米开外,岩架则至少有十五米宽。

"这一定是个天然岩洞。"我说,"一定是人们发现了这里,觉得这是个奇迹。"

薇奥拉把双臂抱在胸前:"然后他们发现这个地方当教堂用正合适。"

"太潮湿了,"我说,"也太冷了。"

"我敢打赌,这里就是他们首次登陆的地方。"她边说边仰望漆成白色的新世界,"我打赌这里是他们降落的第一年建成的。那时候一切都是全新的,充满了希望。"然后她转过身,若有所思,"后来,他们才不得不面对现实。"

我也缓缓转过身。我完全明白这些人的想法。他们看到太阳照在瀑布上,洞中的一切都变得明亮圣洁;这里既嘈杂又安静,就算没有讲道坛和长凳,也自带一种教堂的氛围,即使人迹罕至,此地也依然神圣。

然后我注意到,长凳的尽头并无出路。这座"建筑"断在了这里,紧接的就是下坠了五十米的岩石。

所以,就是这里了——

我们只能在这里等待希望——

在一座水下教堂里。

"陶德·休伊特!"这声音顺着隧道飘到我们耳边时已经非常微弱了。

我瞧见薇奥拉有些哆嗦:"我们现在干什么?"

"等待夜幕降临。"我说,"然后我们就溜出去,只盼那时他别看到我们才好。"

我坐在一张石头长凳上。薇奥拉坐在我身边。她把包举过头顶,从身上解下,放到了石头地板上。

"要是他发现了那条小径怎么办?"她问。

"希望他别发现。"

"万一呢?"

我伸手从背后掏出猎刀。

猎刀。

我们两个都没再说话,只是看着猎刀在教堂中央闪着森森寒光。

"陶德·休伊特!"

薇奥拉抬头看看入口,然后把脸埋进双手,我能看得出来,她的牙齿在打架。"他到底想要干什么呢?"她突然爆发了,"如果说军队是为你而来的,那他想要抓住你干什么呢?为什么他要拿枪打我?我不明白。"

"疯子做什么都不需要理由。"我说。

可是我的声流中出现了阿隆在沼泽地里打算利用她进行的献祭仪式。

他说她是征兆。

是上帝的礼物。

我不知道薇奥拉听没听到这些,也不知道她记不记得。这时,她说:"我觉得我不是祭品。"

"什么?"

她转过头来,一脸迷茫。"我觉得他说的不是我。"她说,"我被他掳走之后,他一直设法让我保持昏睡。后来我醒了,在他声流中看到一些乱七八糟的画面，都是我看不懂的事情。"

"他是个疯子。"我说，"哪怕在疯子堆里，他也是脑子最错乱的那个。"

她没再说话，只是盯着瀑布外面。

突然那个声音从瀑布外透了过来。

"陶德·休伊特！"

我感觉她的手动了一下，我的心也一紧。

"声音近了。"她说，"他离我们更近了。"

"他不会找到我们的。"

"他会的。"

"那我们就正面应对。"我俩都把目光投向猎刀。

"陶德·休伊特！"

"他找到路了。"她说着，抓住我的一条胳膊，紧紧地凑在我身边。

"还没。"

"我们马上就看见他了。"

"陶德·休伊特！"

这一声明显更大了。

他发现了隧道。

我握紧猎刀，向薇奥拉看去，她正朝着隧道的方向张望，眼神中充满了恐惧。我的胸口开始隐隐作痛。

我把猎刀攥得更紧了。

他要是敢碰她一下……

我的声流回溯旅程开启之初：薇奥拉还没开口说话，薇奥拉还没告诉我她的名字；薇奥拉与希尔迪和塔姆交谈；她用威尔夫的口音说话；阿隆抓住她，把她掳走；我在斯诺医生的房间醒来，看到她在我身边；她对本发誓；她用我妈妈的语气念她的日记，刹那间改变了我的整个世界。

我想到我们共同经历的一切。

我想到那一刻，我们把麦奇丢下时她悲痛欲绝地哭喊。

我想到那一刻，她告诉我，她只剩下我了。

我想到那一刻，我发现不管她是保持沉默还是开口说话，我都能明白她在想什么。

我想到那一刻，我以为阿隆开枪打中了她。

我想到那恐怖的几秒钟里我的感受。

我想到了失去她的感觉。

当时我深深地体会到痛苦和不公平。

还有愤怒。

我真希望自己能替她死。

我看着手里的猎刀。

意识到她是对的。

我开始明白了，尽管这个想法很疯狂。

但她的确不是祭品。

她不是。

一人沉沦，万人俱灭。

"我知道他想干什么了。"说着我站起来。

"干什么？"薇奥拉说。

"陶德·休伊特！"

他现在肯定已经进了隧道。

我们无处可逃了。

他就要来了。

她也站起来,我走到她前面,挡在隧道的出口。

"找个石凳躲在下面。"我说,"快藏起来。"

"陶德……"

我离开她身边,开始我的手还搭在她胳膊上,但我越走越远……

"你去哪儿?"她紧张地问我。

我看着我们来时的方向——水隧道的方向。

他随时可能进来。

"陶德·休伊特!"

"他会看见你的!"她说。

我把猎刀举在身前。

这把猎刀带来了不少麻烦。

但也带给我很多力量。

"陶德!"薇奥拉说,"你要干什么?!"

我对她说:"等我告诉他,我明白他想要什么了,他一定不会伤害你。"

"他想要什么?"

我看着站在石凳之间的她,上方的白色行星和两个卫星把辉光投在她身上,流水反射出的粼粼波光也映在她身上。我端详着她的脸和她的身体,她也站在原地看着我。我发现自己依然能读懂她的想法——她是薇奥拉·伊德,她的安静并非一片虚空,从来都不是。

我直视着她的眼睛。

"我要像个男人一样和他交手。"我说。

就算水声隆隆,她听不到我的声流,但也一定猜到了我的心思,因为她看着我。

我能看出来,她懂我。

她挺了挺胸,站直了身子。

"我不会躲起来。"她说,"你不躲,我就不藏。"

有她这句话就够了。

我点点头。

"准备好了?"我问。

她看着我。

她点了一下头,十分坚定。

我转身继续对着隧道的方向。

我闭上双眼。

深吸一口气。

然后,我将这口气全部呼出,脑中的杂念也随之清空。

我用尽全身的气力突然大喝一声——

"阿隆!!!"

然后我睁开眼睛,等着他进来。

一人沉沦

我先看到了他的脚。那双脚不紧不慢地走下台阶,因为他现在已经确认我们就在这儿了,所以并不着急。

我右手握着猎刀,左手悬空,也做好了准备。我站在石凳之间的甬道上,相当于教堂的正中央。薇奥拉在我身后稍远处,她站在一排石凳后面。

我准备好了。

我清楚我真的准备好了。

已经发生的一切把我带到了这里,这个地方,握着这把刀,守护着值得守护的。

值得守护的那个人。

如果她和他之间只能活下来一个人,那我别无选择。那支军队我他妈的才不管呢。

总之,我准备好了。

从此刻开始。

因为我知道他想要什么。

"来吧。"我压低声音说。

阿隆的双腿出现了,接着是他的双臂——他一只手握着来复枪,另一只手为了保持平衡扶着墙壁。

接着,我看到了他的脸。

那张无比恐怖的脸。

他的半边脸被扯掉了,从面颊的洞里可以看到他的牙齿;曾是鼻子的地方现在成了一个窟窿。他看起来都不太像个人了。

可他却在微笑。

就是这笑容让我感到恐惧。

"陶德·休伊特。"他说,口气仿佛在打招呼。

我抬高嗓门,努力盖过瀑布的声音,同时暗自希望声音不抖:"阿隆,你可以把来复枪放下了。"

"哦,是吗?"他看到我身后的薇奥拉,瞪大了眼睛。我没有回头,但我知道她也在直视着阿隆,我知道她拿出了全部的勇气来面对他。

这让我更有底气了。

"我知道你想要什么,"我说,"我猜出来了。"

"是吗,小陶德?"阿隆说。我发现他按捺不住好奇,开始观察我的声流,但在瀑布的隆隆声中,他几乎什么都听不见。

"她不是祭品。"我说。

他没说话,只是一脚踏进了教堂,同时瞄着十字架、石凳和讲道台。

"我也不是祭品。"我说。

他笑得更厉害了。邪恶的微笑让他脸颊上破洞的边缘裂开了一道口子，鲜血汩汩而出。"聪明人是魔鬼的朋友。"他说。我觉得他的意思应该是我说对了。

我努力站稳。他绕过贴近悬崖的半边教堂，往讲道台走去。

"是你，"我说，"祭品是你。"

我敞开声流，尽力把声音放大，让他和薇奥拉都能看见我诉说的真相。

根据我离开农场时本展示给我的声流——普伦提斯镇的男孩成为男人的仪式，经过成年礼后的男人不再跟男孩说话的事实，我推测他们认定凡是成年普伦提斯镇男子都是罪大恶极之人的原因是……

原因是……

我定了定神，才鼓起勇气认清这一点。

原因是：他们的成年礼就是杀人。

独自亲手杀人。

那些消失的人，想离开普伦提斯镇的人。

他们压根儿不是离开了。

我以前的学校老师罗亚尔先生据说成日酗酒，最后举枪自杀了，但他并非自杀。是赛博·芒迪在13岁生日那天枪杀了他。他们逼着罗亚尔先生独自站在一处，然后在普伦提斯镇所有人的见证下，赛博扣动了扳机。两年前，高尔特先生失踪，他的羊群由我们接管了。其实他是想逃出这个地方，结果在穿越沼泽地的过程中被普伦提斯镇长发现了。普伦提斯镇长严格遵守新世界的法律，将他处决了；只不过他没有亲自动手，而是在小普伦提斯先生13岁生日那天,他逼着他的儿子将高尔特先生折磨死了。

就是这样,这种事不断发生。我认识的男人一个个地被我认识的男孩杀死,然后这些杀过人的男孩成长为男人。如果镇长的人捉住了逃跑的人,就会把这些人留到男孩的13岁生日上使用;如果他们没有捉到这样的人,就会从普伦提斯镇居民中选出一个不受欢迎的人来当祭品,对外则声称那个人失踪了。

他们把一个男人的性命交给一个男孩来了结,而且要这个男孩完全依靠自己的力量完成此事。

一个男人死去,另一个男人诞生。

大家共谋此事,人人皆有罪孽。

除了我。

"哦,我的天哪。"我听见薇奥拉说道。

"但是到我这里有了变化,对吗?"我说。

"你是最后一个,陶德·休伊特。"阿隆说,"你是加入上帝的完美战队的最后一名战士。"

"我觉得上帝和你们那支军队一点关系也没有。"我说,"把来复枪放下,我知道我该怎么做。"

"陶德,你是信使吗?"他仰起头问道,脸上浮现出不可思议的灿烂笑容,"还是只是个骗子?"

"你自己看,"我说,"要是你不相信我能做到,那就看看我的声流吧。"

他现在站在讲道台上,面对站在下方甬道中央的我,他的声流越过瀑布激流向我扑来,尽可能多地捕获我的声流。于是,我听到了他声流中的只言片语:**献祭,上帝的完美作品**和**圣徒殉道**。

"也许吧,小陶德。"他说。

然后他把来复枪放到讲道台上。

我咽了口唾沫,把猎刀握得更紧了。

但他看向薇奥拉,哈哈大笑。"不,"他说,"小女孩儿们都喜欢占便宜,不是吗?"

然后他近乎随意地将来复枪扔到了岩架下的瀑布中。

他的动作那么快,我们都没看见枪是怎么消失的。

但枪确实是掉下去了。

现在只有我和阿隆了。

还有猎刀。

他伸展双臂,我意识到这是他布道时的姿势,他在想象,这里是他在普伦提斯镇的讲道台。他倾身靠在讲道台的石头上,手掌朝天,抬眼看着我们上方亮晶晶的瀑布天花板。

他的嘴唇无声地颤动。

他在祈祷。

"你疯了。"我说。

他看着我:"我是得到上帝赐福的人。"

"你想让我杀了你。"

"错了,陶德·休伊特。"他边说边下了一级台阶,朝我走近了一步,"恨才是关键,恨是动力,恨是净化战士的火焰。战士必须要有恨。"

他又迈了一步。

"我不只是想让你杀了我,"他说,"我还想让你谋杀我。"

我退后一步。

他的笑容闪烁:"看来你这小子根本做不到你说的话啊。"

"为什么?"我边问边往后退。薇奥拉也往后走了几步,来到我身后,站在新世界的雕刻下面,"你为什么要这么做?这么做有什么意义?"

"这是上帝指引我要走的道路。"他说。

"我来到这世界上有13年了。"我说,"我只知道人,不知道什么上帝。"

"上帝的意志通过人来实现。"阿隆说。

"魔鬼也一样。"薇奥拉说。

"啊,"阿隆说,"魔鬼会说话,一张口就是诱惑人心的句子……"

"闭嘴,"我说,"不准你跟她说话。"

我绕过长凳的最后一排,开始往右走,阿隆也跟着移动,最后我们缓缓地兜起了圈子。阿隆依然伸展着双臂,我也依然把猎刀拿在身前,薇奥拉跟在我后面,瀑布的水雾笼罩着一切。这座教堂开始围着我们缓缓旋转,岩架依旧湿滑,水墙在阳光的照耀下闪着光芒。

还有,隆隆的水声不绝于耳。

"你是最后的考验,"阿隆说,"最后一个男孩。有了你,我们就完整了。军队里有你,我们就没有软肋,就真正地得到了上帝祝福的力量。陶德,一人沉沦,万人俱灭。我们所有人都得登上同一条船。"他握紧拳头,再次抬头仰望,"这样我们就可以重生!我们就可以拿下这个可恶的世界,把它改造成……"

"我不会加入你们的。"我打断了他,他发出一声怒吼,"我不会杀人的。"

"啊，没错，陶德·休伊特，"阿隆说，"这就是你的特别之处，不是吗？你是个不会杀人的男孩。"

我偷偷给斜后方的薇奥拉递了个眼神，我们还在围着一个小圈子转。

薇奥拉和我已经到了隧道所在的那半圈。

"但是上帝需要祭品。"阿隆说，"上帝需要殉道者。还有什么比特别的男孩杀人更能代表上帝的意志呢？"

"我觉得上帝没这个意思。"我说，"不过我相信他希望你死。"

阿隆眼中立时投射出疯狂而空洞的目光，让我不寒而栗。"我要成为圣徒。"他说，声音中仿佛燃烧着一小团火，"这是我的宿命。"

他走到了甬道的尽头，马上要跟着我们经过最后两排长凳。

薇奥拉和我继续后退。

几乎到了隧道的出口。

"可是怎样才能让男孩照做呢？"阿隆继续说，一双眼睛黑洞洞的，像两个窟窿，"怎样才能让他成年呢？"

他的声流向我扑来，发出雷声般的轰鸣。

我瞪圆了眼。

肚子里像是埋了块石头。

我耸起肩膀，我感觉自己太脆弱了。

我能看见他声流中的东西，那是一种幻想、一个谎言，但是男人的谎言如同他们道出的真相一样生动，我能看到其中的每一个细节。

他要杀掉本。

这就是他逼我把他杀死的手段。这就是他们做这种事的法子。为了得到一支无懈可击的军队，为了让我变成杀人犯，他们要害死本。

还要让我旁观杀他的过程。

要让我心中充满仇恨，恨到可以对阿隆痛下杀手。

我的声流翻滚起来，声音大到足以让他听见：**你这坨臭狗**……

"但是上帝给了我们一个征兆。"阿隆看着薇奥拉说。现在他的眼睛睁得更大了，血从他脸颊的伤口里涌出来，原来是鼻子、现在是窟窿的那个地方皮肉绷得紧紧的。"这女孩儿，"他说，"她是港湾的礼物。"

"不许你看她！"我大喊，"我看你还敢看她？！"

阿隆转过来看我，脸上还挂着微笑。"对，陶德，没错，"他说，"这就是你的路，你要走的路。心地善良的男孩，杀人下不去手的男孩。什么能让你不惜杀人呢？你会想保护谁呢？"

我们又退了一步，和隧道又靠近了一步。

"当她那该死的邪恶的安静污染了我们的沼泽，我想，上帝终于给我送来了可以成就我的祭品，最后一个证明邪恶会隐藏的例子；我要摧毁邪恶，净化邪恶。"他仰起头。"后来我知道了她真正的目的。"他看看她，又看看我，"陶德·休伊特会保护弱小。"

"她可不是什么弱小。"我说。

"然后你就跑了。"阿隆睁大了眼睛，好像在假装惊讶，"你竟然跑了，而不是迎接自己的命运。"他又把目光投向教堂，"这让我最终在你这儿取得成功的感觉更妙了。"

"你还没有成功。"我说。

"我没有吗?"他又笑了,"好了,陶德,快带着满心仇恨来杀了我吧。"

"我会的。"我说,"我会这么做的。"但我又退了一步。

"小陶德,你本来有一次差点就干成了。"阿隆说,"在沼泽地里,我正要杀掉这女孩,你已经举起了猎刀,最后却下不去手。你犹豫了,你可以伤人,但下不了杀手。然后我就把她掳走了,我知道你会跟过来,你确实也这么做了,尽管你被我伤得不轻,一定很疼。但是这还不够。你宁愿牺牲自己的狗也不愿意看她受到伤害,你宁可亲眼看着我把它撕成两半,也不愿意杀人。"

"你闭嘴!"我说。

他手掌向上,向我伸来。

"陶德,我来了,"他说,"来助你一臂之力,让你成为男人。"他低下头,直到可以和我的视线对上。"沉沦吧。"

我撇了撇嘴。

我挺胸抬头,说道:"我已经是男人了。"

我的声流也是这样说的。

他盯着我,就像可以看穿我一样。

然后他叹了口气,就好像他失望了。

"你还不是,"他变了脸色,"也许永远都不是。"

我没有再后退。

"可惜——"他说。

然后他突然向我扑过来……

"陶德!"薇奥拉大喊。

"快跑！"我也尖叫。

但我不能后退……

我要迎上去——

战斗开始了。

我向他冲过去，他也迎上来。我攥紧了猎刀，但是最后一刻我还是跳到了一边，让他狠狠撞到了墙上。他转过身，龇牙咧嘴地冲我怒吼，挥动一只胳膊打我。我弯腰闪避，然后举刀向他的前臂砍去，但这也没能减慢他进攻的速度。

他的另一只胳膊也抡过来，拳头恰好打中我的下巴。

我被打得连连后退。

"陶德！"薇奥拉又叫了我一声……

我趔趄几步，撞到了最后一排石凳，重重摔了一跤。

等我抬头看时，阿隆已经转身朝薇奥拉走去了。

她正在隧道的阶梯底下……

"跑！"我大喊。

但是她手里拿着一块扁平的大石头，满脸狰狞，随着一声怒吼，她把石头向阿隆投去。阿隆猫下腰，想伸手把石头挡回去，但是石头最终砸中了他的前额。他被砸得倒退两步，距离我和她更远了，但是他离岩架和教堂前方很近……

"快啊！"薇奥拉冲我大喊。

我慌忙站起来。

可是阿隆也转身了。

他的脸上血流如注。

他的嘴巴大张着，发出吼叫。

他像蜘蛛一样跳起来，抓住了薇奥拉的右臂。

她奋力还击，用左手使劲往他脸上捶了一拳。

可他没有松手。

我大叫着朝他们冲过去。

我举起猎刀——

但我还是在最后一刻偏转了刀尖的方向——

我只是撞到了他身上……

我们都落在台阶上方，薇奥拉比我靠后些，我压在阿隆身上。他疯狂地击打我的头部，还拼命探身向前，那张恐怖的大脸凑到我眼前。他在我毫无防备的脖子上咬了一口……

我大叫一声往后缩，边躲边反手给了他一拳。

我捂着脖子，一瘸一拐地跑回教堂。

可阿隆又追了上来，他的拳头也飞了过来——

正好打在我的一只眼睛上——

我的脑袋也跟着往后一仰。

我在几排石凳间踉跄移动，回到教堂的中央区域。

又是一拳。

我举起那只拿着猎刀的手格挡——

但是刀刃又偏开了。

他又打了我一拳——

我在湿漉漉的石头上着急忙慌地想躲开他——

我在甬道上朝着讲道台方向逃去——

他的拳头第三次砸在我脸上——

我感觉嘴里有两颗牙被他砸了下来——

我几乎要摔倒了——

最后我果真摔倒了——

我的后背和后脑勺磕在讲道台的石头上——

我的猎刀也脱手而落。

当啷一声,猎刀滑向岩架边缘。

"你的声流暴露了你!"阿隆嘶吼,"你的声流暴露了你!"他一步步地向我逼近,最后站到我面前死死盯着我,"从我踏进这个神圣的地方起,我就知道会是这样!"他紧握双拳,拳头上沾着我的血,我的脸上也到处是自己的血。"你永远成不了男人,陶德·休伊特!永远成不了!"

我的余光扫到了薇奥拉,她正发了疯似的寻找更多石子儿——

"我已经是个男人了。"我说,但是我摔倒了,又丢了猎刀,声音有点抖,一只手还捂着流血的脖子。

"你毁了我的献祭仪式!"他的眼睛变成了两颗燃烧的钻石,声流灼热耀眼,仿佛能把溅到他身上的水珠变成蒸汽。"我要杀了你。"他把头抵在我的脑袋上,"我还要你亲眼看着我慢慢地把她给弄死。"

我咬紧牙关。

我使劲儿要站起来。

"那你就来吧。"我大喝一声。

阿隆跟着号了一嗓子,朝我跨了一步。

他向我伸出双手——

我的脸几乎要和他的手贴到一起——

咚的一声,薇奥拉向他抛了一块她将将能够抬起的石头,砸到了他的太阳穴上。

他踉跄几步——

他靠在了长凳上，但没摔倒。

妈的，他竟然没倒下。

虽然脚下不稳，但他终究还是站住了，站在我和薇奥拉之间。他背朝着薇奥拉，但比她高出一大截，虽然他的脑袋一侧正在喷血，但他实在太高大了，好似噩梦一般。

他可真是个怪兽。

"你不是人。"我说。

"小陶德，我告诉过你。"他说。他的声音也像怪兽，声流带着怒气压得我喘不过气，几乎要把我击倒。"我是圣徒。"

他看都没看就伸出一条胳膊往薇奥拉的方向抽过去，正好抽在她一只眼睛上。薇奥拉大叫一声，随即倒下。她被打得翻过一条长凳，脑袋重重地磕在岩石上。

她再也没起来。

"薇奥拉！"我大喊。

我一跃而起，从他身边掠过。

他没有拦我。

我蹲到她身边。

她的腿跷在石凳上——

脑袋躺在石地板上——

从上面淌下一道细细的血痕。

"薇奥拉！"我说着抱起她。

她的头无力地向后一仰——

"薇奥拉！"我大喊——

然后我听见身后传来低沉的隆隆声——

是笑声。

他在大笑。

"你到最后肯定会背叛她。"他说,"我早就预见到了。"

"你给我闭嘴！"

"你知道为什么吗？"

"我要杀了你！"

他压低声音,几近耳语。

但是这句耳语让我感到全身都打了个冷战——

"你已经沉沦了。"

我的声流也变成了耀眼的红色。

这颜色比以往都要红。

杀人的红。

"没错,陶德。"阿隆从牙缝里一个字一个字地往外挤,"没错,就是这样。"

我把薇奥拉放下,站起来直面他。

我的恨意如此强大,填满了整个洞穴。

"来啊,孩子,"他说,"净化你自己。"

我看看猎刀——

它正躺在一个小水洼里——

靠近阿隆身后讲道台旁边的岩架——

它落下的地方——

我听见猎刀在呼唤我——

拿起我，它说——

拿起我，好好利用，它说。

阿隆展开双臂。

"杀掉我，"他说，"成为真正的男人。"

永远不要离开我，猎刀说……

"对不起。"我用极小的声音说，其实我不知道我在为了谁或者为了什么——

对不起——

然后我跳了起来——

阿隆没有动，他依然伸展双臂，就好像要拥抱我——

我用肩膀向他撞去——

他丝毫不抵抗——

我的声流尖叫着发出红色的光芒——

然后我俩摔倒在讲道台旁边的岩架上——

我压在他身上——

他还是丝毫不抵抗——

我冲着他的脸就是一拳——

一拳——

又是一拳——

把他的脸打得稀巴烂——

打成一堆碎肉——

恨意随着我的拳头喷薄而出——

我还在不停地捶他——

打啊，打啊——

我听到了骨头的断裂声——

还有脆骨的咯吱声——

一只眼睛在我的指关节下爆开了——

我已经感觉不到我的手了——

我还在一下下地出拳——

血溅在我身上,盖满全身——

鲜血的颜色与我声音的红色十分相配——

终于,我累得往后一坐,浑身是血地坐在他的血泊里——

然后他大笑起来,他竟然还能笑——

他满嘴碎牙,笑得咯咯地说:"没错,就是这样……"

我的红色声音再次涨起来——

我怎么也压不住这股劲儿——

还有恨意——

我往远处望去——

寻找猎刀——

它就躺在几米远的地方——

在岩架上——

在讲道台旁边——

呼唤着我——

呼唤——

这次我知道了——

这次我知道该怎么做了——

我要好好利用它。

我跳起来去拿它——

我尽可能地将手伸长——

我的声流红得可怕,我都不敢去看——

没错,猎刀说——

没错。

把我拿起来。

把力量握在你手里。

可另一只手已经摸到了猎刀——

是薇奥拉。

向猎刀扑去的同时,我的内心——

我的声流迸发出巨大的欢喜——

因为我看到了她的手——

看到她还活着——

这种欢喜盖过了恨意——

"薇奥拉。"我说——

只一声"薇奥拉"。

她把刀拾了起来。

惯性让落地之后的我继续向着岩架边缘滚去。我努力扭身,想让自己停住。我看到她把猎刀举起来,向前走去。我就要滚到边上了,石头湿滑,我怎么抓也抓不住。阿隆坐起身,他现在仅剩一只眼睛了。他用这仅有的眼睛盯着举起刀的薇奥拉。她举刀向前,我无法阻止她。阿隆正尝试着站起来,薇奥拉举刀向他走去,我却即将掉下岩架。最后,就在我差点坠落之时,我用肩膀控制住了身子。我看见阿隆的声流中只剩下愤怒,他在说**不**——

他在说**不该是你**——

薇奥拉举起胳膊——

她举起刀——

猎刀向下落去——

向下——

再向下——

猎刀直接插进了阿隆脖子里——

她太用力,刀尖从阿隆脖子的另一边扎了出来——

咔嚓一声,我记得我听到了咔嚓一声——

阿隆应声倒下——

薇奥拉放开猎刀——

她后退几步。

脸色苍白。

尽管有隆隆的瀑布声,但我依然能听到她的喘息。

我撑起身子。

我们看到阿隆竟然也撑起了身子。

他用一只手抓住插在自己脖子里的猎刀,另一只手撑起身子。仅剩的那只眼睛睁得溜圆,舌头从嘴里耷拉下来。

他先是跪着。

然后他竟然站了起来。

薇奥拉发出一声惊呼,连连后退。

她一直后退到我身边。

我们听见他在往下咽血。

他在努力呼吸。

他往前迈了一步,但是一趔趄,倒在了讲道台上。

他向我们看来。

他肿胀的舌头蠕动着。

他想说什么。

他想对我说什么。

他在努力说出话来。

可是他说不出来。

他说不出来。

就是说不出来。

他的声流展现出各种狂野的颜色和画面,还有我无法说出来的事物。

他的眼神和我的对上了。

声流顿时平息了。

终于完全平息了。

终于平息了。

在重力的作用下,他的身体歪倒在一边。

离开了讲道台。

滚下了岩架。

就这样,他消失在水墙之后。

猎刀也跟着他一起消失了。

前往港湾市的最后路程

薇奥拉坐在我身边。她突然重重地坐下,我还以为她摔倒了。

她大口大口地喘着气,盯着刚才阿隆消失的地方。阳光透过瀑布,在她脸上投下粼粼波光,这是她脸上唯一活动的东西。

"薇奥拉?"我说着,一纵身跳起来。

"他死了。"她说。

"是啊,"我说,"他死了。"

然后她继续喘气。

我的声流像一艘坠落的飞船,吱吱嘎嘎地发出红光与白光,还展示了一些分外古怪的东西,就好像我的脑袋要被拔出去一样。

本该是我。

本该由我来为她做这件事。

可是……

"原本该是我动手。"我说,"我已经做好了杀他的准备。"

她看着我,睁大了双眼:"陶德?"

"我本来要亲手杀了他。"我发现自己抬高了嗓门,"我都准备好了!"

她的下巴开始颤抖,看起来不像是要哭,而是真的哆嗦;这颤抖从下巴蔓延到她的肩膀;她的眼睛越睁越大,身子也越抖越厉害。现在我的声流里没有别的,一切都凝固了,还有一样东西进入到声流——都是为了她。我抓住她,把她揽进怀里。我们就这样前后晃荡了一会儿,任凭她瑟瑟发抖。

她很长时间都没说话,只是喉咙里发出一种微弱的呻吟声。我记得杀掉斯帕克人之后我胳膊上的酥麻感,对方鲜血淋漓的画面时常浮现在我眼前,我不由自主地一次次重温他死去的样子。

这样我还怎么下得去手呢?

(但我一定会的。)

(我做好了准备。)

(可猎刀脱手了。)

"杀死一个人和故事里写的完全不一样,"我对着她头顶上的空气说,"完全不一样。"

(但是我一定做得出来。)

她还在颤抖,我们还在咆哮的瀑布边坐着。太阳又升高了一些,教堂里的光线更暗淡了,我们身上湿漉漉、血糊糊的。

还冷得直哆嗦。

"来吧。"我说着站起身,"首先我们要把自己弄干,对吧?"

我扶着她站起来,然后把扔在地板上的包拿起来,回到她身边,伸出手。

"太阳升起来了,"我说,"外面会比较暖和。"

她盯着我的手看了一分钟,才回握住。

不管怎么样,她握住了我的手。

我们两个绕过讲道台,免不了会经过阿隆待过的地方,那儿的血差不多被瀑布的水冲干净了。

(我本来能做到。)

(但那把猎刀——)

我能感觉到自己握着她的手是颤抖的,都分不清哪只手是谁的了。

我们走到阶梯前,继续往上走,到了一半的位置,她才开口说话。

"我不舒服。"她说。

"我知道。"我说。

于是我俩停下脚步,她向瀑布那边倾过去,似乎是恶心想吐。

很想吐。

我猜,无论是谁,杀人之后都会有这种反应吧。

她倾身向前,湿漉漉的头发拧结在一起,披在身后。她吐了几口。

但是她没有抬头。

"我不能让你做这件事,"她说,"不能让他赢。"

"我本来能做到的。"我说。

"我知道。"她说着又埋头往瀑布里吐了几口,"这就是我下手的原因。"

我呼出一口气:"你应该让我来的。"

"不。"她抬起头,"我不能让你做。"她抹抹嘴巴,咳嗽起来,

"不过我并不只为了这个。"

"还为了什么？"我说。

她睁大了眼睛直视着我，她的眼睛因为剧烈的呕吐而充血。

她的眼睛似乎比之前苍老了许多。

"因为我想，陶德，"她皱起眉头，说，"因为我想这么做，我想杀了他。"她用双手遮住脸。"哦，天哪，"她喘息着，"哦天哪，天哪，我的天哪。"

"别说了。"我边说边抓住她的胳膊，将她的手从脸上拿开，"别说了。他是个魔鬼。他是个疯子……"

"我知道！"她大喊，"但是我对他举起了刀，我把刀插进了他的……"

"好吧，好吧，你想这么做。"趁她还没情绪崩溃，我打断了她，"那又怎么样？我也想这么做。是他逼你的。他把我们逼上了绝路，那是你死我活的绝境。所以说他是魔鬼。这件事的关键并不在于是你还是我想杀他，而是他作恶在先，明白吗？"

她抬头看我。"他只是做了他发誓要做的事。"她说话的声音有些颤抖，"他让我'沉沦'了。"

她又双手捂嘴，发出呜呜的哭声，眼睛也肿了起来。

"不。"我大声喊道，"不是这样的，我跟你说说我怎么想的。好吗？"

我看看瀑布和隧道，其实我不知道自己怎么想的，可我不能眼看着她陷入痛苦，自己却袖手旁观。我也不知道她在想什么，但是我知道她想干什么。我能看得出来：她正在悬崖边儿上，随时都有可能往下跳。她看着我，想必是希望我救她。

就像她救了我一样，我也要救她。

"我是这么想的。"我说。我的声音很大，心里的话突然冒了出来，有如涓涓细流在我的声流中成形，又像是耳语般讲述真相。"我觉得，也许人人都会'沉沦'。"我说，"我觉得我们都会这样，这不是问题。"

我轻轻拉扯她的胳膊，希望她听进去了。

"问题是，沉沦之后我们还能否站起来。"

瀑布在我们身边飞流直下。因为冷和刚才的一切，我俩都哆哆嗦嗦的。她瞪着我，我则等待着她的回应，希望我的话可以宽慰她。

我看到她从峭壁边上退了回来。

退回到我身边。

"陶德。"她说，语气中并不含疑问。

她只是叫了一声我的名字。

陶德就是我。

"走吧，"我说，"港湾市等着我们呢。"

我再次牵住她的手，我们一起走完了剩下的阶梯，回到了更为平坦的那部分岩架，沿着弧形的路线行走，在湿滑的石头上时刻保持平衡。这次，要跳回路堤显得更加困难，因为我俩都湿透了，体力也大不如前。我不得不助跑几步才起跳，成功之后又接住了迎面跳过来的薇奥拉。

我们终于来到了阳光中。

我们晒了好一会儿太阳，身上的潮气散去大半儿，才继续沿着路堤往上爬，艰难地穿过矮树丛，回到了小路。

我们循着"之"字形的小路往山下望去。

还在，港湾市还在。

"最后一段路了。"我说。

薇奥拉擦了擦胳膊，想把身体擦干。然后她凑过来，斜眼打量着我："你脸上挨了好多下，你知道吗？"

我摸摸自己的脸，眼睛有点肿，嘴角有一个口子，里面还缺了几颗牙。

"谢谢。"我说，"你说之前我还不觉得疼。"

"抱歉。"她露出一丝微笑，一只手伸到脑袋后面，向我眨眨眼。

"你的伤怎么样？"我问。

"酸疼酸疼的，"她说，"不过没关系，我能忍。"

"你简直是金刚不坏之身啊。"我说。

她又笑了。

接着传来了奇怪的滴答声。薇奥拉倒吸一口凉气，发出了"哦"的一声惊呼。

在阳光下，我们对视了一秒，我们都有点惊讶，但不知道到底发生了什么。

我循着她的目光看去。

她的T恤上有血迹。

她自己的血。

新的血。

血是从她肚脐右边的一个小洞里冒出来的。

她用手指蘸了一点血，举到眼前看。

"陶德?"她说。

然后她就要往前倒下。

我慌忙接住她,往后退了几步。

我往她身后看去。

就在她身后的悬崖上,就在这条路起始的地方。

我看到了小普伦提斯先生。

他骑在马背上。

手往前伸。

握着一把手枪。

"陶德?"薇奥拉在我怀里又叫了一声,"好像有人打了我一枪,陶德。"

我没说话。

我的大脑和声流皆一片空白。

小普伦提斯先生踢了踢马肚子,沿着那条路向我们走来。

他手中的枪依然指着我们。

我们已经无路可逃。

而且我手中没有猎刀。

就像最严重的疼痛一样,命运清晰缓慢地展现在我们面前——靠在我怀里的薇奥拉开始大口喘气,小普伦提斯先生离我们越来越近,我的声流中开始出现"我们完蛋了""这次无路可逃了"一类的话。只要命运想让你完蛋,那迟早你会被它攥在手心里。

我是谁?我怎么能和命运抗衡?如果命运偏要如此安排,我又怎么能改变这一切呢?若世界末日早已注定,我有什么能力阻止它的到来呢?

"陶德,我猜她迫不及待想要你呢。"小普伦提斯先生冷笑道。

我咬紧牙关。

我的声流又开始涌动,红色中夹杂着紫色。

我可是陶德·休伊特。

这才是我。

我直勾勾地瞪着他,让我的声流向他逼近,然后粗着嗓子说:"你应该叫我一声休伊特先生。"

小普伦提斯先生哆嗦了一下,他竟然哆嗦了。然后他不自觉地收紧缰绳,身下的马扬起前蹄。

"行了吧。"他的声音显得没什么自信。

他知道我们都能听得出来。

"举起手来,"他说,"我要把你们带给我父亲。"

然后我做出了最不可思议的一件事。

我从来没做过这么棒的事。

我没搭理他。

我扶着薇奥拉,让她跪坐在土路上。

"好烫,陶德。"她声音十分微弱。

我让她躺下,把包放到一边,我脱下我的衬衫,将它卷起,压在她的伤口上。"你紧紧按着那儿,听明白了吗?"我说,我的愤怒像火山岩浆一样喷薄而出,"等一下,我马上就回来。"

我抬头瞪着戴维·普伦提斯。

"起来。"他说。他的坐骑因我所散发的怒火而焦虑不安,来回转悠,"陶德,别让我说第二遍。"

我站起来。

向前走去。

"我叫你把手举起来。"戴维说。他的马又是嘶鸣,又是喷出鼻息,四蹄倒腾个不停。

我向他走去。

飞速走去。

然后我跑了起来。

"我要开枪了!"戴维挥舞着枪大喊道,同时试图制服他的马。马的声流中尽是**冲啊! 冲啊!**

"不,你不会!"我吼道,然后直接向着马头冲去,将我的声流砸向它。

蛇!

那匹马立刻扬起前蹄。

"该死,陶德!"戴维高叫着,又是拽缰绳,又是扭身子,试图用空闲的那只手控制住马。

我跳过去,对着那匹马使出当胸一掌,然后又马上跳开。马发出一声嘶鸣,再次扬起前蹄。

"你死定了!"戴维在马背上高叫,而他的马边跳边后退,他也跟着转了一大圈。

"还不到时候。"我说。

我在寻找机会。

马高声嘶鸣,脑袋摇来摆去——

我等待着——

戴维拉回缰绳——

我闪开——

我等着——

"该死的马!"戴维大叫——

他想再次拉紧缰绳——

马再次扭动身躯——

我等待着——

马载着戴维向我跑来,他歪坐在鞍上,离地面极近。

我终于等到了机会——

我把拳头藏在背后,等待着——

砰!

我的拳头像锤子一样落到他脸上——

我发誓他的鼻子被我的拳头砸断了——

他疼得大叫,从马鞍上摔了下来——

手枪也掉落在尘土中——

我往后跳开——

戴维的一只脚还套在马镫上——

马再次兜起圈子——

我用尽全力在它的屁股上打了一下——

马终于受够了。

它冲上小山,回到路上。戴维的脚还套在马镫上,他被快速拖过石头和泥土,被迅速抛起,再重重落下。

手枪横在地上——

我走过去正要拿——

"陶德?"我听见一个声音。

没时间了。

完全没有时间。

我不假思索,放弃了地上的手枪,跑回矮树丛旁的薇奥拉身边。

"陶德,我觉得我要死了。"她说。

"你不会死的。"我说,伸出一条胳膊揽住她的肩膀,另一只胳膊放在她膝盖弯儿。

"好冷。"

"你才不会死呢!"我说,"这次不会!"

我抱着她站起来。此时此刻,我就站在通往港湾市的"之"字路起点。

无论走得多快,都还不够快。

我坚定地向前迈步,穿过矮树丛。

"加油!"我大声给自己鼓劲儿。全世界好像就剩下我这双不断迈步的腿了。

加油啊!

我跑起来。

穿过矮树丛——

穿过小路——

又穿过几处矮树丛——

再次穿过小路拐弯处——

下坡,再下坡——

我踢起土块,跳过灌木丛——

跌跌撞撞地跨过树根——

加油。

"坚持住，"我对薇奥拉说，"你坚持住，听见了吗？"

我每跑一步，薇奥拉都会呻吟一声——

这至少说明她还有气息。

下坡——

再下坡——

加油。

快一点。

我踩到了一丛蕨菜，脚下打滑——

但我没摔倒——

穿过小路，穿过矮树丛——

山路崎岖，我的腿开始酸疼——

穿过小路，穿过矮树丛——

下坡——

快一点——

"陶德？"

"坚持住！"

我下到山底，开始小跑。

她在我怀里轻得很。

那么轻。

我跑到路和河流再次平行并进的地方，脚下就是通往港湾市的路，周围的树木拔地而起，身旁的河流奔腾向前。

"坚持住！"我边说边跑，能跑多快就跑多快。

加油。

快一点。

拐过几道弯,绕过几个角——

跑过树下,跑过河畔——

前方就是我之前站在山上从望远镜里看到的城垛,城垛下方两侧各有一长排巨大的X形木架,入口就在路上。

"救命!"我一边跑一边喊,"救救我们!"

我继续奔跑。

加油。

"我觉得我撑不到……"薇奥拉气若游丝。

"你能撑住!"我大喊,"你敢放弃?!"

我继续奔跑。

城垛越来越近——

但是没人值守。

一个人都没有。

我穿过一块空地,跑到另一边。

我停下张望。

还是没有人。

"陶德?"

"咱们快到了。"我说。

"我不行了,陶德……"

她的头向后仰去。

"不,你可以的!"我冲着她的脸大喊,"你给我醒醒,薇奥拉·伊德!你给我好好睁着眼。"

她努力把眼睁开,我知道她在努力。

虽然只睁开了一条缝,但好歹算是睁着眼。

我继续抱着她跑,使出吃奶的力气。

我边跑边喊:"救命!"

"救命!"

老天爷,拜托了。

"救命!"

她的气息越来越短促。

"救救我们!"

千万不要啊。

可我一个人都没找到。

我经过的房屋都是空的,门窗紧闭。脚下的土路都变成了石子路,但还是没人出现。

"救命!"

我的脚步声在石子路上发出回响——

路的正前方是大教堂,那里是一片树木环绕的空地,教堂塔尖反射的光照在教堂前面的城市广场上。

这儿也没人。

不。

"救命!"

我跑到广场上,穿过广场,环顾四周,仔细倾听——

不。

不。

一座空城。

薇奥拉在我怀里,她的呼吸渐渐沉重起来。

可港湾市空空荡荡。

我跑到广场中央。

一个人都看不见。

一点动静都听不见。

我原地转了一圈。

"救命！"我大喊。

可还是没人。

港湾市完全是一座空城。

这里完全没有希望。

薇奥拉在我臂弯里一沉，我不得不跪在地上才能抱住她。她已经无法将我的衬衫好好按在伤口上了，我得腾出一只手来把它按住。

我们什么都没有。包、望远镜、我妈妈的日记本，我意识到这些都被我落在山上了。

现在真的只剩下我和薇奥拉两个人了，整个世界，我们拥有的只有彼此。

她流了好多血——

"陶德？"她说，吐字含混无力。

"求求你。"我说。我的眼睛越肿越厉害，声音嘶哑不堪，"求求你。"

拜托了，老天爷，拜托了，拜托了，拜托了——

"既然你如此诚恳地祈求……"广场对面传来一个声音，就是平常说话的音量，这人一点都没有抬高嗓门的意思。

我抬头看去。

教堂的斜后方有一匹马。

马上坐着一个人。

"不。"我轻声说。

不。

不。

"没错,陶德,"普伦提斯镇长说,"恐怕你想得没错。"

他几乎是懒洋洋地骑马穿过广场,向我走来。他看起来和往常一样镇定自若,衣服上连一丝汗渍都没有,手上还戴着骑行专用的手套,脚上的靴子也干干净净。

这不可能。

这怎么可能呢?

"你怎么会在这儿?"我大声说,"怎么会?"

"就连笨蛋都知道来港湾市有两条路可走。"他的口气平静而温和,近乎得意。

我们看见的那道烟尘——是我们昨天看到的向港湾市移动的烟尘。

"怎么办到的?"我说。我太吃惊了,连话都说不完整了,"军队离这里至少还有一天的路程……"

"有时候关于军队的流言和军队本身一样有效,孩子,"他说,"我开出的投降条件最受人们欢迎了。其中一条就是清空街道,好让我在这儿亲自迎接你。"他回头望望瀑布,"虽然我还以为会是我儿子把你们带过来。"

我环视广场,现在我能看到人们的面孔了,那一张张脸就躲在门窗后面,向外窥视。

我四处张望,看到了更多的面孔,从窗户、从大门探出的面孔。

我看到了四个骑在马背上的男人,他们从教堂后面走了出来。

我再扭头看向普伦提斯镇长。

"哦,现在我是普伦提斯总统了,"他说,"你会记住这个称呼的。"

然后我意识到了。

我听不到他的声流了。

我听不到任何人的声流。

"是的,"他说,"我想你应该是听不到声流的,这后面的故事很有趣,不是你能……"

薇奥拉的身子在我怀中又沉了一些,她往下滑了一点,发出一声痛苦的喘息。"求你了!"我说,"救救她!你说什么我都照做!我会加入军队!我会……"

"耐心的人才能如愿以偿。"镇长说,他终于有了点生气的样子。

他轻松一跃下了马,开始摘手套,每次只摘一根手指。

我知道我们失败了。

失去了一切。

一切都完蛋了。

"作为我们这颗美丽星球上的新任总统,"镇长说着伸出一只手,就好像第一次向我介绍这个世界,"让我来当第一个欢迎你来到新首都的人吧。"

"陶德?"薇奥拉咕哝了一声,闭上了眼睛。

我紧紧抱住她。

"对不起，"我轻声对她说，"真的对不起。"

我们跑了那么远，却正中敌人的圈套。

我们来到了世界尽头，却落入了一个陷阱。

"欢迎来到新普伦提斯市。"镇长说。

图书在版编目（CIP）数据

混沌行走. Ⅰ, 永不放下的猎刀 / (英) 帕特里克·内斯著; 万洁译. — 北京 : 北京联合出版公司, 2020.12
　　ISBN 978-7-5596-4382-7

　　Ⅰ.①混… Ⅱ.①帕… ②万… Ⅲ.①幻想小说—英国—现代 Ⅳ.①I561.45

中国版本图书馆CIP数据核字(2020)第119059号

北京市版权局著作权合同登记　图字：01-2020-6286

THE KNIFE OF NEVER LETTING GO by PATRICK NESS
Copyright © 2008 by PATRICK NESS
This edition arranged with MICHEL KASS ASSOCIATES through BIG APPLE AGENCY, INC., LABUAN, MALAYSIA.
Simplified Chinese edition copyright © 2020 Beijing Xiron Cultural Group Co., Ltd
All rights reserved.

混沌行走Ⅰ：永不放下的猎刀

作　　者：[英] 帕特里克·内斯
译　　者：万　洁
出 品 人：赵红仕
责任编辑：徐　鹏
产品经理：施　然　宋如月
特约编辑：马怡爽

北京联合出版公司出版
（北京市西城区德外大街83号楼9层　100088）
嘉业印刷（天津）有限公司　新华书店经销
字数345千字　880毫米×1230毫米　1/32　印张15.5
2020年12月第1版　2020年12月第1次印刷
ISBN 978-7-5596-4382-7
定　价：56.00元

版权所有，侵权必究
未经许可，不得以任何方式复制或抄袭本书部分或全部内容
如发现图书质量问题，可联系调换。质量投诉电话：010-82069336